美浓牛

MINOTAUR

［日］殊能将之　著
戴枫　译

台海出版社

◇千本樱文库◇

◇前言 PREFACE

文库，原本是指收纳书物的仓库和书库，也指收纳书与记事簿，以及不常用物品的小箱子。以前者为例，京浜急行线的“金泽文库站”就是以前镰仓时代北条氏用来收藏汉书用的，“金泽文库”名字的由来便是如此。东京都的世田谷区也存在收集珍贵汉书的“静嘉堂文库”。后者则更多地被称为“手文库”。

江户时代以来，可以放入袖袂的小开本书籍逐渐流行起来，被称为“袖珍本”。明治三十六年（1903 年），富山房发行了小开本的丛书，起名“袖珍名著文库”。随后，明治四十四年（1911 年），讲述战国时代的猿飞佐助和雾隐才藏系列故事的讲谈社“立川文库”发行出版。讲谈是日本民间艺术，以口语化的方式讲述历史故事的形式。而“立川文库”则是将讲谈收录成册集中出版的丛书，据统计，当时刊行量为 200 册左右。从那时起，文库就脱离了原本的释意，逐渐演变成了现在的类书集丛。

文库说法借鉴了日本出版业界的传统说法。而千本樱源自日本奈良县吉野山樱花盛开的奇景，世人皆以“一目千本樱”来形容樱花美景。千本樱文库的纳入作品皆为日系作品，题材包括推理、悬疑、幻想、青春、文化等类型，正如千本樱满山盛开的绝景。

现代日本，以“文库”命名刊行的丛书系列有 200 种以上，所谓“文库本”只不过是统称而已。日本传统的“文库本”常用的是 A6 尺寸的 148mm × 105mm，也叫“A6 判”。千本樱文库的所有书籍将在“文库本”

的基础上提升，达到 148mm × 210mm 的开本标准。追求还原的前提下，力图带给读者更清晰的阅读体验。

从 20 世纪 70 年代以来，日系推理小说逐步进入中国读者的视野。随着时代更替，涌现出一大批不同风格的作家。日系推理能够长久不衰的原因之一在于设立的各种奖项，这些奖项能为日本文坛输送新鲜血液，不断地创作优秀作品。“本格推理小说大奖”由十七位热爱本格推理小说的作家发起，他们于 2001 年 11 月正式成立本格推理作家俱乐部，同年开始举办本格推理小说大奖，由会员票选出同年出版的本格推理小说第一名。本作品为第一届“本格推理小说大奖”小说部门候补作品，获得此奖的重要作品还有《如水魑沉没之物》《嫌疑人 X 的献身》等。

1999 年，殊能将之凭借《剪刀男》斩获“第十三届梅菲斯特大奖”，并以蒙面作家身份出道。隔年发布了第二部小说《美浓牛》，成为“石动戏作系列”的第一部作品。《剪刀男》的成功并非侥幸，“续集魔咒”也不过是杞人忧天——购买本书的读者们一定会发表这样的感想。本书与出道作品风格迥异，如果说《剪刀男》的世界是以故事情节的美丽与病态塑造而成的，而《美浓牛》则可以说是利用故事的离心力，挑起读者看下去的欲望。

本书各章节开头的引用文段如百科全书一般多姿多彩，尽管似乎个个意有所指，然而这些本就繁杂的文章碎片迷惑着众多读者，让人不知作者究竟意在揶揄还是挑衅。不如就干脆嗤嗤窃笑着阅读这本《美浓牛》，享受这场过量的伏笔盛宴，没准也不失为一趣。

千本樱文库编辑部

◇作家 WRITER

鲇川哲也奖作家系列

◇ 相泽沙呼
◇ 城平京
◇ 芦边拓
◇ 柄刀一

梅菲斯特奖作家系列

◇ 天祢凉
◇ 西尾维新
◇ 井上真伪
◇ 殊能将之
◇ 木元哉多
◇ 北山猛邦

其他作家系列

◇ 深木章子
◇ 三津田信三
◇ 乙一
◇ 仓知淳
◇ 横关大
◇ 野崎惑

作者寄语

书中引用虽多，还请读者莫要以为我全都读过。作者是个很不爱学习的人。等这本书的版税到账，我就拿钱去吃飞驒[1]牛好了。

1 飞驒：日本岐阜县的地名。

LOGO/名片设计　长健司（Kinds Art Associates）

洞窟图　堀越三昧洞

目录

谨以此书向
“技艺精湛的良工巧匠”
致以由衷的敬意

就如狱门岛不存在于冈山县一般，

岐阜县也并没有暮枝村。

即便书中出现了实际存在的地名和团体，

也不过是作者想象的产物而已。

那是一个牛首人身的婴孩，

他们虽用米诺斯王养父的名字为他起名“阿斯忒里俄斯”，

但一般称呼他为米诺斯王的牛，即“米诺陶洛斯”。

——《希腊神话》吴茂一（著）

序章

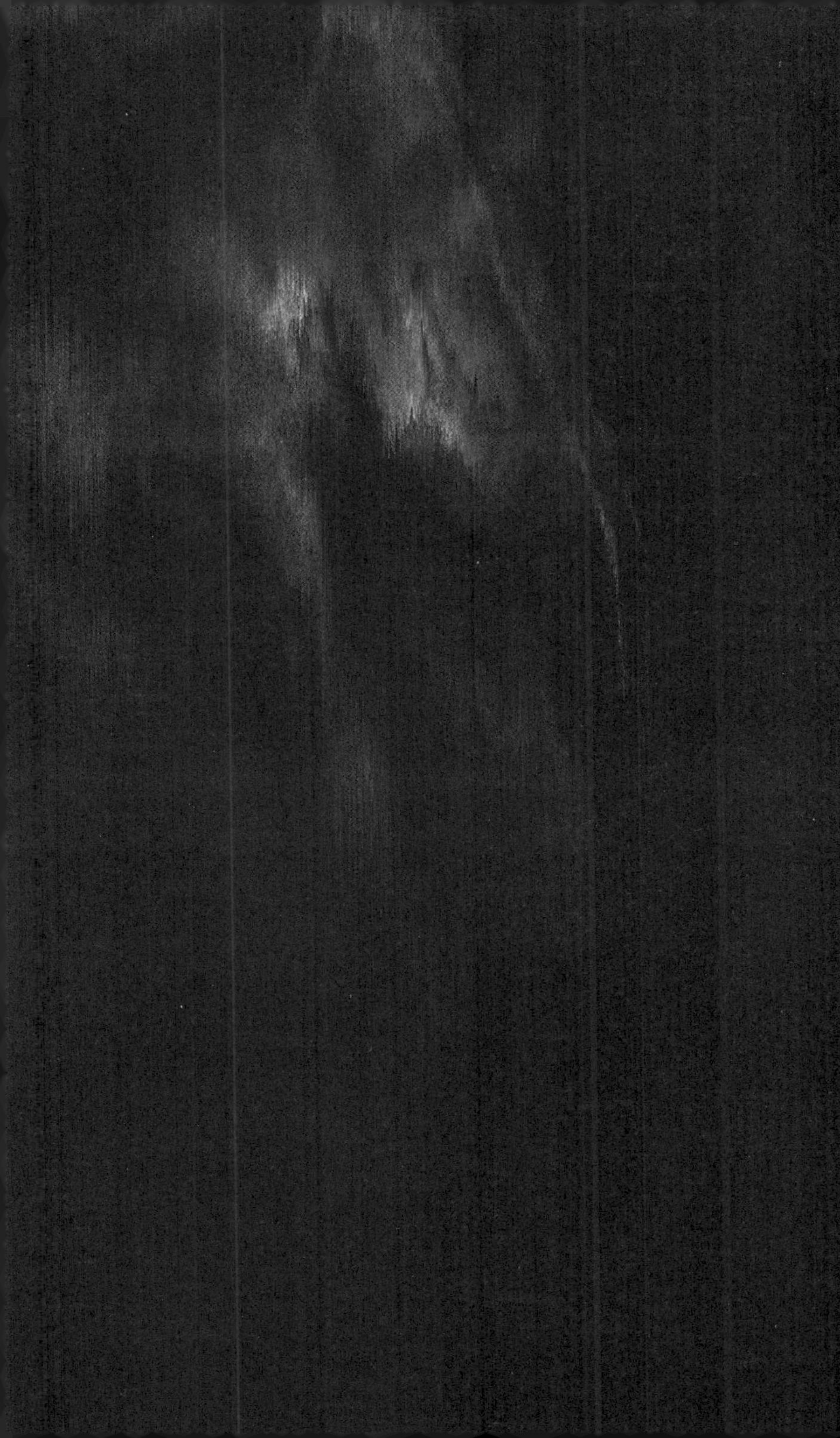

前方有那猛虎的监牢……

——《我的牢狱》（日）北村透谷（著）

老虎在槛中缓慢地来回踱步。

它踩在四处可见黑色污渍的地板上，活像拿钟表掐着时间似的，遵照精确的周期走着圆圈。那优雅的四肢一刻都不曾停歇。它的双眼死死盯着前方，哪怕正好踱到铁栅栏跟前，也看都不看身后的众游客一眼。

它的眼球有些浑浊，血盆大口里的尖牙泛着黄垢，嘴角还挂了几丝干涸的唾液。

“大半天了，一个劲儿地遛圈，它到底在做什么啊？”

“什么也不做，想遛圈了就溜达溜达而已。”

“想遛圈了就溜达溜达……”

“它的心情突然变得比较奇怪罢了，大概就是所谓的‘强迫性障碍’吧。人有时候也会这样。比如有些人整天不拿肥皂洗手就冷静不下来，跟它是一个道理……要是再这么转下去，没准它会变成一块黄油呢。”

“什么意思？”

“没什么，一个老童话故事的内容……总而言之，动物园里的动物多少都有点不正常，毕竟它们是被监禁在这儿的。你看刚才那只企鹅，不是也挺古怪的吗？”

“啊，你说的是傻傻地呆立在泳池边一动也不动的那只企鹅，对吧？

它可真有意思。”

“既不走路，也不跳进池子游泳，光站在脏兮兮的地砖上尖嘴朝天一动也不动。它铁定也有些不太对劲了，不会有错。”

说着，男人像自己口中所说的企鹅那样仰起头，望向一碧如洗的晴空。八月的太阳高悬中天，日光太过耀眼，刺得男人在墨镜之下眯起双目。

“哎，被人从南极带到这么热的地方，不正常也是难免的。”

“好可怜呀。”少女自言自语道。

男人突然绷起了脸。

“没什么可怜的，其中肯定有几只甘愿被人监禁的企鹅。它们自愿被关进又黑又窄的地方，享受那种情绪渐渐变得诡异的感觉。也有这样的个体啊。”

男人瞪向铁栅栏，双手紧紧地捏着拳，捏到手背上的皮肤都泛白了。

少女担忧地注视着男人的侧脸。

但是，很快她便灿烂一笑，从石质长椅上站起来，十指交扣反向朝上伸展，伸了个大大的懒腰。

“东京真的好热哦。”她轻巧地说，弯下身窥视男人的面孔，问道，“我去买冰激凌，你吃吗？”

“嗯。”

男人抬腰在裤子口袋里摸索一番，打算掏出钱包。

“不用啦，冰激凌而已，我请你吃吧。”

少女留下一个微笑，踏着轻盈的步伐离开了。

男人目送少女远去，接着视线又转回铁栏。

老虎仍然在槛中来回踱步，似乎毫不在意两人先前的交谈。

男人在脑海里不断反刍自己刚才的话。

肯定也有自愿被监禁的家伙，肯定也有享受慢慢陷入疯狂情绪的家伙，肯定也有甘愿被监禁的……

“小姑娘真可爱呀。”

突然有人搭话，男人瞬间回过神来。

抬头一看，旁边的长椅上坐着一位笑容满面的老人。目测七十五岁上下，额头已然全秃，勉勉强强盖住后脑勺的头发也一片雪白。

如今分明是盛夏，老人茶色上衣的纽扣却扣得一颗也不落，他膝上则坐着一个身着蓝色连衣裤、约莫三岁的幼童。大概是他的孙辈。

“哎呀，不好意思。我不是想偷听……”

男人肯定不自觉地瞪过去了。老人先是自辩一句，然后问道：“你女儿多大啦？”

“我女儿？哦……应该是十七岁吧，现在正在读高三。”

“那明年就该考大学了吧。真辛苦。”

“好像是很辛苦呢。”男人露出讥讽的笑容说道。

“今天偷闲出来跟爸爸一起散心吗？”

老人却好似浑然不觉男人的表情变化，满是皱纹的脸笑得万分和善。

“真羡慕你啊。我也有个女儿，可是等她到了这孩子的年纪，就再也不会扑过来喊爸爸了。”

老人双手抱起幼童，让他站在自己的膝盖上。幼童开心地喊叫起来：“哒——哒——哒！”

“自从她上初中以后，就一直躲着我，总是躲得远远的，在家一句话也不说。她脸上那副神情，好像很嫌弃我在家似的，更不可能让我带她来动物园玩。”老人有些寂寞地对男人微微笑道，“你真的很幸福。”

“是吗？”

男人答得十分冷淡。

“这是我女儿的孩子。”老人温和地摸了摸幼童的头，“他大概也只有现在这样的年纪才会这么开心，再大一点啊，估计就连看都不愿看老头子一眼了吧。”

幼童笑得天真烂漫，扑进老人怀里，又开始“哒——哒——哒”地喊叫着。听在耳中，像是口齿不清的“对啊——对啊——对啊”一样。

男人看着老人。只见他轻拍幼童的后背哄逗孙儿，目光投向蔚蓝的天空。他的眼角被岁月深深地镌刻着数条皱纹，鬓边则被青灰色的痕迹染得斑斑驳驳。

男人不知道该怎么回答老人这些话。他觉得，无论自己说什么，老人恐怕都只会回以方才那种带着几分寂寥的微笑罢了。

他正支支吾吾，恰好看见少女两只手各执一个甜筒，沿着公园的散步道走回来。男人明显松了一口气，同老人道别，离开长椅走近少女。

“怎么啦？表情这么可怕。”

少女将其中一个甜筒递给男人。

男人默默迈出步子。少女舔了一口手中眼看就要融化的“峰顶”，回身问道：“你跟那位爷爷都聊什么啦？”

“他问我‘你女儿几岁了’而已。”男人答道。

少女听后放声大笑。

“所以你才闹别扭啊？”

就算被误解成父女也是没办法的事情，男人心想。他正和少女肩并着肩，穿过动物牢笼之间的散步道。周日午后，动物园里基本全是亲子出游。擦肩而过的孩子们每人都抓着一样的彩色气球，恐怕前面有人在免费发放吧。

孩子们扒在牢笼前的铁栅上探出身，惊叹于大象的身形之巨，为黑猩猩酷似人类的举止哈哈大笑。父亲架起脚步尚且虚浮的幼儿，一个字一个字地分开发音，指导幼儿该如何称呼这些生物。母亲则似乎疲累至极，瘫坐在长椅上，额头压在婴儿车的握柄上，默默忍耐着酷暑。

男人和少女终于抵达休息处。

这栋拥有金属外观，让人不禁联想到飞天圆盘的建筑物，其屋内自不必说，就连屋外鹅卵石露台的圆桌旁都挤满了一心只想逃离炎热与干渴的游客。垃圾箱里的各色空罐、纸杯、快餐包装袋堆积成山，无数根吸管迸出铁丝网的缝隙，简直就像一柄柄马刀，被魔术师用来捅穿装有助手的木箱。

剩下的人既无缘享受屋内松软的沙发，也没能争取到屋外坚硬的木椅，只好为了保住头顶的荫凉纷纷站在墙边。

男人停下脚步，注视着休息处的墙壁。

外墙的镜子映照出男人和少女的身影。

男人身材修长而纤瘦，隔着网球衫依然能清晰地看到肋骨的轮廓。他脸颊塌陷，颧骨突出一个锐角，任由已经斑白的长发延伸到领口。虽然由于墨镜的遮挡不太明显，但他其实双目眍瞜，眼中应当还放射着异样的光彩。

少女的身高大约到男人的肩膀，身穿黑色无袖 T 恤和牛仔裤。一头偏红色的短发剪得整整齐齐，加上她那两道弯弯的浓眉，若没发现她胸前的鼓胀，恐怕那位老人问的就该是“令郎”了。

不，也许是从长相上看出来的。她一双大眼炯炯有神，分明没涂什么口红，嘴唇却红得鲜艳欲滴。她的脸，以及从 T 恤中伸出的双臂，都被晒成了健康的浅褐色。

蓬勃的生命力从少女身上满溢而出，与男人形成鲜明对比。

“这么看来，人家没问‘这是不是你孙女’就算不错了。”

男人自嘲般喃喃道。

少女突然收紧下巴，很认真地抬头看向男人，说道：“你就该直接说的嘛，‘她不是我女儿，是我的未婚妻’！”

男人听了连头也不点，再次快步走了。少女慌忙追上。

“哎，你说那只老虎是不是很想被关起来呢？”

虽然少女这样问，男人仍然不回答。他根本没注意听。就连右手的冰激凌已经融化，黏糊糊的白色液体滴到石板地上，他都不曾察觉。

男人的心早已不在动物园，甚至不在现在。而是已然飞回距今约一年前。那时，男人看起来还很年轻，外表与如今的少女一样充满了生机。

他的视野渐渐变得昏暗、狭窄，这是不好的前兆。男人的心理医生也这么认为。

“……你有过太极端的经历，与此相关的记忆仍然在你心中留下深深的伤痕，想让你唤回那段过往……”——这么明显的事情，根本用不着特意花钱叫人告诉自己。

我不要！男人在心中大喊，我再也不想回那儿去了！

然而，男人再次回到暮枝，不知不觉地，又走在错综复杂的洞窟之中。

光在哪里？

男人理应已经在黑暗里找到了一束光芒。

又或者，那束光是假象吗？

男人继续在黑暗中彷徨。

渐渐地，也不知是已经走出洞窟，还是抵达了洞穴的最深处。

只见锄屋和人站在那里。

那个企图灭罗堂家满门的男人。

和人的计划几乎大获成功。因为继承了罗堂家血脉的人，除了某人以外，全部都死了。

是的，除了某人以外。

第一章

一刀斩首灭恶鬼

1

这个故事的迷宫与克里特岛神话的迷宫不同，不会出现英雄豪杰。主角也不是忒修斯，只是个非常平凡的男人。

——《我生活的种种模式》

（美）赫尔伯特·A. 西蒙（ Herbert A. Simon ）（著）

“暮枝村？”

天濑启介鹦鹉学舌般重复了一遍总编的话，有些疑惑地说道。

“我从未听说过这个地方。请问它在哪里？”

“在岐阜。”

总编吃力地倾斜着肥胖的身体，将桌上的纸条递了过来。

“准确地说，它不是村庄，只能算是一个小聚落吧。岐阜县武仪郡洞户村的暮枝。”

“这地名还真是乡下感十足。”

天濑身边的摄影师町田亨嫌麻烦地咕哝一句，用手拢起自己染成火红色的短发。

“我们得跑到那么偏远的地方采访吗？”

“没错。”

总编抬头睃了町田一眼，缓缓点头。

天濑虽候着他的下文，但总编只是双手抱臂，前后摇晃身体，没有继续往下说的意思。他胯下的钢管椅难以承受将近一百公斤的重压，发出阵阵悲鸣。

总编好像提不起劲——天濑心想。此事在昨天通电话时他就有所察觉。我这里有个专访——总编的开场白听起来极不情愿，天濑眼前甚至能浮现出他百般无奈地握着话筒的模样。

“所以，我们需要采访什么呢？”

由于等了许久也不见总编开口，天濑只得主动发问。总编瞟了他一眼，勉勉强强回答道：“采访‘奇迹之泉’。说是一个山洞里有一眼泉水，泡在泉水里就能治病。据说有个被医生放弃治疗的癌症患者泡过那里的泉水以后，病就全好了。厉害吧？”

总编的语气恶狠狠的，就差将“无聊透顶”四个字说出口了。他伸手在桌上的大堆文件里翻找一番，说道：“我记得谁家出过报道来着……罢了，等会儿有一个叫石动的人要来，他大概会有。你们跟他讨来看吧。不过毕竟出自那些假得要死的灵异杂志，可不可信我就不清楚了。”

“我觉得这内容好像不太适合《VXI》啊。”

天濑再次感到纳闷。

《VXI》是一本以追求时代最尖端地位为目标的新潮思想文化杂志——至少它在封面是如此自我标榜的。从高端科技到市井文化尽数涵盖，对这本塞满了各类最新最潮元素的杂志而言，“奇迹之泉”显得格格不入。就算一定要谈灵异，也该谈些更高尚的话题才比较合适。

“天濑说得对啊，总编。”町田连连点头，开始强调他的主张，“要是《VXI》刊登这么俗的文章，会被读者笑死的。这种企划案还是毙掉为妙啊。”

看来町田相当不乐意去地名里带“村”字的地方取材。

“这不是我们的企划案，是别人拿来的。事出有因，我没法回绝。本来就是没办法了才说想塞到养生特辑里……”总编苦着脸，交替看看他们两人，“欸，这项目确实很无聊。你们要真不想去，推掉也没关系。”

天濑和町田面面相觑，他们都很清楚总编言下之意。

写手也好，摄影师也罢，都有无数个替代品。

天濑悄悄叹了一口气。就算工作内容很不靠谱，也比无事可干好上太多。就天濑自己来说，无论是什么样的工作，他都没打算拒绝。

自由写手就是这样，天濑在心中自嘲。一旦出版社和编辑制作公司不打电话来，就会立马摇身一变，成为失业预备军。

直到数年前，自由职业者的身份都还是一枚光荣的勋章。写手、编辑、制作人、设计师……拥有这些名头，又在前面加上“自由”二字的人们，全都过着辉煌显赫的业界生活。就连无业游民都以“飞特族[1]”自居，雄赳赳气昂昂地走在大街上。

那段时间，天濑曾接到邀请，参加一家新兴多媒体企业召开的派对。

他带上当时的女友到访会场时，那里已然挤满了业内人士。

主办方租下一栋三层楼的画廊充当会场。内部墙壁、地板、天花板统一漆成深蓝色，四处装饰着明信片大小的彩色石版画，在昏暗的间接照明之中浮现出朦胧的轮廓。模糊的光晕，再加上随处摆放的电脑屏幕发出的亮光，衬得那些穿得五彩斑斓谈笑风生的业内人士们，仿佛一群群在海底飘忽不定的深海鱼。

1　飞特族，略作Freeter。指没有定职，以各类短期打工维持生计的人。原词是英文“自由”（free）与德文“工人”（arbeiter）的组合。——译者注

“感觉怎么样？”

回家路上，天濑询问曾是银行职员的女友对派对有何感想。只见她嘴角一歪，嘲弄道：“真亏他们有本事，也不知上哪找来这么多一看就不靠谱的人。”

她会这样刻薄倒也难怪。派对上有个戴银框眼镜，显得有些神经过敏的青年，且不说他头上扣着一顶螺旋桨帽，之后竟还掏出玩具吉他演奏起来，当时就连天濑都想：再怎么说也闹过头了吧？

后来当他得知，那名青年既非制作人，也未曾担任其他职位，就是个普普通通的小职员，只不过作为计算机发烧友，在部分群体中属于著名人物时，这种想法就更加强烈了。所谓的“在部分群体中有名”，大概也就意味着跟二十来个人混得有些脸熟，人家知道他叫什么名字而已。

但如今他知道，女友的话只说对了一半。那些脚不踏实地的业内人士并非对浮空之术很有心得。他们只不过是像穿梭于万花丛中的蜂鸟一样，以肉眼无法捕捉的速度扑动翅膀罢了。一旦经济不景气，丧失了扑扇翅膀的力量，就会立刻摔落在地。

天濑察觉到这一征兆，是在给某家杂志写稿的时候。因为需要计算稿件费用，对方让他将稿件字数按照每页四百字的稿纸规格进行换算，再报上来。天濑就在文字处理软件上改成了每页二十行，每行二十字的规格。统计过页数后，打电话告诉对方共十二张。

而才过去二十分钟不到，编辑就马上回了电话，对他说道：“我们这边的计算结果是九张。”

编辑的语气十分严厉，活像在法庭上控告天濑诈骗。

被对方的气势压倒，下意识先道了歉的天濑，挂掉电话后感到不太对劲。再怎么算错，自己也不可能多算三张纸啊。

几度重算后，天濑终于查明了真相。编辑得到的数据只是将各行字数乘以行数以后，直接除以四百，还细心周到地抹净了小数点后面的零头。

既然要用这种方法验算一遍，那最开始还叫我申报干什么——无怪乎天濑有这种想法。难道那家杂志社的资金紧张到连每页三千日元的稿费都要节省吗?

“你那已经算是好的了。”

后来在酒局上闲聊时，天濑将这件事情拿出来当笑话讲，没承想一位更年长的自由写手听了，语气陡然严肃，说道：“我现在供稿的那家杂志，只接受电子邮件交稿。而且稿费还是按 KB 数算的呢。”

“KB 数？”

“为了防止写手故意空行增加稿纸张数，他们只为写手生产出来的文本‘净重’付钱。简而言之，就是按斤买卖。”这位写手前辈自嘲地笑了笑道，“现在这世道越来越艰难了。真是的。”

然后他一脸怀念起泡沫经济全盛期的神情。

那位写手前辈，曾为一家大企业的宣传杂志做特辑策划。话虽如此，其实用不着他来构思宣传方案，只需时不时将他个人感兴趣的、有意思的资讯整理成为特辑便可。嘻哈、赛博朋克、CG艺术等等，随心所欲规划一番，再找些熟识的写手约个稿。天濑也曾为他写过一次文章，甲方预算似乎相当宽裕，打到户头上的金额高得吓人。因此常能听到这位前辈得意地炫耀，说他每年只要随便玩玩，钱就赚到手了。

但这项合作似乎在两年前便中止了。并不是因为企业发觉到“为什么我司要为此人的玩乐买单”，而是由于业绩下滑，宣传杂志项目本身便被叫停的缘故。

与突然被断绝主要收入来源的写手前辈不同，天濑当时刚刚入行，因此并未感到自己受到了泡沫经济多少恩惠。然而，眼看着收入年年递减，他实在很难不对未来感到担忧。恐怕当时的女友选择跟他分手，也是因为得知了自己供职的银行持有不良债权后，被类似的不安情绪驱动的吧。

“……可以请您告知详细的采访内容吗？”

天濑对总编说道。町田在旁边也点了点头。

“详细的事情，你们去问待会儿要来的那个叫石动的人吧。”

总编笑着回答道。

“就是那个石动带来的企划案吗？他究竟是何方神圣？是编辑制作公司的人吗？”

“我也不清楚他是什么人。嗯，大概就是盘踞在业界的‘魑魅魍魉’一类吧。”

也就是说不知道此人靠什么过活。

“你们见到他就明白了，那人很狡猾的。时间也差不多了……”

此时，只见从编辑部的入口走进来一对男女。临时雇用的女性急忙站起来，在一排排文件柜的环绕下接待来客。

“喏，来了。”总编十分刻意地拿起桌上的试印稿，吩咐道，“后面的事，你们自己跟他谈，适当应付一下吧。我这里很忙的。”

2

结果很快，他们便来到了美得不可思议的泉水旁。

——《汤姆·索亚历险记》（美）马克·吐温（著）

“视野很棒啊！真厉害。”

刚一坐下，那个八成就是石动的男人便扭头去看窗外，冒冒失失地感叹道。

这里视野的确很好，《VXI》编辑部位于大厦二十七层。天濑带着两位访客来到一个专用于讨论的小空间，从这里能将整个东京的景色尽收眼底。

透过全封闭窗，一览无余的街景犹如精心制作的微缩模型。由于隔音做得十分周全，街头的嘈杂声完全传不过来，通行在高架线上的电车就好似由电池驱动的玩具。橙色的车辆亲自证实着近大远小现象，眼看着越变越小，渐行渐远。

而头顶又是一望无际的碧空。虽然想用秋高气爽四个字来形容，可如今分明到了九月，天气却还热烘烘的，实在没一点秋天模样。室内的空调微微作响，吹出极凉的冷气。

不过天濑并没有注意东京的残暑，他仔细观察着眼前这对奇妙的组合。

眼前这个男人，总编介绍时只说“这是石动先生”，他看起来顶多三十五六岁，生着一张温和的圆脸，头发堪堪遮住耳朵，鼻梁上架着眼镜。而从这眼镜里也找不出哪怕一丝时尚气息，是方方正正的黑框镜。如今就连不上东大暂不为人的书呆子，都知道挑些更好看的镜框。衣服也土气十足，那套深蓝色西服好似趁批发店大减价抢来的，他又在脖子上打了一条同样深蓝色的领带。

从这些外表因素上看，比起总编所说的“魑魅魍魉”，倒更符合耿直老实的上班族形象，但石动浑身又散发出一种若有似无的诡异气息。可能是因为西装革履打领带的样子完全不适合他吧。这个石动看上去就像是那种为了参加入学典礼，生下来头一回穿正装的小学生，勉勉强强将自己塞进身上这套西装里似的。

而要说服装与本人气质不符，他身旁的女性也没好到哪儿去。

目测二十七八岁的她，穿着一套似乎很贵的名牌西装。项链是爱马仕的，包包是香奈儿的。因为上面有着巨大的Logo，就连不懂时尚的天濑也看得出是什么牌子。也不知是不是因为要来出版社，她才拼命打扮了一番。可偏生不巧，这身华服除了衬得那张平平无奇、唯有两眼之小引人注目的穷酸脸蛋更添穷酸以外，实在没能发挥什么别的效用。

这样的两个人，亲亲热热肩并着肩，坐在白色的圆桌旁，活像一对跑来相亲的大龄男女。简直都能听到背景里负责人的声音：“接下来，咱们就把时间留给两位年轻的朋友吧。”

我好像也没资格说别人——天濑自我反省道。之前他以为今天只用见总编，才穿了网球衫、牛仔裤这种最普通的便服，旁边的町田更是一如往常，一身我行我素的朋克装。夹克上铆钉铁链多得过分，外带一头火红的头发。见了此情此景，对方铁定也正不知所措呢。

临时雇用的女员工为他们端来咖啡。这四人虽各有古怪，她见了却依然平静如水。跟大型出版社往来的人，无论穿成什么样都不足为奇。

“好了，咱们来谈谈专访吧。”

石动啜了一口清淡的咖啡，从他的挎包里取出一个大信封。

“呃，在那之前，我们不如相互介绍一下？”

天濑不知所措地说道。石动好像一点要介绍同伴的意思都没有。

“啊，对了。这么说来，我还没有问过二位的姓名呢。”

石动嗤笑了起来。这笑法听着像是将对面的人当作智力障碍者来看待似的。

“那位女士的名字，我也还不曾问过。”

“确实。那就按规矩，从交换名片开始好了。”

石动从上衣口袋里抽出名片，给天濑和町田一人递了一张。

天濑看了看名片。

蠢牛有限公司董事长
Deductive Director
石动戏作

名片的设计很普通，像是在街上随便找家打印店弄出来的手笔。名头写的是董事长，那么他大约掌管一家小型编辑制作公司之类的单位吧。唯独“Deductive Director”天濑看不太懂。此外，名片上还印着一个奇怪的标志。

天濑抬起头，只见石动双手并拢往前一伸，像要掬一捧清澈的溪水似的，等着换来他的名片。

“不好意思啊，我们两个人没有名片。”

天濑低头致歉。石动愣了一下，问道：“您没有名片？”

“我们不是编辑部的员工，平时以自由身份接活。我是写手天濑启介，这位是摄影师町田亨。”

“您好，我是町田。”

町田咕哝着微微向他致礼。

“啊，原来如此，是自由职业啊。”

就算得知他们不是出版社的员工，石动也没有显出分毫嫌色，还是笑眯眯的。他又拿起桌上的信封。

“那么，咱们来谈专访……”

“那个，能请您也介绍一下同行的这位女士吗？”

天濑慌忙插嘴。随行的女性脸上写满了“如坐针毡”，整个人缩进椅子里。她好像在说“我为什么会在这里”一样，正探头探脑地四处张望，那神态仿佛一只受惊的小动物。

“啊，对哦。”石动像是才发现女伴的存在，看了一眼旁边。

“这位是仓内高子小姐，她是亲身体验过咱们要去探访的那汪泉眼的人。我觉得面对面谈话比较好，就请她一起来了。”

“我是仓内。”

女人一脸紧张地低头行礼。

“现在咱们可以正式谈谈专访的事了吧。”石动说道。这次就连天濑也没有阻止他。

他首先从大信封里取出来的东西是一张地图的复印件。石动将地图铺在桌上，指指点点地解释："我们的采访地点暮枝就在这附近。大约在洞户村和板取村交界的地方。"

"我记得之前说它们位于岐阜吧。"

天濑蜷身趴在桌上问道。就算跟他讲什么洞户村板取村，他也根本不知道在哪儿。

"是的，岐阜县在这里。"石动指着地图上某一点，然后食指缓缓向上滑，"256 号国道北上，这一片都属于洞户村。在岐阜县看过来，暮枝就位于洞户村最深处。"

"从岐阜县过去大概要花多久呢？"

天濑眯缝起眼，仔仔细细检视地图。这份黑白复印的地图内容非常难以辨识，也没标明多少比例尺。

"开车大概一个半小时吧。"

石动张口便回答道，町田听了毫不掩饰面上的嫌色。

"只能开车去吗？"

"嗯，开车去应该是最好的选择。如果想搭乘公共交通工具，那就坐巴士到洞户暮枝站下车，但那趟车两小时才有一班，会等得很辛苦的。我第一次也是坐巴士去的，当时吃了一惊。明明不是观光巴士，可是中途停靠时居然有安排上厕所休息的时间呢。"

石动又嗤嗤地笑起来。

"这样的话，就只能在岐阜县租车了吧？"

听天濑这么一说，石动摇了摇头。

"坐我的车就可以了，我还能为二位驾驶哦。"

"石动先生也会陪我们一起去采访吗？"

"是的，反正我要去那边办点事。"

“既然这样的话，阁下不如将采访事务也一并包办了如何？”

町田右手把玩着刚拿到的名片，直直注视石动的面孔。

“既然是编出行业的人员，采访这点小事您自己也就能搞定吧？干脆摄像也……”

“请问‘编出’是什么意思？”

石动不可思议地看着町田。

“您不是编辑出版行业的人吗？”

听天濑这么一问，石动笑着转向他说道：“我和你们二位来自不同的行业。采访、写稿一类的事情，我从来没做过。”

那他到底是干什么的？天濑心里直纳闷。

“然后，暮枝这个地方有一座钟乳石窟，名叫‘龟恩洞’，写作‘乌龟的恩义之洞’。”石动从胸前的口袋里抽出一支圆珠笔，在地图边角上写了字给他们看后，继续说道，“我们说的泉水好像就在里面。”

“浸泡在那个泉水里，身上的疾病就会被神奇的力量治愈吗？”

“是的，我今天将至今所有介绍过泉水的杂志文章都带来了……”

信封里露出杂志剪报的一角。大标题印着“末期癌症也能治愈，奇迹之泉的神力”的字样。近来“神力治病”类杂志仿佛雨后春笋接连冒头，这也属于其中一家，总编没有说错，是没什么参考价值。

“看来还是直接问当事人吧。”石动瞥了一眼那位名叫仓内的女性。

仓内表情僵硬，默不作声。

“仓内小姐是吧？”为了缓解对方的紧张，天濑尽可能笑得温和，“您的病治好了吗？”

“是的。”

仓内开始尖着嗓子讲述自己的经历。

“我之前在某家公司工作，但是一直都受到腹痛困扰。工作很繁忙，我觉得不会有什么大事，就一直放着没管。谁知道去年秋天，肚子痛到没法忍受的地步，我就去医院了。然后……”

仓内断了话头，抬起眼楚楚可怜地望着天濑。

“就诊断出得了癌症是吗？”天濑静静地问道。

仓内点了点头回答道：“查出是大肠癌……而且已经发展到末期，医生说我只剩半年寿命了。就算做手术也没多大希望能治好，所以基本上医生也放弃了。我辞了工作，有一段时间一直窝在家里，每天都在发呆。后来终于有一天，我觉得自己不可以再这样下去，我还不想死，无论做什么我都想治好我的病。所幸保险金到账了，我就用那笔钱去尝试了医院以外的治疗方法。”

“也就是民间疗法吧。”

天濑脑海中浮现出书店里健康养生区架子上排得整整齐齐的书，尽是些警惕不良生活习惯和减肥指南之类的内容。虽然有医生或学者撰写的严谨著作，但也有不少装神弄鬼的书籍，简直就跟灵异学典籍如出一辙。

“是的，我做了很多尝试。比如找来奇怪的药草煎汁服用，供奉祖先，甚至还参加过驱魔仪式。”仓内吊起一边唇角露出略带讽刺的笑容，说道，“就在这个时候，朋友给我介绍了保龙英利先生。据说他在岐阜县的深山里包下一个村庄，办了个自给自足的小公社。一日三餐的材料都取自大自然，还会教授冥想和瑜伽之类的。朋友说如果我借助他的力量，也许病况会有好转……”

“请您稍等一下，您说的该不会是某种新兴宗教吧？”

天濑的语气不自觉地变得有些冲。“在山间村落共同生活”这一描述让他顿生警惕，说不定这个什么石动就是新兴宗教派来的宣传员。

“您不用担心啦，不是什么新式宗教。”石动脸上笑容不改，插嘴说道，“我也见过保龙先生，他既不是教主也不是别的什么，只是一介普通人罢了。说是小公社，也有些言过其实了，那顶多只能算是一个新纪元运动[1]同好会而已。”

听到石动嗤嗤发笑，仓内一歪嘴唇，说道：“是的。我是今年二月份参加的，但我的期待落了空。都过去一个月了，我的病却完全没有好转的迹象，别说好转，甚至肚子还越来越痛。”

仓内低下头，沉默了一会儿。

“我彻底陷入了绝望，每天都在山里四处游荡，脑袋里满是死字。也许我是想给自己找个寻死的地方才会四处乱走吧。就是这样的某一天，我发现了那个钟乳石窟。”

再次抬头的仓内表情已变得如痴如醉。

“我就像是被某种东西召唤着一样走进洞里去。洞里很暗，可神奇的是越往深处走，我渐渐的能看见光芒了。我不知那是什么，又往里走了一段后，眼前出现一片很宽阔的空间，有一束光不知为什么从洞顶上投射下来。然后我就看到地下正涌出一汪清澈的泉水。”

仓内仍保持着恍惚的表情，仰头看向天花板。简直像给神明献上祈祷一般，紧握着双手放在胸口说道：

“看着那汪泉水，不知为什么我突然想将身体泡在里面。不，应该是萌生了十分强烈的念头，就像有人在背后命令我泡到泉水里一样。我连衣

1　新纪元运动（New Age Movement），也称新时代运动。发源于20世纪后期的西方，基于占星学中从双鱼座年代移至水瓶座年代的思想而命名，属于一种疑似宗教潮流。其中一项主要目的是“追求在物质世界中渐渐难以得见的神圣真知”。——译者注

服都没脱，直接整个人从头到脚浸进去。当时我感觉身心都得到了净化。”

话在这里停顿，仓内仿佛想起泉水的触感一般，闭上她的双眼。然后她轻声说道：“从泉水里爬上岸后，我的心中一片澄明，正面对抗疾病的勇气源源不断地涌了出来。我想，我不要再倚仗保龙那种像骗子一样的人了，我要再一次与癌症做斗争。我浑身湿透，直接从钟乳石窟里出来，下定决心回到公社，打包行李，就那么回了家。”

仓内睁开双眼，认真地注视着天濑的面孔。

“然后第二天，因为我打算重新认真接受治疗，就去医院做了检查，结果他们说我的肿瘤缩小了。肿瘤缩小到那个大小的话，只要做手术就可以完全治好……我的主治医生对此也很惊讶。后来我马上动了手术，现在完全恢复健康了。”

仓内说完，嫣然一笑。

“您带了医院的诊断书吗？”天濑问道。

虽然知道自己的说法像在怀疑别人，但他也并未打算掩饰。

“有的。仓内小姐，给这位先生看看可以吧？”

石动说着，手伸向信封。仓内点了点头。

“这是最开始检查时的报告，这是在泉水里泡过以后的检查报告。”

天濑扫了眼对方递来的两份诊断书复印件，可他根本不具备足够的医学知识来判断那些混杂着德语的诊断内容都写了些什么。瞥见做检查的医生来自小有名气的医院后，天濑便煞有介事地在两人面前点了点头。

“那个……我希望报道里不要出现我的真名。”仓内十分苦恼地对天濑说道，“说实话我不想把这件事闹大的。就因为一不小心将泉水的事情告诉了朋友，才会变成现在这样，但如果可以的话，我还是不希望自己的生活被打扰……”

“这点请您放心。”石动先于天濑开口，“这次的专访，泉水才是主要内容。我们不会直接将您的故事刊载上去。这方面可以照顾一下吧，天濑先生？”

“是的，当然。”

天濑无奈只得这么回答。看来这个石动，是个无论什么事情都要自己拍板，直接推进的性格。

而这一点，从石动下一项动作中他便领教到了。

“好的，这是新干线的车票。9月12日，上午9:07发车的光111次列车，指定席可以吧？”

“等下啊！”町田一边瞪着石动递来的车票，一边大声喊道。

“咦？非得是绿色车厢[1]吗？”天濑问道，“不是，怎么连采访时间都由阁下决定啊？”

“总编说我可以自由决定的。”

天濑在心里咒骂起总编来。哪里“不乐意就可以推掉”了？打从一开始，他就敲定了天濑和町田非得接下这活儿不可。

“坐新干线到名古屋站，下车后请坐名铁[2]到岐阜县来。我们下午一点在名铁的新岐阜站中央出口前碰头吧。还有，原本我想订几间岐阜的旅馆，但每天要在路上花一个半小时，来回会很辛苦。所以，我想让二位暂时住在我租的暮枝民宿里。”

“还要留宿啊！”

1　绿色车厢，日本国有铁道列车中更加舒适、豪华的一等车厢。名字来源于旧车型侧窗下的淡绿色饰带和绿色车票。——译者注

2　名铁，日本私营企业“名古屋铁道股份有限公司”的简称。以爱知县、岐阜县为主要运营区域。——译者注

町田烦躁地嘟嘟囔囔发牢骚。天濑也根本没想到还要在岐阜留宿，他本以为能够当天往返。

“请问……您计划的采访日程究竟有多少天呢？”

天濑诚惶诚恐地问道。石动笑着摆了摆手答道：“两三天就足够啦。我不会要求二位像我一样，每个月都去暮枝的。”

“您每个月都去啊？”

“是的。由于工作关系，每个月需要跑两趟。”

石动答完后，便擅自决定结束他们的讨论，开始将信封塞回挎包。拜此举所赐，天濑没能赶上问一问他究竟是干什么工作的。

“咱们就在十二号当天再会吧。”

石动站起来，对天濑他们宣布后，便带着仓内快步离开。

被他抛在原地的天濑决定问问町田的看法。

“你觉得怎么样？”

“好久没听到那么假的故事了。”町田十分无语地抛下这句话，整个人陷进椅子里，说道，“多半是初检的医生技术不行啦。而且那个仓内一看就是个死心眼儿，只要认了死理，别人说什么都听不进去。”

“我也这么想。”天濑耸耸肩，“那我们要因为庸医误诊和女人的臆想，特意跑一趟岐阜去做专访吗？”

“我只用拍照片，还算好的，你还得写篇能登在《VXI》上的文章呢。现在就是展现你天濑启介作为写手的实力的时候喽。”

町田说完这句话后便哈哈大笑，天濑则陷入了深深的忧郁之中。

3

岐阜到底是什么啊！那种地方，真的存在于日本吗？

——《美浓》（日）小岛信夫（著）

车载音响中传出的弦乐如波浪般舒缓起伏，女歌手美妙的音色流淌在车内。石动一边开车，一边跟着音乐哼歌。

天濑旁边，町田正将脑袋靠在后座的头枕上睡得死沉。由于町田对老气的音乐毫不感冒，那位女歌手所唱的传统曲目在他耳中一定是最悦耳的摇篮曲。

在交通工具上难以入睡的天濑，此时有些羡慕起随时随地都能睡着的町田来。因为要空出三天时间用于采访，他昨晚一直赶稿到凌晨三点。而且坐新干线来的时候，身旁还有个鼾声震天的町田，一宿没能合眼的天濑只得靠从书报亭买来的报纸和周刊打发时间。拜此所赐，从自民党党首选举的动向，到东南亚的政情动荡，以及运钞车抢劫案被逮捕的犯人形象，甚至各局新晋女播音员的三围，他都被迫了如指掌。

天濑愤恨地瞪了一眼町田幸福至极的睡脸，将目光转向窗外。

这辆轻型汽车在道路两边水田的怀抱中，正沿着 256 国道北上。

只见山脊处冒着白雾的群山郁郁葱葱，红叶还没有一点冒头的迹象。因为大部分都是杉树，就算时入深秋，山上的绿意也不会变化，只有杂木林会染上星星点点的红色。

不过，由于进入水稻收割期，两侧光秃秃的水田好似刚用推子推过的刺儿头，倒确实透露出几丝秋天的气息。

望见眼前一派祥和的风景，天濑这才渐渐有了接下来要前往村庄的实感。

天濑长这么大，还是头一次来岐阜。先前在活像东京都政府大楼翻版的 JR 名古屋车站下车后，换乘名铁公司鲜红的山岳全景快车，抵达新岐阜站时只觉得这就是个平平无奇的地方都市。顶多也就在时装大楼门口见到有轨电车通行，让他感觉挺新鲜。

来接他们的石动，穿着和三天前完全一样的西装。坐上小型汽车出发后，很快便看不见市区风景了，越过一座略高的小山和一条宽阔的河，就到了郊外。石动介绍说："这是金华山和长良川。"接着沿途就只有柏青哥店、便利店、"免下车"餐馆。而这些商店也很快就消失无踪，眼前变为真正的田园风貌，远处朦胧的群山也越来越近。

盯着窗外看上半天，并没有让人眼前一亮的新事物。天濑觉得还是大致浏览一下之前收到的资料比较好。他将挎包搬到膝上，打算取出里面的杂志剪报。

一张白色小纸片掉了出来，落在座位上。是石动的名片。

天濑捡起名片，漫无目的地用手指把玩了一番。

"这名片很无趣吧？"

石动的声音响起。天濑抬起头，目光和后视镜里那双笑盈盈的眼睛对个正着。

"所谓'专门给银行看的正经名片'就是这样吧。我其实一点都不喜欢，可是学长坚持说名片就该这么设计。欸，所以也没办法，只好用这种了。"

"学长？"

"是我大学里的波特研的学长。"

“波特严？”

“科尔·波特研究会。当时学长是会长，我是副会长。”

这个名字天濑有印象，是以前美国的一位音乐剧作曲家，好像还是《白天与黑夜》[1]的作者。

石动似乎没有进一步说明的打算。

这人浑身都充满了谜团。要真是总编说的那种“魑魅魍魉”，那么天濑不仅对此十分了解，甚至他自己可能也是其中一分子。但是石动这个人，正如他本人所说，同那类业内人士稍稍有些不一样。

天濑决定试探一番。反正采访期间他们都得待在一块儿，总该了解了解对方吧。

“‘戏作’是您的真名吗？”

天濑如此挑起话题。

“常有人这么问，还有人直接认定这是雅号，然后突然开口问我真名叫什么呢。但这是如假包换的真名，我就叫这个。”

后视镜里映出那人嗤嗤的笑脸。

“我父亲大名‘诚作’，真诚的诚，制作的作。他人如其名，就是‘诚实’二字活生生的体现。家父是公务员，就连我这儿子看来，他也是个不得了的‘老古板’。别说喝、嫖、赌他全不沾，就连正儿八经的爱好他都没有一个。哪怕休息日也从不见他下棋，摆弄盆栽就别提了，俳句更是半个字也不会，成天瘫在房里，眼巴巴盼着星期一的到来。就是这样一个人，估计他本人也不喜欢自己这种性格吧。在独生子——也就是我出生时，他希望我不要像他一样顽固不化，而是长成一个能享受人间游乐的人。抱着这

1　《白天与黑夜》，原名*Night and Day*，是科尔·波特在1934年为美国音乐剧《柳暗花明》所作名曲，曾被多人翻唱。——译者注

样的愿望，才给我起名叫‘戏作’。家父就是这样，古板到连‘戏作者[1]’这个词都不知道。”石动爽朗地笑了几声，然后说道，“给孩子起名还是多留点心的好。没想到就因为取了‘戏作’这种名字，他的犬子早已超出父亲小小的愿望，进了个不明所以的行当。明明家父自己退休后还闲不住，跑到不知哪儿的老古板公司当嘱托社员[2]呢。”

“‘Deductive Director’这个职业有那么不明所以吗？”天濑看着名片说道，“不过确实看不懂什么意思。”

“‘Deductive’就是所谓的‘演绎’。”石动正经八百地回答道。

“演绎？”

“你看，数学里不是有演绎法和归纳法两个概念吗？就是那个演绎。话虽这么说，我对数学可是一窍不通，大学读的是文科嘛。简而言之，就是‘思考’的意思。”

“您的工作就是思考吗？”

“是的。本来学长让我写 Planner（策划），或者 Creative Director（创意总监），可我又不是一个很有创意的人。所以，我去查了很多资料，最后给自己安了这么个头衔。”

他一直提到的这位“学长”也不知是何方神圣，天濑心想。

“您是不是叫醒町田先生比较好呢？我们马上要进入洞户村了。”

石动说。天濑于是趁这大好机会，右手握拳，猛地一捅町田的脑袋。

“痛啊！”

1　戏作者，日语中“戏作”一词为江户时代后期通俗小说的统称，其作者即“戏作者”。——译者注

2　嘱托社员，日企一种非正规雇用形式，一般指退休后依然在公司工作的人。各公司对待遇及工作性质的定义不同。——译者注

町田睁开眼瞪着天濑。天濑坏笑道："马上就到地方了，别老睡不醒啦。"

"已经睡了快一个小时了啊。"

町田看看表，打了个大哈欠。听见车里依然如故地放着那位女歌手的歌，他皱起眉头说道："托这背景音乐的福，睡得真舒服。"

"那是自然。萨拉·沃恩[1]的歌最棒了。"石动轻巧接下町田的讽刺，"特别是库尔特·魏尔作曲的《九月之歌》，她唱的版本最动听。"

他心情很好地再次小声跟唱起来。

先前石动虽然说过"马上就要进入洞户村了"之类的话，但是具体什么时候进入，天濑是一点头绪也没有。一路上既无指示牌、十字路口，也不见路标或道祖神[2]立在村边道旁表示边界。路还是熟悉的柏油国道，两侧林立的也就是些普普通通的瓦房，连一间茅草屋都没见到。

"什么呀，这地方很普通嘛。我还以为能看到巨大的合掌屋[3]呢。"

町田环顾左右后很失望地说道。

"你说的是白川乡[4]吧。那里属于飞驒国，而这附近属于美浓国，根本不是一个地方。"

石动先是谴责町田的无知，又道："而且，白川乡只因为有世界级的重要文化遗产，才会保留下合掌屋。如果不用肩负那么重要的使命，那走遍全日本，无论哪个角落的独栋建筑，都会用统一制式的金属窗框，配上

1　萨拉·沃恩，原名Sarah Vaughan，美国爵士歌手。曾获三次格莱美奖。——译者注

2　道祖神，是日本村庄的守护神。立在村边道旁，据说可防止恶魔瘟神进村。——译者注

3　合掌屋，日本一种特殊建筑形式。现存建筑大多建于江户时代中后期。特征是以茅草覆盖屋顶，外观仿佛双手合十形成一个"人"字，因此得名。——译者注

4　白川乡，位于日本岐阜县的村落，以合掌屋建筑群闻名。曾于1995年12月与五箇山合掌村落一同被评为世界遗产。——译者注

隔音隔热瓷砖的。”

正如石动所说，如果只看那些房屋的外观，和岐阜县近郊的民居完全没什么不同。区别只在于这些房屋背后紧邻树林，森林枝叶繁茂，昏暗不见边界。人类支配的领土只占很小的面积，被限制在国道的两侧。

群聚的房屋建筑只有这一小片，很快便中断，任由树枝探到路上。往前开了没多久，又是一片房屋。看来这里并非一整个大型的村庄，而是将国道沿途的几个小聚落联合起来，统称为洞户村而已。估计这些村落在合并为一之前，每个都拥有自己的名字吧。

渐渐地，道路右侧有一条河流汇聚而来。

“这是板取川，是长良川的支流之一。”石动从方向盘上腾出右手，指了指河。

天濑侧目盯着那条沿国道悠然前行的河流看了一会儿。

午后阳光斜照，河面上闪烁着绿色的粼光，颜色从浅滩到河中心由淡绿变为深邃的祖母绿，描绘出漂亮的渐变。河滩上大大小小的卵石反射着洁白的光芒。

河堤插了好几根黄色的旗帜。也不知是因为附近有祭典活动，还是为了宣传河滩附近的汽车露营地。

但只要近距离观察那些旗子，就能得知上述猜测都不正确。旗子上用方方正正的粗体字写着一行“如果听到警报声，请马上离开河边”的大字。

他们一行人驶过架在这条板取川上的拱桥，并路过桥头一块十分惹眼的“圆空纪念馆”看板后，又开了一会儿，石动便开始减速。

“你们看，那里有座桥对吧？”他隔着挡风玻璃指指前方，说道，“过了那座桥，就是暮枝了。”

只见一座漆成红豆色的铁桥缓缓逼近他们。桥边河堤上的草丛里，一座古旧的公交站迎接他们三人到来。从锈迹斑斑的圆形名牌上可以读出“洞户暮枝”几个字。

小汽车开过桥，进入铺修过的林间小道。

林道右侧装有护栏，底下是一条溪流。按石动的说法，暮枝地区正是沿着这条暮枝川铺展其版图的。

它没有方才见到的干流——板取川宽，但溪谷底下的水流仍然透着青翠的绿色。八成是溪水不深的缘故，河面的绿色比起板取川来淡上许多，四处清可见底，绿色跟茶色交织成斑驳的花纹。

林道左手边茂密的杉林一直涌到路旁。笔直的树干上树皮纷纷脱落，毛糙糙地立在原地。

“我春天绝对不来。”花粉过敏的町田嘟囔道。

车开了大约五分钟，又看到一座红豆色的桥。这条森林小道似乎是几度穿过暮枝川蜿蜿蜒蜒的河道后，笔直通向终点的。过桥后，河流便移至道路左侧。

然后，现已变成山路的右侧开始出现十几栋房屋。这里仍看不到茅草屋顶。就算比较破旧的老屋，房顶上也盖着瓦片，其中几栋的外观甚至和住宅开发区里最新式的地皮房一模一样。

最前方的民居门口，有个穿着运动衫的中年男人坐在大石上抽烟。

“哎呀，出羽先生，您好。”

石动将车停在男人面前，降下车窗同他搭话。

“哟。”

那个被他唤作出羽的男人微抬右手以示回应。

这个人一头花白头发剃得很短，宽阔的下巴让人不禁联想起平家蟹[1]壳上的人脸。由于他身材小、肩膀宽，体格又很健壮，因此身形也总让人若有若无地想到螃蟹。

出羽毫不掩饰，仔仔细细打量了一番后座的天濑和町田两人后，开口说道："我虽然不懂咋回事，最近古里古怪的家伙来得可不少。"

大概这话多半是在说町田吧。

町田这次之所以没穿朋克皮衣，并非为了摄影工作克制自己，而是盛夏的暑气不减，他单纯觉得热而已。头发还是火辣的红，他只不过将夹克换成了一件印着巨大骷髅头的黑色 T 恤，下身还穿着假蛇皮裤。

"这二位是杂志社的人啦，是来采访的。"

听石动这么一解释，出羽饶有兴致地看着天濑，说道："两位也是来看'鬼隐山洞'的吗？"

"鬼隐山洞？"天濑正不知如何回应，只见出羽一边露出坏笑，一边说道："哎呀，多当心着点，好好采访吧。外头来的人万一受点伤，我们也很头痛的。"

1　平家蟹，一种原生于日本的螃蟹，主要分布在中国、韩国、越南。其背甲纹路酷似发怒的武士脸。——译者注

4

养牛人，个头要大，头发要花白带赤，脸颊要红润，颇有才气者为好。

——《枕草子》（日）清少纳言（著）

在暮枝采访期间，石动安排的那间民宿是栋两层高的瓦房，造型相当普通。出来迎接他们的女性四十多岁，身穿朴素的连衣裙，看上去就是个平凡的家庭主妇。

他是怎么让普通民家收留我们住宿的？天濑觉得奇怪，没准这家人是石动的亲戚。

“接下来怎么打算？如果两位觉得累，明天再开始采访也可以。”

后备厢里的行李都搬到二楼铺着榻榻米的房间后，石动询问他们。

“总之，我想先去看看那个石窟。”

天濑回答道。两个小时的新干线，又在车上颠簸一个半小时，要说累确实也累，但相比之下，还是想尽早解决采访的念头占了上风。

“您真是热心工作。”

石动笑道。天濑搞不懂他到底是讽刺还是出自真心。

“那么，咱们先去跟地主罗堂先生打个招呼吧。”

“钟乳石窟还有地主的吗？”

“是的。龟恩洞位于私人土地内部，如果不事先征得同意，我们是不能进去考察的。这位罗堂先生，就是附近这一片的大地主。”

三人从行李里找出町田的摄像机，离开民宿，徒步走回森林小道。

下车后天濑得知两件事情。第一，秋老虎在暮枝也淫威不减，一阵阵蒸腾而上的暑气缠绕着他们全身；另一件事情则是护栏外那条河的流水声响足以传入他们的耳朵。

三人在林道上前进，原本挂在头顶的太阳只稍稍倾斜了一点，在棉花糖般松软的云朵之间依然投下强烈的光线。夏天过后吊着一口气的蝉在杉树林某处发出濒死的短鸣。

稍走一段，他们在林道右侧（现在是山侧了）看到一间古色古香的农居。屋顶是茅草铺就，宽阔的檐廊面向道路伸展开去，颇有年头的木墙泛着乌黑的光。这是到岐阜后见到的第一栋乡村风情的屋子。庭院里，一个年轻男人正在挥斧劈柴。

“那就是罗堂先生家的房子吗？”

听天濑这么一问，石动面露揶揄之色，反问道：“您觉得它像大地主居住的房屋吗？很可惜，这不是罗堂先生家。这里就是保龙先生搞的那个所谓的公社。”

“就在那儿合住？”

“是的，里面住的全是外来人。要么是疲于都市奔波的人，要么是憧憬田园生活的人。因为屋主搬走了，保龙先生就租下了这间空置无人的屋子。不过暮枝本地的居民，大概难以相信会有人愿意租这么不方便的农民房住吧。可这些城里人呢，却好像更情愿风雨天一扇扇去关挡雨窗，每天动手劈柴，用烧柴火的铁锅澡盆洗澡。实在很有意思。”

石动快活地笑了一阵，而后指着道路前方。

“罗堂先生家在那座桥另一头。”

他们过了桥，沿着右手边的暮枝川走了一段后，这次一看便知哪个是罗堂邸了，因为桥的另一头只有一座建筑。

罗堂家的这座宅邸，甚至都不像日式家屋。数栋平顶的四方形屋宅以铺满石子的车库做分隔，连接这些建筑的是盖着圆顶的空中连廊。蕾丝窗帘在那些突出来的窗子里随风摇曳，玄关前则设有门厅。

庭院里既无松木，也无庭石，而是一大片花坛，其中绽放着五彩缤纷的各色花朵。

绕过紧密地停在一起的 RV 车和轻型车，三人走向玄关。

褐色瓷砖墙上饰有一块大理石名牌，上雕“罗堂”两个大字。石动按了按名牌下的门铃。

“谁呀？”

黑色原木门应声而开，一个踏着凉拖的十几岁少女探出头来。

这名少女身材苗条，身穿纯白 T 恤和丹宁布牛仔裤。略带红色的头发齐齐剪短，端正的面容配一双大眼睛，又有两道凸显强烈意志的浓眉描出棱角分明的弧线。尽管也有服装因素影响，但看这副容貌，与其称她美少女，不如说是美少年更加合适。

“呀，窗音小姐，您好。”

石动轻轻挥手跟她打招呼。

“您好，石动先生。”

窗音一边回答，一边诧异地看着天濑和町田。

“这两位是杂志社的人，是从东京过来采访的哦。”

听石动这么一介绍，窗音目不转睛地盯着町田的下半身，问道：“你这条裤子用了几条蛇的皮呀？”笑容里带着十几岁少女的天真。

“这是仿蛇皮。”

町田不知为何有些不好意思地回答道。

“真一先生在家吗？”石动问道。

窗音转过脸看着他回答道：“找爸爸的话，他在牛舍。”

“还在牛舍啊。那我去找找看，谢谢你，窗音小姐。”

石动表示感谢，窗音也回以一礼，关上了门。

“乡下也是有可爱女生的啊！”

从玄关走回森林小道的途中，町田一边摇头晃脑，一边感叹地说道。

“你说窗音小姐？”石动转身面对町田，“她是这儿的大小姐，平时在美浓市念全日制高中，只有休息日才会回老家来。”

“这样啊。那星期天过来就是赚到了。”

町田开心地说道。天濑心想，明明你直到昨天都还嘀嘀咕咕“怎么周日就得开工”，真是个势利的家伙。

“不过哪怕在乡下，高中女生也一样爱染头发啊。在学校里怕不是涂一身黑皮，眼角贴一堆眼泪贴，光腿穿迷你裙到处跑来跑去噢。”

“我一听到‘光腿’这个词，就会反射性想起横沟正史的《幽灵男》呢。”

石动耸耸肩说道。天濑不太明白他在说什么，町田也愣了愣。

“很可惜，窗音小姐没有去染头发。她那是本来的发色，罗堂家所有人都是红头发。”

“请问，牛舍是什么？”天濑问道。

“真一先生是畜牧业者，他在牛舍里养殖飞驒牛。”

“飞驒牛，就是能吃的那种吧？”

天濑回想起从车窗里看到的岐阜县街景。好几家肉店、餐厅的看板上都有“飞驒牛”的宣传字样。

“是的，是岐阜县的黑毛和牛品牌，类似松阪牛、神户牛，跟它们差不多。”石动又转过来看天濑和町田，“我先忠告二位，如果想跟真一先生搞好关系，不论发生什么，总之先夸他的牛。毕竟他在飞驒牛养殖上投入了无限的热情。只要会说‘这牛的面相就跟古代的武士一样威猛’，或者什么‘天角地眼一黑，鹿头耳小齿违[1]’之类的，就准不会有错。”

又是天濑和町田听不懂的话。

从罗堂邸到牛舍徒步大约花了两分钟，然而中途还是没有别的民居。路边只茂盛地长着不知名的杂草，以及弯弯扭扭的杂木林的枝条。

“只过了一座桥而已，突然就没人了啊。”

町田四处东张西望一番，然后说道。

“因为从桥开始，这片全都是罗堂先生的土地。”

石动迅速回答道。

“全都是？”

“好像山林那边也有不少是他的。龟恩洞就在上山没多久的地方。”

“你说这一片全都是他的？”

町田目瞪口呆。石动坏笑道：“不过，这附近的土地价格便宜，其实还不算什么。罗堂家在名古屋和大阪也有地产，那边才厉害呢。真一先生的弟弟是做房地产的，名下似乎有好几套公寓和大厦。”

“厉害啊。全部加起来得有多少身家？”

“这我倒不清楚，嗯……想来要以十亿为单位吧。”

牛舍就建在杂木林中人工开辟出来的一片空地上。平缓起伏的板岩屋顶之下敞着一扇左右对开的门。屋主大概将屋顶的一部分改造成了天窗，阳光投射下来，可以很清晰地看到牛舍内部的情况。

1　典出落语《夸牛》中父亲教给儿子的夸法，据称也是正确的相牛手法。大意为角冲天、眼瞪地、毛色全黑，脖子如鹿般滑顺，耳朵小，牙齿排列交错。——译者注

从入口笔直向里延伸的通道两侧，被铁栅各自隔开的牛身上的毛乌光发亮。粗略估计这里该有十几头，它们正齐刷刷地从栅中探出脑袋，拱进装草料的箱子。中间的道路上，身穿工作服的男女正来来回回地忙碌。

从林道走向牛舍的途中，天濑看见一个奇特的东西。一台大概是用来将牛塞进运输车用的小型固定式起重机的旁边，站着一头牛。

一开始天濑想，也不知它是挂牌待售，还是在外放养的特例。可盯着那牛看了一会儿，他发现那头牛不仅纹丝不动，皮肤还泛出青铜色的光亮。原来只是一座和实物等大的牛雕像罢了。

发觉他们三人走近，穿着工作服的中年男人从牛舍走出来。

“怎么又是你啊。”

男人一见来人是石动，便皱起眉，一脸嫌麻烦的样子。

“任你来多少回都不行，那么蠢的事情我可不打算……”

“不不不，我今天不是来谈那件事情的，是昨天电话里跟您说的杂志社的人过来问问情况，就是这两位。”

男人狐疑地看看天濑和町田。

眼前的男人结实又高大的躯体上裹着茶色连体工作服，脖子上搭了条毛巾，脚踏一双橡胶长靴。此人大概便是罗堂真一了。他的眼角和窗音很像，乱糟糟的头发也是红色。

“他们说想去看看龟恩洞，所以是来找您批准的。等那边结束，也请真一先生务必要让我们考察一番您引以为豪的飞騨牛啊。”

听石动笑眯眯地这么说，天濑在旁边瞪着他，啐道：“我可没听说还有这种安排！”

“这样啊。哎，行吧。既然特意从东京来一趟，我也不好一口回绝嘛。”

真一大大方方地点了点头，然后就打算回牛舍去。石动对着他宽阔的背影说道："那个，因为采访需要实地考察，您能让我们参观龟恩洞里面吗？"

真一回过头，脸上浮现出坏笑。

"打着采访的旗号，原来是想进龟恩洞啊。那可不行，那儿很危险的，要随便让你们进去，受个伤出点儿事，我可担不起责。"

"我觉得就是为了预防发生危险，才该让专家进去调查一下……"

"没人进去不就没危险了吗？"

真一抛下这句话，回牛舍去了。

石动轻声叹了一口气，回头面向天濑和町田说道："既然已经得到批准了，那咱们就去看看龟恩洞吧。"

"我可没听说还要给牛拍照片啊！"町田气愤地逼近石动。

"我也没听说！"天濑也带着怒意道，"而且，搞了半天，我们还不能进去参观？"

"不能进的啊，我也没进去过。"

石动的神情似乎很是困扰。

"那，到底有没有什么奇迹之泉，都还说不好呢？"

"是啊，这三个月我几乎每天都来拜访真一先生，希望他能允许专业的洞穴探察家进去调查，可是他一直不点头啊。别说点头了，就因为保龙先生公社的居民都吵着要进龟恩洞，搞得他最近态度越来越强硬，我也很头疼啊。本来以为跟他说东京的杂志想采访，他可能就会同意……"

"连泉眼都看不到，这还怎么探访啊？您倒是说说我该怎么写文章？"

这到底是个多不负责的人啊？天濑对他简直无话可说。

"哎呀，真一先生也可能会改变主意的嘛。而且，就算真一先生不同意，只要得到阵一郎先生的批准就行。我会努力办好这件事情的，还请您不要生气啦。”

以频频低头致歉的石动为首，从牛舍出发前往罗堂邸方向的三人踏上林道。

大约在牛舍与罗堂邸中间的某个位置，石动指着一条通往山里的小路说道：“亀恩洞是这边。”

明明是一条穿梭在杂木林之间的细小山径，路面却用沥青铺得十分平整。山体上的小路像一条弯折的缝线痕，平缓地蜿蜒直上。下方罗堂家的宅邸一览无余。

攀登这条山径时，透过层叠的树枝，可以看到一栋若隐若现的瓦房。随着阶梯状的坡道九拐八弯，瓦房也越来越清晰，到最后，它已变成一栋小巧的独户房屋，立在沥青山径尽头挡住他们的去路。

这房屋的正面有个狭窄的庭院，越过树木绿植，檐廊上紧闭的铝合金窗上映出一个人影。

“居然有人住在这样的山上。”

天濑这么一说，石动停下脚步，转向独栋房屋的方向。

“那屋子叫‘萝洞庵’。来自‘罗堂’这个姓的读音，写作‘藤萝缠绕之洞的庵’，也就是仙人的住家。是罗堂家当家隐居的地方。”

“当家？”

“罗堂阵一郎氏，真一先生的父亲。”

石动对独栋房屋挥挥手，铝合金窗里的人影似乎也挥手回应了他。

“如今他身体不太方便，所以隐居在此，但还掌控着一些隐形的权力。尽管本人总以老年人自居，可那真是说笑了。土地、建筑大部分都还在阵一郎先生手里呢，所以只要说服他，我们就可以进洞调查……好啦，接下来咱们要爬石梯，脚下容易打滑，还请二位注意。”

5

今宫殿虽壮丽显敞，苦无曲房小室，幽轩短槛。若得此，则吾期老于其中也。

——《迷楼记》

柿树上没有果实。

那是一棵幼细的柿树，生长在像猫额头一样狭窄的庭院里。虽说是七年前隐居时栽下的，大概由于土地贫瘠，老是长不粗，果子顶天也就结过那么几颗。

况且还是如假包换的涩柿。刚搬过来那年秋天曾尝过一个，感觉嘴都被涩歪了。吊在屋檐底下的话，倒是会变得可以入口，但我实在不想做那么穷酸气的事情。

而即便是涩柿，看了也是赏心悦目的。如今尚青的柿子，光是观察它一天天染上橙黄的模样，想来便足够有趣。

雁来红和胡枝子仍然绿油油，目前庭院里能感受到秋天气息的东西，就只有柿子果实了。

整个背靠在支起的电动床上，眺望这样的庭院时，罗堂阵一郎突然想咏上一句诗。他摘下眼镜，伸手取来侧边桌板上的笔记本和铅笔。

还是该作关于柿子的句子吧。

枝头色柿香……哪怕品来涩非常，枝头色柿香……

阵一郎陷入苦思。将成熟的“熟”说成“色”，好像是岐阜土话来着？

在俳句里用土话，合适吗？唔，也许这样反而比较有味道呢？

可是五七五的俳句，若想不出第一个“五”，一切都无从谈起。

阵一郎丢开铅笔，放弃了作诗。铅笔在棉被上骨碌碌滚了几圈，停在脚边的凸起处。

喝了一口桌板上茶壶里常备的水，阵一郎再次望向庭院。

将小而整洁的庭院与外界隔开的矮篱笆彼端，从林道一路延伸而去的沥青山径尽头，可以看到重峦叠嶂的青山。

直到腿脚变得不灵便为止，他都没能品出风景的趣味。曾经的他，大约以为每天看着山景过日子将会穷极无聊，但如今，司空见惯的风景哪怕有极小的变化，都能让阵一郎心中雀跃不已。没错，就连涩柿子的颜色也不例外。

正冈子规一定也是这样想的。身患结核性脊椎炎后便卧病在床的他，自选的临终寓所——位于根岸的住宅，庭院甚至还没有萝洞庵的大。但子规疼爱那庭院里每一时刻的风物，时不时吟诵俳句、短歌，还画它们的素描。

从前，阵一郎曾见过子规所画的花草和果物素描。尽管那笔触哪怕恭维也称不上流利，但从中可以感受到子规对自然的爱，以及想要捕捉事物每一个细节的热情。

电视节目里也展示了同时期子规绘制的自画像。画中，一个剃了光头、眼窝深凹、双颊内陷的病人神情跃然纸上。不是人人都能将自己的脸画得这么精确，全然不作美化，同时既不自虐，也不对病中的自己施以一分怜悯，只淡淡地画下自己最真实的面孔。其中甚至让人觉出一丝难以言喻的幽默。

没错，幽默，这才是子规的精神内核。只要读过子规所写的东西，便十分明了。阵一郎曾在读子规随笔时放声大笑。一个明治时期文人所写的文字，竟能引得他爆笑不止，这是他此前从未想过的。

那是一段批评《明星》杂志刊载的短歌的文章，而其批评对象似乎是这样一首短歌。

我曾有乳妪　闲来提笔书龟背　而今已故去

信龟放生小池里　此池名唤深泽池

子规所写的大意如下:“我看不大懂这首短歌到底想要表达什么。首先，在乌龟背上写信，实在不像一个正常人干的事情。是什么魔咒吗？还是对着乌龟寄托情思？还有那个写信的乳母，太神奇了。一般来说，乳母这类人（因为是明治时代）应该不识字才对。而这个乳母不仅会写信，居然还写在乌龟背上。再加上歌里又说乳母已经死了，我就连点评‘神奇’两个字都嫌自己傻气。好了，所以这乳母到底是怎么死的？生病还是自杀……”

阵一郎读到这儿，终于忍俊不禁，直笑得前俯后仰。

本来吼一句“别整天吟咏这些不知所云的短歌了”就可以搞定的事情，子规却佯装正经，连呼“神奇，神奇”。正是他这点坏心眼儿，逗得阵一郎捧腹大笑。

如果让阵一郎来说，最神奇的东西应该是子规的文章。明明四处都是必须查字典才能看懂的生僻词汇，读起来却很舒服，可以顺畅地体会文义。尽管某些明治时代的文人笔下神似外语的日语文章不在少数，但子规的文字却从不如此。

最开始阵一郎认为也许是子规用口语写作的缘故，但他阅读《松萝玉液》和《赠咏歌者书》等用文言体写就的作品时，却照旧可以轻而易举地理解。

后来阵一郎察觉到，这与文章无关，而是思考方式的问题。子规的思路非常清晰，正因为他准确地知道自己想写什么，想说什么，才能用平实的文字表达他的思想。简而言之，就是头脑聪明。

世上存在着用平实文字做文章的天才，子规如是，漱石亦如是。到了近代，着眼于大众文学的话，便有冈本绮堂、江户川乱步、横沟正史几人，都是这类写平实文章的天才。

似乎在某处读到过这样的评价：“绮堂的每一篇小说，都像昨天刚刚写就一般水灵生动；乱步的初期短篇，易读到让人难以想象这是昭和初期的文章；横沟则以通俗易懂的散文体，造就了数部杰出的侦探小说。”

而这些做平实文章的天才，又相互之间给予影响。

横沟的《狱门岛》受到《草枕》[1]的影响——这是阵一郎的秘密发现。金田一耕助在理发店请人帮忙剃头的情节就是一例，《草枕》里有一模一样的场景。从主角到底还是找了东京人开的理发店剃头，到中间分章节突然切入对话的手法，全都一模一样。而且《草枕》里这段情节前一章的末尾还提到了其角[2]的诗文。

枝头现雏莺　尾冲天来头朝下　开春初啼鸣　其角

此外，在《狱门岛》中，来到理发店的是相貌俊美的青年鹈饲章三，而《草枕》里来到理发店的是年轻的僧人，跟《狱门岛》中住持的法号仅差一字，名唤“了念”。这个想法或许足以比肩故人濑户川猛资[3]的异想

1　草枕，夏目漱石所著小说，1906年发表于《新小说》。——译者注

2　宝井其角（1661–1707），江户时代前期俳谐师，曾入松尾芭蕉门下学习。——译者注

3　濑户川猛资，日本推理小说、电影评论家，1999年去世。——译者注

天开，但阵一郎对此相当自信……

想着这些有的没的，望望窗外，看见三个男人正从山路攀登上来。

走在最前面的那个人，不就是石动春泥吗？

跟在他身后的两个男人就没印象了。二人皆是年轻男性，一个长发高个儿，另一个则留着火红的短发。

是石动带人来了，阵一郎想。石动是个有趣的家伙，看他做事不会无聊。对于窝在闲居寓所里的遁世人来说，“不无聊”正是评价他人最重要的标准。虽然他老想进龟恩洞有点麻烦，但总体上阵一郎还是挺喜欢石动的。

石动带来的两个客人看起来也颇有意思，乡野之地难得一见将头发染成火红色的年轻人。山道上的朋克仔，这搭配实属绝妙，可以成为绝好的俳句题材。

只见石动停在通往龟恩洞的台阶前，朝自己这里挥了挥手。阵一郎也挥手回礼，此时，平时照顾他饮食起居的女用人羽柴荣恰好端了粗茶走进房间。

“阿荣，春泥好像带客人来了。”

阵一郎一边接过茶碗，一边说道。

阿荣答着“是吗”，转过脸去一看，石动一行人正好消失在石阶彼端。

“你和春泥说一声，明天也可以，请他将客人们领来吧。我想见见他们。”

“是，老爷。”

阿荣半伏着眼答道，随即退下了。

阵一郎伸出右手，捻来滚落在床的铅笔。那个朋克装束的青年让他文思泉涌。

想了一会儿，最终阵一郎在笔记本上写下如下字句：

秋叶满山中　路见行人染红发　竟比叶更红　萝洞

自然，山上的叶子还一片都不曾红过。不过掺杂这么一点虚构，子规也不会苛责吧。毕竟，子规吃柿子的那间茶屋似乎也听不到法隆寺的钟声啊——阵一郎心想。

6

我在许久以前，读过一本以钟乳石窟为舞台的侦探小说。

——《八墓村》（日）横沟正史（著）

脚下这段石阶相当陡峭，与先前平缓的沥青山径截然不同。而且正如石动事先提醒的，这些长满青苔的石头很容易打滑，天濑是抓着左右的树枝才勉强攀上去的。

他们在杂木林中也不知究竟爬了几十阶楼梯，终于爬到一块平坦的地面。

“龟恩洞就在这条路尽头。”

石动悠然立于石阶顶端，等待下方气喘吁吁的天濑和町田。

“还要走啊？”

扛着宝贝相机拼老命爬上来的町田受不了了。

“都走到这里了，离目的地很近啦。”

石动则佯装不觉，再次领头向前走去。

说是平坦，这条坑坑洼洼的路上四处散落着石子，其实难走得很。它让天濑痛切地感受到自己的脚掌生来就不适合爬山。原本他早有准备，穿着运动鞋来的，但现在脚底板肯定到处磨得起皮，搞不好都起泡了。好怀念刚才的沥青地。

再加上现在小路左侧是悬崖，不要说护栏，就连个木栅都没有。因为地面一下子抬高，这要是摔一跤，那必定沿着斜面一路从山顶滚到山脚，当然十有八九途中会撞上茂密的枝啊、干啊，倒是不至于摔死，全身骨折应该是免不了的。

小路仿佛一条置于浑圆山腹上的腰带，缓缓向右蜿蜒而去。走着走着，只见山的背后出现一座丘陵。

它突出地表，在周围一片绿意之中鹤立鸡群，唯独这座丘陵附近的地面是白色的，仿佛手背粗糙的骨节。简直就像这座山身负重伤，绿色的皮肤被划开，露出其中断裂作锯齿状的骨头。

又走了一会儿，白色丘陵变成白色的悬崖截断山径，堵住他们的去路。好似某人用斧头硬是劈开坚固的大地，震得裸岩如波浪般向左右扩散。

在那中央，恰好是山路尽头，岩壁上有一道纵向的裂缝，是钟乳石窟张着它的大嘴。

龟恩洞的入口被人封了起来。

两根粗壮的木桩立于两旁，交叉钉有两块木板。上面甚至还仔仔细细缠绕着数道带刺的铁线。

“这不都封了吗？”

町田无语地大叫。

“是真一先生封的。”石动一脸困扰，“事情传开了以后一大堆人跑来这里想泡这个泉水，外加保龙先生挥着旗子要求罗堂家对他们开放奇迹之泉，甚至还有几个想偷偷溜进去的。真一先生烦了，所以才设置了这么一道路障。”

“怎么办，天濑？”

町田问他。天濑想了想，说道：“总之，先拍张入口的照片吧。总比什么都没有好得多。”

“就这样吧。”

说着町田举起相机，石动和天濑见状便往后退。

尽管外表特立独行，但是町田是个优秀的摄影师，技术没得说。而且如今他认认真真地盯着取景框。

“那个祠堂也要拍吗？”町田转过身问天濑。

天濑一看，龟恩洞入口旁边有一间小小的神祠。没鸟居，没神幡，石质供台上只摆着一座发黑的木制祠堂。祠堂旁边有棵粗壮的树，将它满是节疤的枝条向天空延展。可能是御神木。

“祠堂就算了，入口给个特写，再拍张这里的全景照就行。”

答毕，天濑突然侧过眼去。因为刚才从祠堂对面的杉树林间，他似乎看到什么东西在动，好像是某种东西藏在树干后面……

“这附近应该不会有熊吧？”

以防万一，天濑问了石动一句。石动一脸“你问这个干什么”的表情摇了摇头。

天濑再次注视着祠堂对面的树林，已经没有任何会动的东西了，大概是错觉吧。

“然后怎么办？”

拍完照片的町田走回两人身边。

“总之，去入口那里看一眼吧。”

天濑回答道，然后走近龟恩洞。

走到近前，天濑发现洞口那条裂缝将近有自己两倍高。也许封堵工作还只进行到一半，木桩附近可以看到揉成一团的蓝色塑料布被丢在那里。

天濑将脸凑近封住入口的木板缝隙，窥视洞窟里面的情况。

阳光只照亮了洞口附近较为平缓的部分，岩石泛着黄，深处还是一片漆黑。无论天濑怎么努力眯起眼睛，也只有伸手不见五指的黑暗，就连这个洞穴有多深他都无法估计。

“这样不行啊，什么都看不见。”

天濑束手无策，自言自语道。然而他又不可能在文章里直接写“什么都看不见”。

“两位要不要上去看看？风景很美的。”

石动劝慰他们。

三人登上通往丘陵顶端的小道。

上来一看，满眼只有石头。但也并非完全的不毛之地，随处可见成团聚集的野草，它们就像是缝合这些岩石的线，生得郁郁葱葱。

“请小心脚下。”

石动话音刚落，町田就被石缝绊到脚，吓得手忙脚乱。天濑慌忙伸手拉他。

“我受够了！下次再也不来山里采访了！”

好不容易一跤未摔，找到一块石头安放疲劳的腰腿，町田便怒气冲冲地板起他大汗淋漓的脸。

“还好腿没卡进去。”石动走过来，蹲在町田差点摔倒的石缝附近，低头看着地上的裂缝，“有的裂缝很深，其中可能有几条直通到洞里面。”

天濑也探身去看。

裂缝将山岩扯开一道口子，深不见底。人在旁边甚至感觉得到从中吹出几丝微弱的凉风。

“这个口子一直通到钟乳洞里吗？”天濑问道。

石动点了点头，回答道：“也许吧。所以我觉得，仓内小姐说龟恩洞顶上有光照进来，倒不见得是谎话。如果洞顶有龟裂，那么阳光能透进去也不稀奇。”

“我可差点掉到十八层地狱去了。”町田唠唠叨叨发起牢骚来，“竟然拉我们来荒郊野岭瞎转……”

“不过，风景不错吧？”

石动站起来，敞开双臂。由于他好像喜欢音乐剧，这没准是在模仿《音乐之声》。

被石动的手臂带动着，天濑也重新观察起周围的风景。

山，全是山。群山将他们三人团团围住，直指苍穹的杉林整齐有序地排起阵列，尽管杂木林的枝条缠作纷乱的一团，但绿色完全占领了他们周围的视野。

蓝天就覆盖在如此绿意盎然的外廓之上。看惯了被高楼大厦修剪得整齐四方的天空，此时天濑眼前穹顶般的蓝天让他感到万分新奇。他这辈子第一次亲身体会到“苍穹”二字的含义。

天濑叹息一声。这就是真正的天空吗?

不过，真正的天空对天濑的眼睛而言似乎有些太过刺激。眼前的景色真实得过了头，反而显得假模假样。简直像拿广告画颜料涂抹而成的布景，或是一名画家用精密的笔触细细描摹的油画。

“那就是高贺山，旁边的是瓢岳，它们在登山爱好者之间相当出名。”

石动举起右手，活像个观光导游似的，开始他的介绍。

顺着他手指的方向看去，只见有两座分外高的山头，在群山彼端探出脸来。其中一座的山脊上牵着电线，连接四面八方的铁塔傲然耸立，豪迈地叉开大腿跨在绿色之上。

“搞不懂那些登山的家伙在想什么。”讨厌户外运动的町田噘着嘴嘟嘟囔囔，“算了，好不容易爬上来，还是拍一张吧。”

他站起来，架起了相机。

下山终归比上山更费劲。天濑一边看着前面迈着熟练的步子不停前进的石动，一边和町田时不时腾出手搭扶山岩，才算平安无事地下到地面。

而沿着那条满是石子的小道返回时，他们又得对付先前的石阶。两人在脚上灌注全身注意力，一点点地试探半天后才敢踩下去，可是疲劳的膝盖又颤抖起来。天濑心下后悔，心说：“早知道是这样的话，就该听取石动的建议，明天再来考察多好啊。”

等到历经千辛万苦，终于回到平缓的沥青路上时，天濑和町田早已筋疲力尽了。

“今后再遇上进山的活，我绝对要推掉！”

町田叫罢，整个人瘫坐在沥青路上。天濑也弯下腰，调整自己急促的呼吸。

“不好意思……”石动看着疲惫不堪的他们，不知从何说起，“回到住处之前，可以去真一先生的牛舍那里采访吗？当然，不用写成报道，形式上假装一下就行了。我们得给真一先生点面子，讨讨他的欢心呀。拜托二位啦。”

只见他双手合十，作抱歉状。

“求求你放过我吧！”

町田的喊声里终于带上了哭腔。

7

“还有啊，这个啊……虽然他八成不会带你看，不过真去看就麻烦了，总之你先记着。这个啊，是你叔父专门养来炫……是他引以为傲的好牛。”

——落语《夸牛》（日）三游亭小圆朝（演）

“不管怎么说，总得先拍拍我们罗堂牧舍的象征吧！来这边拍！这边，这边走。”

罗堂真一笑得无比开怀。

天濑倒不太想回以笑容。虽说采访途中摆脸色可能会被打上失职的烙印，但也比他身旁的町田好些。后者一看便知心情不佳，正气冲冲鼓着两颊呢。

“怎么样，龟恩洞的考察进行得顺利吗？”

走在牛舍前铺满石子的空地上，真一咧着嘴角问他们。由于封上洞口的正是他本人，这肯定是明知故问了。

天濑虽然肚里恼火，但话到嘴边还是彬彬有礼地说道：“托您的福，我们拍了几张洞外的照片。虽然从入口往里偷看了一下，可是什么都没瞧见。”

真一一听，猛然停下脚步。

“在入口偷看？难道你们擅自将那块塑料布扯掉了吗？”

他瞪着天濑，像是要追究他犯下的滔天罪行。

“一开始就没有盖塑料布啊，它被揉成一团丢在入口旁边了。”

天濑慌忙辩解道。

“没盖？怎么可能！昨天我亲手钉上去的！”真一气得满脸通红，但是他稍作思索后又接着说道，“八成又是保龙的人搞的破坏，看来不骂骂他们是不行了……”

“真一先生，快让他们两位看看雕像吧。”

石动插话进来安慰真一。

真一带他们看的东西，就是三人最初造访牛舍时见到的那尊牛雕像。

“这就是我们罗堂牧舍的象征——‘美浓太郎号’！”

真一兴奋地举起右手，跟他们介绍雕像。

走近一看，那头站在底座上的青铜牛，差不多到天濑胸口那么高。它背上盖着一块雕刻出来的装饰布，正勇猛地挥舞着它的大角，一副马上要冲出去顶死斗牛士的架势。装饰布的腹部处，模仿毛笔笔迹，刻着“美浓太郎号”几个大字。

那张面无表情的牛脸沐浴着将斜未斜的九月阳光，反射出青铜色的钝芒。金属双耳水平一抖，牛角的弧度则畅如流水，弯弯绕向尖端。

牛角之下，没有瞳孔的双眼定定地凝视天濑一行人。

真一单手搭上雕像的头，摆了一个姿势。

石动用眼神催促町田。后者一脸不情愿地架起相机，按下快门。

“一张够吗？”

真一有些不满。

“我是专业的，一张就足够了。”

町田赌气地回答道。他的真心话肯定是“我不想浪费底片”。

“这样吧，接下来让你们看看牛舍好了。”

真一心情很好地将天濑他们带去牛舍。

一踏入牛舍，只见牛儿们齐刷刷转过头，盯着这些陌生的闯入者。

“这就是岐阜名产——飞驒牛了。怎么样，很棒吧？看看这毛色，这体型……”

确实，它们的黑毛油光发亮，躯体则从肩口到脊背描出一道道美丽又圆润的曲线。如果是看照片，没准天濑也能老老实实夸上一句“这牛真漂亮”。

可面对面见到的牛太过庞大。虽然跟刚才那叫美浓什么郎的雕像不同，每一头都没有角，但在伸手可及的地方一个大牛头突然顶过来，实在还是有点可怕。

再加上气味——牛舍里充满了兽臭，不仅天濑将嘴巴闭得严严实实，石动貌似也在拼命忍耐，鼻梁皱起好几道深纹。町田就更严重了，他脸上的表情看起来简直像要吐了似的。

就连在通道尽头给牛梳毛的年轻人也是一脸嫌弃。面不改色的人只有真一，也不知他是早已习惯，还是对飞驒牛深沉的爱意，能让这股臭气到他鼻子里就变得沁人心脾。

“你们不拍照吗？不是来采访的吗？”

真一盯着天濑。

“町田，拍几张吧。”

没办法，天濑只好给町田下令。

“不准开闪光灯啊，吓到牛就不好了。”真一提醒町田一句，又转回来看着天濑问道，“你不提问吗？”

天濑低头悄悄叹了口气。到再抬起头时，他尽力给自己换上很感兴趣的表情。不过不知这项努力到底成功了没有。

“请问您这里大约饲养了多少头飞驒牛呢？”

最后他选择从不痛不痒的问题开始。

“现在十二头吧，其中两岁的八头，一岁的四头。”

“每一头都很好呢，我真是太佩服了。无论哪一头，面相都好像古代的武士一样威猛。”

天濑嘴上说着恭维话，在脑袋里拼命搜刮自己仅有的一点关于和牛的知识，说道：“想让肉质变得柔软，得下一番功夫是吗？比如给它们喝啤酒之类的。”

“对，在饲料方面确实下了不少功夫。再说下去就是商业机密了，我不会回答的哦。”

真一对他眨眨眼。天濑才不想知道牛的饲料配比呢。

“这些就是在罗堂牧舍繁育的所有牛吗？”

天濑若无其事地继续提问，不知为什么，真一看起来好像不太高兴。

“你根本不懂黑毛和牛吧？”

“不懂。”天濑诚实地回答道。

“什么都不懂还来采访？”真一的语气变得像在教导无知的孩子一般，“听着，所谓的黑毛和牛呢，都是买来血统纯正的小牛，再将它们养肥。懂吗？它们是纯种的，怎么可能在牧舍里随便交配啊？我们得保护好安福号宝贵的血统啊。”

“请问‘安福号’是什么？”天濑战战兢兢地问道。

“连安福号都不知道吗？！”

真一终于大吼起来。石动捏着冷汗旁观真一和天濑的互动。

“安福号就是飞驒牛的生身父母，是日本头一号的种牛……”

真一开始热切讲解。

飞驒牛那光辉灿烂的历史始于1981年。那一年，烦恼于畜产业行情低迷的岐阜县组织起一支队伍，投入高达一千万日元的预算，购买了一头种牛。

它便是传说中的种牛——安福号。

这安福号的遗传基因十分了得，即便不做任何措施，到第二年小牛的肉质也都纷纷呈现均匀漂亮的雪花纹样。据说好到邻县的畜牧业者都嫉妒地议论纷纷，说岐阜好像有很厉害的种牛。

多亏了安福号，飞驒牛一跃成为知名牛肉品牌，为岐阜县带来数十亿日元的营收。

安福号寿终正寝于 1993 年 9 月。这头穷尽一生贯彻其职责的种牛，与数量极多的雌牛交配留下后代，就算说如今绝大部分的飞驒牛都以某种形式继承了它的血脉也不为过。

为了嘉奖它的伟大功绩，岐阜县内光是纪念安福号的铜像便有两座。此外，它的精液被冷冻保存，至今仍然持续不断地为飞驒牛的品种改良做着贡献。

“……就是多亏了安福号，飞驒牛才能成为最好的黑毛和牛。这可是全日本最好的牛肉哦，红肉里夹着细密的雪花……它的柔软，它的口感……”

正当真一想尽可能用言语表达出飞驒牛的美妙却一时词穷之时，正在给牛拍照片的町田慢悠悠地说道：“为啥大家总是追捧软趴趴的牛肉呢？吃牛肉火锅，或者牛肉刺身的话，轻轻一夹就能分开的霜降肉当然更好，可是肉排绝对是有嚼头才给劲啊。还有 T 骨牛排什么的，一口下去，肉汁哗的一下爆出来，那才好吃……”

町田话说到一半噤了声，因为真一的脸已经涨得通红。

“你小子，一看就没吃过好牛肉！像你这种没见识的家伙，只配吃吃外国进来的……”

“爸，爸。”

之前那个给牛刷毛的年轻人慌慌张张跑来，拍了拍真一的肩。

“干什么，哲史。”

依旧涨红着脸的真一转向年轻人。

“传送带的情况很不好，由香里小姐一个人应付不来，你去帮帮她吧。”

那个被唤作哲史的年轻人用平静的语调安抚真一的情绪，真一“呼”地吐出一口气。

“采访结束了。”

他抛下这句话，便消失在通道深处。

“真是不好意思，我老爸一谈到牛，就会像个老小孩一样。”

哲史低头向天濑他们致歉。

既然叫“老爸”，那么他就是真一的儿子，同时也是先前见到的那个叫“窗音”的女孩的哥哥了。哲史将一头彰显罗堂家血脉的红发剃成了圆寸，是个体格健壮的青年人。

“没有，我们才是，令尊这么珍惜飞驒牛，我们却说这种贬低它的话，很对不起。”

天濑也道了歉。听见这话，哲史却不知为何勾起嘴角。

“啊，在我老爸眼里可能确实很宝贝吧。”

他环顾四周。牛儿们对人类的争执不感兴趣，只是悠然甩着它们的尾巴。

哲史提到的传送带是用来运送罗堂牧舍秘制饲料的自动装置，好像确实出了故障。工作通道最深处，一名头发全部绑在脑后的年轻女性正一边探身去看发动机盖里的情形，一边和真一商量着什么。

哲史再次低头致歉后，便快步跑去找两人了。

“那我们回住处吧。”

石动轻快地说道。他丝毫没有为天濑和町田的失败而发怒，面上还是笑盈盈的。

他们三个回到住处，先前放行李时见过的房东太太好心地问他们吃晚饭之前要不要先洗个澡。

沿着木地板的走廊走到浴场一看，更衣室里摆着一台最新式的全自动洗衣机。承蒙房东太太一片好意，天濑将自己满是臭汗的网球衫和裤子都丢进洗衣篮，打开门，里面是全套的系统卫浴。

虽说是系统卫浴，却跟天濑单身公寓里的完全不是一个规模。瓷砖地被擦得锃光发亮，目测起码得有四叠[1]半那么大。

洗个热水澡冲走身上的汗，换上T恤后，天濑前往厨房。

桌边已经坐了一个四十来岁，微微发福的男人，应当是家主。还有一个小学生模样的男孩。町田和石动要等天濑洗完再去洗澡，所以还没到。

家主从晚报里抬起头，死死盯着天濑看。

格格不入感太过强烈，搞得天濑一时手足无措。他心下后悔腹诽道：“早知如此，该留在二楼房间里等町田和石动洗完的。”

“这位是石动先生的客人。”

此时在烹饪台里准备晚饭的房东太太帮了他一把。

“初次见面，我是天濑启介。”

天濑做了自我介绍。家主点了点头。

“总之，你先坐吧。”

1　叠，1叠约等于1.62平方米。——译者注

在町田和石动来之前，天濑不得不使出浑身解数陪家主聊天。

哦，从东京来的？跑这么远来乡下取材啊，真不容易。你是什么杂志的呀？《VXI》？不好意思，没听过这名字。喂，你知不知道啊？我也不知道哎。呀，真不好意思，我家人不怎么看杂志的……

简直就像借住在亲戚家里，被叔伯盘问生活近况。再聊下去，没准就该给介绍对象了。

感受着身旁小男孩好奇地注视“东京来客”的目光，天濑再次心生疑问。他到底是怎么让这种普通家庭给我们提供住宿的啊？

另外两人终于来了，町田的表情尤其畅快。看来他不仅冲了凉，还泡在浴缸里尽情伸展了一番腿脚。

“虽然家里啥都没有，几位尽管放开吃吧。”

端上所有的菜后太太如是宣布，晚餐就此开始。然而她的“啥都没有”只是谦虚，菜有红烩牛肉、沙拉、法式清汤，桌子中央的小篮里斜切成片的法棍堆得像小山一样高。

“哎，打不打游戏啊？”

饭后，小男孩抬头问天濑。

于是天濑来到餐厅隔壁的客厅，坐在沙发上，跟男孩子对战了一场格斗游戏。

天濑选择的“功夫战士”还没过几秒，就倒在宽屏电视上的竞技场里了。对手的“拳王”从天而降，给了他致命一击。

“好嘞，交给我吧，帮你报仇！”

町田卷起袖子，将天濑挤下沙发。

“交给他”真不是随便说说，町田操纵手柄的手法确实很熟练，但也不过多撑几十秒。

“我们再来一局吧。”町田一脸严肃地说道。

小男孩接下他的挑战，将他虐得体无完肤。不仅五战全胜，还每次都先将町田的角色打得爬不起来，最后再下杀手。

“叔叔，你们明明是从东京来的，可是玩得好菜哦。”

小男孩若无其事地说道。

“……竹，对客人要有礼貌！”

太太走过来，轻轻一敲男孩的脑袋。

直到他们回到二楼的房间，町田都还打从心底里不服气。

“没办法，那孩子每天都玩，是暮枝的冠军呢。像我这种什么游戏都玩不好的人，连当他对手的资格都没有。”

石动盘腿坐在榻榻米上安慰他道。

与一楼不同，二楼是和风装修。宽敞的榻榻米房间里放了一张炕桌，旁边并排摆着古色古香的和式橱柜，房间深处甚至还设有黑色的佛坛。

“外面风景这么好，却天天窝在家打 PS 游戏机，那个叫什么阿竹的小鬼可真了不得。倒是多出出门啊，出出门。”

看来遭到小学生的鄙视让町田十分恼火，他愤愤不平地说道。

而听了这话，石动哈哈大笑道：“那孩子叫阿守，不叫阿竹。太太说的‘竹’，是这里土话‘蠢猪’的‘猪’，也就是骂他笨蛋啊。”

石动“嘿哟”一下站了起来。

“喝杯茶怎么样？二楼有个餐饮间，还有洗手间，深夜也可以泡茶喝哦。完全不用担心下到一楼会打扰主人家。”

“请问，这里到底是什么人家啊？看起来也不像民宿……”

天濑向石动打听他一直埋在心里的疑问。

“这里本来是一座老宅，原本有一位老奶奶独居在此。可是她年纪越来越大，儿子因为担心，就从城里直接回到故乡，将这里改建成了三世同堂的屋子。我们现在在的二楼，以前是奶奶的房间。但是因为有些突发情况，这间屋子没人住了。所以呢，就被我租下啦。”

“该不会是去世了吧？”

町田有些忌讳地看着那个佛坛，脸上显出一副担心闹鬼的神情。

“没有啦。她八十大寿那年突然说想做学问，拼命啃书之后还真的被大学录取了，现在正在名古屋讴歌她充实的大学生活呢。听说她还是联谊会上的人气女王，厉害得不行。所以我付的房租正好贴补奶奶上大学的学费。她放暑假回来的时候一听我是文科出身，就朝着我一顿狂轰滥炸辩论了一通呢。那会儿我可吃了不少苦头，无论我怎么谈天论地都讲不赢这位女大学生呀。”

石动笑着出了走廊。

8

Bos locutus est
"牛会说话。"

——比喻用金钱说话。（因希腊最早的货币上刻着公牛图案）

——拉丁文谚语

昨夜他们几个挤在榻榻米上睡成一堆，醒来后浑身酸痛，双腿到处都疼，小腿肌肉则干脆肿成两个鼓包。

"醒了吗？我把早饭端上来了。"石动弯下身子窥探天濑的面孔道。

石动一大清早就穿着那身深蓝色西装。不过看看时钟，其实已经九点了，也不好说他奇怪。虽然昨天确实因为不习惯爬山搞得很累，但居然在素不相识的人家里蒙头睡懒觉，也许天濑他们两个才是最没常识的人。

天濑爬起来，连人带被子踹醒了旁边熟睡的町田。

珐琅质的汤锅正在炕桌上冒着团团热气。坐下来往里一瞧，滚烫的粥里混杂着一丝丝明黄色的半熟蛋花，看上去甚是美味。锅边装配菜的小碗围了一圈，有榨菜、腌菜、酱菜、海苔佃煮、吻仔鱼、萝卜泥、黑白芝麻等等，应有尽有。

"那么，今天二位想去哪里呢？"

一边用小碗分盛蛋粥，石动一边问他们。

"我想去那个什么公社见见保龙先生，或许能从他那里打听到泉水的详细信息。"

天濑回答道，接过递来的小碗。

其实天濑是想见到那个叫保龙的人后，跟他确认仓内所言是真是假。这次专访实在太可疑了，光一条“奇迹之泉”就足以让人提高警惕，何况这个石动身上的谜团未免也太多了，总觉得这件事情里面还有什么隐情。

“这样啊，想跟保龙先生当面打探一下情况的话……”石动意味深长地抬头看了看天花板说道，“公社的所在地，我记得昨天告诉过您了。那座古宅很显眼，两位可以自己去吧？”

“您不给我们带路吗？”

“我跟二位一起去的话，保龙先生不会同意见面的。”

石动嗤嗤地笑。

于是天濑和町田就自己去见那位保龙英利了。

走在森林小路上，只见左一片右一片人工开垦的小水田，也都已经收获结束。稻穗被全数砍走，只留下一排排挺得笔直的秆尖，以及其间若隐若现的塑料杆。

塑料杆前端吊着一个黄色的塑料人偶，用于代替稻草人。皮卡丘真伟大，天濑心想，不单可以玩口袋妖怪对战，居然还能帮人赶麻雀。

渐渐地，天濑他们走到了保龙租借的那栋民宅。

“不好意思。”

推开吱嘎作响的竖格门，天濑喊了一声，但没人回应。再喊第二声也没有任何人出来接待，天濑和町田就走了进去。

穿过狭窄的土间[1]往里走，隔着门口的横框[2]，可以看到对面是一间敞着门的和式宴会间。地上铺满用对半切开的竹子编成的草席，中央围着坑

1　土间，指日式家屋中高度与土地平齐，不铺板材的裸地。农民房的土间常常同时设有餐桌、灶台等。现代建筑中的土间多简化为脱鞋处。——译者注

2　横框，日式家屋中铺在入口处，与屋内地板同高的一条横木。——译者注

炉，天花板上垂下一个吊钩。抬眼看去，数根起码得有一抱粗的房梁纵横交错，再往上还能看到茅草屋顶的一角。

房里有两样东西，与眼前偏离时代的光景毫不相称。其一是坐镇于房间一角的宽屏电视，其二则是直接放在木板墙边地上的个人电脑。

宴会间里有两个人，各自驻守在两台文明利器旁边。

“不好意思。”

天濑出声一叫，那个横躺在两块坐垫上，正迷迷糊糊撑着头看电视的人转头看他。

“请问保龙先生在吗？”

“在是在，不过你们来这也没用，泉水不让进的。”

那人漠不关心地回答完，又转回去继续看电视了。

“那个，我们是想求见保龙先生……”

天濑再次重复，那人啧了一声，终于舍得起身。等他站起来可以看到，此人腰上捆着一个很大的黑色腰包。

那人走到宴会间里侧的门口附近，朝里喊道：“保龙先生，又有人来了。”

接着出现在门口的男人，非常符合天濑先前的预想。

他看上去三十五六岁，身穿修行服[1]，头上扎了一块日式手帕充作头巾。来之前天濑就猜，他要么长发，要么圆寸，如今头巾之下包裹的是后者。虽然他理所当然留着胡须，皮肤也被晒成了浅褐色，然而这些特征跟他脸上扁平的五官，以及乍看不太可靠的面相放在一起，看上去完全不搭。

正如石动什么时候说过的那样，他浑身上下没有一点邪教教主的派头。服装就不提了，眼前这个人的气质，更适合坐在开着冷气的办公室里，对

1　修行服，原本是禅宗僧人处理日常杂事情时穿的工作服，如今已演变为普通家居服的一种。——译者注

着电脑大眼瞪小眼。

“非常不好意思……”那人走到横框附近，文弱地垂头看着天濑说道，“目前任何人都不能进入洞穴。我们一直在努力交涉，但也不知道什么时候才会同意我们进去。而且这里已经满员了，再想入住的话……”

“呃，我们不是来申请加入公社的。您就是保龙英利先生吧？”

天濑一问，男人诧异地皱起眉头，答道：“对，我就是保龙。请问您有何贵干？”

“我是从东京过来采访的。关于奇迹之泉，想听听保龙先生的看法……”

保龙看了一会儿天濑递给他的《VXI》杂志封面，突然好像想到什么，抬起头说道：“我知道了，是石动带你们来的吧？”

“确实是石动先生介绍的。”

天濑踌躇地回答道。

“你们知道石动是什么人吗？”保龙双手叉腰，口气像是要揭发凶犯的罪行。

天濑默默摇头。

“那小子是土木建筑公司派来的爪牙，专门哄骗善良淳朴的村民，好推进他那些破坏大自然的工程。来来来，我给你们看样好东西。”

保龙示意天濑他们进屋后，踏着响亮的步子消失在宴会间深处。

天濑和町田落座在坑炉旁边的坐垫上。眼前这坑炉似乎已经多年没有生过火了，四四方方的坑洞底部空空如也，积了一层薄灰。

天濑回头悄悄看了一眼蹲在电脑旁的那个男人。

这是个脸色很难看的瘦子，两边太阳穴各用创可贴贴了一个电极，正一脸严肃地盯着屏幕看。屏幕上显示着一张锯齿状的三维图。大概就是一边测定脑电波一边沉迷于冥想之中，名叫“α 波冥想”的修行手段了。

不过话又说回来，天濑心想，如果不亲眼看到自己的脑波，就连是否进入了冥想状态都不知道的人，其实一开始就不适合做这个吧？

此时保龙拿着一个大信封回到宴会间。

“就这个，你们看看吧。”

他坐在天濑旁边，给他们展示了那个信封。信封下方印着“雅典建筑公司”的字样。

保龙从中拿出来递给天濑的东西，是一份企划案。

所谓的附录 B，是一张手绘插图的彩色复印件。

这是一张俯瞰图。图中的溪谷里，有静静流淌的河水，蜿蜒曲折的林道，以及远处连绵不绝的青山。由于可以在插图左下方的小角落里看到红豆色的桥，这图里画的应该就是他们昨天刚去拜访过，位于桥梁彼端的罗堂家私人土地。

然而图中缓缓前行的林道边并没有罗堂家大宅的影子，宽广的地皮上只有一座巨大的建筑。几幢清一色涂白的立方体房子并排伫立，其间又有好几座同样是白色的连廊纵横来去。被这些连廊框出来的区域则变成了庭院，院内种有草坪和灌木，还画着喷泉。

错综复杂的建筑旁是一片与建筑用地几乎同样大小的停车场，停放着无数辆汽车。

天濑试着在这张完工想象图里寻找昨天他们爬过的山路。

如果他没记错，通往萝洞庵和龟恩洞的道路入口应该正好在建筑物和停车场的中间。然而，那个位置只有一架盖着玻璃屋顶的长长的自动扶梯，取代了那条穿透森林的山径。

暮枝疗养度假胜地（暂）企划案

非常感谢此次有幸参加贵公司的度假区开发计划。本次我方提出的方案名为《暮枝疗养度假胜地（暂）》。

今年三月，于岐阜县武仪郡洞户村暮枝地区（见附录A中地图）的钟乳石窟“龟恩洞”中发现的山泉，据传具有可治愈疾病的神奇灵力，经媒体报道后，希望通过泉水治病的人们纷至沓来，大批涌入前述山泉所在的地区。

我方在此提议，于前述地区建立一座以该山泉为核心观光景点的综合休闲度假胜地。

暮枝疗养度假胜地，是一个旨在：

①崇尚“治愈”　②崇尚“健康”　③崇尚“自然”

结合上述三大特色，紧密贴合现代社会潮流的度假景区。

①崇尚“治愈”——深入地底的钟乳石窟，其最深处涌出的清澈泉水，令人联想起宫崎骏动画中的美景，想必可以抚慰在都市生活中受到各方压力的人心。走过昏暗的钟乳石窟，沐浴清冽的泉水，将为各位观光客提供“治愈”和“再生”的体验。

②崇尚“健康”——暮枝，位于水流清澈、负有盛名的长良川支流周边地段，其地下约五十米深处为中生代侏罗纪砂岸层，含有水质极佳的地下水脉。前述之泉同样发源于此处，可以认为其泉水是非常适合饮用的天然矿物质水。

③崇尚“自然”——暮枝地区距离奥长良川县立自然公园较近，处在森林与溪谷的怀抱之中，是一片风景优美的土地。除体验钟乳石窟内景外，还可建造各种亲近大自然的设施，或举办相关活动。此外，钟乳石窟及其周边为私人土地，若推进度假胜地开发项目，则必然需要注意遵守县内条例等各项规定。

以上事情项应已充分说明，暮枝疗养度假胜地可以满足现代社会民众的各类需求。

●预计建造设施（见附录B中完工想象图）

- 度假酒店
- 综合娱乐设施
- 综合健康管理机构
- 钟乳石窟关联设施
- 停车场

自动扶梯上到尽头，也不再是石子小道，而是一条工整的沥青路，一直通往那座洁白的山崖。道路两旁理所当然地设有护栏。而龟恩洞的入口更没有被封锁，洞内可以看到装设了银色扶手的游览步道。

连廊、庭院、停车场、自动扶梯、游览步道……每个地方都细细画着身穿彩色衣服的小人。周围的森林更是描摹得细致入微，作者铁定在这幅画上用完了手头所有的绿色颜料。

“这就是……暮枝疗养度假胜地？”

天濑茫然地喃喃道。眼前这幅插图虚幻得可怕，他实在无法想象昨天自己刚刚走过的那条乡野小路上，将来竟要建造这些东西。

“对，雅典建筑公司策划的。”保龙苦着脸回答道。

“总编说的‘事出有因，没法回绝’，就是指这个啊？”町田探身来看企划案，笑着说道，“确实，既然是大建筑公司的人带来的项目，就算是咱们那位铁面总编也不好拒绝啊。”

“石动先生是雅典建筑公司的人吗？”

天濑问道。保龙摇了摇头。

“不是，他大概是自由策划人。这份企划案好像也是他写的。很离谱吧？”

“这不是好事吗？赫赫有名的雅典建筑公司愿意出资给这么偏僻的地方建度假胜地耶。”

听到町田发表他不负责任的意见，保龙皱起眉头。

“别说傻话。要是建筑公司的人染指这片风景优美的土地，你觉得会怎样？首先在建造过程中，他们就要大片砍树、给地面浇水泥、污染清澈的河水。建成以后各地的人一群群涌过来，又是踩踏花草，又是乱丢空瓶纸袋，空气里全是汽车排出来的尾气。哪来的什么好事？”

“这个嘛，阁下追求自然风光，所以才这么说。可是村民会高兴吧？如果要开发度假胜地，肯定要给他们不少钱，可以振兴地域的哦。”

町田的话让保龙苦着脸点了点头。

“没错。村民们要么是赞成开发的，要么是事不关己的。村里说话有分量的人，首先村长蓝下柚男就是积极推进派，出羽雁太郎则好像完全不感兴趣，觉得哪样都可以。”

出羽这个名字，让天濑回想起昨天抵达村庄时见到的那个中年男人。那个长得像螃蟹的人，似乎是这片地区有头脸的人物。

“所以反对的只有你是吧。”

町田嘲讽地笑道。保龙的脸色变得难看起来。

“昨天我们见了罗堂先生，他看起来不是很想配合开发计划的样子。罗堂先生不同意的话，这个项目也就不能开展了吧？”

天濑插嘴调停。

“罗堂家目前确实还没有同意度假胜地开发计划，但好像也不太积极反对，搞不好哪天就会被石动和蓝下村长说动了心。而且，反对度假胜地计划倒还行，居然将钟乳石窟都封锁了，连我们都不准进，这就太卑鄙了吧？那眼泉水应该免费开放给所有想进去浸泡的人才对！”

保龙的嗓门越说越高，渐渐变成了演讲的语调。天濑和町田只得闭上嘴默默听着。

9

洪亮说道："我等须请余夫人应允，将此迷宫逐点清理，修成兰坊又一胜景，定能赛过那荷池白塔！"

——《迷宫案》[1]（荷兰）高罗佩（著）

由于暮枝在行政区划上并非一个村庄，自然不可能存在什么村长。蓝下柚男之所以被称为村长，是由于这里在城乡合并之前，他家先祖世世代代担任着村长一职。年头说远也远，是到明治时代初期为止的事情了。

蓝下甚至都不是村议会的议员，行政上他只是一介平头村民。哪怕说得好听点，也不过就是个暮枝地区自治协会的会长而已。

但是蓝下本人却很享受被叫村长的感觉。只要一听别人喊他"蓝下村长"，脸上就满园春色关也关不住了。

蓝下的老婆见他这样，总免不了要责备几句。

"你被人家利用啦！一听人家喊村长你就得意忘形，什么都答应别人，所以他们才这么叫你！那些人背地里都笑话你呢！"

就算妻子骂他，蓝下也毫不气馁。他坚信老婆说得不对。大伙儿多少还是敬重我的，毕竟要不是世道变了，我现在就当着村长了嘛。

然而他的这种确信偶尔也会动摇。

比如前些日子出羽雁太郎坏笑着来找他问"村长，能不能帮咱修修垃

1 《大唐狄公案（第五册）》北京联合出版公司（2018年6月），姜汉森、张弘、胡洋等译。——译者注

圾场啊”的时候。

垃圾场是被不知谁家的车撞坏的，他对修理本身倒没意见，毕竟是周边地区重要的公共设施，总得有人去修。而完成这项重大工作的责任，他堂堂村长不扛，谁来扛呢?

于是蓝下怀着崇高的使命感，锯啊，锤啊。在蓝下忙得满头大汗的时候，出羽只是蹲在一边抽他的烟。

“呦，村长，帮咱修垃圾场呢?”

路过的其他村民跟他搭话。

“是啊。”

蓝下挺起胸膛回答道。

“村长这么拼命为咱们办事，真是帮大忙啦。”

村民笑着说完后，走近出羽。

“哎，出羽哥，那个度假胜地的事情，我看得把大家都叫来好好商量商量。”

村人的表情和面对蓝下时相比一百八十度大转变，非常严肃。

“非得商量吗?罗堂先生自己拍板不就完了。”

出羽事不关己地回答道。

“罗堂先生自己一个人拍板可不行。地区全体居民的意见很重要，不是吗?所以……”

“那你随便叫点人来吧。”

“那可不行。还是得让你出羽老哥举大旗，要不原本肯来的人都不愿来啦。拜托你啦。”

“好麻烦啊。”

出羽对着虚空吐烟。

蓝下举着锤头思考了一会儿。修理垃圾场和召开地区会议，哪个才是更该由村长来办的重大工作？为什么他蓝下在这儿满头大汗做木工，却非得让出羽担起听取整片地区民意的责任不可？

“村长，手停了啊。”

出羽说道。蓝下慌忙接着敲打刚才敲到一半的钉子。

他怎样都比不过出羽。小学开始出羽就一直是孩子王，蓝下总是被他使唤去跑腿。这样的势力关系，到现在都没有改变。

然而现在，可以抢先出羽一步的机会终于来了。

坐在从自家窗户探进来的朝阳旁边，蓝下仔仔细细地看着摊在桌上的地图。那是一张他自己画在广告纸背面的暮枝地区缩略图。

他试着想象无数辆汽车驶进暮枝的场景。

食指指尖顺着 256 国道，一直滑过架在板取川上的暮枝桥。顺着弯弯绕绕的暮枝川沿途林道一路向上，走过第一桥、第二桥之后，便是罗堂家的私人土地。

蓝下的食指在歪歪扭扭写着“暮枝疗养度假胜地建筑规划用地”字样的地方打了个圈。

这里要建一座度假胜地啊。蓝下用手指咚咚咚地敲着那个四方形，心想。

他带着痴醉的神色，从一旁的信封里取出完工想象图，铺在缩略图上，热切地盯着看。

蓝下期待着，如果能顺利说服真一，雅典建筑公司没准会给他安排个角色。酒店管理员啊，龟恩洞向导啊，不不不，搞不好还会让他做整个度假胜地的大总管哦……

蓝下沉浸于他的美梦之中。梦里的他身穿燕尾服，打着蝴蝶领结，正站在和完工想象图一模一样的度假胜地跟前，迎接一批又一批的游客。

“欢迎各位来到暮枝疗养度假胜地！本人就是这里的大总管，蓝下！”他大声跟客人们打过招呼后，看了一眼站在旁边穿工作服的男人，说道，“喂，出羽君，还不快点给客人带路！”

“是，总管大人。”

出羽低眉顺眼地笑着，将游客们领进酒店。

叫大总管好像没什么意思啊，蓝下心想。就不能不叫“暮枝疗养度假胜地”这种他听不太懂的名字，改叫“暮枝度假村”不行吗？那他就是这里名副其实的村长了。

10

“成天只和别人谈论公牛的人，八成做梦也只会梦到公牛。”

——《来自深处的叹息》（英）托马斯·德·昆西（著）

罗堂真一打心底里爱着牛。

真一从小就非常喜欢动物，小学时学校养兔子，还是他自己主动请缨做的饲育员。每天一大早去上学，无微不至地喂食喂水，喂得兔子们个个胖得圆滚滚，一看到真一的脸就会纷纷冲到他身边。

现在想想，也许从那时起，真一那以后生活在大自然之中养育动物的梦就已经开始萌芽了。自大学毕业后，他进入汽车制造公司工作开始，这个梦想便一天比一天壮大起来。每天都得走过沥青铺就的大马路，以及在钢筋混凝土建成的建筑之间来回穿梭，这日子实在让他过得有些厌烦了。

就算他希望能多和动物亲密接触，可他委身于公寓之中，自然不能养狗。论起身边的自然风光，顶多也就是放在阳台上的盆栽。而就连这些盆栽，也不知是不是因为照不到太阳，无论是万寿菊还是三色堇，都很快便枯死了。

这哪是人过的日子？真一心想。人就该活在太阳底下，住在裸露的土地上啊。

正因如此，七年前父亲倒下，事后他们三兄弟聚在一起商量对策的时候，真一才会主动提出由他来照顾行动变得不便的阵一郎。

“腿动不了，又不能将他一个人赶到暮枝去，得有个人陪在身边比较放心吧？我跟着他一起去暮枝照顾他吧。”

“那你公司怎么办？”

老二善次抬眼问他。

“辞职啊。我想在暮枝干一番事业。”

“事业？”

“畜牧养殖。我想用暮枝的土地培育飞騨牛。”

听真一这么回答，老三美雄目瞪口呆地看着他，连忙问道：“你要辞职去养牛？大哥，你认真的吗？”

“当然了。我早就觉得朝九晚五跟我脾气合不来了。”

“那你不如辞职去我那儿帮忙啊，比这好多了。”

善次担心地说道。真一则微微笑了笑。

“干房地产我更受不了。名古屋和大阪的土地你继续管着就行，以后分家你就和美雄两个人商量着随便来。我只要拿到暮枝的土地，可以养飞騨牛就满足了。”

“那既然大哥这么说的话……”

善次和美雄对视一眼。

七年前，真一便带着家人和阵一郎搬来暮枝居住。虽然这是父亲的老家，但他自己几乎没怎么来过，因此也毫无“归乡”的感觉。只不过在父亲从小长大的日式老宅和仓房被推倒的时候，稍微觉得有点可惜罢了。

两个在大城市纸醉金迷的弟弟可能难以理解，这之后的日子真一过得相当满足。因为他长年以来的梦想终于成为现实。

打开牛舍那扇对开的大门，清晨朦朦胧胧的阳光从正侧面照进来打在牛身上，让它们看起来简直就像漂亮的漆器一样。

牛真美啊。每天早上雷打不动来到牛舍，真一都不得不感叹一番。

这些待在栅栏里的牛儿们，通体的黑毛散发出艳丽的光泽，自豪地展示着自己圆润又不失健壮的躯体。想必在它们油光水滑的皮毛之下，纤细的洁白脂肪正楚楚动人地遍布在紧致的红肉基底上吧。真一的双眼甚至已经透过皮毛，清清楚楚地看到牛肉上仿佛艺术品一般美妙的霜降图案了。

牛本就很美丽，而身在此处的两列共十二头牛则更是美上加美。毕竟，它们可是日本最棒的黑毛和牛，牛中之牛——飞驒牛啊。

自然，即便是飞驒牛，若只是放任它们自生自灭，肯定养不出这么漂亮的外形来。皮毛要刷，身体要按摩，肉质则是经过千锤百炼的饲料配比的赐物。越是施加劳力，牛就越能显现出它内在的美丽。在真一心里，每天照料它们不仅不麻烦，甚至是一种崇高的义务，是他对“美神”日日不敢懈怠的侍奉。

真一走近罗堂牧舍，对他而言，这里就是美神的寝宫。

牛舍的工作人员——出羽由香里和猿边淳都已经到岗，在工作通道上等着他了。

但还有一个人的身影真一没见到。

“哲史哪儿去了？”真一诧异地问道。

“那个……他说他有事，会晚一点过来。”由香里困扰地回答道。

真一感到烦躁。一大清早能有什么事，十有八九还在自家里闷头睡大觉呢，真是个懒鬼。

也许是看穿了他的心思，由香里紧张地绷起她鼓鼓的脸颊，怯生生地抬眼看着真一。

见温柔的由香里好心帮儿子打掩护，看在她的面子上，真一决定不追究这套再明显不过的谎话。

“有事啊，那就没办法了。来喂早上的饲料吧，牛都饿了，哲史嘛，等会儿总归要来的。”

真一看看左右两边的牛，露出微笑。牛儿们和蔼的眼睛里像是散发着期待的光芒。

于是，三个人前往牛舍深处的饲料间。

特殊的饲料昨晚已经配好。为了贴膘，主要成分是谷物类，但也混有麸皮、鱼粉、维生素制剂等等。唯独这个七年来经过不断尝试总结出的配方是绝密中的绝密，且不说由香里和猿边，就连哲史他都还没告诉。每天晚上，真一都会独自来到牛舍，亲自配好第二天牛要吃的饲料。

而饲料中最重要的一味是维生素制剂。尝试过各种畜用维生素制剂后，真一打起了人用营养剂的主意。他将药店货架上的种类挨个儿买了一遍，不断重复实验之后发现，某家药品公司生产的健康饮料效果最好。

自从将那种黄色的液体倒进饲料里每天喂食后，牛们看上去似乎一天比一天健康。不仅腰身肥了几圈，似乎连病都很少得了。三年前，真一经历过整棚牛犊全部病死的噩梦。脂肪坏死、牛瘤胃气臌病（气臌疔）、布氏杆菌病等等这些病名，听在他耳朵里远比癌症和艾滋病要可怕得多。

我今年一定会养出完美的飞騨牛，去品鉴会上拿金奖！真一暗暗下定决心。

传送带发出低沉的呻吟，开始了它的运作。由香里走近装有饲料的箱子，熟练地用桶舀出饲料，倒在传送带上。

皮带运着堆成小山的饲料，一路送到准备开始日常刷毛工作的猿边身前。他钻进栅栏，一头头仔细地梳理着牛的皮毛。牛们纷纷露出享受的表情，静静等待眼前的饲料箱被填满。

真一正观摩着眼前熟悉的光景，这时候哲史的身影终于出现在入口。

他看起来没一点儿急忙赶来的意思，垂着个脑袋，悠悠闲闲地往里走。

真一看着哲史这样就来气。

“你干什么去了？这都八点了！”

真一突然开口训斥哲史，引得由香里停下干活的手，担心地望着他们。

“我有点儿事。”

哲史两手插在工作服的口袋里回答道。

真一瞪着闹情绪的哲史。最近他表现得很反抗，照顾牛也不怎么上心。儿子将来是要继承罗堂牧舍的，这样下去可不行。

而真一知道原因。就是因为那个叫石动的人带来的度假胜地开发企划案。

哲史好像希望这里被开发成度假胜地。你这蠢竹！真一在心里咒骂道。得傻成什么样才会上那种不三不四的家伙的当？居然叫我拆了比命还重要的牧舍，建什么度假胜地？

当然了，住宅和牧舍都会由我们雅典建筑公司负起责任，在邻近地域为您重新盖好。而且会是比如今设备更加齐全，更加现代化的牛舍哦——石动讲解完企划案后笑眯眯地补上了这么一句。但真一根本不信他的鬼话。要是今后大群游客来势汹汹，他还能专心培育飞驒牛吗？每天都得被迫听游客们吵吵嚷嚷，听汽车嘈杂的喇叭声响。飞驒牛要是生活在这种高压环境里头，那还能长出好的霜降肉吗？

答案自然是“不”。同样对于度假胜地开发计划他也只有一个“不”字可说。

哲史还年轻，还不懂好处背后必有蹊跷的道理。他根本看不透石动安的什么坏心眼。

“别找借口了，你赶紧帮猿边去。”

真一命令道。哲史点了点头，取下挂在墙上的毛刷，往猿边那里走去。

算啦，总有一天他会知道我是对的。真一看着开始给牛刷毛的哲史心想。哲史总有一天也一定会发现，飞騨牛是值得自己奉献一生的事业。

真一坚信，培育飞騨牛，并非只是一项畜牧养殖业的课题。它既是将日本人引以为豪的黑毛和牛传承给后世的文化事业，同时也是将霜降牛肉打造成味觉艺术盛宴的创造活动啊。

11

俺讨厌这村庄　俺讨厌这村庄　上东京去啦

上了东京存钢镚　养他几头牛哞咂

——《俺想去东京》（日）吉几三（作词作曲）

罗堂哲史打从心底里憎恨牛。

哲史从小就非常讨厌动物。小学时学校养仓鼠，他是没一点兴趣，每天一大早来上学，别说喂食喂水了，就连靠都不想靠近笼子边去。弄得仓鼠也讨厌起他来，一看到哲史的脸，就会在笼子里四处逃窜。

现在想想，也许从那时起，哲史那以后生活在大城市之中被人造物品包围的梦就已经开始萌芽了。自考上大学进入工学部读书开始，这个梦想便一天比一天壮大起来。每天走在沥青铺就的大马路上，以及在钢筋混凝土建成的建筑之间来回穿梭，正是他心里最为向往的日子。

作为讨厌动物的人倒是正中下怀，他们一家委身于公寓之中，自然不能养狗。论起身边的自然风光，顶多也就是放在阳台上的盆栽。而就连这些盆栽，也因为哲史怠慢了浇水，无论是万寿菊还是三色堇，都很快便枯死了。

这才是人过的日子，哲史心想。人就该活在电灯底下，住在舒适的房子里啊。

正因如此，七年前祖父倒下，真一提出搬家去暮枝，照顾行动变得不便的阵一郎的时候，哲史才会强烈反对。

“为什么非得咱家照顾，叔叔他们也有责任吧？爸你没必要一个人承担啊。”

“我想在暮枝干一番事业。”

真一满怀决意地看着哲史，回答道。

“事业？”

“畜牧养殖。我想用暮枝的土地培育飞騨牛。”

因为真一这么回答，哲史哑口无言地看着他，然后问道：“你要辞职去养牛？爸，你是认真的？”

“当然是认真的。我早就受够天天上班了，这次是个好机会。”

“辞职倒没什么，可是比如说……你就不能去善次叔叔那里帮忙吗？”

哲史拼命试图说服他。真一笑了笑。

“我才不要被弟弟使唤呢。名古屋和大阪的土地就让他管着最好，以后分家也由着他和美雄两个人商量着随便来。我只要拿到暮枝的土地，可以养飞騨牛就满足了。”

“爸，你能不能别说这种傻话……”

哲史的恳求终究没有结果。

七年前，哲史便被真一带着搬来暮枝居住。虽然这是祖父的老家，但他自己几乎没怎么来过，因此也毫无“归乡”的感觉。只不过在祖父从小长大的老破宅子和仓房被推倒，建起一座宜居新屋的时候，稍微得到了点安慰罢了。

一心痴迷飞騨牛的父亲也许难以理解，这之后的日子哲史过得极为痛苦。因为他的噩梦居然摇身一变成为了现实。

打开牛舍那扇对开的大门，正午渐渐炽烈的阳光从正侧面照进来打在牛身上，让它们看起来简直就像漆黑的恶魔一样。

牛真丑啊。每天早上不情不愿来到牛舍，哲史都不得不感叹一番。

这些待在栅栏里的牛儿们，通体的黑毛散发出黏稠的水汽，肮脏地展示着它们可怖又无比粗鄙的躯体。想必在它们脏不拉几的皮毛之下，几个胃袋和肠子正在蠢蠢蠕动，稠乎乎地运送着消化到一半的饲料吧。哲史的双眼甚至可以透过稻草，清清楚楚地看到那些堆积在底下不得不每天打扫的大量粪尿了。

牛本就丑极了，而身在此处的两列共十二头牛则更是丑上加丑。毕竟，它们就是蒙蔽了真一的理性，将哲史赶来穷乡僻壤生活的万恶之源——飞驒牛啊。

而且，就这些飞驒牛，还不能放任它们自生自灭，照料的步骤麻烦得要命。早上要刷毛，午后要按摩，每天三次的喂食更是彻彻底底的力气活。再怎么施加劳力，牛也无法产生更多的价值。在哲史心里，每天照料它们不仅很费劲，甚至是一种强制的劳教，是他被父亲日日强加于身的苦役。

哲史走进罗堂牧舍，对他而言，这里就是强制收容所。

牛舍的工作人员——出羽由香里和猿边淳自不必说，真一也早已到岗，在饲料室门口等着他了。

哲史穿过工作通道，走到真一面前。

“你干什么去了？这都八点了！”

真一劈头盖脸就是一顿轰炸。

“我有点儿事。”

哲史两手插在工作服的口袋里回答道。

“别找借口了，你赶紧帮猿边去。”

真一厉声下令。哲史点了点头，取下挂在墙上的毛刷，往猿边那里走去。

“哲史啊，迟到可不妙哦。”猿边一边给牛刷毛，一边小声说，“老板最近脾气很爆，你还是不要惹他生气的好。”

哲史偷偷看了看不耐烦的真一。最近他表现得很暴躁，照顾牛也太过于用力。就算他对养牛再怎么热情，也实在有点做过头了。

而哲史知道原因。就是因为他注入感情和热情培育出来的飞騨牛，没给他带回一丁点收益。

真一好像想在品鉴会上得金奖。哲史在心里默念道。这七年来不要说金奖了，连肉质检查都没通过不是吗？就算你的宝贝牛比命都重要，若是不能换成钱，那还有什么用啊？

趁早拆了这种挣不着钱的牛舍，参加石动先生带来的度假胜地开发计划多好。这样一来，哲史也就可以从养牛生活里解放出来，回到人类社会去了。石动提出企划案的时候哲史是这么期待的，对他来说石动就相当于救世主。比起整整七年时间没取得一点收益的畜牧养殖，当然是度假设施更能给人们带来好处吧？每天都有大群游客开车来玩，才对暮枝地区的未来更有帮助，不是吗？

答案自然是“是”。同样对于度假胜地开发计划，本该也只有“是”。

就因为真一满脑子都是牛，都不懂什么才叫正确的选择。他根本看不透石动的企划案会描绘出多么美妙的未来。

牛毛硬撅撅的，刷子很难刷通。可是如果敢用蛮力硬拽，真一的骂声便会立刻飞来。他总会这么说：“你要尽可能温和一点，注入你的爱意，但是也要用点力刷开结块的硬毛，同时还得注意不能伤到牛柔软的肌肤……”既然你说得这么头头是道，那你自己刷啊！

哲史叹了一口气，深切感到那个人能来暮枝真是太好了。如果他没有伸来援手，那哲史这辈子都得待在深山老林里头，过着没有梦想的孤独生活。哲史打从心底里感激那个给自己带来希望的男人。

“哲史，下午记得让牛晒日光浴啊，不许偷懒。”

真一吩咐他说道。哲史敷衍地应了一声，继续手上的刷毛工作。

算啦，总有一天他会知道我才是对的。哲史看着探身查看牛进食状况的真一心想。真一总有一天会发现，度假胜地才是值得他大力推进的事业。

哲史坚信，修建度假胜地并非只是一个房地产开发项目，它既是可以振兴暮枝地区经济水平的基础设施，同时也是为人们提供安宁、梦想和快乐的文化产业啊。

12

近闻逢坂山彼侧关寺现一牛佛，民皆谒之。

——《荣花物语》

（日）山中裕、秋山虔、池田尚隆、福长进等（校注）

“……石动这个建筑公司派来的狗腿子就不必说了，连蓝下村长也每天都去说服罗堂真一。再这么下去，暮枝这里的自然环境是免不了要遭灭顶之灾的！”

保龙扯着嗓门滔滔不绝，此时为了歇口气，他才暂时顿了顿。

“保龙先生，您是从什么时候开始居住在这里的？”

而天濑抓住这一瞬间的空隙赶紧发问。再继续听保龙发表环保演讲也没有任何意义。

“今年开始的吧，还不到一年。”

“那你也没资格说三道四啊。”町田小声嘀咕道。

见保龙脸色一变，眼看着又要开始他的高谈阔论，天濑赶紧插嘴道：“呃，那请问您是为什么来到暮枝的呢？”

“我本来是个系统工程师，在东京做电商网络架构。但是我受够了。”保龙十分唾弃地说道，“成天被关在只吹得进空调风的屋子里，每天跟屏幕大眼瞪小眼。天天在外面吃饭，熬夜加班又只能喝营养补充剂，到了最后还得因为腰痛和眼疲劳住院，不觉得荒唐吗？所以去年我决心重新开始，向公司递了辞呈，决定以后就过跟自然亲密接触的生活，其他多余的东西一概不要。”

“可你这不是又有大电视又有电脑吗？”

町田再次嘀咕。由于音量比上次更小，因此这画外音似乎没有传进保龙的耳朵。

“我一直在到处寻找可以充实内心的土地，然后我就来到了暮枝。当时尤其中意这座茅草屋顶的房子，就决定在这里安营扎寨了。”

“我听说您管理着一个公社……”

天濑话说到一半，保龙露出厌烦的表情。

“我才没有管理呢，只不过跟熟人宣扬了一番田园生活的好处。那些人听了传闻以后，我也不知道具体怎么回事，总之全都跑我这儿来了。不过反正这屋子大，我也觉得能帮助和自己有同样想法的人是件好事，就收留了他们。一开始只有几个人的时候还行，都怪那个叫仓内的女人，现在人数直线上升……”

“我们就是来跟您打听仓内女士的。”天濑接上保龙的话，“请问她是通过什么途径知道这里的啊？”

“是我熟人的熟人说，有个熟人想介绍她过来。说是因为健康状况不好，希望能让她来我这里休养。她好像真是打算来休养的，说实话，我很烦恼该怎么应付她。”

“您知道仓内女士患有癌症吗？”

“我要是知道就不让她来了，肯定叫她上医院好好治病去。”保龙苦着脸说道，“她好像是想接受我的指导，休养身体，恢复健康的样子。以为我是什么邪教教主或者超能力者吧。如果她早告诉我自己有癌症，我这边肯定也会相应准备点措施，可是我又不知道，只好随便应付一下了。她好像来了不到一星期就失望透顶了吧。”

“然后她就在山里四处乱逛，发现了钟乳石窟里的泉水？”

“依我猜测，我觉得她当时可能是想自杀。那个时候看到她浑身湿透跑回来，还担心她是不是想跳河了。结果呢？她好像根本不知道别人有多担心，若无其事地收拾起所有行李，居然就那么一走了之。明明受了近一个月的照顾，却连最基本的招呼和礼节都没有！真是个过分的女人。”保龙好像至今还为仓内的无礼耿耿于怀，语带怒意地继续说道，“我还庆幸那个想当然的女的终于走了，谁知不到一个月，跑来的人更多了。所有人都拿着杂志的剪报，希望泉水能治好自己的病。那我又不能将他们全部赶走是不是？这栋大房子一眨眼就住满了人，后来村民见到我们就直翻白眼。”

“那肯定了。”町田似乎再也不能忍受保持沉默，插嘴道，“你租了人家村里一整栋房子，还成天有奇怪的家伙一个接一个跑来住，周围的人肯定心里不踏实啊。”

“确实，也有人以为我是什么新兴宗教的教主吧。”保龙叹息一声，“不但跟邻居处不好关系，山泉还被建筑公司瞄上，打算开发度假村。一切都是那个叫仓内的女人的错！”

“您刚才说在和罗堂先生商讨开放泉眼的事宜，是真的吗？”天濑问道。

“是啊，在谈呢。我去找了他好几次。”

“就是因为这样，误会才越来越深啊。”

听町田语带嘲讽，保龙沉下脸来说道：“有几十个人都说想进去泡泉水，那总得有人给他们想点办法吧？”

这人虽然办事冒失，但骨子里是个好人啊，天濑心想。这么一看，他还真当不了教主。

“保龙先生，您相信那泉水存在神力吗？”

天濑这么一问，保龙沉默了半晌，然后迟疑着说道：“这个……不好说。”

他憋出这几个字后，斟酌着措辞，又说道：“我并不认为世上不存在奇迹之泉这种反科学的东西。首先，它确实有存在的可能。其次，为了这里的人，我也希望有。但我不会坚信‘绝对有’。”保龙认真地看着天濑，“我唯一能确定的是，来这里的很多人都将自己最后的希望寄托在泉水上。这里所有的住客都盼望着轮到自己进去泡泉，都希望能靠泉水的神力治好自己的病。既然有人想进去，就算根本不存在所谓的神力，也应该让他们如愿。而且不能以度假胜地的形式收取费用，必须无偿。我是这么认为的。”

“我明白了。感谢您的配合。”

天濑道过谢便站起身。

他坐在横框上穿运动鞋时，看见一个年轻男人往土间的方向走来。那是一位长发飘飘、双眼细长、相貌堂堂的美青年。

青年一边斜眼瞟着天濑和町田两人，一边走上台阶，进入宴会间。

天濑下到土间，回头望向宴会间时，恰好看到那人的身影消失在深处。

他也翘首期盼着轮到自己进入泉水的那一天吗？

“非常感谢您。”

天濑再次低头行礼。保龙似乎是个十分重礼节的人，也默默地向他致礼。

“正如保龙先生所说，这里确实是个适合颐养天年常年安居的地方。”

趁町田绑鞋带的空当，天濑补上这么一句。他的目光停留在土间里一台显得十分突兀的大型冰箱上，接着说道：“蔬菜也可以现摘现吃，一定很新鲜美味吧。”

结果保龙大摇其头，道："我们才不吃那些不知道被下了什么农药和化肥的作物呢。我每个星期都会出门去买无农药的有机蔬菜。但想买就必须开车到岐阜县去，可累人了。"

天濑抬起头，看着保龙那郑重其事的面孔，轻轻回了一句："这样啊。"

13

“爱神厄洛斯牵着牛。”

——《琉喀佩和克勒托丰》

阿喀琉斯·塔提俄斯（Achilleus Tatios）（著）

桥下有一尊小小的地藏菩萨。

这桥的名字似乎叫“第二桥”。暮枝共有三座桥。从国道通往森林的入口处，架在板取川上的是暮枝桥。顺着林中小径穿过暮枝川的两座，则按照顺序分别称作第一桥和第二桥……这些都是从那孩子口中听来的。

从暂时借住的保龙家走到第二桥，连一分钟都不需要。

飞鸟辉雄来到桥边，翻过沿河的护栏，下到暮枝川的堤坝上。

堤坝上根本没有台阶。只有穿行在杂草间，人脚踩出来的一条细路。每一步都必须时刻注意脚下，小心翼翼地走下去才行。

一旦下到河滩，再想看那座红豆色的桥，就需要抬头了。

河滩上满是洁白又光滑的石头。飞鸟一边注意不要摔倒，一边慢慢走向桥下。

这里再怎么穷乡僻壤，毕竟桥还是用现代技术建造的。桥面是钢板，桥墩是水泥。飞鸟走进桥面下的阴影里，走向用水泥浇固的桥基。有一块石头孤零零地摆在那里，仿佛筑桥工程遗落的失物。

他绕到那个快有一抱粗的石头正面，上面有地藏菩萨的浮雕图案。技法之拙劣，圆空和尚[1]就不必说了，哪怕说它是出自古代飞驒工匠之手都难免引人发笑。五官简直像个幼儿园小孩拿蜡笔瞎涂乱画的产物，大概是以前村里的石匠闲来顺手雕的吧。本来它该和这里大大小小的石头一样，在筑桥施工时被搬上翻斗车，运到碎石场去。可再怎么说也雕了个菩萨，八成就是因此逃过一劫罢了。

这尊地藏菩萨铁定多年无人参拜。地藏面前的献花台——也就是一个原本装海苔佃煮之类物什的广口瓶，瓶内空空如也，只有一点浑浊的水还留在里边。

飞鸟姑且合掌拜了一拜，然后按住地藏的头，往斜上方一抬。

他将手伸进地藏雕像和水泥地的缝隙里。

很快便摸到一个蓝色的信封。

飞鸟将信封塞进夹克内侧的口袋，反身往河岸走去。

回到保龙家时，他看见土间有两名陌生男性。一个长发娃娃脸，另一个有一头火红的短发，面相像个不良少年。本以为他们是新来的住客，却又好像并非如此。飞鸟回去时，两人似乎恰好要动身离开，正并排坐在横框上穿运动鞋。保龙则站在身后的宴会间目送他们。

飞鸟一边瞟着那两个人，一边走进宴会间。

由于离午餐还有一段时间，宴会间里的气氛很闲散。灰田虎彦在百无聊赖地看电视，火浦龙次郎则认真地瞪着电脑屏幕。大概其他住客也都和往常一样，正窝在自己的房间里打发时间吧。

飞鸟观察火浦的情况。

1　圆空和尚，江户时代佛教天台宗法师，雕刻家。云游时在日本各地留下佛陀雕像，其作品被称为“圆空佛”，以简朴的设计和豪迈的雕刻手法为特征。——译者注

火浦用他那双凹陷的眼睛瞪着屏幕，好像在拼命努力让自己进入冥想状态。但他越用力，杂念反而越往上冒，屏幕上脑波三维图那锐利的波形好似一片犬牙交错，危峰兀立的山脉就连阿尔卑斯山都望尘莫及。

见火浦脸色很差，飞鸟有些担心。那么钻牛角尖，反而对身体不好吧？

但他忍住没有和火浦搭话。尊重他人的隐私是共同生活的基本原则。施以同情，出言相助，都只会招人烦罢了。

而且他的室友火浦待在宴会间里，才正中飞鸟的下怀。

飞鸟径直穿过宴会间，走向自己的房间。

走过面向庭院的长廊，从并排的隔断门后隐隐约约传来人声和音乐的声响。

这栋民宅，以前似乎是三代还是四代同堂，住着一个挺大的家族，因此拥有十几间卧室。但现在不论哪间都住满了人，只能靠着拼房合租，堪堪确保入住者的卧榻。

飞鸟走进他和火浦共住的八叠间，静静拉上门。

屋里摆设很朴素。就一张圆矮桌，配上坐垫，角落里放着一只波士顿包和一个行李箱而已。除此之外什么家具都没有。再就是收在壁橱里的棉被了。

飞鸟在坐垫上坐下来，从夹克内袋里抽出那个蓝色的信封。

他撕开封口，里面便出现与外皮同色系的一张蓝色便笺纸。

致飞鸟先生：

这一周没能与您见面，我感到非常寂寞。我担心您也许还在生气。我不会再任性了，请您来找我吧。求求您了。

我等着您的回复。

那圆珠笔写就的圆滚滚的文字表达出写信人迫切的思念，飞鸟脸上露出无奈的表情。

确实，当初是飞鸟率先搭上对方的，现在要是他单方面断绝联系，未免有些太不公平。但他一开始本没打算深入至此。他知道，对方自从见到他的第一眼起就对他着了迷，而他之所以会和对方搭讪，只不过是想利用对方的身份达成自己的目的罢了。没错，一开始是这样的……

当对方提出通过地藏菩萨交换书信的时候，飞鸟差点笑出声。现在的年轻人啊，这些稀奇古怪的想法都是从哪儿冒出来的？在这个手机和电子邮件当道的时代，居然要用纸笔互递信息？

乡下孩子可真单纯，飞鸟心想。

飞鸟将便笺塞回信封，对折后收进了行李箱。行李箱底部已经积有十几个这样的蓝色信封了。

然后他走出房间，去找保龙。

如他所料，保龙果然在灶旁。他正站在土间的垫板上给负责做饭的人下指示，准备所有人的午饭。

“保龙先生，您能来一下吗？”

听到飞鸟叫他，保龙先提醒做饭的人要注意火候，然后便来到走廊里。

“什么事？”

“我觉得自己是时候离开这里了。”

飞鸟靠在节疤累累的柱子上，如是开口说道。

“你不去浸泉水没关系吗？”保龙担心地看着他，“就算不能泡进去，我找几个壶将水打回来给你们喝应该还办得到。”

“就算这么做，最后也肯定只会喝坏肚子啦。”

飞鸟寂寥地笑了笑道。

“总有一试的价值吧。”

保龙坚持劝慰他道，但飞鸟摇了摇头，说道：“不，我已经决定了。这几天我就会告辞。不好意思给您添麻烦了。”

“既然飞鸟先生去意已决，我倒不会说什么……”

保龙还是一脸担心地看着飞鸟。

而飞鸟轻轻低头和他行了一礼，便返回自己的房间。

14

“我一点也不想见证什么奇迹。”

——《卢尔德的人群》（法）J. K. 于斯曼（著）

“‘专门哄骗善良淳朴的村民，推进破坏大自然工程的土木建筑公司派来的爪牙’，是吗？原来如此。嗯，也许就像他说的那样吧。”

听了天濑转述，石动开始笑。

他们三人正亲密地围在民宿二楼的那张矮桌旁吃午餐。旁边还有一只貌似是石动带来的 CD 播放器，里头正流畅地播放着甜美的弦乐。

餐桌上摆了天妇罗和大量的荞麦面。也许是太太好心，想到秋老虎正酣，于是特意给他们准备了口感清爽的食物。满当当的荞麦面和天妇罗分别装在两只大碗里，旁边并排摆着三人份的调味料和小菜。

“他还给我们看企划案了呢。那个是您写的吗？”

天濑一边将面条伸进玻璃碗里蘸汁，一边问道。

“那个是学长写的。我只不过随便写了张纸给他看看，就被骂‘哪有这样的企划案’，然后全被他亲自推翻重写。他甚至还帮我找了插画师，所以才做出那么漂亮的企划案啦。”

“呃，您说的这个学长是怎样的人啊？”

“是我大学的学长啊，波特研的，波特研就是指……”

“科尔·波特研究会，学长是会长，您是副会长。这个我先前听过了。请问他现在从事什么职业？”

“他在雅典建筑公司工作。”石动像个恶作剧的孩子般两眼放光，“他名叫古贺良周，相貌被老板挑中，分配他去雅典建筑公司抢地部抢地科上班。工作内容嘛，就是成天威胁那些可怜的普通老百姓，将他们的土地全部抢过来。现在好像已经升职加薪，当上抢地科科长啦。”

石动扑嗤笑出声，天濑死死盯着他看。这个人说的话，到底几分是真几分是玩笑，天濑一点也搞不明白。

“虽然不太清楚为什么，学长好像一直挺挂念我的，哎呀，也有可能是因为我一直在干不稳定的工作吧。有一天他突然来找我，说我要是没事干，就给他想个度假胜地开发企划案出来。当时那个气势啊，根本不容拒绝。于是我想起来在杂志上看过的奇迹之泉的报道，就随便拟了个企划案给他。谁知道被学长重写后居然在会议上通过了。不过也有可能是学长硬让它通过的哦。”

石动皱了皱脸。他也许是想摆出比较困扰的样子，实际表情却根本看不出来。

“学长说，既然是我提出的企划案，就让我负责交涉。没办法，我只好跑来暮枝，谁知罗堂真一先生不仅根本不答应，连进入龟恩洞都不肯允诺。虽然我马上回去告诉学长谈判失败了，可他根本听不进去。托他的福，这几个月我都在东京和岐阜之间两头跑。真一先生能不能至少让我去调查一下龟恩洞呢？如果跟他说是杂志来采访，可能就愿意点头了……”

“所以您才将这个项目拿到《VXI》去了是吧？”

天濑一问，石动笑盈盈地回答道：“因为学长说他在那边‘有门路’。”

天濑叹了一口气，万万没有想到，这次竟然是来帮建筑公司打广告的。

“我觉得光凭那个‘奇迹之泉’招不来人。这年头谁会信啊？”

町田卷了一大捆荞麦面一口吞下，轻蔑地说道。

“我也觉得。”石动耸耸肩，“不过并非完全不可能，毕竟有过先例。二位知道‘卢尔德之泉’吗？”

天濑感觉好像在哪儿听过，町田则似乎完全不知道。

“不知道吗？英国当代最著名的推理小说女作家 P. D. 詹姆斯女男爵的《黑塔》里也提到过它。”

又是听不懂的自言自语。

“所谓卢尔德，是一个位于法国比利牛斯山脚下的河边小村庄。十九世纪中叶，有个名叫伯尔纳德的少女自称在附近的山洞里看到了圣母玛利亚的幻象。伯尔纳德听从圣母的命令，挖开了山洞的地面。结果挖出一眼清澈的泉水。”

“那个泉水有治愈疾病的功效？”

天濑问道。

“没错。我虽然没去过，不过据说那山洞里有一座圣母玛利亚的雕像，旁边还放了无数根拐杖呢。意思是说，有很多人的双腿因为奇迹之泉的力量恢复了健康，不再需要拐杖来辅助走路了。”

“真的假的？”町田表示怀疑。

“我也不知真假。不过，那里每年要接待多达五百万的巡礼者，村里的教会啊，教堂啊，卖蜡烛和玛利亚塑像的小店和旅店啊，都多得要命。而来到小镇的人们来自世界各地，所以这里的外汇成交量，听说放眼整个法国都不容小觑哦。”

“你的意思是龟恩洞的泉水也可能变成那样？”

天濑实在难以置信。石动是认真在跟他们讲这么荒唐的故事吗？

“石动先生，您相信吗？所谓龟恩洞泉水的神力……”

他一问，石动仰头看着天花板，说道：“无论有神力，还是没有神力，我都不信。不确定到底有没有，才是我的真实想法吧。毕竟我是信奉不可知论的人。”

“你都不信，还把它做成企划案啊？”町田严厉地瞪着石动说道，“你要是宣传那个连自己都不信的奇迹之泉，这就是诈骗了！”

“就算我信，这也是诈骗啊。‘泉水拥有治愈疾病的力量’，这种广告词，厚生省怎么可能会放过嘛。就算度假胜地真的建起来，表面上也不能提奇迹之泉半个字。卢尔德的泉水也一样，法国政府只认证那里的水质适合沐浴和饮用而已。官方根本不承认有什么奇迹。”

“所以你是打算靠口口相传和媒体播报帮你宣传泉水的疗效了？”町田愤慨地说道。

“话先说在前头，我可写不了假新闻。要宣传这种根本不存在的奇迹，我恕难从命。”听天濑这么一说，石动摆了摆手说道：“这个请您放一万个心。您只要将自己经历过的实际见闻原封不动地写下来就行了。说实话，我自己对这个项目也不太感兴趣，只不过学长很啰唆才随便搞搞。就算度假胜地的企划案最后黄了，也跟我没有半点干系。哎呀，虽然学长大概会暴怒吧。”

石动扑嗤笑出声时，他们看到太太从楼梯走上来。

“石动先生，阿荣姨找你。”

太太传完话就马上离开了。

和太太前后脚进来的是个穿着和服的中年女性。她年纪将近五十岁，身材微胖，穿着朴素的飞白花纹和服，抹到后面的头发也已经白了一半。那张满是皱纹的脸看来已经彻底干枯，没有一点施了粉黛的迹象。

“您好呀，阿荣姨。请问有什么事？”

石动扭过身体朝向走廊，对来人这么说道。那个被他唤作阿荣姨的女性深深鞠了一躬，声音克制而低沉：“春泥先生，老爷想见您。可以烦请移驾萝洞庵吗？”

天濑心生疑问，思忖道：“春尼先生？石动的名字不是叫戏作吗？”

“阵一郎先生吗？”

石动一瞬有些疑惑，但很快便露出恍然大悟的表情。

“这样啊，马上就到句会了。是要商讨此事吗？”

“不，只是见到春泥先生似乎带着客人来了……”阿荣瞟了一眼天濑和町田，“希望务必能和二位打个招呼。”

“他果然是见到我们爬上去了呀。”石动转向天濑说道，“如何？阵一郎先生似乎想见二位。也许可以成为采访的重大参考哦。”

“我们倒是不介意……”

天濑回答道。既然对方主动邀请，那自然不能拒绝。町田也勉强同意了。

“反正午饭也吃完了，现在就去吧。”

石动关掉CD播放器，站起来。

“请问，‘春尼先生’是什么意思啊？”

他们下楼梯时，天濑问了问石动。

“‘春泥’，写作春天的泥土，指的是初春雪融后产生的泥泞。是我的俳号。”

“排号？”

“是作俳句时署的名字。阵一郎先生喜欢作诗，每个月都会召集村里同好举办俳句大会呢。我也会去参加，参加时就用这个名字。因为本名叫‘戏作’，所以将‘春泥’两个字前训后音[1]地念成‘Haru-Dei’，跟‘Parody[2]’谐音。以前乱步给他自撰的戏作主人公取名为‘大江春泥’，我这算是东施效颦吧。”

天濑心想，这个人平时说话真假难辨已经够麻烦的了，现在又做起这种不知所云的解说，听着让人头疼十倍。

1　音读、训读为日文汉字的两种基本读法。音读即汉字在日语中按照其对应汉语的译音读出来；训读则是使用该等汉字之日本固有同义语汇的读音，只借用汉字的形和义，不采用汉语的音。在一些组合词中常见前音后训，或前训后音的读法。——译者注

2　指文章、音乐作品或表演的滑稽仿作等；戏仿。——译者注

15

“啊！你这个来到受苦之地的人，”米诺斯一见我就开言道，他将如此重要的职务暂搁一边，“你瞧瞧，你是怎样进来的，你信任的是什么人，你不要以为进口处如此宽阔，可以随便出进！”

——《神曲·地狱篇·第五首》[1]

（意大利）但丁（著）

“不好意思啊，将诸位请到山上来。”

罗堂阵一郎温和地说完这句话，在床上微微欠身致礼。

阵一郎在萝洞庵的寝室是一间将近十叠大的宽敞房屋。面向檐廊的合金窗大开着，吹进很舒服的风，陶制风铃奏出清脆的声响。挂在窗框上遮阳的不是窗帘布，而是竹编的短簾。

窗外是一片庭石、树丛应有尽有的小庭院，其中又略显寒酸地立着一棵柿子树。

这里朴素的环境尽管很符合“庵”之名，但地面并非用榻榻米铺就，而是木地板。大概是考虑到推轮椅比较方便吧。天濑回想起先前在萝洞庵玄关处看到过一架叠好的轮椅。从土间到走廊的部分是一道平缓的斜坡，而电话旁边的大袋子里，装的应该是成人纸尿裤……

他们在木地板上铺好坐垫落座，要抬起头才能看到阵一郎。后者躺在一张底座颇高的电动床上，旁边有一块平坦的白色操作面板。

1　译林出版社，第1版（2011年1月1日），黄文捷译。——译者注

“老头子我是隐居之身，每天穷极无聊，看见新面孔总会想请来一叙。欸，算是老年人的任性，就请各位多多担待了。”

阵一郎靠在支起的床板上，微微笑着，注视着天濑一行人。

果不其然，阵一郎也是红发。那头剃得短短的毛发和真一、哲史、窗音他们的颜色一模一样。不过阵一郎是罗堂家血脉的源头，这倒理所当然。真一和他长得很像，假如试着想象他的少年时代，脸上再多些肉，简直就和真一是一个模子里刻出来的。

但现在的阵一郎极瘦削又衰弱，双颊深深凹陷，脸色也发青泛黑。

然而即便如此，大号玳瑁眼镜镜片背后的那双眼睛，尽管隔着镜片看起来有些扭曲膨胀，却定定地注视着天濑他们。瞳孔中仍残留着生命的光辉。

“阵一郎先生，您才年方七十吧，还称不上老人呢。”石动一边啜饮阿荣端来的粗茶，一边说道，“现代语境下的‘老年人’一般要满百岁的。”

“‘毕竟还有八十岁的女大学生呢’是吗？哎，也许春泥说得不错。可腿脚不灵光也不顶用啊。”阵一郎大笑，转向天濑说道，“我啊，七年前倒在浴室里头，后来腿就动不了啦。盖着被子同客人说话虽然无礼，但其中内情如此，还请见谅啊。”

天濑在嘴里咕咕哝哝地回答“不会，我们并不介意”。既然倒在浴室里，那么恐怕是脑出血或者脑梗造成的吧。似乎那一倒后，阵一郎便落下了半身不遂的毛病。

“两位来暮枝有何贵干啊？”

阵一郎兴致盎然地眯起眼睛问。

天濑先报上自己和町田的姓名，“我们为东京的一家杂志社工作，通过石动先生介绍，这次是来对龟恩洞的泉水做专访的。”

“哦？是媒体的人啊。由春泥介绍，前来探访龟恩洞。原来如此。”

阵一郎说完，意味深长地看了看石动。

“其实，‘龟恩洞’这个名字就是阵一郎先生起的。”

石动则佯装不觉，对天濑说道。

天濑突然回想起抵达暮枝时，那个姓出羽的男人所说的话。

“请问那里的别名是叫‘鬼隐山洞’吗？”

他这么一问，阵一郎面露讶异之色，惊叹道：“你居然知道这个。是听谁说的？”

“一位名叫出羽的先生曾提到过。‘你两位也是来看鬼隐山洞的吗’——他这样说。”

“哦，出羽啊……没错，那里好像原本叫‘鬼隐洞’，写作‘鬼怪隐身之洞’。但这样很不吉利吧？所以我给它重新选了现在的字作名字，寓意‘能活这么长久，都是乌龟的恩典[1]’。”

“您的人生现在才要开始呢，阵一郎先生。”石动苦笑，“不过，这件事情我还是今天才知道。有什么典故吗？比如有鬼藏在里面的传说之类的。”

“好像有吧，我也不太清楚。这些事情你要问，就去问芸阁斋老师去。”

“这样啊，那我下次问问他好了。好像挺有趣的。”

自言自语完，石动转向天濑他们。

“芸阁斋老师的本名唤作代田朗，是人们常说的乡土历史学者。他很熟悉暮枝的历史。顺便一提，他也是我们的俳友。”

“‘云格摘’……这名字好怪啊，听起来好像‘大便臭[2]’一样。”

1　日文读音与“龟恩洞”相同。——译者注

2　谐音梗，芸阁斋的发音是Unkakusai，大便臭的发音是Unkokusai，二者发音接近。——译者注

虽然町田脱口而出一句很粗俗的感言，阵一郎脸上的微笑却分毫未减。偶尔听听这种没营养的玩笑话大概也是很好的消遣吧。

“这样说他会生气的。”石动也笑容不改，“‘芸阁’的意思是‘收藏书籍的书库’。在日语里‘芸’虽然通‘艺术’的‘艺’，但和正字‘艺’又不一样，本意是一种叫‘芸草’的香料。由于自古以来，人们就用芸草夹在书本里除虫，所以它便跟着附带书籍的意思。奈良时代，石上宅嗣在祖宅里设立日本最早的公共图书馆时，也将它命名为‘芸亭’，所以这是个很有来头的名号哦。以上都是从老师本人那里现学现卖的啦。”

“他就是这么个书虫，啃书啃到起了一个谁都听不懂的俳号。据说每天都埋在肮脏的旧书堆里过日子呢。”

阵一郎开怀笑了一阵。

“对啦。下次紫云英圃句会，我想定在子规忌的时候……”

“子规忌的话，十九日是吗？”

“对，正好是星期天，大家也方便吧。”

“我知道了，会顺便转告学长的。”

“感觉尽是些听都没听过的词。”

町田托着腮，很罕见地露出烦恼的表情，然后问道：“请问‘紫云英普聚会’又是什么啊？”

“是我主办的俳句大会，从山口誓子的俳句里取的名字。”阵一郎回答道。

紫云英的田　不想竟这般辽阔　好个美浓国　誓子

“紫云英就是红花草。‘到底生在山野好，原上红花草[1]’里的‘红花草’。”石动继续解说道，“所谓紫云英圃，就是栽种红花草的田地。以前好像是种来充当肥料和家畜的饲料吧，现在已经完全成为养蜂业的蜜源植物了。”

“所以叫‘紫云英圃句会’。这个名字既是‘紫云英圃 / 句会’，同时也是‘紫云英 / 圃句会’呢。因为包括我这个主办者在内，每个人都做不出像样的俳句啊！”

阵一郎哈哈大笑。

“哎呀，比起那些摆着宗师架子对别人的作品删删改改的主办者，您已经很好了。反正大家都是图个有趣，还是办得开心点好。”

“其实我已经做了两句啦。”

阵一郎摘下玳瑁眼镜，拿过放在侧桌板上的笔记本，念道：

秋高晴气爽　哪怕品来涩非常　枝头色柿香　萝洞

“原来那柿子是涩柿啊？”

石动探身去看庭院里的柿子树。树顶上孤零零地结着三枚丁点儿大的果子。

“我怎么也想不出好的上五。”阵一郎苦着脸揣摩起来，“实在没办法，才用了‘秋高气爽’。还有，用‘色’指代‘熟’好像是岐阜土话，总觉得……”

“这无伤大雅吧。不过，‘秋高气爽’和‘柿子’若同时出现，季语

1　“到底生在山野好，原上红花草”，江户时代中期俳人泷野瓢水（1684—1762）所作俳句。全句为“手に取るなやはり野に置け蓮華草”。——译者注

就重复了。此外，‘柿子’是晚秋时节的季语。”

说着，石动扑嗤扑嗤笑了起来。

“嗯，假如芸阁斋老师在场，怕是要这么批判您了。”

“那个家伙将整本《岁时记》都背下来了，我哪比得过。还有一句……”

秋叶满山中　路见行人染红发　竟比叶更红　萝洞

“这个，难道是说我吗？”

町田不由自主地摸了摸头发。

“果然昨天我们去龟恩洞的路上被您看到了。”石动抬头望向阵一郎，“这一首有点意思呢。红叶和染发的对比相当诙谐，很有俳味。”

“我觉得走在红叶里的朋克少年是一幅很好的景。”

“说得没错。这样的话，也许您明示一下是个朋克少年会好些。毕竟只说染过头发，也有可能被解读成女性……”

石动和阵一郎讨论来，讨论去，总得不出个结果。另一边町田惊得翻了白眼，他肯定做梦都没想过自己有一天会成为俳句吟咏的对象。

16

埃及人认为公牛是曾被献祭给厄帕福斯的兽，因此才要做如下的检查。

——《历史》（古希腊）希罗多德（著）

“你觉得该怎么办？”

“什么怎么办，办什么啊？”

“采访的事情啊。当初总编那个态度，再加上内容奇怪，我早就觉得有蹊跷了。可还是万万没想到，幕后黑手居然是建筑公司。”

“不挺好吗？你就加把劲给人家写软文呗。‘鄙人亲眼见到了传说中的奇迹之泉，果真是一汪颇有神通、美丽而清冽的泉眼呀。’——就这么写嘛，搞不好能得到石动那个什么学长的赏识，以后雅典公司会给你饭吃哦。‘从今往后，我司的宣传报道就全权交托给天濑君了’这样。”

“我写不了谎话。”

“那就随便写写。反正总编接活也接得不情不愿，肯定没期待过你能写出一篇像宝石一样漂亮的报告文学。不会因为这次写得烂，以后就不用你的，没准儿他审都不会审。”

“我也不想偷懒，不想写那种瞧不起读者的文章。”

“你这个人真是死脑筋，这样可当不了‘魑魅魍魉’哦。明明业界都有那种，只不过空口答应人家会写报道猛夸，就能免费享受企业新产品，还每天用着各种高科技产品过好日子的人。”町田讥讽地笑了笑，抬头看了看蓝天说道，“欸，不过这也是你的优点吧。”

结束和阵一郎的会面以后，他们便借口要进村采访，和石动分别了。

目送石动独自返回住处，两人漫无目的地在林间小径上散步。

尽管九月几近中旬，太阳却佯装不知，依然毫不留情地照耀四方。气温恐怕接近三十度，似乎就连烦人的蝉们也终究迎来了大限，杉树林里静得鸦雀无声，但只是走走路，汗衫背后就湿得整块黏在身上。

“你这个人太认真了。”町田擦擦额头上的汗，罕见地露出严肃的表情，“所以，你就认真采访，认真写报道。这不就好了吗？”

不知不觉，两人已经走到村郊。林道前方，可以看见他们抵达暮枝时驶过的第一桥。

一栋跟桥贴得很近的屋子门口，螃蟹脸的中年男人正坐在石头上抽烟。

“哟，采访还顺利吧？”

看到两人，出羽自来熟地跟他们打招呼。

“是的，我们去看过‘鬼隐山洞’了。”天濑走近出羽回答道。

“要叫龟恩洞，不然罗堂先生会骂不吉利的。你们不是见过罗堂先生了吗？”

“阵一郎先生和真一先生都见过了，真一先生还让我们看了他的宝贝飞驒牛。”

听天濑这么一说，出羽咧着他的大嘴哈哈大笑露出泛黄的门牙，仿佛天濑说了个很好笑的笑话。

“哪里是飞驒牛！那是美浓牛啊！”

天濑疑惑地歪歪头。

“这么说来，这一带似乎不属于飞驒地区，而是美浓地区吧。在美浓地区养大的和牛就叫美浓牛吗？”

“你两位看来是一点也不懂黑毛和牛啊。”出羽和真一说了同样的话，

“飞驒牛是岐阜县的黑毛和牛品牌。所以呢，无论岐阜哪里出来的牛都能叫飞驒牛。飞驒高山出的也好，美浓加茂出的也罢，只要是岐阜县产，那通通都是飞驒牛。只要能通过肉质检查就行。”

“只是黑毛和牛还不够吗？”

“哎呀，站着说话太累，你们坐吧。”

出羽简直像在客厅里叫他们坐沙发一样，招手叫两人过去。于是天濑和町田蹲在出羽旁边。

“有个叫‘日本食用肉类评级协会’的机构，他们负责给肉牛定档次。总共有 A、B、C 三个档，又分 1 到 5 五个级别。大概就这两种评价标准。”

出羽捡了块石头，在地面上分别写好 A、B、C 和 1—5 的数字。

“ABC 评的是收益率，也就是一头牛身上能出多少肉。A 级最高。数字代表肉质，5 级为最高档。将这两个加起来，就可以说牛的肉质是 A5 或者 B4 之类的等级。”

“听起来好像纸的尺寸啊。”

天濑自言自语，出羽听后虽然一瞬间露出迷茫的神情，但马上接着说道：“飞驒牛嘛，必须达到 A5 或者 B5 的水平，拿到评级以后才能以飞驒牛的名义卖。如果达不到要求，哪怕纯种岐阜生岐阜长的黑毛和牛，也只是普通的和牛而已。”

“如果只是普通的和牛，肉的价格会比较低吗？”

“那简直一个天上一个地下。听着，黑毛和牛的犊子就已经比普通牛犊子贵了。而且养一头每年要花上几十万日元，再加上普通肉牛两年就能出栏，飞驒牛却要三年。就是因为身体已经长成了还继续给它们塞谷子，才能长出红白相间的霜降牛肉。所以光养一头飞驒牛就得花百来万。当然啦，能在品鉴会拿个金奖倒可以卖到一头一千万，但如果过不了肉质检查那就赔惨了。跟赌博差不多。”出羽将抽得只剩烟屁股的烟头在地上摁熄，“真一的牛到现在顶多 B4 而已，其他大部分是 A3 和 B3。他七年一毛钱都没挣到。所以那才不是啥飞騨牛，只不过是成不了飞騨牛的美浓本地和牛——美浓牛而已。”

天濑想起来，罗堂牧舍里共有十二头牛。既然养一头要花百来万，那就是一千两百万。投这么大笔钱却没产生一点利润，肯定难以接受。

“你二位既然见过真一，肯定也看到那个牛摆件了吧？”

“摆件？啊，是那个叫美浓太郎号的雕像吗？”

“我是不知道叫啥太郎，反正他做那玩意的时候可开心了。明明很费钱的。”

出羽的语气里明显带了轻蔑。

“飞騨牛必须得是未生产的黑毛和牛，也就是还没配种的小母牛才行。可是他却搞出一个带角的公牛雕像，这算什么？觉得母牛还没配种就死了太可怜，至少死前给它们见见雄性牛是什么模样吗？傻不傻？总而言之，真一就是一个外行，还自称什么畜牧业者，也太狂了。他只不过挥霍他老爸的钱养牛玩儿罢了。”

尖锐批评过后，出羽点上第二支烟。

“不过，在‘高贺童子’座下养牛本来就是错的。只有‘蠢竹’才干这种事情。”

“蠢竹”的意思石动解释过，天濑听得懂。但高贺童子是什么他又不知道了。

“请问高贺童子是什么啊？”话刚出口，天濑突然想到一个可能，“难不成和鬼隐山洞有关……”

“我们高贺山这里以前住了个叫高贺童子的鬼。”出羽不怀好意地笑着，“他身高足有一丈六，长一对牛角，是个好大的鬼啊。牛都害怕这个鬼，不敢上高贺山去。真一那里的牛铁定每天晚上都吓得瑟瑟发抖，怕高贺童子来吃它们。你两位也当心着点。敢去龟恩洞取材，小心遭报应哦。”

出羽大概是在开他们玩笑吧。如今二十一世纪，怎么会有人真心告诫别人“小心鬼怪作祟”呢？只见出羽那双坏孩子的眼睛闪烁着淘气的光芒，这就是证据。

而说着说着，他的目光突然往上一抬。

“由香里，今天很晚嘛。”

“老爸，你今天也等我啊？”

天濑背后传来年轻女性的声音。回头一看，面露几分困扰的她看着有些脸熟。

那个被出羽唤作由香里的女人看了看天濑后，轻轻低头致礼道：“您好。”

天濑于是想起来。虽然她的工作服换成了连衣裙，但这应该是在罗堂牧舍工作的那位女性。她大概是出羽的女儿，但估计容貌更像母亲。头发全部束在脑后，脸蛋圆鼓鼓的，颧骨也并不突出。属于那种温顺老实，很可爱的长相。

“爹妈等孩子回家，有什么问题？”

出羽站起来，朝由香里走了两三步。

“我又不是小孩了，能自己回家的。被邻居看到怎么办？多丢脸啊。”

“我担心我宝贝女儿怎么了？好啦，进门吧，晚饭也快做好了。”

出羽看也不看天濑他们一眼，像个为公主领路的老骑士一样，搂着由香里的肩膀走向自家玄关处。

“再说了，身体现在不是你一个人的，我当然担心啊。”

——还小声嘀咕道。

天濑觉得奇怪，于是看了看父女两人。只见出羽笑得很是和蔼可亲，由香里则好像有些困惑。

17

我对这个小镇的背景完全不熟悉，所以也许不该得意忘形，四处逛个不停的吧。

——《斜坡迷宫》（日）岛尾敏雄（著）

也不知出羽家晚上吃的什么，不过当晚，他们留宿的主人家餐桌上的菜是土豆炖肉和芝麻拌菠菜。昨晚吃西餐，早上是中式蛋花粥，中午吃荞麦面，今晚则是和食。看来这家太太对自己做菜的手艺相当自信。

“喂，我们来打游戏。”

餐后，町田虽然主动请战，却没能一雪前耻，连战连败。到最后，他赌气回到二楼，早早铺床蒙头大睡去了。

次日，天濑听从町田的建议，决定认真去村里探访一番。

石动带他采访了好几个村民。

“小时候我经常在那个山洞附近玩，不过从来没进去过。因为我老妈说绝对不能进。”

“以前我听奶奶说过那泉水的事儿，好像说里面有鬼怪吧？什么砍了鬼以后用那个泉水来洗刀啥的。”

“对对对，有鬼。俺爷爷常说‘你要是不听话，小心牛鬼来抓你’什么的。不过俺们听完背地里都笑死啦。”

“那个山洞好危险的。小时候听说有小孩闹着玩溜进去，整整三天没回来呢。那会儿警察都来了，闹得还挺大。后来人找到了所以还好啦。不过大家一起去找的时候，倒不记得有没有看到泉眼。”

村民们谈起近在咫尺的龟恩洞，倒好像对来自东京的媒体记者更感兴趣。然而很可惜，谁都没听过《VXI》杂志的大名。

天濑也去见了村长蓝下柚男。

既然叫村长，天濑以为要么是个身材魁梧的壮大叔，要么是个下巴上长着白色山羊胡的老头儿，实际却是个脑门全秃，看起来很穷酸的小个子。后来从石动那儿了解到，这个“村长”似乎只是个尊称而已，没有什么实际意义。

“鄙人如今正在勉力推进暮枝度假村的建设事业！”

蓝下紧张得要命，声音都变了形。

看来他误会天濑他们是雅典建筑公司派来的人了，连自己手绘的地图都拿出来给两人看，并开始激情讲述自己每天是如何努力去说服罗堂家的。

天濑慌忙解开误会，并问了他几个关于泉水的问题。

“其实鄙人也没有见过那眼泉……”蓝下很不好意思地说道。

午后他们先回住处吃饭。这顿素面，漂浮在玻璃碗里的冰块好像不是模具产物，而是用冰镐直接凿下来的。天濑发现，自己已经开始期待晚饭吃什么了。

冰凉的素面赶走身上的暑气，两人顶着乌云渐布的天空一起前往龟恩洞。天濑自己也知道这趟纯属硬来，但既然打算今晚或明早就回东京，那便不能再浪费时间。他心想趁还有机会，尽可能多看几眼吧。

听天濑说了之后，真一大概专程跑来加强过入口的封堵措施。那块蓝色塑料布被牢牢钉在两个木桩之间，又用带刺的铁丝层层包卷。塑料布中央贴有一张新纸，上面用马克笔颤抖地写着几个愤怒的大字：“禁止进入，摸也不准！”

这样就连偷看都不行了，天濑只好在附近转了转。

走近之前瞥见的那座神祠一看，那发黑的木祠堂里插了一束花。尽管只是不知名的野花，但应当是今早刚折下的，叶子还很水灵，黄色花瓣仍楚楚动人地绽放着。

居然有人每天一早爬上这种荒山来参拜，天濑觉得有点感动。

神祠匾额上的墨迹早已褪色，看不出写的是什么。透过木栅缝隙，瞧见里头也没有神像，只有孤零零的一根破破烂烂的驱邪幡。

天濑让町田拍了一张神祠的照片，便决定下山。

他们走下台阶，穿过山径，回到林道时，正好看见一辆小汽车开下第二桥。那车跑上林道后很快便左转，进入罗堂家的地界去了。

他们路过罗堂邸门口时有意无意地扭头去看，只见那辆汽车停在车库口，一个穿着水手服的女孩正从后座下来。

“是那个女孩吧？”

町田小声地跟天濑说道。

没错，就是前天他们在罗堂邸见过的，名叫窗音的少女。

刚刚放学回来的窗音既没有涂黑脸，也没有戴耳环，可说是完全背叛了町田不着调的猜测。夏季校服的裙子长度也十分妥帖地停在膝盖附近。而裙摆下的一双腿，尽管没有穿袜子，但应该只是因为秋老虎灼人而已。

今天的窗音一反前些日子的少年英气，看起来优雅而文静。也不知是因为她穿了裙子，还是因为她的右手抱着一束花。

见到那束粉红色的蔷薇，天濑突然想起明天是敬老日[1]。因为明天放假，窗音才会回家。至于花嘛，八成是送给阵一郎的礼物吧。

1　日本规定每年九月的第三个周一为敬老日。——译者注

窗音停下脚步，看了看他们两个。她的目光不知为何让天濑一瞬间感到呼吸困难。

町田则笑容满面地朝她挥手。

窗音微微一笑，便转身走向玄关。

这天上午开始乌云就比较明显，待到傍晚已经变成黑压压的一片，雨终于下起来了。天濑和町田是跑着回到住处的。

他俩冲进屋檐下时，听到远方传来滚滚雷声。

洗完热水澡，换下被雨淋湿的衣服，前往厨房。石动早已悠然自得地坐在餐桌旁，好似他才是家主。这家伙铁定告诉了太太两人很快就要动身回京，她今晚做了牛肉火锅招待他们。

“请问这是飞驒牛肉吗？”町田指着大盆里的牛肉问道。

“是普通牛肉呀。飞驒牛太贵啦，我都没买过呢。”

太太朗声笑道。

“阿守，你今天不准打游戏，我要看新闻。”

饭后，真正的一家之主严正下令。

七点播报晚间新闻，头条内容是台风16号。表情像能乐面具一样僵硬的女主播预告台风将近后，天气预报员站在日本地图背景前，解说一番它的行进路线，最后再以一句固定的“请继续关注今后的台风资讯”收尾。

“看来要下大雨啊。”

坐在沙发上，专心致志盯着电视看的主人家自言自语。

确实，外面的雨势似乎越发猛烈。大颗大颗的雨点砸向地面，发出低沉的闷吼。好像还起风了，合金窗框被吹得不时咔咔作响。

“虽然不知道二位打算何时返程，但今晚还是住下吧。看这架势，电车可能会停运。”

家主转头对天濑他们说道。

于是两人便承蒙他的好意，决定再叨扰一晚。

走上二楼，雨滴打在房顶瓦片上的声音听着就更近了，另有一个低低的声音在它背后打着节拍，恐怕是森林里群木的枝条吧。看来风力比先前又强了几分。

天濑拉开窗帘，望了望窗外。

不同于被霓虹灯和路灯照得亮如白昼的大城市，暮枝的夜晚很暗。顶多只有星星点点几扇亮窗，以及林道边稀稀拉拉几盏圆形路灯罢了。

村里还算好的，后方连绵的群山仿佛被无光的深暗尽数遮盖，不见一隅。深邃的黑暗背景之下，雨粒们被风驱赶着，在窗玻璃上画出一道道灿烂的斜线。

天濑离开窗前，开始收拾随身行囊。旁边的町田一边检查拍好的胶片盒，一边将它们逐个塞进挎包。

石动坐在坐垫上无所事事地看两人忙碌，还跟着 CD 播放器里音乐的节奏小声哼唱。

“石动先生，您这些天还得留在这里吗？”

听天濑这么问，石动停止哼唱答道：“是的，这两三天大概都回不去。”

“行啦，你就努力说服地主吧。我们活干完了，终于可以回东京了。”

町田先是面露安心，然后讽刺地笑了笑道：“也不用再整天听这么老土的曲子和你哼的歌了。”

“你不喜欢莲纳 · 荷恩的《暴风雨天气》吗？这首曲子和这位歌手的版本都很经典哦。”

石动回答道，然后毫不在意地继续哼歌。

播放器里流淌出节奏细密的铙钹声和弦乐，令人印象深刻。女歌手的声线极富感染力，完美契合“含情脉脉”这个形容词。

“您真的很喜欢标准曲啊，来暮枝以后听的全是这种歌。”

天濑很无语，而石动一听，用那种他们已经非常熟悉的神情嗤笑了起来。

“‘标准曲’这个形容比较偏爵士呢。我钟爱的是美国经典流行乐，或者叫叮砰巷[1]歌曲比较准确。以科尔·波特为首，乔治·格什温、罗杰斯 & 哈特、欧文·柏林……”

石动陶醉地列举一个个名字，就跟唱诵他信奉的神祇之名似的。其中好几个天濑都没听过。

“还有巴卡拉克之类的？”

天濑在记忆中摸索一番，决定勉强配合他的话题。

“伯特·巴卡拉克（Burt Bacharach）对我来说太新了。你看，他的歌很难，不好唱吧？哼也不能哼，口哨都没法吹。比如，你唱得了《阿尔菲》（*Alfie*）吗？”

“可以啊。”

町田回答道，然后用粗得吓人的嗓子干号起来：“星……空之下……的……Di……stan……ce……”

“不是那个 ALFEE[2]。”

石动难得面露愠色。

1　叮砰巷，又名锡盘街。因巷子里交织着的伴奏钢琴声宛如敲击锡盘而得此名。主要在白人间流传。——译者注

2　ALFEE，石动说的是由巴卡拉克为1966年电影《阿尔菲》（*Alfie*）创作的同名主题曲，町田唱的则为日本乐队THE ALFEE的作品《星空的距离》。后文*Look of Love*为电影《007：皇家赌场》的主题曲，也是巴卡拉克作品。——译者注

“用《阿尔菲》举例子可能不太合适。比如《寻找爱情》（*Look of Love*）……”

“ABC 的 *Look of Love*？”

见町田又张嘴要唱，石动慌忙伸出双手阻止。

“行了，不用唱了。大概也不是你想的那首。”说完他转了转眼珠，又问道，“ABC？”

“英国的乐队啊。你不知道吗？以前很流行的。”町田不可思议地看着石动，“就特雷弗·霍恩制作的，ZTT Label 的……”

“特雷福祸恩？贼踢踢……”

石动鹦鹉学舌地重复町田的话，就像刚开始学英语还搞不懂单词意思，只管模仿发音的中学生。但他好像很快便重整旗鼓，说道：“算了，总之就是巴卡拉克的曲子很难。比起他来，科尔·波特的歌还……”

“科尔·波特是个人名吧？”町田天真无邪地问他，“以前 Gene Loves Jezebel 有首歌叫《科尔·波特》，我还在想到底是谁呢。”

石动目不转睛地盯着町田说道：“我们真的住在同一颗星球上吗？”然后他绝望地摇了摇头，“Gene Loves Jezebel 到底是什么东西啊？”

“您这么问，接下来他要说很久的。”天濑笑道，“就和您是标准曲的核心粉丝一样，这家伙也是英国那些奇奇怪怪乐队的忠实粉丝。”

“才不奇怪好吗！”町田不服气地鼓起脸，“Gene Loves Jezebel 已经算很有名了。”

“科尔·波特比他们更有名才对。”尽管石动一针见血地指出这点，然而很快便露出泄气的表情，“大概吧。总感觉突然没了自信。我知道自己听歌品味很偏，可是你也够偏的啊。”

此时，他腰间的手机奏起轻快的曲调，大概也来自什么标准曲吧。

石动拿出手机接了电话。

“您好，我是石动……啊，真一先生，晚上好。这个时间您有什么事吗……哲史先生吗？不，自从前些天叨扰牛舍后我就没见过他了。是的，他没来我们这里……好的，好的。那就这样。”

石动放下电话，面露诧异。

“请问怎么了？”

天濑担心地问道。石动抬起头，说道：“哲史先生好像没回家。”

18

自此，从伺候病人到传达命令，所有事务就全由竖牛一人承揽。

——《牛人》（日）中岛敦（著）

早上动身前往萝洞庵前，先去参拜龟恩洞附近的神祠，是羽柴荣每天必做的事情。

这些天似乎有台风逼近，昨晚便下起大雨，所幸黎明前后暂时止住了。话虽这么说，她也没因为下雨就放弃参拜。狂风也好骤雨也罢，参拜是不能偷懒的。不下雨了，那石梯会好走一些吧——她的感想顶多就这样而已。

天色将明时，阿荣穿着雨披和胶靴离开家门，走在昏暗的森林小道上。

由于大雨下了一整晚，湿透的路面看起来乌漆麻黑，四下都能听见水滴打在树叶上的声音。护栏外的暮枝川水位上涨，轰然奔腾的气势展现出与平常截然不同的面貌。

路旁泥泞里，野草开出小小的紫花。那勇敢不畏风雨的身姿让她很中意。

阿荣蹲在路边，摘走了那朵野花。

她每天早晨都会如此。摘下新鲜的花朵供奉在神坛前，将花插进破口花瓶后再合掌拜上一拜，为了祈求神明保佑阵一郎健康长寿。

阿荣是打心底里为阵一郎担忧的。阵一郎如今瘦得皮包骨头，腿不灵便也许无可奈何，可他不仅手臂变细，连胸膛似乎都薄了几分。明明还没到岁数，阵一郎却已尽显老态。

老爷身子骨本来就弱，这也没办法。阿荣心想。她每天给阵一郎擦身子，看到后背和腹部留下的手术痕迹时，都非常心痛。

从林道折往山径，爬了一会儿，渐渐地能看到萝洞庵了。阵一郎应该还在睡觉吧。窗里没有亮光。

不要整天都关在庵里，偶尔也出门晒晒太阳多好呀。阿荣在心里默默嘀咕。推着轮椅在山径上爬上爬下，她还是干得动的。干重活累是累点，还是让阵一郎精神起来更要紧。

每次她这么说，阵一郎都会露出讪讽的笑容。

“我肯定得身体好啊，不然你很头疼吧。我一翘辫子，阿荣就要丢饭碗喽。”

“您千万别再这样说了。”

“等我死了会安排你去守墓的啦。我会在遗嘱上写清楚的。”

“老爷，您别说这么不吉利的话……”

当然，阵一郎的话大半没说错。阿荣确实靠着真一每月支付的工资过活，而且正是因为有这笔钱，她才得以理直气壮地在儿子面前充门面，说道：“有钱寄给你娘不如自己存着！”

但如今她为阵一郎服务并非为了钱。现在对她来说，照顾阵一郎已经成了她活下去的盼头。

阿荣在丈夫早早去世后，靠着做家政和给人包伙一手养大了两个儿子，平平安安供他们上了大学。而那一天她发觉，自己并没有产生预想中的成就感，只有猛烈的空虚。她一心为两个儿子拼命工作的十五年间尽管过得很充实，可一旦雏鸟们都离巢单飞，她便什么都没有了。现在的她只觉得自己的精力被彻彻底底榨干，一滴都没剩下。

对浑浑噩噩度过每一天的阿荣而言，真一的邀请让她非常感激。她一开始什么都没想，只觉得一旦开始干活，心里这种空虚总会被填满吧。连她自己也没有想到，现在竟会每天早上为了阵一郎跑去祈祷……

阿荣好不容易爬上下雨打滑的石阶顶端，然后穿过那条满是石子的小路。

龟恩洞旁边的祠堂是高贺明神的分社。如今这里已然彻底荒废，估计除了她，再没有第二个人会去参拜了。不会有人来修补快要腐烂的木墙，也不会有人想复活卷在旁边那棵大树上的注连绳[1]……

由于极度惊愕，阿荣瞪大眼睛愣在原地，手里的野花也掉在地上。

只见祠堂边那棵大树的树枝上，垂下一具尸体。

1　注连绳是用秸秆编成的绳索、草绳。上可挂白色“之”字形御币。注连绳表示神圣物品的界限，可能出现于鸟居门上、神树和石头附近等。——译者注

19

梦中若出现牛这种头上生着狰狞双角的动物，便意味着即将经历狰狞的死亡。人一旦做了这种梦，多半会被扭断脖子而死。因为那就是杀死这种有角动物的一贯方法。

——《解梦》（古希腊）阿特米多鲁斯（著）

感觉附近很吵。不仅屋外有好几个人大声嚷嚷着跑来跑去，连屋子里都响彻某人嘈杂的脚步声。

这脚步声登上楼梯，变得越来越响。

“天濑先生，天濑先生！”

有人隔着被子摇晃他。天濑睁开眼，看见满脸兴奋的石动上下颠倒的面孔。

“现在不是睡觉的时候，出大事了！”

“到底出什么事情了？”

天濑爬起来看了看墙上的挂钟，时针刚过八点。

“龟恩洞旁边发现尸体了！而且好像还是故意杀人。”石动将旁边的町田也晃醒，说道。

“杀人？谁被杀了？”天濑不自觉地放大嗓门问道。

“好像是哲史先生。”

“好像？好像是什么意思？”

“因为他们好像还不确定就是哲史先生。”

石动不知为何说得吞吞吐吐。

町田终于醒后，三人赶忙换好衣服，飞身冲出屋门。

天空依旧被黑云覆盖，雨静悄悄地下，但绝大多数村民都聚集在小径上。所有人面露同样的担忧和恐惧，齐齐看往龟恩洞的方向。

天濑他们向龟恩洞跑去。

从林道折向山径，天濑一边跑楼梯，一边感到头晕目眩。尸体、杀人，被杀的好像是哲史。石动的话在他脑海里滴溜溜打着转。

他们一边同时接受汗水和雨水的洗礼，一边登上石阶，跑过那条坑坑洼洼的小路。

一个脸色发青的年轻村民从对面朝他们跑了过来。以几乎要将天濑撞飞的气势和他们擦肩而过后，像是再也忍受不了似的蹲在悬崖边。

反身看向崖边呕吐不止的村民，强烈的不安席卷了天濑的心。被杀的好像是哲史……

“好像”到底是什么意思？

天濑终于抵达龟恩洞。

最先映入他眼帘的是龟恩洞的入口。那张蓝色塑料布从木桩上脱落，正在随风起舞。是被大风吹开的吗？不，不对，那东西被钉得那么严实，怎么可能被一点小风雨撕裂呢……

龟恩洞旁站着好几个人。

罗堂真一的嘴张得老大，茫然地立在原地。

出羽雁太郎紧紧抿着嘴，表情像要发怒。

蓝下柚男吓得脸色发青，浑身颤抖不已。

保龙英利皱着眉头，咬住自己的下唇。

其他还有在采访时见过面的数位村民和公社成员，都一样瞪大了眼睛凝视着神祠。

“……是的，这是凶杀案件，不会有错。而且是非常恶劣、残忍的……”

身穿蓝色制服，疑似地区驻警的人正拼命对着电话说个不停。仿佛只要精神稍有松懈，他便会再也控制不住想要大叫出声的自己。

天濑怔怔地望着所有围在神祠周边的人们视线相交之处。

从神祠旁那棵大树上，垂下一个人的尸体。尸体的两腋卡着树枝，就仿佛是被这棵大树的树枝托举着，罹受十字架刑一样。

尸体上身是带有兜帽的雨披，下身是牛仔裤。染血的薄毛衣下的胸膛很平坦，或许是位男性。

但仍然无法确定身份。别说是不是哲史，乍一看就连性别都很难认清。

因为尸体的头被砍掉了。

第二章

追逐牛角大鬼影

1

有人享有以解谜为业的幸运。此人既有可能是个追寻未知原子核的物理学家，也有可能是个寻找罪犯踪迹的警官。

——《线形文字B的破译》

（英）约翰·查德威克（著）

姬木六男警官的烦恼，是自己的矮个儿和娃娃脸。

一米六的身高，自他高二那年的七月十二日以来，便一厘米都没再增长。因为当时，少年姬木每天都靠在家里的柱子上，用美工刀刻下自己的身高，因此这日期绝不会有错。至于娃娃脸嘛，大概从他小学六年级起就再没变过。拜此所赐，他念初中时老被当成小学生，好不容易上了高中又总被看成初中生。

保持这个势头，等我人到中年，会不会很显年轻啊？尽管姬木心里暗暗期待，他的希望却在三十岁前无情破灭。因为头发越掉越少了。

他现在就是个四十岁的娃娃脸秃子，除此以外什么都不是。

作为一名岐阜县警察局搜查一科的警官，姬木总希望自己的形象能更可怕些。为此，他曾蓄过一段时间的小胡子。

然而结果只是变成了有胡须的四十岁娃娃脸秃子而已，既不强硬也不严厉，还被同事和下属联手送了一个不太中听的外号“六胡”。听到外号当天，他就亲手将自己蓄了将近一个月的胡子剃了个干净。

胡子是没了，可外号犹在。就连眼前这个摇摇晃晃的大汉渡边，私底下铁定也在偷偷喊他“六胡”呢。

“你啊，减减肥吧。喘得这么厉害。”

听姬木跟他搭话，渡边刑警回过头来，强词夺理道：“气喘吁吁不是因为我胖，是这个石阶太陡了啊。”

“我看你浑身都是汗啊。”

“大部分是雨啦。”

“雨会淋到雨衣里头吗？！你背上都湿透了。”

透明雨衣底下，渡边整个后背全湿了，衬衫都晕出了一团团汗渍。

“请恕我无礼，不过警官您要注意脚下才好。万一一脚踩空，会直接滚到底的。”

“别说这么晦气的话！”

虽然嘴上回呛，但姬木还是警惕起来，伸手去抓旁边的树枝。

好不容易爬到石阶顶部，但到案发现场还得走一段石子路。由于石阶入口拉了警戒线，上面没有记者或通讯员。只有身穿深蓝色制服、背后被大雨淋得湿透的鉴识人员匍匐在泥泞的地面上，四处寻找遗落的证物。

姬木抬头看看被黑云遮盖的天空。

“风雨这么大，大概没啥希望找到遗留物了吧。”

“现在哪还有闲心管那个啊？台风要直击岐阜呢。比起担心遗留品，不如提防山体滑坡更好吧。”渡边回答道。

这人怎么净说一些晦气话！姬木瞪了下属一眼。但瞪归瞪，以防万一，他还是尽量走在石子路的正中间。

“那边似乎就是案发现场。”

渡边指指白色山崖旁的小神社。

那座放置在石台上的祠堂很破旧了，现在也一副马上要被狂风卷走的样子。旁边的不知是栎树还是橡树，树干起码得有两人合抱粗，正伸展着它的枝叶。

而被树枝架住两臂的尸体就那么从树上垂下来，仿佛被大树来了一招背后锁技。

“太惨了。”

渡边不禁皱着脸说道。

尸体穿的雨披虽有兜帽，尸体本身却没有可供兜帽收纳的头颅。脖颈处的切面露出红肉和白骨，毛衣胸口处沾染了大量血迹。

鉴识科的人们正在重点搜索大树周边。制服警员[1]和其他搜查一科的人也聚集在神社周围。

人群中心就是尸体，旁边站着两个男的。其中一个姬木很熟悉，是工作上常有来往的法医。叼着烟穿风衣的样子简直就像电视剧里走出来的知名老刑警，远比他和渡边飒爽得多。姬木有点嫉妒起法医的高个子来。

至于旁边那个给法医打伞的人他就不认识了。既然穿深蓝色西服又打着领带，应该是管辖洞户村一带的关市警察局里的便衣吧？

姬木和渡边一走过去，就听到那个不认识的男人说话的声音。

“……那毒杀呢？”

“这个不进行解剖的话不好说。”

“那目前医生您的猜测是？您一看就是个行家。”

1　制服警员，穿警察制服执勤的普通警员，相对于穿便衣执勤的刑警。——译者注

“我干这行倒确实有二十年了。”被夸是行家，法医的鼻子得意地抽动起来，“依我看嘛，不太可能是毒杀。无论用什么毒，皮肤上总会有些迹象。就算真是毒杀，也只可能是我从没接触过的种类……”

“下这么大的雨，辛苦二位了。”

渡边先对着两人的背影搭话，然后转向不认识的人问道：“你是关局的人吗？”

“不是。”

“也不是搜查一科的啊。那你是什么人？”

渡边歪歪头，只见那人笑得眉眼弯弯，说道：“我只是路过而已。”

“路过？你不是警察啊？”

姬木不由得大叫起来。

“对，我不是。”

这人平静地说道。姬木压下心头怒火，给渡边使了个眼色。

“不好意思，这里禁止无关人员进入。可以请您马上离开吗？”

尽管渡边没骂没吼，脸上挂着温和敦厚的笑容，揽住那人肩膀的手却加了几分力道。

“我知道了。呃，那这个，请用。”

那人向姬木递出手上的塑料伞。

“这个？”

“您看，医生会淋到雨不是吗？”

那人将伞塞给姬木后，就被渡边带着回到石子路上去了。

姬木撑开那把硬是塞进他手里的伞给法医挡雨，问道：“医生，尸体是怎么个情况？”

法医面露诧异之色，说道：“我跟刚才那人说过了。”

“那人好像不是警察，烦请您再说一遍吧。死因是什么？”

“死因不明确。”

“不明确？这可不行啊，医生。您不是行家吗？”

“欸，如果头还在，大概能知道吧。”法医用下巴指了指尸体的领口，说道，“粗看上去，脖子以下没有外伤。目前我只能说他是死于某种施加给头部的暴力造成的心肺停止。”

“某种暴力是指？”

“比如掐脖子、钝器击打，或者吃了枪子儿都有可能。保险起见我先说一句，砍头可不是他的死因啊。”

“死后才砍的吗？”

“对，心脏停跳之后用钝斧头之类砍下来的。位置大概就在那边。”

姬木看看法医用烟头指的地方，只见那里有一摊很大的血迹。地面被染得红里透黑。

“死亡时间呢？”

“昨晚八点到十一点多。下了整晚的雨，也要考虑冲刷因素的影响。目前就这个范围不能再小了，等解剖完可能还会再精确些吧。”法医低头看看姬木说道，“能将他放下来吗？老在树上这么挂着怪可怜的。”

姬木点头应承，叫几个警员合力将尸体从树上放了下来。

渡边小跑着从石子路那边回来了。他就是太胖了，姬木心想。才几步路，渡边就喘得跟刚跑完马拉松全程似的。

“那人赶走了吗？”

“赶走了。”渡边两手支在膝上，气喘吁吁地说道。

“他到底什么人啊？听口音好像也不是这附近的居民嘛。”

“说是从东京来的，自称叫石动。”

“游客？”

“他说自己来工作。”

“很会装傻嘛。住处问了吧？你等会儿给他做笔录去。”

“好的。”

鉴识科的人给担架上的无头尸身盖了一层蓝色的塑料布，又用宽束带牢牢将尸体固定。

“没人知道这是谁吗？”

带着尸体一起走回石子路的路上，姬木问渡边。

“山下有一位罗堂先生说昨晚他儿子失踪了，据说体型很像。”

“就算叫他来指认，这也认不出来啊。”

姬木瞟了一眼担架。让人确认这么凄惨的无头尸，他实在不忍心。

“亲属好像已经看过了。因为发现尸体后最先通知的就是这位罗堂先生……但他也认不出是不是他儿子。”

“肯定不希望是自己儿子吧。”姬木叹了一口气，抬头看了看渡边说道，“派人去罗堂先生那边了吗？”

“都筑先生去了，现在应该正在问话。”

都筑是和渡边同属搜查一科的便衣警察，两人官职、年纪也都一样。可是都筑直接叫他渡边，渡边却用带有敬意的“都筑先生”称呼对方。姬木搞不太懂这两人的关系。

“我们先去听听罗堂先生怎么说的吧。”

姬木话音刚落，一个滚雷便炸裂在极近处。吓得两人不由得齐刷刷抬头看天。

2

此罪处四牛车裂之刑[1]尚不能解恨。

——《武道传来记》（日）井原西鹤（著）

雷声响彻天际，雨势更增凶猛，大颗雨珠以倾盆之势直往下砸。混杂了泥土和碎叶的浊水顺石阶两侧的沟壑急冲直下，雨滴打在雨衣上啪嗒作响，耳边隆隆有如擂鼓。

警员们紧紧握住担架握把，小心翼翼走下湿滑的石阶。每个人都咬紧牙关，不敢有一瞬大意。

终于下到沥青山径时，又是一阵雷鸣。石阶旁的激流已经滂沱得有如瀑布。泥水四处飞溅，混着打在沥青路面上的雨滴，头也不回地钻进排水沟里。

连在沥青路上等候多时的众媒体人士，一时都忘了举起镜头。大家纷纷不安地望向昏暗的天空。

“这可不妙啊。没准真像你说的会山体滑坡，还是先让鉴识科和其他警员下来吧。”

站在警戒线旁的制服警员用无线电传达了姬木的命令。

在他身后，载有遗体的担架已被合力抬进货车后厢。打开的车门里，法医正坐在位子上，恨恨地盯着自己湿透的大衣袖子。

1　“四牛分尸”又是用于迫害基督徒的刑罚。——译者注姬木和渡边追随奔驰而去的面包车慢慢走下山。现在跑也没用。雨水早已从兜帽缝隙灌进领口，胸前大片湿漉漉的感觉让他们浑身难受，且雨也没有一点要停的意思。

他们走下山路进入森林时，看见两个男的站在护栏旁。两人都身穿胶层雨衣，正忧心地低头望着护栏外侧。

“应该不到警戒水位，但还是危险啊。”

其中体型比较结实的男人回头对同伴严肃地说道。那张脸总觉得像螃蟹。

“喂，村长，你去跟地区的人打个招呼，找几间能收留保龙那帮人的屋子来。”

“保龙那帮人？”

那个长得比较寒酸，被叫“村长”的男人大惑不解，叫道：“为啥非得收留保龙那帮人？”

“台风要来了啊，那个破房子风一吹就塌了！一定要叫他们避难，保龙那边我去说。”

“这样啊！知道了。”

寒酸的男人回答道，然后慌慌张张地一顿猛跑，就跑远了。螃蟹脸朝着同伴的背影喊道：“叫大家不要靠近河边！还有，让他们注意听村内广播！待会儿可能会下避难通知！”

他回头看见姬木和渡边，面露诧异，但很快就往桥的方向跑走了。

姬木走近护栏。

只见护栏外侧，溪谷里的河水已然化为浊流，河滩整个不见了踪影，唯有茶色的脏水以千军万马之势不断冲刷侧壁。那些随波逐流的树叶和断枝近得简直触手可及。

“看来不是搜查的时候，得优先考虑居民安全。”

姬木自言自语道。

罗堂邸在暴雨中被冲刷得烟雾缭绕，是一幢与周围景观格格不入的欧美式住宅。雨滴打在平坦的混凝土屋顶上溅起水帘，朝庭院张开大口的排水管则一边打嗝一边倾吐体内所有的东西。

按过门铃，一个穿T恤牛仔裤的小姑娘出来应门。这孩子一头红发，又生得浓眉大眼，是个颇让人印象深刻的可爱女孩。

报上岐阜县警的名号后，她先缩回走廊给他们拿来两条浴巾。姬木道过谢后，脱下雨衣挂在玄关的挂钩上，擦了擦脸。

女孩领他们来到客厅，都筑刑警从沙发上站起来迎接两人。

“我正在听发现尸体的人讲述情况，二位来得正是时候。”

都筑身形修长，和胖墩墩的渡边放在一起可谓绝配。自古以来胖子配瘦杆便是黄金搭档。他俩放在一起，简直就是岐阜县警中的劳莱与哈台[1]。

姬木对据称发现了尸体的人微微点头致礼。

坐在黑皮沙发上给他回礼的人是个中年女性。她身材微胖，一身不起眼的和服，铁青着脸，表情僵硬，正紧张地抬头看姬木。

“您是这家老夫人吗？”

问完，姬木交替看看背靠在白墙上发呆的少女和眼前妇人的面孔，比对长相。

妇人回答“不是”，显得很意外。那神情像是想说：“我可还没老到可以当那女孩的奶奶呢。”

“这位是羽柴荣女士。她受罗堂先生之托，平时负责照顾这家的老爷

1　劳莱与哈台，美国喜剧演员组合，一胖一瘦。共合作演出长短滑稽片100余部。——译者注

子。”一旁的都筑慌忙解释，“既然您从案发现场那边来，路上应该见过一栋独房吧。那里住着一位阵一郎先生。”

“哦，好像是有。”

这么一说，沥青山路边好像是建有一栋小屋。当时比较关心暴雨，根本没去留意……

“照顾，意思是老爷子卧床不起了？”

“不是的。”以强硬语气回答这个问题的人是阿荣，“老爷只是腿脚不灵便，身上还很康健，并没有老到那个年纪。”

姬木为自己用词不当致歉。

不过话又说回来了，姬木心生疑问。身子骨再怎么硬朗，让老人家一个人住也不好吧？这么大一栋屋子，应该不缺房间啊。

算了，可能老人家自己不想和子女一起住。姬木换了个思路。也许一个人住反而更放松，而且，老人也可能不想让子女看见自己不便活动的身体。

再者，现在本来就不该追问人家的家庭情况，要问更重要的问题才对。

“荣女士，不好意思，请您将发现尸体时的情况也说给这位警官听听，好吗？”

都筑出言催促，阿荣于是断断续续地叙述起来。

每天早晨，前往阵一郎居住的萝洞庵之前，她都会先去参拜山上的神社。这是她每日必做的功课，今早当然也去了。她爬上石阶，走到神社，然后就发现神社旁边大树上挂着那具尸体……

“等等，下这么大的雨，您还跑到山上去拜宫啊？”

姬木打断她。阿荣怯生生抬眼，说道：“因为是每天的功课。”

“爬那么高的台阶？我也刚从那边回来，连个扶手都没有，不危险吗？”

“早晨雨停过一会儿。”

阿荣如是回答道，然后伏下眼。她的声音听起来有些颤抖。

尽管可能只是回想起凄惨的死状而已，姬木却对阿荣的话起了疑心。再怎么每天必做，任谁都看得见台风很大，还会想去山上参拜吗？阿荣是不是有什么别的理由让她必须上山呢……

“好吧。那后来呢？”

在脑中记下“彻查第一发现者”后，姬木催促阿荣继续说。

“我急忙回到村里，跑来找罗堂先生。跟他说祠堂旁边死了人，让他们报警……”

“大约是在几点？”

“那时是几点呀，小窗音……”

阿荣看看墙边的少女。

“七点左右吧。爸爸慌慌张张跑出去了，是我报的警。”

少女冷静地回答道。

“不好意思，请问您是这家的小姐吗？”

姬木问道。窗音应了一声，点了点头。

“我听说这家的儿子昨晚失踪……”

“这件事情您直接问我爸爸比较妥当，我去叫他过来吧。”

窗音抛下这句话，就径直离开客厅，到走廊上去了。明明死者可能就是她的家人，怎么跟没事人似的？姬木心想，真是个怪孩子。

后来进入客厅的家主——罗堂真一，则与窗音形成鲜明对比，憔悴得不得了。

“那是……我儿子吗？”

真一重重瘫坐在沙发上，眼里放出异样光芒盯着姬木。

“还不清楚，因此希望您能回答我们的问题，这也是为了确认死者是不是令郎。”

听他这么说，真一连连点头。

“首先请您告诉我令郎的姓名。”

姬木坐在真一对面的沙发上，抛出话头。

“叫哲史，罗堂哲史。”

“多大年龄？”

“二十六岁。”

“听说他昨晚失踪了，可以请您详细说说是什么情况吗？”

伴随着时不时地突然语塞，真一开始了叙述。

昨晚七点刚过，哲史没有出现在罗堂家的饭桌旁，去邻栋他的房间叫人也半天没回应，因此只好打开房门，一看里面空空如也。此时的真一其实根本不担心，只觉得儿子铁定又是溜去哪儿玩了。哲史的 RV 休闲车就停在车库里，因此应该没跑多远，很快就会回来的。

可是，等了很久，依然不见哲史人影，傍晚还开始下大雨，真一想他也许借住在哪个朋友家吧。然而眼看着三个小时过去，真一心里越来越不踏实。于是他给所有想得到的人都打了电话，可哲史哪都不在。河水涨潮，他不会掉进去了吧？真一原本打算再等一夜，如果天亮哲史还没回来，他就报警，然后自己也出门一起找。

第二天早晨，阿荣喊着“山上有死人”冲进真一家门，真一慌忙赶去龟恩洞，接着就在那里看到了无头尸……

“那是哲史吗？身材差不多，衣服好像也是他的……”真一突然愤怒地涨红脸说道，“如果真是哲史，到底什么人这么过分？用这么残忍的手段杀人，也太畜生了吧！”

“令郎有没有身体特征？例如某处有痣，或者动过盲肠手术之类的……”

真一沉默地摇了摇头。

“那只能对比指纹了。”姬木抱起手臂想了想，“我会让鉴识科的人去令郎房里采集指纹样本。为了分辨，也请在座的各位配合登记一下指纹。到最后关头还有可能要做DNA鉴定，到时请配合我们采血。”

“好的。”

“最近令郎是否有不正常的动向？虽然我们还无法断定死者就是令郎，但他失踪是确凿无疑的。您有什么头绪吗？”

“这几个月他都对工作不上心。我想应该是因为那个石动带来的企划案。”

“石动？”

是那个在案发现场四处徘徊的男人。

“他是什么人？”

真一简略解释一番有关雅典建筑公司和暮枝度假胜地的事情，然后说道：“石动屡次请求我让他进龟恩洞调查，星期天还从东京请来杂志社的人，要我允许他们进去取材……”

“龟恩洞就是案发现场旁边的山洞吧？那个叫石动的到那儿去了吗？”

“他带着两个稀里糊涂的年轻人，说是杂志社的。应该是带他俩去看了。我都怀疑他们是不是真来采访的，没准弄坏洞口那些防护的就是他们。”

“从东京来的怪人……”

姬木越来越怀疑这个石动了。他回头对站在沙发后的渡边说道：“渡边老弟，你能不能先去问问这个石动？我想知道他的详细情况。”

渡边点了点头，离开客厅。姬木又转向都筑说道：“你就跟我一起去哲史房里看看吧。真一先生，可以麻烦您带路吗？”

姬木和真一同时起身，此时墙边的窗音开口问道：“警察叔叔，我可以出去一下吗？”

“这么大的雨你去哪里啊？”

真一担心地问道。

“我想跟阿荣阿姨一起去看看爷爷。”窗音微微一笑，“而且今天是敬老日嘛。”

姬木顺着窗音的目光看去。装饰架上的花瓶里插着一束粉红色的蔷薇花。

3

“这种时候急也没用，要冷静下来，不能用行动——而是用头脑寻找出口。好好想一想何谓‘迷宫’的本质。”

——《孤岛之鬼》（日）江户川乱步（著）

“是啊总编，不是台风影响，是这里出了凶杀案，凶杀案啊……”

“对，死人了。我没撒谎啊！学长，我骗你干什么呀，你看看新闻嘛。”

“您看了新闻就知道了。我们现在被困在这边，暂时回不去东京了。”

“我现在回不了东京，也没办法继续说服他们了。所以说我没有偷懒啦，这叫不可抗力啊，不可抗力……”

“现在哪还顾得上截稿日！我们这里闹得很大啊！”

“事情闹得太大啦，一会儿台风来了，一会儿警察来了，还来了好多呢。现在有个警察先生一直在旁边看着……”

对电话那头的人说罢，石动悄悄瞟了一眼旁边的便衣警察。

这位刑警自我介绍叫渡边，正稳稳地将壮硕的身躯端坐在垫子上，等他们俩打完电话。

天濑先放下了手机。

“怎么样？”町田问道。

“总编半信半疑。不过晚间新闻应该会播，到时候他就信了吧。”

天濑的语气充满了厌烦。

总编似乎以为天濑在跟他开玩笑。也怪不得他，什么小山村的钟乳洞旁边发现一具无头尸体，这种剧情看着就像晚间两小时悬疑片或什么新出的推理小说，乍听之下任谁都很难相信。若非亲眼见到死尸惨状，天濑自己可能都不会信。

石动终于也挂了电话。

“百忙之中前来打扰，真是不好意思啊。”渡边憨厚地笑了笑道，“那么现在可以跟各位提问了吗？”

天濑向他解释自己来暮枝取材的前后经过。《VXI》编辑部、石动的出现、抵达暮枝、获得真一批准前往龟恩洞、保龙的公社……

“请问保龙先生是？”渡边插嘴道。

“他长期逗留在暮枝，好像租下了第二桥附近的整栋民居。”

天濑回答后，渡边了然地点了点头，自言自语道：“哦……那栋老房子啊。原来如此，台风天确实很危险……”

“后来我们打算探查一下周边情况，就爬到龟恩洞顶上看了看。本打算今天回东京，早晨却听说发现了尸体……”

“您是摄影师？”渡边转向町田问道。

虽然毛根发黑，但町田的头发整体还是红的。渡边依旧面不改色，仍是先前笑眯眯的样子。大概是不想让人从表情看穿他的意图。

“是的。”

“可以请您将胶片交给我吗？案发现场附近的情况您也拍到了吧？”

“可以，不过请一定好好显像。要是白费了好不容易拍到的照片……”

“我们鉴识科的技术比一般显像馆好很多的，这个还请放心。”

町田从挎包里取出胶片递给渡边。

“好了，那么接下来听听您的说法吧。您是石动先生没错吧？”

渡边对石动笑了笑，石动也回以笑容。

“您是雅典建筑公司的人吗？”

“不是啦，我学长在雅典建筑公司工作。他是我大学时……”

石动从波特研的名字来由开始滔滔不绝。中途虽大谈起美国古典流行乐的伟大，但最后绕来绕去还是将话题绕回了抢地部抢地科抢地组组长。

就连渡边都被他的长篇大论唬得一愣一愣的，一时忘记维持笑容。

“方才您待在案发现场的理由是？”

好不容易回过神来后，渡边尖锐地提问。

“因为各位警察先生来的时候雨下大了嘛。我正好带着伞，就一边喊‘这样会淋湿的，各位需要伞吗’一边转悠。然后看到法医老师捂着头顶跑过来，所以就给他打伞啦，他还跟我说不好意思呢。他好像很不愿意自己气派的大衣被淋湿，就带我一起走到尸体那儿去了。我这才没找到机会回去呀。”

“真的假的？”

渡边很无语。

“您要是不信，可以去问医生啊。”

“你不是在向他问问题吗？毒杀什么的。”

“因为他老人家说死因不明确嘛。现在还是不明确吗？”

“对，他说致命伤可能在头部。”

“已经断定是故意杀人了？”

“要是意外的话不会没脑袋吧？”

“这倒也是。那死亡时间呢？”

“昨晚八点到十一点左右。”

说到这儿渡边才反应过来，慌忙噤声。他瞪着石动说道：“喂，是我在问你问题啊。”

“对哦，那您请问。”

石动若无其事地答道。

然而该问的都问过了。渡边再次跟他们三人强调近期不要离开暮枝，便起身要走。他歪着脑袋，肯定在疑惑为什么自己会被石动带跑了节奏。

“这回可摊上大事了。”

渡边离开后天濑叹道。

“都说了来这儿采访本身就是错的。”

町田在榻榻米上躺成一个“大”字，说道。他从头抱怨到尾，没停过，但事到如今天濑才有同感。

“哎呀，不必这么沮丧。以我的经验，警察顶多扣两三天而已。之后要过联系方式就会放人啦。我有可能被多扣几天，但二位应该没什么大事。你们来之前连暮枝这地方都没听过，所以跟案子无关。他们很快就会认可的。”

石动不紧不慢地说着，町田气得坐起来回道：“你这人！现在是什么局面？亏你还能这么事不关己！”

“急也没用嘛。这种时候最好静下心来慢慢想一想。”

“想什么？”

“比如凶手是谁啦，为什么他要砍头啦，今天晚饭吃什么啦……”说到这里石动嗤嗤发笑，继续说道，“还有，继警察先生之后，现在玄关里的客人又是谁之类的。”

正如石动所言，楼梯下玄关处，太太正在接待新来的访客。而且听声音不止一个人。

终于，一阵响亮的脚步声后，出羽出现在楼梯口。

“春泥，不好意思，能不能让他们在你这儿挤一晚？”

仔细一瞧，神情严肃的出羽背后站着三个男人。

天濑对这几张脸都有印象，都是在保龙公社里见过的人。看电视的人，对着电脑的人，还有那个从外面回来的人。三个人都莫名其妙，一脸茫然地腹诽道：“为啥带我来这儿？”

“是保龙先生那儿的人吧。”

石动也很快发现了，问道：“怎么啦？”

“台风这么大，暮枝川涨潮了，再住在那个破房子里不知道会出什么事，所以我想让他们在这里避难，可以吧？”

“太太同意就好，我是不介意啦。”

“那太好了，毕竟刚出过那种事情，好几家都不乐意让陌生人留宿。”

“嗐，我也是外面来的陌生人嘛。”石动笑着说完，然后一脸钦佩地望着出羽问道，“您这是专门为了我们这些陌生人四处奔走吗？”

“如果放着不管，出了什么事我们可担待不起。而且村长才是四处奔波的人，我只不过帮他忙而已。”

出羽皱眉，目光闪烁。他面相生得粗野，以至于难以察觉，但这应当是在害羞。

“那就拜托了。”

出羽对石动低头致礼，回身对那三人说道：“你们几位今晚就住在这里吧。”

“哦，嗯，好的……”他们稀稀拉拉地回答道。看来依旧不太明白状况。

此时传来一阵声响。那声音很遥远，却又好似野兽在近处狺狺低吼。窗外大雨滂沱，这响声虽差点就被雨声掩盖，但还是清楚地传到每个人耳中。

是警报声。

出羽的表情陡然变得险峻。他推搡着几个来客进屋后，慌慌张张反身跑回走廊。

“出羽先生，刚才那是什么声音啊？”

石动问道，出羽回过头来答道：“大坝要放水了。”

4

清风自来响，流水奔腾去发声，耳中尽可闻。一朝闯入此迷宫，不见他人不相逢。

——平野万里

警报停止后，又断断续续传来女播音员的通知声。中部电力公司提醒……居住在河边的民众……水位突然上升，请立刻撤离至安全地点……女声和警报声轮流交替，反反复复放了好几回。

最后的警报声停止后，四周陷入一片寂静。

不对，怎么可能是一片寂静呢？户外至今仍然大雨倾盆，从昨天开始就没有停过，只是耳朵习惯了雨声而已。雨滴打在地面上，打在铺路的沥青里，发出低沉的声音，听来却像万籁俱寂。

但唯有一个声音难以习惯。狂乱的河浪仿佛穿透了鼓膜，不住撼摇每一个人的头骨。

天濑回想起自己刚到暮枝时，也曾觉得河水声吵人。可跟现在比起来，先前顶多算个“溪流潺潺”，如今光听着那犹如猛兽咆哮般的响动，浊流刨去河岸，咄咄逼近民宅的光景便近在眼前。

从保龙公社来的三个人向天濑他们简单做了自我介绍。

那个撑着头看电视的自称叫灰田虎彦，长了张倒三角的脸，看起来温和又风雅。他戴着无框眼镜，镜片是浅蓝色，乍一看，像个没什么人气的二流小牛郎。

“虽然不太明白是怎么回事，今晚就请多多关照啦。”

就连他说着这话，向天濑他们伸出右手的样子也同样无懈可击。

而尽管他身材纤瘦，肌肉却很紧实。看他黑T恤下包裹的上臂轮廓，便知他在修习空手道或某种类似技艺。牛仔裤近腰处仍捆着那只黑色大腰包。也许避难时将存折印章之类全塞了进去，时常见他很宝贝似的抚摸那个包。

对着电脑冥想的人说自己叫火浦龙次郎。头发梳三七分，又穿着网球衫，很像是个正在度假的平凡上班族。但他瘦得要命，又显然懒得剃胡子，双颊凹陷、脸色发黑，一看身体就不好，光坐在垫子上什么都不干，看起来也像很难受的模样。

也许天濑将担心都写在了脸上，火浦用深陷的眼窝盯着他说道：“我没事，我还算身体好的了。否则连这里都走不到的。”他勉强挤出一个僵硬的笑容，“我啊，一年前还有九十公斤重呢，很难相信吧？那时大家都说我太胖，我自己也减过肥，可一点都瘦不下来，哪承想会变成现在这样呢？现在反而每天希望自己胖一点，哪怕就长一公斤都成。人类真的是很奇怪的动物。”

天濑心想，这个人肯定烦透了被嘘寒问暖，所以才会抢在他人开口之前用戏谑的语气主动说明。就跟阵一郎一样。比起自我安慰，他们选择自谑。这是一种久病不治者惯常发动的自卫本能。

从外面回来的人名叫飞鸟辉雄。他一边拢拢自己飘逸的长发，一边凝视矮桌上的某个点。此人鼻梁高挺，相貌清秀，倒算个美男子。但最近这种古典长相不太吃香了，顶多在V电影[1]里头混个角儿演吧。

天濑虽这么想，却也隐约察觉自己这通评价透着股不小的酸味。

飞鸟忧郁的眼神似乎是真情流露，而非刻意作秀摆来看的造型。他脸色发青，搭在矮桌上的右手不自觉地颤抖。

“你也身体不好吗？”

町田直截了当地问道。

飞鸟“啊”的一声抬起头，慌忙勉强挤出一个笑容，说道：“没有，我也没事。我身体没有不舒服。”

“那就好，看你脸色很差，我就问一句。”

“谁叫他凑热闹去看死人的。”灰田手肘撑在矮桌上，意味深长地笑道，“死人有什么好看？你口味也真重。何况还是个没脑袋的死人。喏，饭都吃不下，脸色怎么会不难看呢？”

对了。天濑想起来了，早晨他们赶到龟恩洞时，飞鸟也在团团围住尸体的人群里。那时他面色铁青，却没有别过脸去，一动不动地凝视着那具惨死的尸骸……

“喂，这里禁烟吗？”

灰田轻快地问道。

“禁烟的。”石动点了点头回答道，“这家太太虽然很好说话，但好像唯独忍受不了烟味。租房的时候她唯一的条件就是不能在家里抽烟。”

“切！这里也不行啊，保龙那儿也禁烟。”

“还有病人呢，肯定不让吸烟。”

“都到这个地步了，抽点烟又不会死。”

1　V电影，日本东映公司1988年起制作并发行的一系列电影总称，特点是不公开上映，只制作出租录像带。——译者注

灰田说着瞟了一眼火浦。后者背靠在墙上，正闭目养神。

“我觉得禁烟比较好。”飞鸟看着灰田的眼睛，静静地说，“我不担心健康，只是讨厌香烟的烟雾而已。”

灰田瞪着飞鸟。他一眯眼，原本温和的面孔陡然凶暴了十分。

“哎呀，保龙先生那是木头房子，也没准儿是担心火灾吧？”石动插嘴调停，然后问，“您抽烟……没关系吗？”

“医生没说不行。”

灰田耸耸肩。他只要一笑，马上又变回先前那种轻佻的气质。

“我很早就住保龙那里了。跟这些人不一样，我才不是为奇迹之泉来的呢。”

“那你也厌倦都市生活咯？”

町田语带戏谑，灰田听了，煞有介事地回答道：“没错。人就得在大自然的怀抱里过活！青山、蓝天、新鲜空气！啊，大自然是多么美妙啊！”

讲完他自己哈哈大笑。

“但是，自然并非为了治愈人心而存在，有时它也会袭击人类呢……”

石动幽幽地说道，看向窗外。窗玻璃上挂满雨滴，四周依然回荡着急流骇人的水声。

太太来叫他们，说该吃晚饭了。

“今晚人多，我就做火锅啦。”

气泵式的煤气炉摆在餐桌正中央，上头的土锅冒着团团热气。豆腐、白肉鱼、舞菇……五彩缤纷的配菜在锅子里咕嘟冒泡，看着甚是美味。

“橙醋、酱油都有，你们按喜欢的口味来。配菜也还有很多，不要客气尽管吃！”

太太这一下令，灰田是他们之中最听话的那个。他一边满口称赞“夫人手艺真棒”，一边狼吞虎咽起来。

火浦则好像食欲减退，盯着锅子面露苦色。他拼尽全力将食物往嘴里送，像是在履行某种义务。

至于飞鸟，他根本不动筷，只呆呆地盯着锅子看。

“您不喜欢火锅吗？”太太问他。

飞鸟答了句“没有，那我不客气了”，终于动手从锅里夹起配菜，在小碟里堆成一座小山后慢慢地吃着。

但茶碗和小碟刚刚见底，飞鸟就放下了筷子。

“吃饱了吗？不必客气，尽管吃呀。”

“不，我已经饱了。您做的饭菜很好吃。”

飞鸟微微一笑。也许就像灰田说的，他先前看了尸体，现在还不太吃得下东西。

且说这家的一家之主，竟自始至终稀松平常地应对这群陌生来客，仿佛家中琐事与他无关。虽然单身汉天濑不太能理解，但也许这就是家庭和睦的秘诀。

他们的儿子阿守则为又多了几个对手而兴奋不已。

“哎，打不打游戏啊？”

饭后，阿守问三个客人。

“不好意思啊，小弟弟，我从来不打游戏。”

灰田回答后，马上动身回二楼去了。

“对不起啊，我想躺一会儿……”

火浦也满怀歉意地说道，一边说一边跟着灰田一起离场。

“叔叔你呢？”

阿守抬头看飞鸟。

飞鸟似乎没能招架这双充满期待的大眼睛。

“我好久没打了……”

他一边找借口，一边在沙发上坐定。町田趴在沙发背后观战。

“过一会儿我给你们送被子上去。上面六个人睡肯定很挤吧，不过今晚只好忍耐一下了。”

太太说着，将吃得底朝天的空锅端去厨房。

“没事的……”天濑诚惶诚恐地致礼，随后称赞道，“不过您可真了不起。不但收留六个素不相识的人，还特意为我们准备这些美味佳肴……”

他差点脱口而出“明明才刚发现一具无头尸体”，话到嘴边又咽了回去。这绝不是个适合餐后的话题，而且看起来，家主夫妇也在尽量避免回想此事。

“她本来就喜欢招待客人。”家主从晚报里抬起头，“再说有困难就该互相帮助。台风来了嘛，有什么办法呢？”

太太开朗地笑了笑，说道：“而且毕竟是出羽先生委托的事情，我们也不好拒绝呀。”

“出羽先生这么受大家信赖吗？先前保龙先生说过他在村里很有名望……”

“他虽然不是村委员会的，不过大家都很敬佩他。他这个人很有本事。”

见家主如是说，太太接过话头继续说道：“以前这里下水道老出问题，出羽先生跟人家一谈，马上就派人来修了。他到底是怎么谈的啊？我们跟村公所说了那么久都没用……”

“他肯定有门路喽，我听说他当年是个谁都管不了的滑头……”

“意思就是他以前混道上的。”一旁正在细品餐后粗茶的石动小声解释。

“……肯定给他铺了不少路吧。出羽先生真的很可靠，比村长更像村长。石动先生啊，你与其劝蓝下，不如趁早搞定出羽先生比较有效哦。”

就在家主笑谈的当儿，町田突然大喊一声。引得餐桌旁所有人都扭头去看。

巨大的 K.O. 两字高悬在电视里的竞技场上空，哥萨克骑兵正发出胜利的咆哮。

“叔叔，您好厉害啊！”

阿守崇拜地看着飞鸟。

“没有啦，运气好而已。”

飞鸟握着手柄很不好意思地回答道。背后的町田万分不甘，紧紧咬着牙关。

5

“……多余的话我就不说了，所谓‘一头牛压住了我的舌头’，让我有所忌惮，不敢说话。这宫殿，只要它能言语，会清清楚楚讲出来。”

——《阿伽门农》（古希腊）埃斯库罗斯（著）[1]

在敬老日直击岐阜的台风，为整个县带来了惨重的损失。

停电、住宅被淹、道路积水、山体滑坡，各地机动车道都有停运现象。为防止川洪泛滥及沙土灾害导致人员伤亡，近千户人家接到了避难通知。

入夜后雨势渐缓，将近凌晨时，长良川流域的洪水警报也终于继暴雨警报之后得以解除。

次日，十六日早晨，台风刚过，晴空一时美不胜收。而暮枝川水势减弱，河面也从泥土的黄浊逐渐恢复为原本清澈的绿色。

暮枝森林小道上，村民正有条不紊地撤下原本垒在河边的土包。在现场负责指挥的是个身材结实的男人，好像姓出羽吧，是这一带有名望的人物。

“辛苦了。”

从车窗喊出一句慰劳，姬木便前往罗堂家。

他按下门铃，里面探出窗音的脑袋。

1　翻译：罗念生　剧本根据：Edward Fraenkel :Aeschylus: Agamem non, Oxford, 1950. 参考注释：Walter Headlam: Agamem non of Aeschylus, Cambridge, 1952. J.D.Denniston&D.Page: Aeschylus: Agamem non, Oxford, 1957. ——译者注

“你爸爸在吗？”

“我父亲去牛舍了。”

“牛舍是吗？”

“是的。他说无论发生什么事情，牛总是饿着肚子在等他，而且我想对父亲来说，还是工作更能分散注意力。”窗音略带阴霾地笑了笑，“我也不想去上学，决定逃课一段时间。”

“能理解。”

“您查出什么了吗？”

“是的。”姬木一时陷入沉默，窗音毅然地看着他，像是等待他继续说下去。

“从你哥哥的房间里采集到的指纹，经比对和尸体的指纹一致。我想现阶段应该可以确定，死者就是你哥哥。”

姬木这话说得提心吊胆，他以为窗音听后会大哭大喊，或是脱力瘫坐在地。

然而窗音只是轻轻咬住下唇，表情纹丝不动，让姬木非常意外。最近的小孩都是这样吗？

不对，人在悲伤过度的时候，也许会忘记哭泣。只有呆愣、茫然，甚至可能连悲伤的感情都不会涌起。

可是，即便心中一片苍茫，身体仍会诚实地做出反应。

窗音面无表情的脸上滑下一行泪。

“前天夜里有没有看到谁去龟恩洞？不好说啊。岐阜县我不清楚，这一带的人晚上基本是不出门的。我夜里一直在家，看都没看外头一眼。”

白发苍苍的村民一边吐着烟一边说道。

“不是前天也可以。您有没有看到过可疑人物啊？”

都筑一面拼命避开直往脸上冲的烟一面继续提问。吸烟倒无所谓，真希望他别对着别人的脸吞云吐雾。

“可疑人物？那破房子里不是像山一样多？”

村民歪嘴一笑。他前边牙齿漏风，但那位置恰好能插一根烟，没准他会觉得这样更方便。

“您是说保龙先生那边的人吗？”

“对啊。老有外人一个接一个来，我们也很头疼的。话先说在前头，俺们暮枝可没有杀人犯。更别说会有人去杀罗堂先生的儿子了，肯定是外人干的。”

“这个保龙先生是什么人啊？”

“俺也不认识，八成是什么教的教主吧？头发剃光，胡子留老长的那种，估计是邪教啥的。”

村民用了个和长相很不搭的新兴词汇，此时一直在旁边听着的男人插嘴道：“不是啦。保龙氏的公社离邪教还远得很呢，顶多算个新纪元同好会而已。”

这人谁啊？都筑心想。他来之前这人就已经在问村民问题了。既然穿深蓝西装又打领带，大概是关市警察局的便衣刑警吧，可是……

“他们不是在搞莫名其妙的仪式吗？头上还戴个奇怪的箍。”

村民没有马上相信这个不明人士的话。

“那是测定脑电波用的电极啦，接上电脑就会显示图表。”

“哲史不是被人砍了头吗？这种事情除了保龙的人，谁会干啊？肯定是那啥，在祭坛啥的上面供奉人头……”

“然后保龙氏在下面念经，让大家跪拜吗？您这想法好猎奇啊。”

那人扑嗤一笑，转向都筑说道："警察先生，这种言论您还是不要全盘采信的好。当然，包括保龙氏在内，公社全体成员无法被排除出嫌疑人范围，但不可能是因为要举行邪教仪式，才将人头砍下来的。应该有某种更现实的考量才对。"

"等一下。"

直到被叫"警察先生"，都筑才终于察觉。

"你不是警察吗？"

"不是，我只是路过。"

那人面不改色地说道。

都筑当场将他轰走了。

"你怎么在这里？"

渡边呵斥道。

"呃，我刚好路过……"

"骗谁啊！哪有路人脱鞋坐在客厅里的！这年头小偷都知道找个好点的借口！"

"哎呀，有什么不好嘛。我不会妨碍您的。"

石动笑得眉眼弯弯，双手合十请求他。

渡边板起了脸。这个石动跑来坐在被取证人家里犯懒，还喝主人家端出来的茶喝得津津有味，可自己也确实不能硬赶他走。

没办法，渡边只好开始询问眼前这位名叫代田朗的村民。

"应该没人怨恨哲史先生吧，他是个不错的小伙子，大家都很喜欢他。嗯，至少没人跟他起过很大的冲突。"

代田戴着一副度数很高的银边眼镜，靠在安乐椅上静静地回答道。不但听起来话里有话，满是鱼尾纹的双目之中，也闪烁着意味深长的光芒。

“所以有不算很大的冲突吗？”

“可能有，也可能没有。嗐，只是传闻罢了，不该拿出来大声宣扬。”

“无论多么鸡毛蒜皮的小事都可能给调查带来帮助。能请您告诉我吗？”

“你去问鹊生吧。”

代田微微一笑，回答道。

确……生？渡边正摸不着头脑，旁边的石动一边啜茶一边开口说道：“就是出羽先生。写作‘喜鹊降生’的‘鹊生’，是出羽先生的俳号。这话固然失礼，不过如此浪漫的名字和他本人长相真是一点都不搭。让人想起大伴家持的短歌呢。”

冬晚思鹊羽　寒霜簌簌空中落　皑皑桥上驮

心醉神耽眼前景　不知是夜已天明

“那可未必。”

代田明显来了兴致。

“喜鹊的英语写作‘Magpie’。据说欧美人听见‘Magpie’，印象就是又大又吵人的鸟。这不是很适合出羽吗？”

“这么一说，好像有部歌剧的名字叫《贼鹊》吧。怪不得它在欧美那边不是浪漫的鸟儿。”

“日本和外国对同一种动植物的印象常常差别很大，偶尔别国语言还没有对应的词呢。”

“牧野富太郎认为，有的国家将日语中‘土豆’的汉字写作‘马铃薯’，

‘绣球花’写作‘紫阳花’，‘卷心菜’写作‘甘蓝菜’，都是不准确的。”

石动卖弄起他的小知识，代田也不甘示弱道：“牧野认为日语‘Matsu’的汉字写作‘松’，也是不对的。因为中国的‘松’和日本的‘Matsu’本来就是两个不同的品种。植物学家真是够讲究的啊。”

“哎呀，在专家们眼里，用难懂的汉字给动植物取名，肯定只是故作风雅啦。”

“动植物名翻译成英文也很难的。我从坪内稔典的书上看到，芸薹——也就是油菜花用英语念作‘雷普’，拼写也和英语的‘强奸’一样是‘rape’。你看，芜村不是有这样一句名句吗：

旷地油菜花　明月东方堪升起　暮日沉西下

“……要是用英语直接翻译，就变成‘旷地强奸啦 明月东方堪升起 暮日沉西下’，会让欧美人联想到完全不同的场景哪。他们肯定要感叹，‘哇！多么超现实主义的俳句啊！’”

“用英文翻译俳句本来就稍显勉强吧。”石动点着头说道。

“这就属于偏见了。你若这么说，诗歌岂非无法翻译？不会法语便不懂马拉美、不会德语便不懂策兰诗、不读葡萄牙语便不懂佩索阿……这些论调，莫不如是！那如果读庞德呢？又得学多少门语言才够？[1]”

说到这里，代田勾起单边的嘴角笑道：“这是我在俳句英文翻译家

1　本句中提到的分别为法国诗人斯特凡·马拉美（1842–1898）、德国犹太人诗人保罗·策兰（1920–1970）、葡萄牙诗人费尔南多·佩索阿（1888–1935）和美国诗人埃兹拉·庞德（1885–1972）。其中庞德对中、日诗歌均有研究并吸收到自己的作品中，还翻译过希腊、意大利等多国语言作品。——译者注

佐藤纮彰的书里读到的……他将种田山头火的俳句译成英文登在美国杂志上后，有个日本人写信挖苦他，说‘我看到您将吊钟翻译成 bell 的时候没忍住笑出了声’。但是，也确如佐藤自己所说，这是错误的看法。教会的大钟在英语里叫 bell，而听到 bell 这个词脑袋里只能想到圣诞树上的装饰是因为不懂英语。我认为，读诗歌所需要的并非语言能力，而应该是感性才对。”

“原来如此，那么《九曲丧钟》[1] 里的钟也是 bell 吧。芸阁斋老师，先前是我才疏学浅，多有冒犯了。”

趁石动因为自己的无知低头致礼，渡边才终于找到机会插嘴。每次这人一掺和进来，话题就很容易跑偏。

“如果去问出羽先生，他会透露一些情况吗？”

“可能会，也可能不会。嗐，你就先去问问看嘛。”

代田依然模棱两可地回答道。

“可我实在不觉得出羽先生和哲史先生之间会有争执呀。”

明明说好不捣乱，这时石动却又插嘴道。

“咦，春泥，你没听说吗？听不到传闻，说明你离融入暮枝还早得很哪。这样下去，说服的工作怕是也不会如意吧。”

代田坏笑着说道。

1　九曲丧钟，英国作家多萝西·塞耶斯于1934年发表的推理小说，原名*The Nine Tailors*，也译为《丧钟九下》。——译者注

6

“……这位春风少爷，我妹子一年拿二两二分工钱给你妹子当丫鬟，可不是来给你做小妾的。便是做了你妾，且说跟你讨要小牛一般堆成山的金子，在高津新地买下跑马场那样大的房屋，一家人躺着寻欢作乐……”

——《毛拔》（日）郡司正胜（校注）

昨天傍晚和地区志愿者一同垒起的沙包墙，看来派不上用场了。万幸暮枝川的水位涨到警戒线下便停了步，使得林道和民居免于水灾。

“哎哟，真叫个杞人忧天。早知道昨天就不费心巴拉地扛土包了，还出一身汗。”

由于撤除过程中，听到有个年轻人噘着嘴这么抱怨，出羽厉声呵斥。

“你这个蠢竹！这怎么叫杞人忧天，这纯粹是运气好啊！少动嘴皮子多动手！”

但青年还是不满地看着出羽说道：“你说话果然不同凡响啊！等下次选村民委员会的时候我会给你投票的。”

出羽好不容易才将火气压下去。这也是上了年纪带来的好处，要是十年前他早就狠狠揍这小子一顿了。

他丝毫没有参选村民委员会的想法，甚至被视为“地区要人”也让他很厌烦。本来他就不是为了争脸才做这些抛头露面的事。

出羽之所以每次都来回奔走，完全是他个人脾气所致。他生来便是个“急惊风”，每次商量点啥，看到村民们头碰头掰扯半天，这也不好，那也不行，都搞得他烦躁不已，只想吼一句“这点破事五分钟不就说定了吗”赶紧解决问题。

而等他回过神，就已经变成一马当先跟村民委员会交涉、站在村中集会的讲坛上，以及像现在这样指挥大家撤除沙包的那个领头人了。

正巧，眼前就是全村最会磨蹭的慢乌龟。他正扛着沙包摇摇晃晃地从出羽面前经过。

“村长，你再扛稳点啊。”

出羽实在忍不住了，走近蓝下，帮他将沙包扶正。

“重东西要用腰。喏，手扶上去抓好。”

“哦，哦，我知道，我知道的……”

蓝下嘴上这么说着，脚步却依然虚浮。

你知道个什么啊……出羽很无语，心下想道。这家伙从小学开始就是这样。嘴上能说会道的，真正做起事来的时候总是半桶水。小时候邻里八舍的几个坏孩子一起去别人田里偷西瓜，就这家伙逃跑时摔了个跟头，手上的西瓜因此摔得开了瓢，他居然因为觉得浪费，就直接蹲在原地吃了起来。理所当然，最后只有他被追赶而来的田主逮个正着。

出羽觉得自己也有责任，就去道歉，两人被狠狠骂了一通才终于能回家。都这样了，蓝下本人还事不关己似的说道：“那个西瓜很好吃耶。”

当时他咂巴嘴意犹未尽的模样，出羽到现在还记得清清楚楚。

蓝下那时就很以自己祖上的村长职务为傲。只要村长、村长地叫，他就什么事情都肯干。别人只觉得好玩才奉承几句，但唯独他本人丝毫没有察觉。村长，借我点钱花——初中时有个不良少年跑来敲诈蓝下，最后还是出羽代替本人教训了他。

要是这家伙能再靠谱点就好了，出羽心下叹道。如果是蓝下，也许会认真对待村民委员会的职务。如果他能再靠谱些，出羽也会支持他，然而……

现在不是挂心地域和蓝下的时候，出羽还有更加需要担忧的事情。

“对了，山上那个死人，好像真的是哲史啊。”

一个村民压低声音悄悄地说道。

“真的吗？！”

出羽情不自禁回头大喊道。那村民吓得一缩，但仍点了点头回答道：“对，警察好像跟罗堂先生说了。”

“都没脑袋，怎么知道是哲史？”

“好像说是指纹一致。真可怜。”

“出羽先生才可怜吧。”

先前的青年嘲讽地哼了一声道。

“当初他家千金要是跟哲史进展顺利，土地和财产还不都是他的啦？”

出羽瞪了青年一眼。看来他的杀人目光宝刀未老，对方的脸微微抽搐了一下。

虽然不知道是由香里先喜欢哲史，还是哲史先来招惹她的，他俩在罗堂牧舍共事后，关系明显亲密了许多，这出羽也感觉到了。

他之所以默认女儿和哲史的关系，是因为他满心以为两个年轻人的交往是以结婚为前提的。由香里是个认真的孩子，这些事她应该考虑到了吧。出羽相信自己的女儿。

当然，出羽并不知道哲史怎么想，但如果他敢惹哭自家宝贝女儿，就算是罗堂家的大少爷，他也绝不会轻易放过。在出羽看来，哲史从小是在蜜罐子里泡大的，实在不可靠，由香里配他简直浪费。如果真的成家，哲史应该会被由香里管得服服帖帖。

但我真的只是信任由香里吗？出羽心想。那年轻人方才说的念头，我真能断言自己一点都没有想过吗？

出羽想起大约一个月前，由香里被妻子领着，一副愁肠百结的神情来找他。

“怎么啦？”

原本在客厅闲坐的出羽被泫然欲泣的女儿吓了一跳，可他即便问，由香里也只站在他跟前一言不发。最后在他妻子的劝慰下才终于开口。

“老爸……我怀孕了。”

“什么？”

出羽感到血液一瞬间冲上大脑。他动手永远比动嘴快，妻子最了解他这点，此时在旁边捏着一把冷汗默默守候。

“谁的？”

“哲史先生的。老爸，怎么办……”

听到哲史的名字时，原本窜起的怒火一瞬便平息下去，又究竟是为什么？

“这样啊。算了，既然都怀上了那也没办法。”出羽为了让女儿放宽心，露出笑脸问道，“你告诉哲史了吗？”

“还没有……”

“你得跟他说，然后两个人一起好好商量今后的事情。如果他敢抱怨，你就告诉老爸。”

由香里怔怔地看着他。父亲向来看重三从四德，本该绝无可能容忍未婚先孕。她一定觉得父亲会先扇她一巴掌，然后径直前往罗堂家破口大骂。而为什么没有这么做，就连出羽自己也感到不可思议。

那时出羽脑中一瞬间闪过这样的想法。

总有一天，第二桥另一头的土地会归我孙儿所有啊……

就是因为冒蠢念头，贪得无厌，才会出这种事！出羽心下后悔。那时他就应该冲去罗堂家破口大骂的，这样真一也会知道由香里怀孕的事情。他就不该顾及真一的脸面，想什么一切都交给两个年轻人。

如今哲史死了，再无从证明由香里腹中是他的骨肉。孙儿由大地主的遗产继承人，一扭脸便成了没有爹的遗孤。

出羽叹了一口气。事到如今就算告诉真一，对方也铁定不会理会。他开始担心女儿的未来了。

此时由于收拾完了沙包，原本群集的村人四散开来，各自准备回家。

“喂，你过来。”

出羽叫住先前的青年，带他走进杂木林。

“干什么，大叔，想干架？”

年轻人仰面瞪着出羽，是电视剧里常出现的小混混的眼神。出羽心想，傻不拉儿的，真正可怕的家伙才不会这么锋芒毕露呢。

这年轻人约莫也就二十岁出头，最近好像跟一帮坏家伙搅在一起。曾听他母亲为此哀叹过。

大约是见出羽毫无惧色，且一直站在原地，青年忍不住了。他突然从牛仔裤后袋里掏出一把刀，朝着出羽捅来。

出羽用胳膊夹住青年持刀的右臂，手肘一扭，便将他的刀打落在地。

“你小子，外行人啊。”出羽对鼻子底下这个痛得直翻白眼的年轻人笑道，“只有蠢竹才会突然拔刀捅人。听着，一旦用刀就会构成杀人未遂，打伤别人的脸就是故意伤害。所以一定要注意不能留下痕迹，懂了吗？”

说着，他用膝盖猛踹青年的下腹部。青年呻吟一声弯下腰去。

“你这种外行和坏家伙混在一起只有被敲竹杠的份儿。我是为了你好，你趁早跟他们绝交吧。”

出羽一边提膝连连猛顶青年的腹部，一边教导他。

引导青少年健康成长是门苦差。不过谁叫我如今成了“地方上有头脸的人物”呢？那就没办法啦——出羽略带自嘲地想。

7

"……滚开，畜生！此人前来

并非受你姐妹[1]的指派

而是要见识一下你们给鬼魂施加的酷刑。"

——《神曲·地狱篇·第十二首》

（意大利）但丁（著）[2]

"已经确定是哲史了吗……"

真一坐在圆凳上，无力地垂下头。

"因为指纹比对一致，应当不会有错。太可惜了……"

姬木沉痛地说道。虽然这是职责，但将这种悲报告知家属总让他十分心痛。每当遇到这种场面，他都感觉自己仿佛成了死神的代理人。

现下姬木被带到牛舍里侧的一间活动板房，这里似乎是罗堂牧舍的更衣室。除了能更换工作服，也可以稍作歇息。角落有座小小的打理台，一只凹坑的铝壶摆在煤气灶上无人问津。

"基本已经可以断定令郎是被人杀害的。"

姬木继续说道。尽管他不愿意继续询问陷入悲痛情绪的遗属，但这是他的职责所在。

1　日语原文为"妹妹"，但《神曲》译注阿里阿德涅实为米诺陶洛斯同母异父之姐，故译文模糊化。——译者注

2　译林出版社，第1版（2011年1月1日），黄文捷译。——译者注

“因此，我想再次详细向您询问一番前天令郎的所有行动。”

“好的。只要是为了抓到杀我儿子的凶手，我一定会尽力协助。”

真一连连点头，认真地看向姬木。

“令郎在这里工作是吧？”

姬木看了看正对着真一背后的衣柜。浅绿色的柜门上贴着“哲史”的名牌。

“是的。”

“前天他下班之后回家了吗？”

“我们是一起回去的。”

“大约几点？”

“和平时一样，给牛喂过晚饭才回的，应该是下午五点左右。”

“之后您没有发现令郎外出吗？”

“没有。我儿子的房间在邻栋，即使他不经过大屋也可以自由通行。我觉得他这么大了，爹妈也不好老是盯着，就随便他了。”

“令郎平时经常夜晚不打招呼外出吗？”

“有时候会。他晚上会去镇上玩，或者开车出去兜风。”

“他经常独自外出吗？”

面对姬木的提问，真一第一次语塞。

“这个，毕竟还要考虑他的同伴，所以我不知道说了合不合适……”

待他终于开口，像是在意他人的目光一样，真一看了眼敞开的门的另一侧。

“他好像常常找由香里小姐约会。”

“由香里小姐？”

姬木跟着真一的目光转头看向门。门对面排成一列的牛屁股旁，一位头发扎在脑后的女孩正走过工作通道。她双手提着一只大桶，大概是要去给水槽加水。

女孩表情阴郁，像是为了忘记什么事情才拼命投入工作，以期转移注意力。或许在她心上投下阴影的，正是那具无头的尸体吧。

“那位就是由香里小姐吗？”

“是在我们这儿工作的出羽由香里小姐，出羽雁太郎先生的女儿。”

姬木回想起今早在暮枝林道上看见的中年男人。那个站在堆积的沙包旁指挥十几个村民的人。

“令郎和由香里小姐在谈恋爱吗？”

“我想是的。不过，我也没有听哲史明确说过这件事。欸，本想着他总有一天会来告诉我……”真一抿紧了嘴，继续说道，“这也是从村民那边打听到的，我就告诉您了。最近好像有人在散播奇怪的谣言。”

“奇怪的谣言是指？”

“说我反对哲史和由香里谈恋爱。拜此所赐，他们好像还说我和出羽之间有矛盾。”

“您没有反对吗？”

“哲史都没告诉我，我怎么反对呢？”真一苦笑道，“这种事情我又不能问他。如果由香里肯嫁给哲史，我自己倒觉得很好。她本来就在这里工作，所以很了解怎么饲养飞驒牛，嫁进来可以帮哲史的忙，肯定能够好好继承罗堂牧舍吧。”

“既然这样，为什么有人说您反对他们交往啊？”

“乡下总有人对门第出身说三道四啊。”真一的表情看起来有些恼火，“大家都说罗堂家和出羽家是‘门不当户不对’，大地主怎么可能迎娶黑社会的女儿呢？据他们说，就是因为这个原因我才强烈反对他们结婚。真是愚蠢至极。罗堂家成为暮枝的大地主还是我祖父那代的事情，战后农地改革还被收走了大部分土地。我父亲从军队复员以后，看透了当今世道地主已经不能再游手好闲，自己冲出家门去大阪上班。我和我弟甚至都不是在暮枝出生的，怎么可能会说‘配不上我们地主家……’之类的话啊？”

“但是即便如此，您依然是地主吧。我听说桥这一侧所有的土地都归您所有。”

“也就是面积大，土地本身一钱不值。只有每年交的物业税贵得要死。”

真一漏出一丝讽刺的笑容说道。

姬木心想这就是有钱人的证据，地价再降，既然拥有这么大一片土地，那就是板上钉钉的资本家。姬木住的房子是正符合“兔子窝”这一形容的典型现代日本住宅，在他看来，嫌物业税贵着实是个奢侈的烦恼。

虽然真一说父亲不愿意被看作是地主，但是，阵一郎实际上非常清楚土地的力量。就姬木所了解到的情况，阵一郎在大阪经营的事业正是房地产。他在几乎就是黑社会的老板手下进修，战后似乎也趁乱干过不少腌臜事。如今罗堂家在大阪和名古屋的地产都是阵一郎当时囤下的。

简而言之，阵一郎认为没有搞头的是“农田地主”，而非“地主”本身。他能在战后立刻转投城镇可以说非常具有先见之明。

“您和令郎一同归宅后，还见到过他吗？”

姬木暂且将土地相关的问题放置一旁，回到本职工作上去。

真一陷入沉默，摇了摇头。

“那么他就是在下午五点到七点左右离家的了。”

姬木在脑中描绘昨天见到的哲史房内的景象。

“我记得令郎房间里有电话吧，他被人打电话叫出去过吗？”

“有是有，但那台电话是子母机，如果响了我会知道。我记得前天应该没人打来。”

姬木努力在脑中记下“以防万一也查查通话记录”这句话。

“因为住在邻栋，如果有人不经过玄关，想直接访问令郎的房间也是可行的吧。您有没有听到过动静？比如车子引擎声或脚步声之类的。”

真一盯着自己橡胶长靴的鞋尖，看来是在拼命搜寻记忆。

“不知道啊。前天刮台风，雨那么大，我想应该是没有汽车的声音……”

“但可能听漏了脚步声，是吗？”

“是有人偷偷过来带走了哲史吗？”

真一严肃地询问姬木。

“我们还未了解到这一步。但遗体是在山上发现的，下大雨的深夜一般不会上山吧？”

言罢姬木突然注意到脑海里的一张便笺。

“发现尸体的那位羽柴荣女士，是您家雇佣的保姆吗？”

“是的，我父亲身体不便后，我就托她照顾老人家的饮食起居。”

真一面露诧异，想来是疑惑姬木为什么要问这样的问题。

“她是个怎样的人？”

“我不太清楚她个人的情况，只知道她丈夫早逝，为了养孩子一直在做家政。七年前我们搬到这里来的时候，阿荣也辞去长年的工作回到暮枝老宅住，我正好需要人手，就请她来照顾我父亲了。”真一顿了一下，“请问荣姨怎么了？”

“没有，只是觉得，下过那么大的雨，她早上却还上山去参拜，真是个虔诚的人。”

“是的，她这个人真的很虔诚。每天早上去家父住处前好像一定会先参拜，大概是放心不下在东京工作的两个儿子吧。”

假如是为了祈求孩子平安康健，那么每天早上都去参拜也不是不能理解。况且两个儿子还是她在丈夫死后精心拉扯大的，就更情有可原了。

姬木姑且理解了阿荣的行动，但也只是姑且而已。这些不过是真一的主观看法。无论多么琐碎的情报，在得到旁证之前都不可尽信，这是姬木在工作生涯中慢慢培养起来的信条。

长年累月下来，这项信条如今已成为姬木自身性格的一部分，甚至可以说是某种职业病。不记得什么时候，有次妻子抱怨邻居不遵守垃圾回收日的规定，姬木竟反问她有没有旁证，惹得妻子很不高兴。

“我知道了，感谢您的协助。”

姬木低头致礼，从圆凳上起身，真一也站了起来。

“调查有进展吗？”

“我们才开始着手，有进展的话会通知您的。”

姬木回答道，离开钢板间。

白天分明放晴过，如今天空又开始阴云笼罩。看来还得下场雨，姬木皱皱眉。不过台风已经走了，应该不会下很大……

路过牛舍时他看了一眼，牛们似乎也担心降水，都忧愁地望向天窗里阴郁的天色。而就在仰头的众牛身旁，由香里和另一位名叫猿边的工作人员正在给牛刷毛。姬木心想：“也必须找这位由香里女士问问话。”

拜台风所赐，村民和牛都对雨水很不耐烦了，却只有这家伙好像不介意嘛。

姬木站在牛舍门口望着牛雕像。由于整晚暴露在风雨之中，它的脊背上粘了许多砂砾和树叶。

而即便外表有些肮脏，那青铜公牛仍雄壮地挺起它的大角，用没有瞳孔的双眼目不转睛地盯着姬木的脸。

8

有克里特人中的一个本地先知说："克里特人常说谎话，乃是恶兽，又馋又懒。"这个见证是真的。

——《圣经·提多书》[1]

"怎么又是你啊！"

渡边和都筑先是异口同声地大喊，又不禁对视一眼。

"都筑先生，你也认识石动先生？"

"这人叫石动吗？他先前在取证人家里，我一开始还以为他是刑警呢！"

"你专挑警察的去处露面？"

渡边目光锐利地盯着石动，心下盘算着看情况治他个妨碍执行公务罪。

"这回你再说路过可蒙混不过去了。"

"这次不是哦，我是送这里的住客回来的。"石动脸上笑容不减。

确实，从土间走来的石动背后站着三个男人。

"你们挺晚啊，其他人早上都回来了。"

看到他们几个，保龙从竹席宴会间里对三人说道。

"啊，那家太太叫我们吃过早饭再走，只好接受她的好意了。"

其中戴无框眼镜的男人回答道。由于那薄薄的镜片是浅蓝色的，应该

1　来自2009年版，采用了简体字和现代标点符号的和合本圣经。——译者注

没有度数。

“早餐吃煮沙丁鱼，而且不是罐头鱼，是真的用锅炖出来的，骨头都软了，好吃得很。有个会做饭的老婆真幸福啊。”

“好歹给我打个电话啊，知道我多担心你们吗？”

听了男人的俏皮话，保龙板起脸。

“你以为我们掉河里了？或者被警察抓走了？”

那人歪脸笑了笑，看向渡边。

渡边和都筑正坐在没生火的围炉旁问保龙话。此人从刚才叱责石动的话里听出他们是便衣刑警了。

“警察先生应该不会擅自调查我的行李吧？”男人坏笑着说道。

“我不会让他们未经许可就做这种事的。”保龙认真地回答道。

“那就好。还以为我藏在包底的兴奋剂会被查出来呢！趁现在冲进马桶里好了。”

这男的一边哈哈大笑，一边走进客厅。其他两人也开始脱鞋。

“啊，你就不用进来了。”

渡边瞪向打算脱鞋的石动。后者自言自语道“对哦”，返回玄关。他好像还依依不舍，频频转身留恋地看看客厅。

等到石动的背影消失后，渡边的目光回到宴会间，恰好看见那个戴无框眼镜的男人正要穿过里侧的门。

渡边向他的背影搭话道：“不好意思，但之后我们可能真的需要检查您的行李。”

“你们要是拿得出搜查令，想怎么查就怎么查。”

那人扭过脸看着他戏谑地说道，然后消失在走廊的尽头。

“刚才那位是？”渡边问保龙道。

“灰田虎彦先生。”

“也是来这里治病的住客吗？”

“不是，他来得更早。本人说以前在东京上班，但是好像厌倦了都市生活吧。”

“他告诉过您他之前干的什么工作吗？”

“这个我倒是不太清楚。他是熟人介绍来的，来之前我根本不认识他。”

渡边陷入沉思。这个叫灰田的人周身飘着一股若有似无的可疑气息，尽管他装作玩世不恭，眼神却很锐利，甚至让渡边觉得，没准他那套包底藏了兴奋剂如何如何的说辞，其实所言非虚。

等他回过神来，都筑已经在和保龙说话，继续先前被石动打断的案情问讯。

“……所以，我们还想跟这里的各位住客了解一些情况。能请求您批准吗？”

“什么批不批准？”保龙的表情明显不愉快起来，“这些事情本来就不需要我批准啊。不知道村里人怎么跟你们说的，我只是给大家提供住处，既不是他们的头儿，也不是什么邪教教主。”

“但是，钱还是要收的吧？”

都筑刻意话里带刺。

都筑问话的手段和渡边恰好相反。与总是想尽办法让对方放下心防的渡边不同，都筑总是会试图激怒他们。渡边的武器是笑容，都筑的武器则是讽刺。人只要一发怒就会不由自主地吐露真心，这是都筑一贯的理论。

正因为从当警察的方式到性格、体态都完全相反，才反而让自己和都筑很合得来。渡边自己是这么觉得的。

而都筑的目的达到了，保龙脸色一变说：“除了伙食费和必要经费以外我分文未取！这里既没有香火钱，也从不收取任何捐款！总而言之，你们想问话就自己去问，我没有义务跟这些事情扯上关系！”

保龙满脸涨得通红，大喊大叫后，站起来离开了宴会间。

“是不是太过火了？我没想到他会那么生气。”都筑默默地说道。

“肯定是一直被当成邪教教主对待，受够了吧。”

听到渡边的回答，都筑笑道：“对方生气的时候，你不在旁边安抚怎么行呢？”

“然后老好人一样对着他笑，再问他‘您抽不抽烟’‘吃不吃猪排饭’之类的问题吗？都筑先生，你警匪片看太多啦。”

“我好想来一次那样的审讯啊。一边说‘就是你干的吧’一边抓住人家衣领……”

都筑的表情看起来半分玩笑半分认真。渡边心想，那你不该来当岐阜县警，应该进石原军团[1]才是。

“算了，既然得到批准，我们可以去问话了吧？”都筑耸耸肩，“那个石动说得没错，邪教猎奇犯罪这条线看来走不通。”

“他还说过这话？不过看来是了。这里没有祭坛也没有神龛。”

渡边环视宴会间。

被石动送回来的其他两人还在这里。其中那个瘦得皮包骨头的中年男人背靠着墙，呼呼喘着粗气。另一个帅哥则弯下修长的身躯担心地看着同伴。

“火浦先生，你没事吧？身体不舒服的话，去叫医生比较……”

“叫医生也没用。我这次再住院，不到死他们不可能放我走。”

1　石原军团，由日本演员石原裕次郎设立的艺人事情务所兼制片公司“石原promotion”的爱称。——译者注

那个瘦男人阴郁地一笑，手扶着墙站了起来。连渡边都看得出他在硬撑。只见那人脚边一个踉跄，马上就要摔倒。

帅哥拉过手臂扶住他的同伴。

“我自己可以走的。”

瘦子挥开帅哥的手。也许他有某种坚持，那目光中甚至带着一丝怨恨。

瘦子独自从走廊晃晃悠悠离开了。帅哥担忧地看着他的背影。

“我们该走了吧。‘六胡’也差不多该从罗堂先生那儿回来了。”

说完，都筑站起身来准备告辞。

“你敢叫他‘六胡’会被他骂的，他那个人其实很敏感的。”渡边笑着提醒他道。

渡边和都筑离开玄关，看到石动站在林道旁的树荫里等他们。

“你该不会是记者吧？”都筑一脸厌烦地说道，“求求你晚上可千万别再来我家巡夜，家里还有小孩子呢。”

“他不是记者啦。”

渡边心中暗笑，插嘴道。都筑三个孩子全是女儿，是局里有名的“操心老爸”。他非常疼爱小孩，大女儿现年也不过五岁，据说他就开始担心将来出嫁怎么办了。

“那他是什么人啊？”

“雅典建筑公司的……好像也不是。你是什么人啊？”

“这真是多有怠慢了。那么先从约定俗成的交换名片开始吧。”

石动从上衣口袋里取出名片双手奉给两人。可即便看见“Deductive Director”这个头衔，也只是让渡边和都筑更加搞不懂他究竟是何方神圣。

“所以二位查出什么啦？”石动问他们。

“我为什么要告诉你？”都筑厉声回答道。

“这倒没错。”石动笑意盈盈，“请问火浦先生怎么样了？因为看他状况很不好，我才一路送他回来的。”

“那个瘦巴巴的人吗？好像光站着都挺费劲。他是不是得病了？”

“就是因为生病才会来这里的。”

“那去医院好好治不是更好？刚才另一个帅哥也这么跟他说。”

“啊啊，飞鸟先生是吧。飞鸟先生看起来又怎么样？”

“什么怎么样……”

都筑一时语塞。渡边也觉得奇怪。一看便知身体虚弱的火浦暂且不提，石动为什么要在意挺精神的飞鸟？

“就那样啊。他好像很担心那个瘦巴巴的人。”

“担心……”石动陷入沉思，“飞鸟先生应该也是想靠炅水的力量治好重病才来的，可外表却很健康有力，甚至精神上还有闲心担忧火浦先生的病情。二位不觉得奇怪吗？”

听到这话，渡边和都筑都不禁反身看了看民居。

9

“我梦见自己死了。我梦见自己死后独自拖着沉重的步子走在黑漆漆的路上。还情不自禁大叫道：‘真没想到会死啊！’真的，我真就那么喊了出来。”

——《牛肉与马铃薯》（日）国木田独步（著）

火浦龙次郎也发现，飞鸟实在是过于活蹦乱跳了。

刚回到保龙分配的屋子，飞鸟便盘腿坐在坐垫上，开始读他的小说。他面色红润，体型匀称，胃口似乎也分毫不减，先前还将昨夜借宿的人家端出的早餐吃得一点不剩。火浦明明被沙丁鱼的腥味恶心得要吐，但还是强迫自己咽下去……

再怎么说都太奇怪了。火浦用余光悄悄观察飞鸟，再次在心中感叹道。

火浦是在一个月前认识飞鸟的。经由保龙介绍，第一次造访这间屋子时，飞鸟也和现在一样，静静地沉浸在书本世界之中。

“飞鸟先生，又来了一位希望暂住的客人，从今天起可以让他和您拼房吗？”

保龙一开口，飞鸟便从书中抬起头，爽快地答应了。

“这位是火浦龙次郎先生。这位是飞鸟辉雄先生。”

“我姓火浦，请多关照。”

“客气了，我才要请您多多关照。”

微微笑着打招呼的飞鸟看起来很温和，不像是难相处的人，这让火浦松了一口气。

那时飞鸟外表也十分健康，与面色发黑、骨瘦如柴的火浦完全不一样。

火浦虽好奇飞鸟得的究竟是什么病，却丝毫提不起开口询问的心思。何况，火浦也不打算跟飞鸟坦白自己得了癌症。

重病患者是没有余力去关心他人病情的。毕竟，他们光是要面对步步逼近自己的“死亡”，就已经用尽全部的气力了。

火浦感到死亡近在咫尺。

仅在一年以前，他做梦也不会想到，自己竟有无时无刻感受到死期将近的一天。对那时的火浦而言，死亡不过是个完全与自己无关的异常概念。

双亲都健在，也没有已故的友人，死者只存在于电视和报纸之中。虽然因为工作关系参加过他人的追悼会，可他充其量只烦恼过葬礼上的帛金该包多少合适而已。

然而，自那天之后一切都变了。

癌症诊断书。本以为胃之所以抽痛不已，不过是经年累月积下的疲劳所致，没承想它却变作致命疾病拦在火浦的身前。精神上的打击自不必说，之后的数次手术和化疗，让火浦的肉体也饱受苦痛。

筋疲力尽的火浦甚至开始想，直接死了没准还比较轻松。

但那也只不过是看似走投无路，实则尚存一线希望之人的侥幸念头罢了。

到了最后关头，被医师告知自己只剩半年寿命的火浦才终于明白，被完全断绝生路的人，脑子里只有一件事情。

不想死。

确实，死了也许就不必这么痛苦。可是，若连痛苦都再也无法感受，那才是最恐怖的事情。

火浦深感那些大肆叫嚣自己不怕死的家伙全是大骗子。死亡永远只意味着痛苦和恐惧——连痛苦本身都感受不到的痛苦，以及连恐惧本身也尽数失落的恐惧。

而火浦曾经拗不过保险推销员的极力推荐，随手签下的“生存需求”合约[1]在此时发挥了作用。手上攥着保险金的火浦，那真是像快溺死的人抓住救命稻草一般，开始拼命尝试各种民间的治病偏方。

甚至连民间偏方都称不上的祈福、驱魔等等，他也一并试过。

亲戚介绍了一名祈祷师给他。这是个一身神主服，气质和装束非常贴合的白胡子老头。举手投足间尽显威严不说，挥动御币、吟唱咒文的姿态也表明了他的技艺非常精湛。受其影响，火浦也不由得严肃起来，闭上眼睛，一心一意地祈求神明能治好自己的病。

祈祷结束后，收下一笔数目不菲的布施金，祈祷师便郑重其事地询问火浦：“您需要发票吗？”

听了这话，火浦顿时感到索然无味。先前好不容易感受到的肃穆气氛一下子消失得无影无踪。

而不知是否由于祈祷师——或他所祭祀的那位神明，十分满意火浦一次性付清现金的举动，几天后，祈祷师又给火浦打了电话。

天启有云，火浦身上附着一个狐或狸的妖灵，而癌症就是那畜生的灵作祟的结果。必须立刻追加一场驱魔仪式，因此近日请您抽时间过来一趟——祈祷师如是说。

火浦以绝对称不上彬彬有礼的语气回绝了。因为他觉得，比起想方设法榨干癌症晚期患者最后一滴血汗的所谓天神，恐怕那不知是狐是狸的动

1　日本的一种保险。若被保险人在险期内确诊只剩6个月寿命，那么可以取出一部分乃至于全部的身故保险金，且这笔钱的用途不受限制。——译者注

物灵魂还远高级得多。

不知是否因为这不敬的念头触到了神明的逆鳞，在那之后，火浦的病再也没有好转的迹象，身体明显每况愈下。对他来说，龟恩洞的“奇迹之泉”恐怕是最后的希望了。这回再倒下，就只能躺在医院里等死喽……

然而飞鸟看起来仿佛与“死”这个字无缘似的。何止无缘，他甚至还会挂虑火浦。现在他之所以仍然专心致志，安安静静地读着文库本，怎么想都只能看作是他在顾虑室友火浦。这种从容不迫的劲儿到底是从哪冒出来的啊？

火浦知道飞鸟常常独自外出。借住在保龙家的人，几乎都将全部的注意力放在等待允许进入“奇迹之泉”上，很少有人有闲心出去乱逛。频繁外出的人只有飞鸟和灰田。

于是某天，深感可疑的火浦悄悄跟在飞鸟身后出了门。

只见飞鸟抵达第二桥后，就下往暮枝川，没过多久便再次出现在河堤上。见他径直掉头回了住处，火浦也下往河岸查看。然而只看到满地的白色石块，并没有什么奇特的东西。虽然桥下摆着地藏菩萨，但在火浦看来，它实在不像会显灵。

再去跟踪的时候，这回飞鸟走过第二桥，消失在通往龟恩洞的山径上。由于怕被发现，火浦只能躲在山下的森林里看飞鸟走远。他感到飞鸟的行踪更加扑朔迷离了起来。

看来飞鸟常常出门，是去龟恩洞了。

那灰田呢？灰田说过自己没病，那他为什么要来这儿？

火浦这次选择跟踪灰田探个究竟。

结果灰田也和飞鸟一样穿过第二桥前往龟恩洞。

火浦再也忍不住，悄悄跟在灰田身后爬上山。虽然陡峭的石阶对病体非常不友好，但他心里想知道飞鸟和灰田到底在龟恩洞做什么的念头更强烈。

他沿山一路躲躲藏藏，走过石子路，从山岩的阴影处偷看龟恩洞。

只见灰田站在龟恩洞门口。他看着真一设下的严防啧了一声，捡起放在地上的撬棍开始剥那块蓝色的塑料布。

真一绝对钉得非常严实。等灰田好不容易将塑料布整个从木桩上撕下来时，已经气喘吁吁了。

“真亏他能打这么多钉子啊，狗日的！”

灰田靠在石头上骂骂咧咧，恨恨地看着倔强地缠在木桩上的带刺铁丝。铁丝来来回回卷了好几层，将这个入口拦得活像俘虏收容所。

火浦悄无声息地离开那里。

走下山径，火浦感到兴奋的红潮攀上自己的双颊。他心下想道：谜团全部解开了。

飞鸟和灰田都是因为偷偷摸摸进洞去泡奇迹之泉，才会那么健康有力的。火浦对这个结论深信不疑。

10

没想到如今这样凄惨，我们被关进全新的迷宫之中无计可施。现已开始祈愿，若还能进浴室洗个澡，那就再好不过了。

——《萨蒂利孔》（古罗马）佩特洛尼乌斯（著）

便衣好像走了。

灰田虎彦从走廊偷偷观察宴会间的情况，确认无人后才缓缓现出身姿。他快步经过宴会间门口，坐在横框上，穿起原本脱了丢在地上的运动鞋。

事情变麻烦了，灰田心想。

他原本打算找个远离人烟的僻静之地悠闲生活，可这计划早已被吹到九霄云外。最开始只有数人聚居的民房渐渐有了越来越多的住客，而且全都是光看着就让人透不过气的重疾病患。甚至这还不算，现在竟然连开发度假村和杂志社实地采访的人都一个接一个跑来了。

最终结果就是警察登场，灰田头疼得要命。

他穿过土间，走出玄关，看到空中灰色的乌云回旋翻卷，像是又要下雨，于是拿了把伞离开民房。

他站在林道一侧，从牛仔裤屁股口袋里取出烟盒，抽了一根香烟，点火。

阔别将近一日的香烟真棒。尼古丁开始奏效，灰田感到手脚尖微微发麻。他在心里诅咒保龙：“抽个烟而已！为什么要禁止啊！又不会死。”

灰田很不喜欢保龙定下的屋里全面禁烟的规矩，再进一步说，只有在宴会间才能看电视这条他也很烦，至于用那个烧柴火的铁锅澡盆就更别提了。

灰田扔了香烟，在林道上散步。

最开始来到保龙家时他还默默想过，假如哪天成了有钱人，在这种土地上生活也不错。茅草屋顶的民房，绿意盎然的大地，被自然美景团团包围的田园牧歌。在城里长大的灰田甚至还对这样的日子有过一丝憧憬。

实际住过来才发现完全不是那么回事。

生下来头一回泡进铁锅澡盆时，灰田觉得自己正如它名称的来由一样，在受煮刑。

当然，灰田知道铁锅澡盆的相关知识，而且保龙事先也提醒过，因此他并没有不带垫脚的圆板就下锅，免于脚底板被锅底烫伤的命运。但这锅子不仅窄得要命，水面上还到处有铁锈浮浮沉沉，总觉得洗澡水要被煮成铁锈汤似的，让灰田直恶心。

赶紧从热水里出来，瓷砖又被水碱弄得滑溜溜，破损的地方甚至长出绿色的青苔。灰田连坐都不想坐下去，只好半蹲着洗身体。

而给了他致命一击的，是趴在肮脏的排水口五金上的不明生物。

见到那生物如同虾一样反弓着淡褐色的躯体，瞬间灰田便惨叫得好似一个被外星人袭击的裸女。

“怎么了？出什么事了？”保龙慌忙赶来，看到那诡异的昆虫后说，“哦，这是灶马，这里常常有的。”

他这话不假。不仅这里有，厕所也有，灶台的裸地上也有，虫子在整个家里旁若无人地四处徘徊。

大自然的产物并非全都讨人喜欢。也许原野上会有百花齐放，不时看得到四下飞舞的彩蝶，可你要是被这绝美的光景骗了，只要踏近一步，就会看到遍布草间的蜘蛛网，还有在地面四处蠕动的球潮虫。

而且你若想杀光潮虫，只增加蝴蝶的数目，那是不可能的。杀虫剂从不以貌取人，只会平等地杀死所有的虫豸。

大自然是一尊同时拥有蝴蝶和潮虫两张面孔的神祇。不……想来它原本就只有一张面孔，只不过在人类眼中，它才有美与丑、快与不快、有益和有害两种不同的面貌。对于身在自然之中的生物而言，本就不存在这些差别。

自从住进保龙家以后，灰田就深受真正的自然所扰。

夏天伊蚊飞进屋里，痒啊吵啊根本睡不好觉；每次轮到他去院里割草，手指总被锋利的叶片划得伤痕累累；渴了去灶边找水喝，总有壁虎趴在毛玻璃的另一边，将它雪白的肚皮晒给他看。

这些大自然的孩子已经让他没辙，没承想屋里竟还出了蟑螂。看来只要不是逃到南极或者喜马拉雅山深处，就一辈子都跟这种茶褐色的小虫断不了关系。

灰田开始在晚上梦到水泥和沥青组成的风景了。其中他尤其怀念组合浴室和淋浴间。

他深切感到大自然这种东西还是隔着荧幕看最好。在空气净化器、净水器和抗菌产品之中生活的人们看了《龙猫》的录像带可能会感动不已，但要是来实地体验生活，不出三天就得得上神经衰弱。

灰田将伞柄扛在肩上，走过第二桥，进入罗堂家的土地。

罗堂家的人白天都在牧舍里工作。上高中的大小姐念的是寄宿学校。家里本该一个人都没有，丝毫不必担心被拦住质问，可是罗堂家门厅里却独自站着一个少女。她抬头望向昏暗的天空，身上穿着黑色毛衣和牛仔裤。

少女察觉灰田的到来，扭脸看他。

“你好。”

灰田亲切地和她打招呼，并故意表现得很轻浮。

“好像要下雨了。小妹妹，你今天不上学吗？”

“我逃学了。”

少女回答道，笑都不对他笑一下。

“这样啊。嗯，偶尔逃逃学挺好的，我高中的时候也常常翘课……”

“你在这里干什么啊？”

少女尖锐地提问。灰田掩饰心虚，说道：“散步啊。”

“在这里散步会被警察叔叔骂的，他们会说你妨碍他们调查案发现场。”

“还在调查啊？”

“之前因为来台风暂停啦，很多警察都往山上去了。”

“这样啊……”

灰田看了一眼那条通往龟恩洞的山路。正如少女所言，山径入口站着一名警员。

他妈的，灰田在心里暗骂。这样就暂时去不了洞穴那边了。

少女仍然面无表情地注视着灰田。灰田慌忙挤出一个笑容说：“我可不想挨警察叔叔骂，还是不散步了。”

他脚跟一转，打算顺着来时的路返回第二桥，此时少女在背后对他说：“那个腰包一点都不适合你。”

不由自主回头的他，脸上再没有余力微笑。他忘了做出灰田虎彦的表情。

灰田快步离开。

那女孩绝对怀疑我了，他心想。估计她会说给警察听。“保龙家的人很可疑，在这附近乱转，对，就是他……”

警察估计会要他出示身份证明，到时候给他们看驾照就行了。这是他花了大价钱买来的驾照，乡下的警察根本不可能识破。因为确实存在一个名叫灰田虎彦的男人，就算要比对身份，也会花上不少时间。

但他一定要避免被检查指纹。

在事态发展到那一步前，他必须达到自己的目的。

先前来访的便衣警察说可能会检查他的行李，但他其实不在意，房里没有任何见不得人的东西。见不得人的东西一直被他寸步不离地带在身边。

要真有个万一，想办法将这玩意藏起来就行了。

灰田轻轻抚摸腰间的黑包。

11

“我的宝贝儿，米诺斯他总是什么都能忍得。我父亲认为，承认无法阻止的事物，是最最聪明的选择。”

——《忒修斯》（法）安德烈·纪德（著）

“哲史一般不会来我这，十四号晚上也没来过。”

阵一郎在电动床上静静地回答道。

“那么您有没有看到哲史从山道走上来？”

姬木一边不安分地扭动他坐垫上的屁股，一边继续提问。这坐垫不知为什么弹力好得出奇，让他很难找到舒适的姿势。

“没有。”阵一郎的目光投向庭院，“晚上我就不知道了。至少太阳还没下山的时候，他应该没来过。”

“如果有人去龟恩洞，从这里可以看得一清二楚吧。”

姬木稍稍抬起腰，看向那扇大开的合金窗。

面积小巧，但被精心照料的庭院一角，阿荣正弯着腰在修长的柿树下仔细打扫。

她对面矮篱笆的另一边就是绵延不绝的山径。山径附近停着鉴识科的货车，又有警员把守的地方就是通往龟恩洞的石阶口。虽然那个站立的身影很小，脸部的轮廓模糊不清，但可以看出他正抬着头，仰望昏暗阴沉的天空。

“不止十四号晚上也可以，您有没有看见什么可疑人物从这里去龟恩洞的？”

姬木问道。阵一郎望着庭院回答：“几天前石动先生来过。不过他还带着杂志社的人。”

这件事情渡边跟姬木报告过了。

“其他还有吗？”

“这个嘛。”阵一郎用彩色玻璃壶给自己倒了杯水润润嗓子，“有时候会有人经过，但是我记不清了。上年纪喽，脑子明显不好使喽。”

真的吗？姬木心中怀疑。根据事先调查结果，阵一郎今年不过刚刚七十四岁。如今社会普遍高龄，这个年纪要以老人自居稍显年轻，还有许多和他同辈的人活跃在岗位上呢。而且阵一郎说话的内容和语气都还非常硬朗。

“再说，我也不是龟恩洞的看门人呀。”

阵一郎大概也察觉了姬木的怀疑。他又看向姬木，像是给自己找借口似的补上这么一句。

“我知道了。”

姬木决定暂且接受阵一郎的这套说辞。

“确定死者是哲史了吗？”

阵一郎问姬木。他抿着嘴面露忧色，玳瑁眼镜后的双目却闪烁着兴致勃勃的光芒。

“指纹对比一致，所以我们认为应该没错。”

“亡骸几时会送回来呢？”

“司法解剖已经结束了，真一先生说他明天会去医院认领。”

那个经常显摆自己漂亮大衣的老法医，先前成功将死亡时间范围缩小到晚上九点前后，但最终还是没能确定死因。那个什么石动提出的毒杀的可能性也几乎为零。如今，“死因在消失的头颅上”一跃成为官方的正式推论。

连手脚也砍下——即所谓的分尸杀人的情况，凶手大多是为了运尸方便，或者为了隐藏被害者的真实身份才会损坏尸体。

可是这个案子里，只有头部被带走了。如果被害者想隐瞒死者是哲史，那至少该剥下他的衣服，砍掉两个手掌才是。现在就连小孩都知道指纹是什么，连入室抢劫的小混混都知道作案时要戴手套掩盖指纹呢。

搜查本部那边关于砍头的理由考虑了两种可能，并以此为基础推进搜查。

其一是以愉快作案为代表的“不合理动机”。那么所有保龙家的住客都将成为怀疑对象。正如部分村民所说，如果保龙他们是可疑的非法集团，那么砍下头颅作为类宗教仪式的一环也不无可能。

这是在搜查会议上由某个刑警提出的假设。既然保龙家那些绝症患者都将最后的希望寄托在奇迹之泉上，也许想用遗体的头部当某种偏方的药引。在人们曾被恐怖的肺结核支配的时代，还相信将上吊自杀者用的绳索烧成灰，拿去治疗结核病有奇效。也许就是这类迷信成了杀人动机呢……

自然，如今无论有人基于多么奇特不合理的动机杀人或破坏尸体，似乎都不算天方夜谭。

但姬木认为，不能连警察都这么查案子。

人有时确实会做出不合情理的举动。杀人犯自不必说，连姬木都难以保证自己每时每刻充满着理性。但这种不合理隐藏在人的心中。从现场遗留的证物和各方证词中推测出来的结论，应当总是符合道理的。尽管也许不是完整的真相，至少应该是最为接近真相的东西。

而位于其上的——真正的，只存在于人心里的真相，谁都不会知道。

恐怕就连在审问室里坦白的罪犯本人，都同样不会知晓。

基于这项信念，姬木认为另一个理由更有说服力。即，也许罪犯砍下头颅是为了隐瞒死者的死因……只不过，不惜做到如此地步也要隐瞒的死因究竟是什么，他们还丝毫没有头绪罢了。

“守夜是明天吗？”阵一郎忽地自言自语道。他抬头望了望天花板继续说，“哲史也真可怜，年纪轻轻怎么就死了呢？”

作为一个孙子被人杀害的老人，这感言未免太过平淡。就连那个让姬木感到搞不懂的小妹，都为兄长的死流了泪啊。

“你是不是奇怪我为什么不悲伤？”

阵一郎不加掩饰地看向姬木问道。

姬木没能瞬间回答他的问题。

“肯定奇怪吧。你肯定在想，为什么这个老头子没有放声大哭呢？”

皱起凹陷双颊上干涩的皮肤，他扯出扭曲的微笑说：“我七年前倒下以后，整个人就干涸了。几乎不会涌现出感情。外头所有的事情都好像发生在遥远的其他世界一样。”

“恕我冒昧，请问您是因为什么原因倒下的？”

尽管自觉多嘴，姬木却非问不可。也许只是他无法理解长期卧病者的心情，但即便听了刚才那番话，他也没能接受老人的解释。

“倒在浴室里。哎呀，就是所谓的脑出血。”

“因此您的身体才不灵便的吗？”

“脑出血倒没啥大碍。但滑倒的时候狠狠撞到腰，腿动不了了。虽然儿子亲自给我做了手术和术后康复什么的，可到最后还是没能再站起来。”

阵一郎掀起毛毯，向姬木展示自己的下半身。浴衣下摆里露出的大腿细得可怕。肌肉几乎都消失殆尽，只剩下浮肿分外惹眼。

“拜此所赐，七年来一步都没下过床。大概最后死也是死在这张床上喽。”阵一郎将毛毯盖回去说，“就算被人骂我是冷血老头也没办法，现在只觉得命数都是定好的，久病不起的人大概都会这么想吧。也因为这个才跟儿子他们分开住在庵里，还是一个人待着好。”

是这样的吗？姬木心里想着，老家双亲的面孔突然浮现在眼前。今年盂兰盆节他为了追捕抢劫犯没能回家，过会儿给二老打个电话好了。

“令郎心底肯定是很挂念您的。”

姬木说完，看了看房间一角的圆桌，上面摆着一只插有粉色蔷薇的广口花瓶。

“台风那天孙女不是也来看望您了吗？”

“啊啊，那个，那是敬老日的礼物。”阵一郎注视着蔷薇，“因为窗音身上的罗堂家血脉最浓啊。”

姬木不太明白阵一郎想表达什么。因为孙女最大限度继承了祖父的血脉，所以才会关心自己——他是这个意思吗？那黑中带红的头发，还有那双看不透想法的冷眼，倒确实都跟老人很像。

姬木向阵一郎致过礼后，便离开了萝洞庵。

踩过连接玄关和大门的踏脚石，走到沥青路上时，他回身去看，看到阵一郎隔着合金窗目送自己。

一整天都关在庵里无所事事的老人，应该时常会关注庵外才对。姬木认为阵一郎肯定看到了什么。

他回到山径上，经过石阶入口时，恰好碰到都筑喘着粗气跑下来。

“上面怎么样？”

姬木跟他搭话，都筑快步跑近：“快要结束了。虽然一点成果都没有。”

“台风刚过嘛，本来就没抱啥希望。”姬木耸耸肩，“保龙那边呢？

允许调查了吗？我可不想被人吼‘国家公权力滚回去’闹得满城风雨啊。”

“他那里不是那种团体啦，只是新纪元同好会而已。”

“新纪元？什么东西？”

“没什么，只是有人这样说。”都筑慌忙捂嘴，然后说，“总之可以确定他们不是邪教。保龙说，想调查的话自己单独问住客就行。”

“那就按他说的问问吧。总之住在那里的人得挨个儿查一遍。”

“是啊。而且有个人很可疑……”

说着都筑跟姬木大致描述一通飞鸟辉雄其人。

“原来如此。因为太过于健康，反而有问题吗……”

姬木有点佩服，他没想到都筑竟拥有如此的洞察力。

“不是，这并不算什么……”

明明得到上司夸奖，都筑却显得惊慌失措，眼珠四处乱转，简直像个作弊被抓的初中生。

“还有个叫灰田的人也很可疑。他看起来有所隐瞒，总觉得不是寻常人物。”

“你要这么说，看起来有所隐瞒的家伙遍地都是啊。”

姬木恶狠狠道，望了望萝洞庵。

此时萝洞庵中，阵一郎一边眺望窗外，一边皱眉陷入沉思。他目光所及之处，那个好像姬木的小个子警察正和一个高瘦的男人在石阶附近讨论什么。

终于顺利做好总结，阵一郎伸手去拿侧桌上的笔记本。

警察坐蒲团　屁股扭动个没完　总也坐不安　萝洞

或许“屁股有如坐针毡”更好？阵一郎想。不，还有用“稳腰似比登天难”这一招。不过几种方案都没有季语，那便只是杂咏而已。

此时电话响了。阵一郎拿起放在侧桌上的子机接听。

“喂……啊啊，警察先生刚刚来过，已经跟我说了。守夜是明天吗？跟善次、美雄他们联系过了吗……我几点过去？好，知道了。我跟阿荣说一下，到时候让她带我去。”

阵一郎挂了电话，再次着眼于床上的笔记本，埋头推敲起俳句来。

12

借钱不还，能拖得比淋病和牛撒尿还要长久。

——《东海道中膝栗毛》（日）十返舍一九（著）

罗堂美雄最初接到长兄真一的电话，是在九月十五日中午刚过的时候。

由于是节日，他的诊疗所干脆没开门。本想出去玩，但不巧由于台风影响，美雄居住的名古屋市也下着倾盆大雨。

没办法，只好将雨天午后的时间用来欣赏音乐。美雄窝在诊疗所兼自宅的二楼书房里，将宝贝音响的音量调到最大。之所以能这样做，都是多亏高昂施工费换来的完全隔音措施。美雄默默感谢父亲雄厚的财力。

身体半埋进柔软的靠背椅，双腿翘上脚垫，再闭上双眼，管风琴的音色就像是渗透到了骨子里。

美雄喜欢布克斯特胡德的风琴曲，更甚于喜欢巴赫。

明明布克斯特胡德的年代比巴赫还早，他的曲子却不可思议地有着现代韵味。大概是因为他不像巴赫那么严谨吧。即便标题同为《前奏曲与赋格》，他的曲子也不像巴赫那样严格遵守两部格式，而常常是复数部赋格混杂的成果。

当然，若将巴赫看作“完成态”，布克斯特胡德不过就是个“未完成”的先驱者罢了。但正因他不拘于形式，才反而让乐曲听起来有现代的风格。

这比喻可能有些反常，但美雄一直认为，布克斯特胡德的音乐可以匹敌最好的俱乐部电子乐，尤其是现在这首《G小调前奏由和赋格，作品

149》。如果在俱乐部里大声公放，光开头就能吓瘫一众宾客。以超群技艺演奏高速过渡段落，又有踏板沉重的低音穿插其间，这就是十七世纪的出神舞曲[1]啊。

中世纪的风琴曲和现代的俱乐部电子乐之间会有相通的部分，在某种意义上也是必然。同为将聚集在封闭空间里的听众导向无我境地的音乐，它们发挥着同样的效用。

而且管风琴是当时最尖端科技的结晶，是集中世纪科学技术之精髓于一体的声音合成器。由著名管风琴工匠阿普·施尼特格尔制作的圣鲁特格利教会的管风琴，在中世纪的人们看来，肯定就像现代人眼中的数字音频工作站一样高科技。

电话在响，美雄是听见了的，但他忘记今天护士不上班。

美雄按遥控器暂停音乐，接起电话。

“喂？”

“美雄吗？我，真一。”

“哦，大哥啊，怎么了？”

美雄有点诧异。自从真一搬去暮枝，他们兄弟就几乎不联系了。距离上次真一打电话来得有一年了吧？

听出真一声音里走投无路的味道，美雄一瞬想：“莫不是又厚着脸皮过来借钱？”

真一的飞騨牛养得并不顺利，欠了一屁股债。别再打着事业的旗号搞爱好了，老老实实将地卖给建筑公司多好啊。明显度假村更赚钱吧？而且卖了对罗堂家更有好处。

1　出神舞曲，也称传思、迷幻舞曲（trance）。起源于英国锐舞派对，为融合多种音乐形式的电子音乐。——译者注

但毕竟照顾老头子的事情都丢给真一独自负责了，所以美雄也不好多说什么。

美雄很快转变想法。如果是来要钱，真一会打电话给他们三兄弟中的管钱人——也就是二哥善次。美雄自己经营诊疗所险些赤字的时候，也大多是跟善次借。

能让真一直接打他电话的可能性，他只想得到一种。

“难道老头子出事了？”

美雄问道。他自己也知道声音很不安，虽然他不惦念真一一家，但一直很挂心阵一郎的身体。

“不用担心，老头子好得很。”

真一笑了一声，听起来很刺耳。

“但是哲史不在了。”

“哲史？他离家出走了吗？”

美雄看得出来，侄子哲史并不喜欢乡下的日子。记不清什么时候了，曾经哲史来诊疗所玩，美雄领他去看住宅部分的四室一厅时，哲史看得两眼发光，看来他非常憧憬富裕单身医师优雅的都市生活。

被年轻人羡慕又崇拜地看着的感觉并不坏。尽管论实情该删去“富裕”和“优雅”两个形容词，但又没必要给自己乡下的侄子看账本，美雄决定保持沉默。

“离家出走倒好了，在山里头发现了尸体。”

“尸体？哲史的吗？”

“还不知道是不是哲史，那个尸体没有头……”

美雄只能怔怔地听真一说明。

即便放下电话，他也仍然难以置信，甚至怀疑大哥在跟他开玩笑。

晚上，全国新闻报道了这件事情。

“今日早晨七时许，岐阜县武仪郡洞户村暮枝地区的山中发现一具年轻男性尸体。尸体头部被砍下，岐阜县警方认为这是一起凶杀案件，正在展开调查……”

即便听到播音员无感情的话语，看到从直升机上航拍的暮枝群山，美雄仍难以遏制受骗的感觉。凶杀案？还有无头死尸？他从未想过这样猎奇的案子竟会和自己的家人有关。

无论哪家电视台的新闻，都只说被害者是“一名年轻男子”。顶多作为脚注附上一句“昨夜恰好有一名男性失踪”而已。

美雄不希望那是哲史。虽然看起来不太可靠，但哲史是个好小伙，他很希望侄子平安无事。

然而次日，结束上午诊察，打开办公室的小电视时，报道中的被害者已经变成了“二十六岁的罗堂哲史先生”。荧屏上的圆形肖像模糊得像是抓拍，恐怕是哲史的友人提供的。

当晚，真一来电通知他去守夜。

九月十七日早晨，美雄挂出临时休诊牌，开着自己的爱车沃尔沃上路。尽管他两年没去暮枝，但还记得路线，该从东海北陆自动车道转256国道。

美雄驶过暮枝桥，进入狭窄的林道，正午前抵达真一家。他将车子开进车库，一辆红褐色轿车已经停在那里。看来善次比他到得早。

美雄按下门铃，对出来迎接的侄女窗音表达惋惜之情后，走进屋内。

“哟。”

走进客厅，善次在沙发上对他挥挥手。

红发是罗堂家的遗传，但善次头上白发更多。“怎么样，红白配喜庆吧？”是他必开的玩笑。再加上脸上皱纹又深，看起来比真一还老几分。

他本人宣称都是工作太操劳的缘故。一般说到租借公寓和写字楼出租，往往认为是躺着来钱的生计，但善次总要强调根本没这回事。估计暗地里还有不想被过度依赖的意思。

“怎么说呢，这件事情了不得啊，我到现在还感觉像是在做梦一般。”

善次一边摇头，一边沉痛地说道。

“我也是。没想到哲史居然被人杀害了……”

“你还知道穿丧服来嘛。”

善次上上下下打量美雄的服装，好似在评定地皮价值。作为房地产老板，善次每天都得穿西装打领带，一直看不惯美雄那些华贵的常服。

“肯定啊！”

“念珠呢？”

“对了，还要念珠来着……”

“你小子从小就这样，做事情总差最后一口气。”

“现在就别说我啦。”

美雄一边苦笑一边坐在善次正对面的沙发上，用眼神探查桌面，但没看到烟灰缸。

“小窗音，有烟灰缸吗？”

美雄拜托站在客厅入口附近的窗音去取，善次听了皱眉道：“你还在抽烟啊？”

“不行吗？”

“医生怎么不知道注意健康？趁早戒了吧。”

美雄面不改色地点火，目光转向走廊深处说道：“真一哥怎么样？已经去领遗体了吗？”

“他要下午再去，还在照顾牛呢。”善次讽刺地笑了笑道。

“儿子都被人杀了，还在照顾牛啊……”

美雄混着烟雾吐出一声叹息。真一对飞驒牛的狂热已经到了无可救药的地步。花大价钱搞个荒唐的铜牛雕像，又给它起名“美浓太郎”天天顶礼膜拜，就是最好的例证。

“昨晚大哥还高高兴兴往牛舍去呢，他一定要亲手配牛饲料，说是商业机密。”

善次说着，丝毫不打算掩饰他脸上受不了的表情。

“什么商业机密，赚得到钱才有资格说吧！”美雄放声大笑，然后问道，“善次哥，你昨晚就来了？”

“对。昨天听新闻说尸体是哲史以后，马上就赶来了。”

“工作不忙吗？”

“不算闲，但是自己家人被人杀了肯定得来吧？”

善次眼中暗含几分责备他迟到的意思。

美雄心想：嗐，善次肯定还有别的事情找真一聊，所以他急着赶来很正常。

那件事情美雄也感兴趣。他一瞟客厅入口，确定窗音不在后决定进一步试探。

“度假胜地的事情，真一哥说什么没？”

“白痴，现在哪有闲心谈那个！”善次虽然大声呵斥，但立刻补上一句说，“他好像还是不打算接受。”

“条件不满意吗？”

“不可能。他给我看过了，不愧是天下闻名的雅典建筑公司，阔气得很呢。现在经济这么不景气，给这么多很不错啦。”善次嘴唇一歪，“但是大哥不同意，他好像还想继续养牛。”

“可有钱进账是好事啊。”

美雄搞不懂真一在想什么。原本以为毫无价值的暮枝土地现在有机会生出大笔财富，他到底哪里不满意啊？完全理解不了。

“所谓‘人生不是只有赚钱’喽，大哥是这么说的。”善次耸耸肩说道。

美雄觉得真一现在真是不问俗世了。想把满腔热情投注在飞驒牛上没关系啊，暮枝土地卖出去，到别处再养不就好了吗？就这么简单的事情他还不肯松口，只能解释成犟劲儿犯了吧。而且，估计这犟劲儿针对的是他们两个弟弟。

美雄眼里，既赚不来钱又不能挣名声的畜牧业根本算不上事业，只是玩耍罢了。年过五十还活在梦里不肯面对现实，只能说是愚蠢至极。

“那些乌漆麻黑的牛到底哪里值得那么看重啊……”

美雄本想讥笑一句，却又慌忙噤声。

走进客厅的真一正用冰冷的目光注视着两个弟弟。

13

搏鱼

- 原产地：泰国、马来西亚
- 体长：7cm
- 水温：25° C ~ 30° C
- 水质：弱酸性到中性
- 特征：雄鱼相遇经常大打出手，是非常有名的斗鱼品种。具有别名“迷宫器官”的副呼吸器官——褶鳃，可直接浮上水面呼吸空气，因此在水杯等较为狭窄的容器中也容易成活。

——《彩色图鉴：热带鱼》

（日）阿部正之、森文俊（著）

“你见过哲史和别人吵架？”

听了年轻村民的证词，渡边忍不住大叫道。

“什么时候的事情？”

“什么时候来着……”

村民盘腿坐在坐垫上，仰头望天花板。一只手频频抚摸稀疏的胡茬，大概是思考时的习惯。

“好像一个星期前吧？”

这个村民年纪恰好二十岁上下，刚开口便露出泛黑的门牙，一看便知是“揩天”[1]惯犯。从他的说话方式和呼吸节奏来看，应当已经改邪归正，但十多岁时八成被请去喝过好几次茶。

按警察官方说法，此人该归为“非行助长集团”的一员——也即所谓的不良少年，但他既未染发，也不曾剃眉，论起来甚至还长了张和善的脸蛋。如今他们所在的六叠间估计是他的房间，墙上贴的也并非摇旗呐喊的无盔飙车族照片，而是七八个人的偶像团体海报。看来孩子本性并不坏。

但渡边认为这样的人反而更危险。真的会加入那种团体的人总对自己很有信心——哪怕走了歪道。因此不会为一点鸡毛蒜皮闹事。只有这种憧憬黑道的平凡小年轻才会一边找“看你不顺眼”的无聊借口一边乱挥小刀。不习惯打架的人才会一言不合捅人。渡边的眼睛并没有看漏桌边角落里的一把蝴蝶刀。

如果他在岐阜县见到这名青年四处乱晃，大概会视他为可疑人物上前问话。但现在他是协助警察调查的民间人士，因此不能劈头盖脸审讯他。

“能请你一五一十地说一说吗？”

渡边尽可能用上最温和的语气。

“嗯，我那天去叫哲史一起玩，所以傍晚去牛舍看了看。那会儿他们该下班了。”

“你和哲史关系很好吗？”

“算朋友吧。乡下地方年轻人太少，自然就成朋友了。”

“然后呢？”渡边突然察觉，“那天是工作日吧？你不用上班吗？”

“我上不上班跟这件事情有关系吗？”

---

1 指吸食天拿水（thinner，又称稀释剂）。气味有致幻、麻痹中枢神经的作用，长期吸食可成瘾，并对大脑造成损伤。——译者注

青年话里带刺。

估计是个无业游民。自称“飞特族”听着好听，实际就是靠父母养着成天玩乐。渡边有点同情起方才给他们上茶的母亲。

“这倒也是。”渡边继续贯彻低姿态方针，轻轻低头致歉后，接着说道，“能请你继续说下去吗？”

“我去的时候牛舍已经关门了，一个人都没有，我就想回去啰。这个时候听到更深的林子里边有人在说话。”

“是哲史吗？”

“对，听不清楚在说什么，但是声音很大。我想知道是怎么回事，就进去看了看，正好看到哲史揪着一个男人的胸口的衣服。”

“你知道那个男人是谁吗？”

“我不知道他叫啥，好像是保龙那的外来人，长得很帅。”

是飞鸟辉雄，渡边心下想道。

“然后他们打起来没？”

“这个嘛——”村民凑近渡边，“哲史看上去很想揍他，可是那个人吓得脸发青，一直求他‘不要打，不要打’，然后跑了。跑得真叫一个快啊，哲史都看呆了。”

“最后没打起来啊？”

“那人没种啊，长得或许很帅，却是胆小鬼哎。要是我被别人那么凶地抓领口，绝对不会放过他。我还要堂堂正正跟他来一场，非把他揍成猪头不可。”

青年虽放声大笑，却立刻表情一僵，双手捂住下腹部。

“怎么了？”渡边觉得奇怪，问道。

“没事。肚子有点痛，一笑我就肚子痛。”青年万分不愉快地回答道。

“后来怎么样了？”

“哲史傻站着不动嘛，我就过去叫他，结果给他吓了一大跳。”

“你问过他为什么吵架没？”

“我问了，他不告诉我。我还好心安慰他，说那种丢脸的弱鸡就算揍了也没意思，他听了居然恶狠狠地瞪了我。本来想约他一起玩也没约成。”

“原来如此。”

飞鸟和被害者之间有交集，而且还是差点发展成互殴的交集。

渡边想，得去问问飞鸟本人他们吵架的理由。

年轻的村民悠悠闲闲地盯着渡边看。既然他自称是被害者的朋友，手头也许会有和被害者相关的信息。

“这附近除了你，哲史还有其他朋友吗？”

“其他就是由香里了吧。”

被害者和出羽由香里之间的关系已经从“六胡”——不是，从姬木大警官那里听说了。

“哲史先生和由香里小姐是恋爱关系吗？”

“反正关系挺好的。会一起兜风，一起吃饭，一起上宾馆那么好吧。”

“那就算是打得火热了。”

“你至少说‘秀恩爱’好不好，‘打得火热’很土耶。”

因为青年这话带点轻视他的意思，渡边有些生气。

“反正就是男女朋友关系喽？”

“对，哲史应该想娶她的吧，他很纯情的。”

渡边的目光移向桌子。

“还有，我看你桌上放着铅笔刀，很爱学习嘛。但是记住不能带出去哦。光是被警察叔叔看到，你就要挨骂的。”

“知道啦！”

青年垂头丧气地回答道。

14

是否存在米诺陶洛斯已几乎变得无足轻重——现在最清楚的就是死。

——《迷宫世界》

（瑞士）弗里德里希·迪伦马特（著）

由白色轻型车在前方带路，一辆黑色大型汽车到访暮枝。它途径国道驶过暮枝桥，穿越被杉树林和河川两边包夹的林道，来到第一桥入口……

出羽雁太郎面对洗手台的镜子，想给自己系上黑色的宽领带。

但他总是系不好，这并非由于他平时少有机会打领带，而是因为心情郁闷，手指无法灵便活动。

此时听到汽车的引擎声，出羽竖起衬衫衣领，任凭领带耷拉在胸口，走向窗边。

他看到两辆车驶过第一桥。

哲史的遗体回来了。

先行的白色轻型车驾驶席上，开车的是一脸沉痛、仍穿着夹克的真一。跟在身后的黑色大车司机脸上却毫无波动，唯独握着方向盘的白色手套给人以深刻的印象。

出羽目送两车远去，接着回到洗手台前。镜中的脸上浮现出和真一相同的表情——一个挂念孩子的父亲。

由香里自从知道死者是哲史后，夜夜都在哭泣。尽管她尽可能表现得很坚强，可一看她红肿的双眼便什么都明白了。出羽甚至连句安慰她的话都说不出。

出羽挥去这些念头，专心打自己的领带。

可无论怎么努力都系不好那个结。黑色领带依然无精打采地垂在他的胸口。

驶过第一桥后，漆黑的大车穿行在一片瓦房屋顶之中。村民们都来到路上，以沉闷的目光目送它远去。他们眼中甚至含有一丝恐惧。

有什么好怕的？死不是人人平等的吗？不过是离自己最近，最平凡的小事，你们为什么要恐慌？

蓝下柚男已经穿好丧服，坐在桌前呆呆地打发时间。七点才开始为哲史守夜，现在还有四个多小时。

桌上仍摆着暮枝疗养度假胜地的企划案和手绘地图，蓝下却丝毫提不起拿来看的念头。“凶杀”这个词在他脑海里来回打转。先前傻里傻气想成为度假村总管的梦想早已被吹到九霄云外去了。

合金窗外，用竹子捆成井字做成的低矮篱笆旁，驶过两辆汽车。

那辆轻型车蓝下有印象，是罗堂真一的车。那后面那辆黑的就该是殡仪馆的公车了。严丝合缝的窗帘里肯定停有装了哲史尸体的白木棺材。

回想起在龟恩洞神祠旁见到的那具凄惨尸体，蓝下感到背后一阵寒意。那无头尸体的印象实在太过于鲜明强烈，在蓝下的脑海里扎了根，每夜都化作噩梦来袭。

年轻人两肋下夹着骨节突起的树枝，双腿并拢被拉往前方。但本该下垂的头颅不见踪影，雨衣领口只能窥见好似树桩一般劈裂的骨肉。雨点打在凄惨的伤痕上成为粉色的露珠，沿着快要变成灰色的皮肤逐滴滑落。

梦中见到此等光景，蓝下数次在深夜惊醒，浑身上下大汗淋漓。亲眼见到死亡的恐惧牢牢依附在蓝下的身上。

车子开走后，蓝下转向窗外，双手合十祈祷，只求不要再做噩梦了。

代田朗正在自己的书库里解读大开书本，因此没有察觉两辆汽车经过。

他读的是海登・卡鲁斯[1]的诗集，而翻到《关于死亡的遐想》一题时之所以会停手，应当是一瞬想起今天要为哲史守夜的缘故。

恐怖分子在机场售票台
引爆炸弹时，是在向谁发起恐怖袭击？
是被炸成几块，衣服剥离，倒在地上
若有所思的尸体吗？

还是旁观这一切的我们呢。
依卡尔・荣格所说，他初次迎接死亡的时候
似乎“嗡”的一下飞上宇宙
看见了浮在空中的城堡。

微微发亮，充满安宁，以为那就是目的地。他是个浪漫的少年。
若也能给他看看平安夜的机场
那就好了。而且，

1 海登・卡鲁斯（Hayden Carruth, 1921–2008），美国诗人、文学评论家。——译者注

若真有能装下所有死者的城堡

恐怕连宇宙的地方都不大够用。脑细胞一定

哪怕砍下头颅

也能再做一会儿梦，但是……

车子离第二桥越来越近。在林道右手边，渐渐能看到茅草屋顶的民宅。一名身穿修行服的男性站在玄关旁，双手抱臂，凝视着汽车……

保龙英利神情僵硬地目送黑色大车经过。

他和哲史几乎不认识。去罗堂家要求开放龟恩洞时，在客厅给他端红茶的人是窗音，争论得唾沫星子飞溅的对手则是真一，他从未和哲史直接见过面、说过话。顶多曾有一次见过他开 RV 车，副驾驶载着个姑娘出去兜风。记不清是什么时候了，他连哲史的长相都不太记得。

但年轻人的惨死仍在保龙心上投下一层阴影。

直到去年他都还住在东京，在那里，年轻人或是简简单单地丢弃性命，或轻描淡写地掠夺他人的生命。每当读到少年犯罪的报道，生性认真的保龙总会愤慨不已。他觉得，现在的年轻人根本不懂生命是多么沉重的东西。

终于向合不来的上司递交辞呈，来到暮枝的时候，保龙尝到某种解放的快感。踩在裸露的土地上，用自己的手掌心按压劈裂的杉树皮时，有一种它们在和自己分享生命力的感觉。像是老鹰的鸟正盘旋于头顶的晴空，它悠长的鸣声在四周回荡。

保龙强烈地感到，城市是水泥和沥青浇筑的坟墓，森林却四下充满勃勃的生机。这种想法甚至让他觉得，龟恩洞里的奇迹之泉没准也不是无稽之谈。

但哲史的死动摇了他的心。死了年轻人，而且还是非常残忍的凶杀案。保龙梦想中的田园牧歌幻景由此开始荡起波纹。

真一铁定不会允许保龙参加哲史的守夜仪式，而且他也没有资格出席。

但去给哲史烧炷香，真一总不会反对吧。保龙是这么想的。

黑色大车穿过的这座森林，在充满生机的同时也平等地暗藏着死亡。天上那些你曾经仰脖看得高兴的鸟儿，早已失了性命坠落大地，至多留下几根羽毛罢了。夏日那些曾放声歌唱的吵人的蝉也都死绝了。棵棵杉木之间，星星点点都是蝉们干瘪的尸骸。

你们又如何？在最近处感受着死亡的人啊，你们究竟是何感受？

飞鸟辉雄和火浦龙次郎丝毫没有生出哪怕为哲史的遗像烧一炷香的想法。

就像平常火浦在房里时飞鸟一直做的一样，他又在看文库本。视线追逐着活字，却一个字都没看进去。他整个脑海里都塞满那具无头尸体的影像。

他当然知道今天就是守夜的日子，但并不打算去烧香。只要看到祭坛，就又会回想起尸体，到那时飞鸟一定会陷入混乱，不知会展现出何等丑态。

飞鸟对此抱有极大的恐惧。

火浦则在拼命让自己忘记今天是为罗堂家儿子守夜的日子，他连葬礼的葬字都不想想起。

可就算闭上眼睛，试图只思考和自己有关的事情，守夜两个大字总还是像闪电一般掠过他的脑海，让他看到白木棺材和祭坛的图景。

坛上装在黑色饰框里的，是火浦自己的照片。

火浦突然想到死后的世界。罗堂家的儿子今晚会由僧人引导，踏上前往极乐净土的旅途。他自己总有一天也会去的，就在不久的将来……

自己是否能够往生极乐呢？

火浦摇了摇头，想要挥去这些不吉利的想法，可它们却不肯消失。

灰田虎彦枕在折成两半的坐垫上，躺着仰望天花板。板上到处是木头节疤，茶色的痕迹连在一起，好似遥远异国的文字。

自从山里发现尸体到今天已过了三日，警察什么时候才会收手？一星期？十天？自然，如果抓到了杀人犯，他们很快就会消失无踪了……

灰田在脑海里不断预演警察来问话时他的回答。

“名字叫灰田虎彦，以前在东京上班，但是厌倦了都市生活，就到暮枝来了。曾经的东家是制造业，职位是推销员。当时住在高圆寺的公寓里边。”

老家是哪里来着？

灰田虎彦像面对考卷的考生一样拼命在记忆中寻找答案，但最终没能想起来。没办法，他只好起身从钱包里抽出驾照查看。

老家在山形县。那么是雪国吗？即便看过住址，也根本想象不出那是怎样的地方。

这时灰田突然发觉，他连自己真正的出生地都不太想得起来了。

黑色大车驶过第二桥。在蛇行的暮枝川河岸上，可以看到咱们的大主角和他的搭档正一边寻找某人一边前进。等看不到他们之后，好啦，这就进入罗堂家的领地了……

罗堂阵一郎十分佩服羽柴荣的臂力。

让真一派来帮手的名叫猿边淳的青年扶住双腿后，阿荣双手伸进阵一郎腋下，轻轻松松将他抱了起来。

再怎么瘦弱，起码还留有四十公斤左右的体重吧。阵一郎在换穿短褂时也曾让阿荣抱他起来，那时他就想，也不知阿荣这副瘦小的身躯，究竟哪里蕴藏着这样大的力量。

阵一郎顺利坐进了轮椅。阿荣转到他脚边，将他动弹不得的双腿左右安放在脚架上。

“时间快到了吧？”

听阵一郎问，阿荣看了看墙上的时钟。

“嗯，哲史的遗体马上就要运到了。”

“那咱们出门吧。”

阿荣推着轮椅，猿边跟在她身后。

黑色大车缓缓驶入罗堂家的车库。身穿黑西装的男人们在旁迎接，善次和美雄，还有殡仪馆的工作人员。外面竖起通知守夜信息的看板，里面的和室已然设好了祭坛。

咦？罗堂一族之中，唯独缺少一张面孔。

她在哪里呢？

窗音，你在哪里？马上就要为你哥哥守灵了，可你到哪儿去了，又在做什么啊？现出你的身姿。我想看看你的脸，我想听听你的声音……

15

啊，如果你能像阿里阿德涅对忒修斯那样给我线团，将我从人生的迷宫中引导出来，如今米诺陶洛斯肯定已被打倒了吧。然后我便会爱你，吻你，绝不离开你，本该如此啊！

——《从慕尼黑到热那亚的旅途》

（德）海因里希·海涅（著）

“居然在那儿。”

眼尖的町田发现石动，伸手指去，然后带着笑意道：“旁边是罗堂家的姑娘吧。他俩正约会呢，咱们是不是太碍事了？”

确实，石动和窗音并排坐在暮枝川河岸低矮的水泥围墙上，但那模样可半点不像约会。深蓝色西装跟水手服的搭配，倒不如说像讨论毕业出路的师生更加贴切。

然而天濑发觉，町田这个玩笑他听了笑不出来。他自己也疑惑，为什么呢？

石动似乎发现了他们俩接近，举起一只手打招呼。

窗音看到町田的行头，扑哧一笑。

“笑什么啦。”

町田一脸不愉快地说道。他也很清楚现在这身衣服和自己不搭调。

一听说天濑和町田要去烧香，太太立马对他们的服装提出抗议。天濑的黑色网球衫还好说，要是像町田这样套着T恤配蛇皮裤去给人家守夜，以普通人的常识实在很难容忍。

所以太太借了他一套丈夫的西装。

黑西装穿去守夜可说是中规中矩。但家主正经历中年发福，高瘦的町田穿他的西装一点都不合适。袖子和下摆太短，腰围又松松垮垮。哪怕穿去变装派对，人家都嫌这衣服太夸张。

“你们俩在这儿干什么呢？”町田问道。

“我有些问题想咨询一下窗音小姐。”

石动笑盈盈地回答道。

“我们可没时间问话了啊。马上就是……那个……”

町田看看窗音，吞吞吐吐。

“到守夜时间了吗？”窗音脸上露出一丝笑意，“哥哥已经回来了？”

真是个不可思议的孩子，天濑看着窗音的侧脸心想。

兄长死了，而且多半是被人杀死的，她看起来却像事不关己。她都不伤心吗？还是说，她很擅长压抑悲痛？

天濑突然想起阵一郎的面孔。那种超然看待自身不幸的态度简直跟窗音如出一辙。窗音就像是越过真一，完全遗传到阵一郎的基因。

察觉到他的视线，窗音转头看他。

天濑害怕深入窥探她的双眼，移开了目光。

为什么他不得不移开目光呢？

“刚才我看到车子开过第二桥了。是辆黑色大车，所以大概是殡仪馆的车吧。”

石动静静地回答道。

“这样啊。那他已经回来了吧。”窗音轻轻点头，“怎么样？要等一会儿再说吗？”

“我最后还有几个问题想问，咱们一并问完了事吧。”

“好。我今天明天应该也会很忙。”

眼前这两个人为什么能这么平静地对话啊？一如往常的对话，平凡的你来我往，简直就像他们认为接下来为哲史守夜，只不过是很普通、很理所当然的事情一样。虽说有人去世后为其守夜确实稀松平常，可是……

先前移开的目光转向石动。天濑心下想道，这个男的也跟窗音和阵一郎一样，总是笑脸盈盈，待人接物总是和和气气，尽管说话方式总让人猜不透是玩笑还是真心，背后却隐藏着某种异样的东西。

“我想知道哲史先生是个怎样的人。窗音小姐，您平时是怎么看待哥哥的？”

石动问道。

“我哥好像有很多烦恼。”

“请问是怎样的烦恼呢？”

“我觉得，大概是关于自己和爸爸的关系吧。”

“他们有争执吗？”

“倒算不上争执。”窗音微微一笑，“我哥他不喜欢住在乡下，好像也讨厌养飞騨牛。他可能想抛开一切去城里生活吧。”

“然而这个愿望没能实现。”

“对，他反抗不了爸爸。我爸爸很沉迷飞騨牛，而且是真心希望哥哥能继承他的事业，所以我哥没办法背叛他的期望。”

“于是就陷入了烦恼吗？原来如此。”

石动手托下颚，连连点头道。

“那你是怎么想的？”

有人问了这个问题。

令人惊讶的是，那是天濑自己的声音。

“什么怎么想的？”窗音朝向天濑微笑着说道。

天濑直勾勾地盯着她的眼睛。真不可思议，先前的畏怯平息了。

“你喜欢住在乡下吗？”

“不讨厌吧。我九岁开始就在这里，和哥哥不一样，好像完全习惯了。”

“你不会想回城里生活吗？”

即使如此，天濑依旧发问。他知道町田正惊讶地看着他。

“不会，无论住在哪里都一样嘛。”

窗音嫣然一笑。

天濑不知为何陷入了沉默。他虽想说些什么，喉咙深处却像堵了异物，让他说不出话。

此时，他们听到有个脚步声沿着石子路小跑而来。

回头一看，是那个在牛舍和哲史一起干活的青年。他一边对窗音挥手，一边冲到他们身边。

“猿边先生，怎么啦？”

窗音从水泥墙上站起来。

“什么怎么啦……”被唤作猿边的青年诧异地看着将窗音围在中间的三个男人，说道，“该回家了吧。真一先生在找你呢。”

“这样啊。石动先生，问完了吗？”

窗音转向石动，说道。

“还有最后一个问题。”

石动也从水泥墙上站起来。

“哲史先生是左撇子吗？”

窗音一边皱眉，一边摇了摇头，露出一脸不明白他为何要这么问的表情。

“我看到过他用右手拿毛刷，所以之前就觉得应该不是。谢谢你了。”

石动深深低头致礼。

他们一行人走下石子路回去守夜。猿边和窗音并肩走在前头，石动跟着他俩。天濑和町田离得稍远一些，落在后面。

“那个女孩……你还是放弃的好。”

町田小声对天濑说道。

“放弃什么？”

“她长得确实挺可爱，但是你应付不来这种类型的。村姑归村姑，但依然是现代高中小女生啊，你最后铁定要么被她玩弄，要么落得个冤大头的下场。”

“喂，你到底在说什么啊？”

天濑转向町田，瞪着他。后者有点无语，说道：“不承认也没用，你心里想什么全写在脸上了。那女孩肯定也发现啦。欸，总之呢，该说的我都说了，以后怎么做就随便你吧。”

天濑完全听不懂町田是什么意思。

石动在用口哨吹什么曲子。天濑虽对标准曲不熟，但这首曾在电影里听过，因而知道曲名。

是来自米高梅音乐剧《绿野仙踪》中的《去见大魔法师奥兹的路上》。

太阳从西侧的山脊照过来将窗音的侧脸染得通红。沿着黄砖铺砌的道路，去找大魔法师奥兹吧。我想和托托一起回堪萨斯州去，因为哪里都比不上家里啊！

围在少女和黑犬身边的三个男人——稻草人、铁皮樵夫、狮子，等他们抵达翡翠国，该许什么样的愿望好呢？

请给我可以解开谜题的脑子——指指塞满稻草的麻袋脑瓜，石动如此要求。

请给我穿朋克装守夜的勇气——脸边长满鬃毛的町田苦苦祈愿。

那，我呢?

没有心的铁皮人是无法恋爱的，铁皮樵夫曾这么说过。

天濑不禁被自己的空想惊得心中一跳。

16

在美浓国，或在其政厅所见的一切之中，最让我惊叹的一点，是这位国王竟以如此异样的方式——或说以令人惊异的用心，被家臣们侍奉、敬畏着。

——《日本史》（葡萄牙）路易斯·弗洛伊斯（著）

罗堂家的车库里停着方才从第二桥上开来的黑色大车。棺材似乎已经运进房内，左右敞开的后厢大门里空空如也。

“窗音，你去哪儿了啊？”

见到从林道走来的天濑一行人，身穿仿皮夹克的真一穿过车库，快步跑向他们。

“我刚才在跟石动先生说话。”窗音回答道。

真一瞪了石动一眼道：“都什么时候了还在说服？你可真是热心工作。”

“不是那些事情啦。”在石动回答之前，窗音先静静地插嘴道，“因为看我很沮丧，石动先生才来安慰我的。人家难得过来烧香，不要这样说啦。”

真一脸上写满“我才不想看到你来烧香呢”几个大字，当着女儿的面终归没说出口。他不再看石动，转向窗音说道：“守夜马上就要开始了，快进家里去。”

窗音点了点头应和，然后走向玄关。

玄关的门大开着，垂下与欧式门厅完全不搭调的黑白幕布。

天濑目送窗音的背影消失在走廊上，然后看了一眼门厅旁。

碎石地一角站着几位来吊唁的客人，正无所事事地等待守夜开始。在场所有人都穿黑衣服，只有窗音的水手服和真一的茶色运动夹克例外。

阵一郎的身影也在黑衣军团之中。由于他平时难得离开萝洞庵，也许累了，正将整个身体埋进轮椅的靠背闭目养神。阵一郎身着黑色短褂，身后握着轮椅推手的阿荣也穿一身黑色的和服。

“猿边先生，来帮我抬一下老爷吧，好到屋里去。”

阿荣抬头招呼猿边。后者慌忙跑向阵一郎。

两人先合力将轮椅抬上门厅，阵一郎微微睁眼，习惯地挺起身子。阿荣双手伸进他腋下，猿边则抱住阵一郎不灵便的双腿。

“白痴，哪有让荣姨搬身体的道理，你去搬重的那头啊！”真一大喊。

猿边手上还抱着阵一郎的小腿，用询问的目光抬头看阿荣。

“别让女人干重活！”

真一烦躁地说道，走回玄关，冲到门厅。

“荣姨，我来吧。”

他慰劳地拍拍阿荣的肩膀，手伸进阵一郎腋下抱他起来。

胸口被紧紧箍住想必很痛，阵一郎整张脸皱成一团。

真一搬上身，猿边搬下身，将阵一郎抬进门里。他们脚下虚浮打飘，天濑在旁看得都心惊胆战。

“交给阿荣姨多好。”石动走向玄关，悄悄地说道，“阿荣姨的力气搬阵一郎先生绰绰有余的，而且让熟悉的人来搬，阵一郎先生也更放心点啊。”

正如石动所说，阵一郎满脸担心自己会磕在门厅上，紧紧抓住真一的手臂。阿荣则担忧地跟在后面。

“他有闲心关心阿荣姨搬不动，还不如在门厅和玄关口做个斜坡，让老人家不用下轮椅呢。建房子的时候怎么就没考虑到这点？”

站在玄关旁，眺望着门厅，石动轻声道。

光门厅的高度就得成年人迈开大步才能跨上去，玄关处更是砌有一座不小的台阶。想进屋的人得像字面意义上所表达的那般跨过极高的门槛，实在和无障碍设计的概念相去甚远。简直像是压根儿就没考虑过会有阵一郎这种坐着轮椅的人过来拜访一样。

天濑突然很疑惑真一一家和阵一郎之间的关系。

“各位，请进吧。”

穿黑西装，像是殡仪馆工作人员的男人出现在玄关，对一众宾客宣布。

本想来烧个香马上回去，早知道就不跟窗音一起早早拜访罗堂邸了。天濑他们只好混在黑衣军团里，一同被招进家门守夜。

他们穿过铺木地板的走廊，穿过客厅，来到宽敞的和室。并排放了坐垫的榻榻米深处设有摆好供花的祭坛。白木棺材上盖着有刺绣的布，僧侣们已经在厚厚的坐垫上准备停当。

两只滴溜溜旋转的切子灯笼一左一右包夹棺木，向墙壁投去淡淡的光芒。说是灯笼，外壳其实是塑料做的，内部光源也以白炽灯泡代替蜡烛。

天濑他们落座在最靠后的席位上。

看看前方，已换好丧服的真一和水手服的窗音坐在最前排。他们背对着这里，看不见表情。

天濑想，不知窗音有没有哭。他根本无法想象她表露情感的模样。真是个不可思议的孩子……

两人身后挨着的那排坐了两个西装革履的陌生男人和阵一郎。周围一片跪坐之中，唯独阵一郎是坐在无腿靠背椅上，双脚往前放的。

阿荣坐得离亲属们很远，在靠后的位置并拢双膝缩成小小一团。她附近是身穿不搭调丧服的出羽和蓝下。两人并排坐着，一个眉头深锁，一个面色铁青。

开始念经了，天濑慌忙取出住家太太帮他准备的念珠。

低沉却有力的诵经声持续十几分钟后，终于到了烧香时间。吊唁客纷纷起身走向祭坛。

天濑也跟在石动身后去烧香。

将香插进祭坛，双手合十的时候，看见黑框里哲史的遗像。天濑突然觉得心境很奇妙。他跟哲史只在牛舍见过一次面，且仅仅交换三言两语，完全没有留下印象。现在看着遗像，心头也涌不起丝毫感伤。

可即便这样，自己还是在这片遥远的土地上，身在为哲史守夜的现场。

天濑偷偷看了一眼窗音，她果然不曾流泪。窗音虽微微伏着眼，脸上却可说是面无表情。黑丧服之中，唯独她鲜艳的夏装水手服分外引人注目。真的是个很不可思议的孩子……

窗音抬头朝天濑看过来。我有盯得那么紧，以至于被她察觉吗？天濑眼中好像看到窗音微微笑了笑。

你就这么在意我吗？

“春泥啊，你慢慢坐。”

回座位时，阵一郎小声说道。

“好……”石动回答道。

吊唁客们烧完香回走廊后，全部进了隔壁的和室。从隔门缝隙里传出说话声和玻璃杯碰撞的声音。

“阵一郎先生都那么说了，咱们就过去坐一坐吧。”

石动站在走廊里，向天濑和町田提议道。

“无关人员待太久不太好吧？”

天濑困惑地回答道。在素不相识的人的守夜仪式上吃吃喝喝，他总觉得心虚。

“乡下人守夜就是这样，相当一部分人是为喝酒才来的呢。”

石动堂而皇之地拉开隔门。

和室里漆黑的矮桌排成三列，上载啤酒和寿司木桶。已有十来个村民入座自斟自饮，有人甚至喝得满脸通红，将黑领带都松开了。

“哟，石动先生！快来坐。”

肥胖的中年男人坐着招手要石动过去。

石动、天濑和町田三人于是坐在那人旁边。

“来，来一杯。”

中年男人倒了三杯啤酒，态度好似在自家居室一般坦然，但他头发黑油油的，不像是罗堂家的亲戚。

“谢谢您。”

石动机灵地点头致谢，抿了一口满是泡沫的杯子。

“请吃寿司。不愧是罗堂家，这寿司很高级嘛。真是场好葬礼啊。”

中年男人有些微醺，心情很好地大笑起来。天濑却为“好葬礼”的说法感到不太愉快。

他在一群愉快交谈的吊唁客之中一直很不自在，啤酒的苦涩也刺激着他的味蕾。

“喂，‘富士山回他界’是什么意思？”

町田凑过来跟天濑说悄悄话。

“什么东西？”

“刚才和尚念的经文里出现的啊。我就想不明白，富士山跟经文有什么关系？”

“那句是‘不自赞毁他戒’啦。”石动对町田说道，“戒曰‘不称赞自己，不毁谤他人’，这是禅宗的教诲。看来罗堂家是禅宗一派啊。”

此时，通往走廊的隔门开了。

阵一郎从真一拉开的隔门外被搬了进来。前有阿荣、后有猿边抬着无腿椅，阵一郎悠然端坐其上，就像是叫仆人抬着御轿出门旅行的古代国王。

吊唁客们默默看着，阵一郎的无腿椅恰好在石动背后落轿。阿荣来到他腿边，给阵一郎的双腿盖上膝毯。

“哦，各位不必在意我，尽情享用吧。也算供养我孙子嘛，都搞热闹点啊。”

阵一郎一挥右手，对所有人宣告。

于是众客就像突然被按下开关的机器人一样生硬地继续酒宴。

“春泥啊，关于后天 19 号的‘紫云英圃句会’……”

阵一郎从无腿椅上探出身子，跟石动搭话。

“句会要延期吧。好的，我会转告学长……”

“不是，句会按原计划举办，下午一点你能来萝洞庵吗？”

“按原计划举办吗？”

这次就连石动都吃了一惊，圆睁双眼发问道。老人背后，真一的表情看起来不太愉快。

“老头子我只有俳句这么一项乐趣了嘛。”阵一郎微微勾起嘴角露出一个笑容，说道，“而且正好善次和美雄也来了。他们两位应该很想见见石动先生的学长吧。”

阵一郎这话一出，并肩坐在真一旁边的两位男性面面相觑。

“春泥啊，你见过善次吧？”

“对，和真一先生一起见的。因为您是房地产行业从业者，当时请您审阅过企划案的文件了吧？”

“啊，对，是的。”

那位红发间夹杂着显眼的白发的男性笑着答道，窸窣着凑过来。他的五官跟真一很像，大概就是老二善次了。

“美雄是第一次见吧？”

阵一郎说着，回头去看戴银框眼镜的男人。那个八成是老三美雄的人讶异地看着石动。

“这位是石动先生，是雅典建筑公司的。”

善次转向美雄小声解释。

“不，我并不是雅典建筑公司的员工啦，只是学长在那里工作而已。”

石动笑着摇了摇头。

“他的学长古贺先生是雅典建筑公司度假胜地开发组的组长。”

听了善次这话，美雄好像就明白了。他急忙扯出一个笑容说道：“初次见面，我是罗堂美雄。”又对石动躬身致礼。

“等等，为什么善次和美雄要跟石动先生的学长谈话？”

真一黑着脸叫道。

“肯定是想咨询一些事情喽。”

阵一郎淡淡地说道。

“跟这些家伙说度假胜地的事情有什么用？这里可是我的土地啊。”

“真一，你搞错了一点。”阵一郎注视着真一的双眼，语气平静地说道，“这里现在还是我的土地。在罗堂阵一郎名下，只是借给你用而已。对吧？”

真一的脸涨得通红，差点要揪住阵一郎的衣领。善次慌忙拦住道：“大哥，你冷静点啊，哪有人对老头子动粗的！”

“什么老头子！明明身体好得很，成天装老态龙钟的样儿！”

“我像身体好吗？”

阵一郎讥讽地一笑，伸出手掌抚摸自己发黑凹陷的脸颊。

17

这孩子气的疑问早已将我打入毫无头绪的迷宫。而我任由其压制，不曾做什么反抗。

——《所谓无常》（日）小林秀雄（著）

走出玄关时，周围已然全暗。除去被门中透出的光照亮的石质门厅，以及窗内灯火映得车库地上的石子浮起微光以外，其他的一切都被包裹在真正的黑暗之中。连林道看上去都像一条黑色大河。

天濑他们走进车库时，从大车阴影处传来细小的呻吟声。

转头一看，有个男的背靠大车车门缩成一团。他用手帕按住嘴角，另有一个男的蹲在他身前。

“怎么啦？”

石动一边搭话，一边走过去。

两个男人转过头来。缩在车旁的是身穿修行服的保龙，蹲在前面的是穿黑西装的出羽。

“保龙先生，您受伤了？”

石动担心地问道。

走近后天濑也看清了，保龙压在嘴边的手帕被染成血红色。仅凭窗里透出的光看不太清，要么是流了鼻血，要么是嘴里有伤。

“对，他被打了。”

出羽站起身来，对石动平静地说道。

“该不会是出羽先生您打的吧？”

“说什么傻话，打他的人在那呢。”

他们看看出羽用下巴指的方向，只见两个穿西装的男人呈“大”字倒在石子地上。像是晕过去了。

“那揍了他们俩的人总是出羽先生您吧。”

听石动嗤嗤笑着这么说，出羽皱起眉头。

“醉鬼真是没法弄。他们看到保龙先生过来烧香就去找碴，说他那里有杀人犯，两个人将他按在地上打。这可不是老大不小的人该干的事儿。”

“比起保龙先生，我更担心那两位呢。看这样起码骨折了吧？”

“我手下留情了，八成没事。刚才派村长去喊他们家里人了，让他们领回去就是。”

说着，出羽又蹲在保龙面前。

“喂，血止住了没？”

“嗯，姑且……”保龙松开手，看看手帕上的血迹说道，“我洗干净还你。”

“你倒很守礼节嘛。便宜货而已，直接扔了吧。”出羽虽然一脸苦笑，但马上露出严肃的表情说道，“你来烧香是不错，但没事最好别过来瞎晃，现在还有人怀疑你呢。还有，回去告诉你那儿的人，这件事的风头过去之前最好不要一个人出来乱逛。”

“是啊，谢谢你。”

保龙借出羽的手站起来，将手帕塞进修行服的口袋，疾步离开。

“您说有人在怀疑保龙先生，是真的吗？”石动问道。

目送保龙离去的出羽转过身来说道：“对。好像有人放风，说杀人犯一定就是保龙那儿的人。我看再不抓到凶手，他们总有一天要搞事情！”

出羽恶狠狠地说完这句，看了看倒地的两个男人。

他说过，要等蓝下带他们的家人回来。

天濑一行人告别出羽，走上林道。

双眼习惯黑暗后，只能微微看出天上覆盖着厚重的乌云，星月皆不肯露面，森林小道上黑得伸手不见五指。第一次在日落后外出的天濑为这深沉的黑暗吃了一惊。

石动从西装内袋中取出手电筒，照亮他们的脚下。

“好周到啊。”町田佩服地说道。

“照明是必需品啦。这里又不像大城市，没有那么多晃眼的霓虹广告牌和路灯。尤其这段还是罗堂家的私人道路，连路灯都基本没有。”

石动一边摇晃手电一边说道。

确实，罗堂家土地上的黑暗分外深沉。若没有手电筒，光是走路都得提心吊胆。好在前方第二桥另一端的林道有星星点点的圆形路灯，勉强可以确保照明。

他们穿过第二桥，走在森林小道上时，和蓝下擦肩而过。他身后跟着两位女性，大约是刚才被出羽揍了的两个男人的妻子吧。

本以为她们一定头疼不已，谁知灯光之下，两人脸上竟满不在乎，反而蓝下的担忧之色还更浓些。想来定是早已习惯自家丈夫糟糕的酒品了。

他们在住家玄关撒了驱魔盐，告诉太太“已经用过餐”后，太太一脸遗憾。天濑于是突然好奇起今晚原本的菜单。

上了二楼，石动盘腿坐在坐垫上，拿出手机。

“您好，我是石动。深夜打扰，多有冒犯，请问学长在吗？”他将那只小巧到几乎能被手掌整个包住的手机按在耳边，稍等片刻后，说道，“啊啊，学长，我是石动……呃，凶手还没抓到。欸？啊，这点您大可放心。

我不会做多余的事情的，会尽可能安分一点啦。”

电话另一头的人好像在怒吼。石动将手机离远了些，苦着个捡。

“呃，所以，关于句会……没有暂停啦，我也吓了一跳，但是阵一郎先生说会按照原定计划举办呢。所以，学长也请务必……不过您太忙的话就没办法了。现在真一先生的弟弟在这里，阵一郎先生可能会介绍您认识哦……对啊，之前不是和您说过吗？次子善次先生是管房地产的，在名古屋和大阪拥有好几栋写字楼呢……”

石动听着对方的话，连连点头道：“19号下午一点开始。那就请多关照了。”

然后挂了电话。

“你那个雅典建筑公司的学长很想跟善次先生见面吗？”

町田手肘撑在矮桌上讽刺地一笑。

“好像是的。”

“想将雅典建筑公司的名片递给名古屋和大阪的地主？”

“地主当然是阵一郎先生啦。名古屋和大阪的土地也是，现在应该都还在阵一郎先生名下。”

“那确实绞尽脑汁也得憋个俳句出来，总得讨讨老头子的欢心呀。”

“不是哦，学长做的俳句很有意思的。他在这方面有潜在的才华。”石动嗤嗤笑罢，伸手去拿矮桌上的小茶壶，然后说道，“两位要不要也来参加句会？”

一口粗茶喝到嘴里的町田闻言差点儿被呛到，啐道：“开什么玩笑啊，你难道想让我们做俳句？”

“哎呀，不用想得那么复杂。简单来说，只要将你们看到的、听到的东西原原本本归纳成五七五的短句就行啦。初学者想提高技艺，最重要的就是绝对不能去烦恼‘什么是俳句’，只要一个劲儿地想句子就行了。子规也是这么说的。”

“喂喂喂，我们俩等警察一放人马上就要回去的耶，哪可能待到19号？等明天问过那个胖警察就准备回东京了。”

“那好可惜啊，如果有新面孔，阵一郎先生肯定会高兴的。”

“我们俩又用不着讨好大地主。”

町田站起来走到衣柜前，开始脱下那身跟他一点也不搭调的西装。

天濑决定问石动一件他一直都很疑惑的事情。

“刚才您问了窗音小姐一个很奇怪的问题吧？”

“我觉得自己没问什么奇怪的问题啊。”

“就是‘哲史先生是不是左撇子’。您为什么要这样问？”

“哦，那个。”石动啜了一口碗里的粗茶，缓缓说道，“我只是很在意尸体腰上的皮带。”

“皮带？”

“扣子跑到右边了。”石动敞开上衣，指指自己的皮带说道，“你看，如果是右撇子，系皮带的时候扣会在左边，像这样……”

他松开皮带，用右手握住带头系给他们看。

“如果用右手系，那么扣子理所当然会跑到左边，可尸体的皮带扣却在右侧，想变成那样就得用左手紧皮带。”

“可能偶然变成这样了吧？”

町田在衣柜前插嘴道。

“哪怕是偶然，也不觉得不自然吗？一般会‘偶然’反过来系皮带吗？”

“那它为什么反过来了啊？”

天濑一问，石动抱起手臂说道：“我想，可能因为是凶手帮他系的。”

“杀人的时候皮带松了，所以特意帮他系好？这杀人犯可真好心。”町田笑道。石动则严肃地说道：“不是这样的。如果只是皮带松了，那么扣子依然会在左侧。凶手是特意将皮带穿过裤腰重新系上的。而当时他站在尸体面前用右手系，所以皮带才会系反。”

“意思是说，哲史一开始并没有系皮带吗？”

天濑一头雾水地问道。石动刚才说的这些虽然合情合理，他却不懂石动是何意图。

“也许连裤子都没穿。雨衣、上衣，可能都是凶手给他套上的。被杀死的时候，哲史先生穿的真是那身衣服吗？”石动凝视着天濑的双眼，“究其源头，那具尸体又是否真是哲史先生呢？”

18

又有谁来安慰身陷如此悲惨、凄苦命运之中的我呢？凡谁太爱他人，太信他人，就会落得如此下场。

——《阿利安娜[1]的哀歌》（意大利）蒙特威尔第（著）

台风过后，天气连日阴郁。但九月十八日这天早晨，云间透出久违的阳光。

在秋高气爽的烈阳之下，一台巡逻车穿过林道，停在保龙家门口。

“警官，我们到了。”

渡边从驾驶席上扭头宣布。

后座的姬木轻轻点头，但仍闭着双眼，没有要动的意思。

乍一看以为他在打瞌睡，但实际上他的大脑正进行着眼花缭乱的运转。在调查进入重要阶段时，姬木总会先预想之后的发展，再不慌不忙地制定计策，这是他常用的手段。

飞鸟辉雄会反抗吗？若真反抗，到时交给渡边或都筑就是了。按渡边所说，既然他是个被人当面挑衅都会逃跑的人，应该费不了太多力气。

驾驶席的渡边和邻座的都筑都很了解上司的一贯做法，因此静静地等待姬木开口。

“好了。”终于做好归纳，姬木睁开眼睛说道，“咱们出发吧。”

1　米诺牛传说中提供线团的公主阿里阿德涅（Ariadne）的意大利语音译即为阿利安娜（Arianna）。——译者注三个警察下了巡逻车，走向茅草屋顶的民房。

他们从玄关穿过土间，渡边向空无一人的竹席宴会间喊道：“您好，请问有人在吗？”

身穿修行服的保龙从宴会间深处走出来。他的右眼角和嘴边都肿着青包。

“您这脸是怎么了？”渡边瞪大了眼睛惊愕地问道。保龙用右手捂着脸颊说道：“没什么。这一大早，诸位有何贵干？”

“我们想找居住在这里的飞鸟辉雄先生问话。”

“飞鸟先生？知道了，那我去叫他……”

“不必，不必劳烦您去叫，我们会到房间找他的。请帮我们领个路吧。”

渡边脸上笑容不绝。

姬木和都筑脱下鞋子，走近宴会间。

“喂，你们随便进人家房间，会给他添麻烦吧？”

保龙本想拦住两人，都筑咧嘴一笑道：“我们想让飞鸟先生作为重要参考人，跟我们去署里走一遭。”

保龙呆望着几位警察。

“就是这样了。”渡边走进宴会间，很过意不去地面向保龙，“可以请您为我们引路吗？”

保龙在前带路，一行人穿过走廊。早晨的阳光斜斜投在中庭，照得松树和四周的树丛都散发出墨绿色的光辉。

看来今天也会很热，姬木悠然地想。不知这秋老虎究竟要肆虐多久。

他们拉开隔门，飞鸟从矮桌上抬头看过来。他好像在看书，双手捏着文库本的书页。

“飞鸟先生，这几位警察先生好像有话要问你。”

听保龙如此宣告，飞鸟微微眯起双眼。

这反应似乎不是吃惊，姬木心想。他的表情像是隐约察觉会有这一天，一直在等待它到来一样。

飞鸟将文库本盖在桌上。

“不好意思，我们有一些比较私密的问题想问飞鸟先生，可以请您暂时离开吗？”

渡边对房里另一个男的说道。

这个印象中姓火浦的人脸颊瘦削，将一双滴溜溜乱转的眼睛衬托得很大。他像是在努力消化眼前发生的状况。

渡边再次出言催促后，他扶着灰泥粉刷的墙，好不容易才站起来。姬木也看得出，他举手投足之间都透露出明显的衰弱。

“保龙先生也请暂时离开吧。”

渡边扶了摇摇晃晃的火浦一把，将他交给保龙后如此吩咐。两人一边频频回头，一边消失在走廊上。

都筑拉上隔门。

“您就是飞鸟辉雄先生吧。我是岐阜县警局搜查一科的姬木六男。”

姬木一边观察飞鸟，一边发起话题。

正如渡边和都筑所说，他是个美男子。而且是高雅精致的都市美男子。自然，乡下地方也有帅哥，为穿着打扮花心思的年轻人更不会少，可绝大多数不过照抄东京发行的时尚杂志搭配，即所谓“涩谷的皮囊，种地的心”。像飞鸟这样，对自身美貌有彻底自觉，又懂得挑选最合体的服装用以搭配的男人着实鲜见。

飞鸟所穿的衬衫虽印有蒙德里安抽象画的图案，却丝毫不花哨，也并不像名牌。可他这身打扮却完美地映衬出长发飘飘的端正五官。乍看他对服饰好像并不讲究，但所有的选择都并不是因为流行，也非盲目追逐名品，而只因为跟自己相配才会穿。从他身上透露出的便是这样一种自信。

姬木心下想道不愧是从东京来的，又低头看了看自己身上的鼠灰色西装。飞鸟长得这么帅，品位又好，肯定也很受女人欢迎。

“关于罗堂哲史被害一案，我们想问您几个问题。”

听姬木这么说，飞鸟微微一笑道：“三位，不如先坐吧？”

他用右手指指堆在房间角落里的坐垫。

渡边给他们配发坐垫，三个警察就这么坐了下来。

“我们接到了目击证词，称大约一周前，您在森林里和哲史先生发生争吵。”姬木正襟危坐，凝视着飞鸟的面孔，“请问这项证词是否有误？”

“没有。”

飞鸟静静地回答道，没有显露丝毫动摇。

“可以请您告诉我们争吵的理由吗？”

姬木虽这么问，飞鸟却只是转头去看矮桌上的文库本，一言不答。

“你知道现在是什么局面吗？既然你和被害者有过争吵，那被怀疑是凶手也不稀奇！”

都筑眉头深锁，逼问道。

姬木在心里嘀咕“演过头了”。每次一到问话或者审讯的时候，都筑就总想扮演态度强硬的凶恶警察，可是靠他那张写满“良善”二字的长脸实在有点勉强。

或许飞鸟也感觉到了，并没有屈服于都筑的怒喝，依然保持沉默。

“您在这里若不肯开口，那就需要请您跟我们回警署一趟了，可以吗？”姬木抿着嘴，说道。

“我知道了。”

飞鸟点了点头，只这么答了一句，就打算起身。

姬木伸出右手制止。

“在那之前……能请您让我们检查一下行李吗？”

飞鸟第一次显露出动摇。他的腰悬在半空，惴惴不安地看了一眼墙边的行李箱。

姬木直觉感到那里有情况。渡边也发现了，立刻站起来走过去。

“我们可以查看吧？”

尽管礼数周到，但姬木的语气丝毫不容拒绝。

“请吧……”飞鸟一边看着渡边将他的行李箱搬过来，一边声若蚊蚋地同意了。

渡边微微点头，打开行李箱。

箱子里有数件换洗内衣，以及毛巾、洗护用品等打点得整整齐齐的长期滞留者随身行李，然而在此之中，还有十来封蓝色的信被收在行李箱的底部。

“内容我们也拜读了。”

姑且跟飞鸟打声招呼，渡边从信封的破口里抽出信纸。那是一张和信封同色系的蓝色便笺纸，其上用黑色圆珠笔写有文字。

姬木的目光落在渡边递来的便笺上。圆滚滚的文字编织出的文章迫切地传达着主人的心情：

分明两日前才碰过面，我为什么会如此寂寞？如今的我，一心只想再次见到飞鸟先生。

下一次什么时候才能与您相见呢？等待您的回信。

信封、便笺上都没有署名，只有信封正面写了“飞鸟先生”几个字。

“没住址，也没贴邮票。”姬木翻来覆去看了好几次信封，注视着飞鸟接连问道，“这是亲手递交的吧？那就是住在暮枝的孩子给你的对吧？请问对方是谁？”

飞鸟脸上依旧充满无奈，什么都没有回答。

19

“你为什么叫牛背了饮食，到山里去呀？你必定是杀牛食肉吧！”即捕其人，将入诸囚牢。

——《古事记》[1]

听说警察来了，于是天濑他们想去讨个批准回京，结果出门就看见保龙家门口挤了一大堆人。村民们纷纷聚集在林道上的巡逻车四周，远远围住那栋茅草屋顶的民房。

“到底发生了什么啊？连媒体都来了。”

天濑朝町田手指的方向看去，民房玄关处密密麻麻全是摄影师和记者。所有人都拼命想抢个好位置，誓要将接下来发生的一切尽收镜头之中。甚至有人想将镜头伸进屋里，为此和警员发生争吵。

“看样子凶手果然是保龙那儿的……”

“看吧，我说什么来着？杀人犯铁定是外人……”

“好像还不知道为什么要砍头……”

传来小声议论的声音。石动跑到一个他面熟的村民身边，拍了拍人家的肩膀说道：“不好意思。请问发生什么事情了吗？”

“好像抓到凶手了。”

回答的中年村民头也不回，脸上兴奋不已，热切地凝视着玄关处。

1　上海人民出版社，第四版（2017年1月），周作人译。——译者注

“凶手？请问是谁啊？”

“好像叫飞鸟辉雄吧。喏，就是保龙家里那个帅哥。”

“飞鸟先生被逮捕了？为什么？”

“因为他和哲史吵过架！”

另一名年轻村民龇着满是蛀斑的牙咆哮道。

“吵个架而已，不至于被逮捕吧？”石动耸了耸肩说道。

“哦。是要作为参考人带回署里问话吧。说什么抓到凶手，太夸张啦。”

“不对，肯定是那家伙干的。肯定是那个弱鸡美男杀了哲史。”

年轻村民转向石动，态度强硬地表达他的主张。他可能很反感飞鸟。

“杀人动机也知道了！他们说找到了几封信！”

“信？”

“就是情笺啊！听说通篇都在甜到发腻地秀恩爱咧。”

年轻的村民用古风的表达混着最新的流行语跟他们解释。

“那么是谁写的情书？”

“大概是由香里吧？突然迷上东京来的大帅哥，然后就跟哲史吵起来喽。这就是所谓‘混乱三角恋’吧？”

“‘大概’，也就是说，还没有确定就是由香里小姐写的喽。”

石动歪着脑袋沉思起来。

此时，玄关口的人群分作两半。飞鸟被一个小个子男人带着走出门外。

闪光灯连连闪光，晃得飞鸟移开了目光。

“喂，不准拍照！”名字好像叫姬木的小个子警官慌忙制止摄影师，“我们只是带这位参考人回去问话，并非要逮捕他。真是的，你们从哪儿听的风声？”

“没有戴手铐呢。”石动悄悄地对天濑说道，“应该就像姬木警官说的，只是作为参考人带回去问话而已。”

姬木和飞鸟向巡逻车的方向走过来了。他们身后跟着两个人，其中之一挺面熟。是当时来跟天濑他们几个问话，面善又胖墩墩的渡边刑警。

“警察先生啊，我们想跟您说几句话。”町田挥挥手优哉游哉地喊道。渡边听了皱眉道：“你看不出来我现在很忙吗？”

“正逮捕犯人呢吧？恭喜您啦。话说回来，我们几个现在能回东京了吗？”

“这不是逮捕，只是作为参考证人，让他跟我们回一趟署里而已。你可别跟媒体透露假消息啊。”渡边眯眼一笑，“不好意思，让你们在乡下逗留这么久。你们可以回东京了，不过待会儿还是给我留个联系方式……”

此时听见旁边村民一阵哗然，渡边于是掐断话头。

只见一名个子不高但体格健壮的男性怒气冲冲地大步从林道走来。

天濑一瞬间没能认出那是出羽雁太郎。他的形象和从前见到时大不相同。涨红的双颊满是愤怒，甚至显得可怖。

而身后那个被出羽抓着肩膀半强行拖来的人，是他的女儿由香里。她可能被出羽扇了耳光，正用右手捂着脸颊。

出羽走近巡逻车，狠狠瞪着呆立在原地的飞鸟，眼神中充满了杀气。

“喂。”他唇间迸出几个凶悍的字，“让我家女儿怀孕的就是你吗？”

咦？飞鸟没能出声，仅以嘴唇回答道。

“我问，对我宝贝女儿出手的是不是你啊？”

出羽反手一扯，将女儿推到跟前。由香里脚下踉跄，双膝跪地。

飞鸟还是那样呆呆立在原地，低头望着由香里。

“说清楚啊！”

出羽怒吼道，揪住飞鸟的衣领。

“啊，不好。”

石动小声喊叫，慌忙冲上前去。

此时被出羽逼问的飞鸟做出了意外之举。

他脸色铁青，惨叫一声，甩掉出羽的手后，躲到比自己足足矮上一头的姬木警官背后。

突然被当作挡箭牌，姬木好像也吓了一跳。

“不可以……不能打。求求你了，不要打我！”

飞鸟一边缩进姬木背后的阴影里，一边拼命求饶。

天濑有点发晕。飞鸟的行动太不正常了，那远远超出单纯的害怕被打，而是某种更为深层的恐惧。就连刚才那个骂他是“弱鸡美男”的年轻村民都露出有些不安的表情。

出羽见飞鸟这样，不但怒火燃烧得更旺，想到女儿受了这种丢人货色的哄骗，愤怒中还掺有一丝悲伤。他试图越过姬木直接去抓飞鸟。

此时，石动张开双臂，拦在出羽身前。

“出羽先生，不可以。您不可以打飞鸟先生。”

“春泥，你怎么帮这种人说话？”

出羽皱眉道。

“我不是帮他说话，不过飞鸟先生是病人，不可以打病人。”

“病个屁！我看他精神得很！”

出羽大叫道，伸手要将石动推开。那气势，搞不好逼急了连石动都要一块儿揍。

从玄关跑来的保龙勉强赶上这一幕，他在背后架住出羽。

“不能打飞鸟先生！”

保龙这么说着，一把将暴动不已的出羽死死按住。

“出羽先生，您大概误会了。”

多亏保龙相助，石动才得以不必挨揍，他抚着胸口松了一口气，静静地说道。

“误会？”

出羽放弃抵抗，看着石动迟疑道。

“是的。而想解开这个误会也很简单。”石动回身转向姬木，“警官先生，您身上带着飞鸟先生收到的情书对吧？”

“对，我当证物收着呢……”

“我知道证物不能随便给人看。不过，只要展示一下信封上的字就好，能将它拿给出羽先生看看吗？”

姬木虽有些犹豫，但还是按照石动说的，取出蓝色的信封，举到出羽面前。

“这就是飞鸟先生收到的情书。您看这是令爱的笔迹吗？”

听石动这么说，出羽眯起双眼，仔细观察信封上的“飞鸟先生”几个字。

“不对，不是。由香里的字比这好看多了，不会这样圆滚滚的……”

“由香里小姐大概知道这是谁写的。”石动言罢，蹲在仍然双膝跪地的由香里面前，“既然如今发生凶杀案，您是没法再瞒下去了。为了抓到凶手，还是如实说出来更好。请问这是谁的笔迹呢？”

由香里抬起被泪水润湿的双瞳，看着石动，说道：“是哲史先生的笔迹。”

20

每当新的神为求爱而来，我们总会失去言语。

——《阿里阿德涅在纳克索斯》

（德）理查·施特劳斯(richard strauss)（著）

“我和哲史第一次见面是在第二桥上。那天我出门散心，哲史恰好从对面走过来。我只看了一眼，他却站在桥上不走，就那么一直看着我。当我走过他身旁时，他直接伸手拦住了我。”飞鸟睁开眼，定定地注视石动，“最开始我以为他只是想聊聊天，做个伴而已。”

飞鸟低头盯着自己的脚尖。

“哲史一直很烦恼。他老爸整天叫他赶快结婚让他抱孙子，不像能接受儿子是个另类。哲史自己也一直想成为正常的男人。我记得他提过跟亲密的女性朋友一起去了宾馆，那位姑娘为他做过很多努力，但最终好像没起到什么作用。”

听了飞鸟的话，站在稍远处的由香里咬住下唇。

跟哲史一起去宾馆开房的人大概就是她吧。比起隐私被曝光，“亲密的女性朋友”这个词对由香里造成的伤害好像更大。

飞鸟仰头望向蓝天，叹了一口气。

“可是，他却太过深入了。”

四周村民一片哗然，其中也有人面露明显的厌恶。

“哲史为了不让别人发现自己的秘密，决定和我用书信往来。依照哲史的提议，我们将第二桥下的一座小地藏石像当成两人专用的信箱。当时啊，他跟我提出这个想法的时候，我差点没笑出声来，觉得乡下的孩子真单纯。”飞鸟用右手一拢长发说道，“后来，哲史提出要和我去东京一起生活。他说，被父亲断绝关系无所谓，被村民指指点点他也不在乎。但这对我来说肯定是不行的。”

“那你这还不是在玩弄哲史先生的感情？旅途中玩一玩也就罢了，一起生活你就不乐意了，是不是？”

由香里厉声打断他，说道。

而飞鸟仅仅凝视着她，沉默不语。见到他温和的目光，由香里紧紧抿住嘴背过脸去，像是在说“不准同情我”。

“不，我认为并非如此。飞鸟先生应当也是有求于哲史先生，才没有直接拒绝他吧？”石动向飞鸟投去锐利的目光，“恐怕原因在于您的疾病吧。”

“你连这个都知道了啊。”飞鸟佩服地说道。

“台风那天，您在我借宿的人家避难的时候，我们一起用过晚饭对吧？听说晚饭吃火锅时，您犹豫了一瞬间，后来将菜全都分夹到小盘里，而且吃完那盘后就再也没碰过锅子。”石动皱眉，陷入沉思状，说道，“我最初以为您也许只是没胃口，但这个猜测不对。第二天的早餐您就吃得很多，就像因为昨晚没吃饱，到早晨饿得不行一样。所以我猜到了，您是不想和其他人往同一个锅里伸筷子吧。”

包括天濑在内，在场所有人都认真聆听石动的分析。就连姬木警官都一言不发，任由石动尽情发言。

“然后是刚才您和出羽先生发生争执时，对被他殴打一事展现出极端的恐惧。而且那个害怕的程度用单纯的‘胆小怕事’是根本无法解释的。您是害怕万一被打，血会溅到别人身上，对吗？”

飞鸟笑了几声，那笑声让人特别不舒服。

“将它说成是某一类人特有的疾病，已经是莫大的歧视了，但也算一项提示。飞鸟先生，您是 HIV 阳性，对吗？”

“没错。”

飞鸟静静地回答道。

HIV 感染者的自白让众村民的骚动更甚。出羽不自觉地低头看了看自己的双手。

“放心吧，揪一下衣领不会有事。”飞鸟看着出羽讥讽地说道，“但是，如果血液飞进你的眼睛，就会有感染的风险了。”

石动接上他的话头郑重说道：“此外，尽管知道在同一个锅里进食不会传染，但您自己总会感到抗拒。飞鸟先生，您虽然是 HIV 感染者，但应该还没有发病吧？”

“如果发病了我哪还能到这儿来？”

“所以您的外表才那么健康，但您自己也不知道什么时候会发病。”

“我听熟人说这里有‘奇迹之泉’，他说也许可以靠泉水的神力遏制发病。我虽然不信，但觉得出来散散心也不错，就过来了。本以为保龙先生会拒绝 HIV 感染者入住，没想到他竟然接受了我。”

飞鸟言罢对保龙笑了笑，后者十分严肃地点了点头。

“您告诉过哲史先生吗？”

石动问道，飞鸟耸了耸肩膀说道：“这种事情我怎么说得出口？”

“虽然应当是杞人忧天……不过您和哲史先生之间……那个……”

见石动吞吞吐吐，飞鸟微微一笑道：“怎么可能啊？”

微笑从他脸上消失，表情瞬间变得阴郁。

“哲史问过我，为什么不愿意跟他去东京？而我一旦解释，就非得将自己生病的事情告诉他不可。我说不出口……”飞鸟眼中流出泪水，“我就应该好好告诉他，带他一起回东京的……如果早点这么做，哲史也许就不会死了……”

“等会儿。”出羽一头雾水地看看石动，“既然不是哲史，也不是这个男的，那让我家由香里怀孕的到底是什么人啊？”

“这个您还是问她本人比较好。”

石动温和地看向由香里。

由香里伏下脸沉默片刻，最后开口说道：“我怀孕是……撒谎。”

“撒谎？你干什么撒这种谎？”出羽大叫道。

“我想让哲史先生为难……因为我们确实一起开过房，只要我怀孕了，老爸你肯定会去他家骂人，那他就没办法否认了……”

“你这样做有什么意义啊？”

“这样也许他就会娶我了吧，哪怕就形式上当夫妻也没关系。我不想看到哲史先生被这种男人抢走……”

由香里瞪向飞鸟，视线中充满了嫉妒。

“可是老爸却没发火，事后我才后悔——我都说了些什么傻话呀！可是您却完全信了我的胡话，还那么担心我的身体，所以后来我根本不敢说那是谎话了……”

“你也太傻了……”出羽摇了摇头，喃喃道。

此时，一直在旁静观其变的姬木慢慢走向飞鸟。

“飞鸟先生，情况我大致了解了，但您身上的嫌疑还没有完全洗清。还是希望您能和我们回署里详细聊一聊，可以吗？”

“可以啊，反正我在这已经待不下去了。”听姬木这么说，飞鸟点了点头回答道。他又看了看保龙，“保龙先生，不好意思麻烦您了。请将我的行李寄去东京。我不会再回来，这些天受您照顾了。”

“好的。”保龙郑重地点了点头。

姬木和飞鸟一起坐进巡逻车的后座。渡边和另一位刑警钻进前座，发动车子驶离林道。

“没想到哲史居然是那种人啊？吓死了……”

那个年轻的村民笑着说道。

出羽恶狠狠地扭过头，突然伸手钳住青年的脖子。

“好痛！你干什么啊？”

青年面露惧色，嗔怪道。

“刚才的话你再说一遍试试看？这次可不止肚子了，我会一颗一颗拔光你那口烂牙。”

出羽凑近青年，几乎和他鼻尖碰鼻尖。他用吓人的语气丢下这句话，带着女儿回家了。

“咱们的批准也下来了，能回东京了吧？”跟零零散散的村民一起走在林道上时，町田说道。他面露安心地转向石动，“石动先生，你会送我们到岐阜县吧？后面的路我俩自己能走。”

“哎，要不咱们再留一天？”

天濑跟町田提议。

“再留一天？为啥？”

“为啥……”

天濑一时语塞，他自己也不知道为什么提出再留一天。

“对了……我很想知道今天的晚饭吃什么。”

“咱别说傻话成吗？”町田很无语。

“您还要再留一天的话，请务必来参加句会哦。”石动笑眯眯地插嘴，

“很轻松很愉快，完全不累的。您一定会觉得有趣。”

“再留一天我倒可以奉陪，但是句会就算了，你叫天濑去就行了。我看他大概还想跟罗堂先生多聊几句吧。”

町田斜眼瞟天濑，脸上的表情像是在说：“我可是知道你小子为什么不想回家。”

21

除我以外，还有谁知道阿里阿德涅是何许人也！……如此谜题，历来不曾被人解明。甚至从前是否有人察觉到谜题存在，我都深表怀疑。

——《尼采自传：瞧，这个人》（德）尼采（著）

晚餐是咖喱饭。

并不是用香辛混合料从零开始精心熬煮三天三夜而成的绝品，而是加入胡萝卜和土豆块炖出来的普通家常咖喱。这让天濑不禁有点失望。

但刚舀上一勺入口他便惊了。本以为普通的白饭其实是蛋炒饭，尽管没有调味，却用大火炒得粒粒分明，蓬松的米饭拌上喷香的咖喱同吃煞是美味。

天濑深感佩服，不禁抬头去望太太。只见太太一脸恶作剧得逞的坏笑，像个淘气的小孩。

次日，天濑决定上午外出。因为他禁不住石动一再邀请，最终还是答应了出席句会。

“将您所看到的、所听到的原原本本归纳成五七五的句子就好。”

石动说得倒是简单，但是这样一来问题就变成到底该看什么，又究竟该听什么了。句会下午一点就要开办，已然没剩下多少时间。

所以天濑才抛下全无陪同之意的町田，独自一人出来行吟，权当临阵磨枪。

当然，尽管做不到手持短笺边走边写的地步，但为了开悟心性，训练自己对周围风景事物的敏感度，天濑在暮枝村里四处漫步。

今年夏天的尾巴拖得很长。九月分明已近下旬，空气却仍然黏稠地缠绕于身，暑热不减。唯有阴晴不定的天空勉强能够昭示秋日的来临。

天濑突然想，不知东京是否也还闷热，且如此说来，自己已在暮枝住满一周了。

仰望满覆杉林的群山，他试图将脑中浮现的念头缩进五七五的句子里，可总也不顺利。再说了，天濑对俳句本就一无所知，能想起来的顶多也就芭蕉的古池、一茶的瘦蛙，或者千代女的朝颜罢了。全是在课本上学过的东西。

俳句，俳句。一边想着这两个字一边散步，突然一行不记得哪里听来的俳句浮现在脑海里。

把个小船底　嘎吱嘎吱啃不停　春天的鲨鱼

这句谁写的来着？天濑努力去回想，还是没想起来。

俳句即写生，是吟诵花鸟风月之辞——记得初中的语文老师曾这么说过。那位老师戴着明显度数很高的黑框眼镜，上课时却突然开始说现代俳句的坏话。

冬天的波浪　在冬天的波止场[1]　来来又去去　郁乎

那时，老师极尽辱骂之能事，将此句批得一文不值。“哪有这么荒唐

1　即码头。因本段提及的郁乎俳句有复用类似表达的倾向，译文也尽可能保留。——译者注

的俳句！”——他如是说。冬天的波浪在冬天的码头里来来去去，不是理所当然的吗？这种东西也敢叫俳句？各位同学一定要多学些更加正确的俳句才是……

大概这位教师加入了什么诗社，自己也在日夜学习“正确的”俳句吧。但即便如此，他也不该超出《教学指导条例》的规定，跟学生发表这些不三不四的意见。听过他的怒骂，天濑反而被挑起兴趣，甚至特意去了一趟图书馆查阅作者加藤郁乎的生平。

天濑也读了郁乎别的句子。虽然当时作为中学生，他只觉得绝大部分是胡说八道，难以理解个中趣味，但唯独某一句他很喜欢。

想把甜汽水　倒进甜汽水瓶里　可绝非易事　郁乎

这倒是真的，当初的少年天濑心想。想将已经倒进杯里的汽水倒回瓶子里肯定很难吧。汽水肯定会洒，弄得桌上到处都是泡泡。

如果那个语文老师在，八成又要骂“岂非理所当然”了。“这算什么俳句？根本毫无诗意嘛！”他一定会这么说……

但正因为理所当然，才有意思，才能逗人发笑，不是吗？

大概这就是天濑和俳句最为接近的瞬间，就在这短短的一瞬，天濑触及了所谓“俳味”的本质。

当然了，天濑咏不出郁乎那样的句子。那么，为表对初中那位语文老师的敬意，他觉得至少该编织些自然风光到诗句里头去。可是，林道上的天濑眼里却全是人们的身影。

现在还没到中午，所以出羽没有蹲在家门口。也有可能听了昨天由香里的话后，他就不再来门口等女儿了。而出羽家隔壁的中年妇女，此时正在庭院里晾晒大量的衣物。

眼看已经走到第一桥边，天濑于是折返。只见一位穿白背心短衬裤的老人正在自家门前伸懒腰。又见到微微发福的女性手持笤帚，将棉被拍得震天响。

村里太太平平的，每个人脸上都很安宁。杀死哲史的凶手抓到了，果然是外来人干的——似乎所有人都认为事实就是如此。不……也许只是他们希望如此吧。

保龙家门口空无一人，连在庭院里劈柴的人都不见了。玄关大门紧闭，乍一看，好像整栋茅草屋顶的民房都在屏息静气，悄无声息地潜伏于此一样。

尽管未经许可擅自进入私人土地，多少让天濑心里有点过意不去，而且他眼前老是浮现出町田无语的表情。但是天濑对自己说道：“这也是行吟的一环。”然后走过第二桥。如今久雨放晴，在云间透射出的阳光之下，暮枝川的水面散发出点点的粼光。

由于罗堂邸附近不见人影，天濑有点失望，但他很快便对自己恼火起来。我到底在期待什么啊？又不是青春期。

空无一人的车库之中，除 RV 车和轻型车之外，还停着一辆白色沃尔沃和红褐色的轿车。看来善次和美雄还留在暮枝。

天濑继续穿越林道，去罗堂牧舍看了看，仍然没人。真一因为儿子的事情虽然受到不小的打击，但是似乎并未懈怠于照料牛。大开的门里，牛儿们个个吃得肚皮滚圆，正缓缓地甩动尾巴。也许恰好撞上牧舍的午休时间了。

天濑顺着林道原路返回。中途虽然瞄见通往龟恩洞的山径，可再怎么用做俳句说服自己，他也没能生出半点登上去的念头。

他径直路过山径入口，来到罗堂邸时，看到车库角落的树荫下，站着一名穿无袖衫配牛仔裤的少女。

那身影惊得天濑不禁驻足原地。

“你好。”

窗音招呼道。

“你好。”

天濑回以问候，走向窗音。

“你在这里走来走去，到底要做什么呀？刚才我从屋里看见你路过了。”

“对哦，这里是私人土地来着。”天濑装作刚刚想起来，“我只是散散步而已，擅自闯入私人土地，不好意思啊。”

“散步？”

窗音抬眼揶揄地看着他，看来不太相信天濑这套说辞。

你不是来见我的吗？

“我受你爷爷之邀参加句会，得趁现在想几句俳句出来。”

天濑慌忙解释自己出来散步的缘由。连他自己都觉得语气怎么听怎么像找借口。

“所以我才到处逛。想看看山的风景、树木的模样，还有河水的流动什么的。”

“想到好句子了吗？”

“没有，完全没有，大概我没有做俳句的天分吧。”天濑笑了笑，突然发现忘了些什么，“抱歉，我都还没自我介绍过呢。我是……”

“天濑启介先生，从东京来的杂志社的人。我听石动先生说过了。”

“有一点说得不对。我不是杂志社的人，是个自由写手。”

“我叫罗堂窗音。”

窗音自我介绍后，彬彬有礼地低头行礼。

对话中断了。

天濑环顾四周道：“你叔叔们还在暮枝吧？”

“是的。他们虽然回去了一趟，但后来又过来了。大概是担心我爸爸吧。”

窗音说着，扭头去看车库里并排的四辆汽车。

“你爸爸怎么样？”

“他好像很沮丧。整天说‘哲史真是罗堂家的耻辱，这下我拿什么脸面对邻居亲朋啊’这样的话，垂头丧气着呢。”少女歪嘴扯出一个冷漠的笑容，“为什么他要考虑这些呢？又没做坏事，随便别人怎么说啊。”

“随便别人怎么说？”

“有些人愿意嚼舌根，那就让他们去嚼好啦。”

窗音严厉地抛下这句话。天濑对少女激烈的措辞稍感吃惊。

他的惊讶大约写在了脸上，窗音对他纯真一笑道：“有个好玩的东西，给你看看吧？”

她从牛仔裤臀部的口袋里抽出钱包。

那是个红色皮制钱包，打开就看得到里边贴有大头贴，果然很有高中小女生的风范。照片上的窗音面露笑容，身旁的人并非男友，而是女性朋友。

“喏。”

她递来一张从业务便笺本上撕下来的纸，上面用水笔写着“兹证明罗堂窗音的红发为天生所有”的字样，下附签名和盖章。是带有高校名称的胶章。

“这是什么呀？”

“红发证明。我非得时时刻刻带着它不可。”窗音撩了撩自己红色的短发说道，“我们学校啊，是寄宿制，而且管得特别严。禁止染发、禁止打耳洞、禁止化妆、禁止带手机。你看，我不是红头发吗？所以需要开个证明，证明我的头发不是染的。”

“所以，你才每天寸步不离带着它？好厉害啊。”

“一开始生活老师还叫我去染黑呢。我问，染头发不是违反校规吗？他居然说染黑的话不算。为什么黑色就可以啊？”

窗音注视着天濑的双眼，问道。

天濑什么都没能回答。

“我跟他说，人家是超级死板的高中生，所以做不到违反校规，他就给我开了这张证明。托他的福，在学校里只有我一个人可以堂堂正正地顶着红头发到处走呢。”她抿紧嘴唇，狠狠地瞪了一眼虚空，说道，“谁要染黑啊！我很喜欢这头红发的。”

说着，窗音对天濑微微一笑。

你呢？喜欢我的头发吗？

天濑默默站在原地不动，此时窗音往他背后看了一眼。

回头一看，美雄正挥着手从林道上走来。

“不好意思啊。你特地来门口接我？”

美雄抱着一个布包，跟天濑招呼一句便走近窗音。

“叔叔，你去哪儿了呀？”

窗音诧异地问道。

“就去山洞看了眼。”

美雄回答道。

去看龟恩洞？为什么？天濑心想。他去看侄子被害的案发现场吗？而且还抱着那么大的布包……

“午饭是不是没了啊？”

“还没开吃。”

“那太好了。我上上下下的，肚子正饿呢。”

美雄拍拍窗音的肩膀，笑着这么一说，就往玄关走了。

窗音跟在他身后。天濑则凝视这位充满谜团的少女，目送她的背影远去。

22

鸟蝉分明都在附近的松树林中那样吵闹

究竟为什么还会走不出迷宫?

——《新的舞蹈》

(希腊)扬尼斯·里索斯(Yannis Ritsos)(著)

“你这蠢货!”

从驾驶席下来的大个子一见来迎接的石动就怒吼起来,嗓门大到惊飞了栖在庭院松树上的乌鸦。

“怎么每次有你小子掺和就会出这种事?这回又是无头死尸了?有完没完啊!”

“可人又不是我杀的呀。”

“废话!我看哪,你赶紧将什么‘演绎负责人’这种不明所以的头衔丢掉,干脆在名片上印上‘麻烦制造者’得了!”

“呃,我来跟大家介绍一下学长。”石动若无其事地转身对天濑和町田说道,“这位就是古贺良周先生。大学毕业后进入雅典建筑公司就职,被上司看中容貌和体型,分配到抢地部抢地科。如今升职加薪当上抢地科科长,每天都从可怜的老百姓手里夺走他们的土地呢。”

“你们俩既然跟石动打过交道,那应该很清楚吧。”古贺直接无视石动,指着天濑他们俩说道,“可别对这家伙说的话照单全收,我供职的部门是度假胜地开发科啊。”

确实，建筑公司怎么可能设有“抢地部抢地科”呢?

不过，石动所言也并非全然胡编乱造。

古贺身高将近两米，体格健壮，浑身肌肉，仿佛一位摔跤运动员。短短的脖颈粗得可怕，又剃个杨梅头。且不说他的面貌生得既粗野又凶恶，额头上竟然还细心周到地留有一道伤疤。

长成这样，被引荐去当抢地科科长真是丝毫不稀奇。假如在街上擦肩而过，天濑绝对会以为他就是那种类型。

“这混蛋成天爱开玩笑，大学那会儿他就这样了。”古贺继续说道，“上大学那会儿我们相熟的一位英文课助教要去美国留学，所以办了个送别会。当时这家伙说，为了祝愿老师前程似锦，他要献歌一曲，然后将科尔·波特的歌词瞎改一通，唱了个不得了的玩意儿出来……”

“啊，是 *It's deconstruction*。我现在也可以唱哦。”

石动和蔼地笑了笑道，便用不合时宜的男高音唱了起来。

IT’S DECONSTRUCTION[1]

The night is young, the skies are clear
If you want to write papers, dear
It’s delightful, it’s delicious
It’s deconstruction

I understand the reason why

1　科尔·波特*It's De-lovely*，出处在正文后的参考书籍处标明。——译者注

You're logocentric and so am I

It's delightful, it's delicious

It's deconstruction

You can tell at a glance

"What a swell reading of a romance！ "

You can hear dear Jacques Derrida murmuring low

"Il n'y a pas de hors-texte"

So please be sweet, undecidability

And when I read you, just say to me

It's delightful, it's delicious

It's defamiliarized, it's decentering

It's dilemma, it's delimit

It's différance, it's deconstruction！

适才入夜，天晴时分

若你想写论文

这实是绝妙，极好

这便是所谓的解构

我深知个中缘由

那是你我信奉逻各斯中心主义的源头

这实是绝妙，极好

这便是所谓的解构

只需看过一眼，你便如是感叹：
“多么有趣的罗曼史解读方案！”
雅克·德里达[1]必定要低声嘟囔
“文本之外，别无他物”

所以，亲爱的“不可决定性”，你要温柔点哦
每当我读到你，你只需这样说
这是绝妙的，极好的
陌生化的，去中心化的
进退两难的，没有界限的
它便是异延，它便是所谓的解构！

“那位老师端着啤酒杯思考了半天，都不知该高兴还是该生气！”

“当然应该高兴啊。我是为了鼓励他才唱的歌耶。”

“你那算什么鼓励？”

“话说回来，牛眠老师，您俳句做好了吗？”

石动严肃地问道，古贺不情不愿地答道：“还行吧。”

“牛眠就是学长的俳号。”

石动跟天濑他们解释。

“命名者是我。他在建筑公司工作嘛，所以取 bulldozer（推土机）——

1　雅克·德里达（法：Jacques Derrida，1930—2004）当代法国解构主义大师，哲学家。——译者注

直译为‘让牛沉睡的人’。可是后来一查，没想到真的有‘牛眠’这个词。”

“而且还是‘埋葬地’的意思。”古贺很不愉快地皱起眉，“竟敢给我起这么不吉利的俳号。”

“哎呀，还有名字叫‘坟场’的女魔术师呢。”

“你还是老样子，满口胡言乱语，听不懂扯的什么玩意儿。”古贺往地面啐了一口。

“所以当年就由你们主管‘波特研’的吗？二位真乃黄金搭档也。”町田无言以对。

“科尔·波特研究会是这家伙擅自起的名字罢了。我们其实是爵士研究会。”古贺用下巴指了指石动，“这孽缘从我大三这家伙入社的时候开始持续到现在，我运气也够背的。”

“没有的事。要不是有学长，我肯定三天就退出了。社里的人成天发表高谈阔论，聊那些不知所云的音乐。”石动耸耸肩，表情一时难以接受，“算了，总而言之，多亏有学长在，我那两年过得都很开心。能遇见和我聊西纳特拉的人太幸运了。”

“西纳特拉，就是唱*My Way*（《我的方式》）的人吧？”

天濑试图跟上话题，努力插嘴道。

身边的町田摇了摇头道：“我只在席德·维瑟斯的歌里听过这名儿。”

石动和古贺一听，双双变了脸色。

“为什么世人一提到西纳特拉永远只知道*My Way*啊？那歌那么无聊！”

石动摊开双手慨叹道。听得出来，他气得嗓子都在抖。

一旁的古贺连连点头说道：“撑死也就再知道那首*New York New York*（《纽约，纽约》）吧？”

“那首也很无聊啊。”石动断言道，两手不住挠头道，“而且大家一说起西纳特拉脑子里都是穿华丽西服的肥胖白人男性，跟黑手党老大似的，他们根本不认识从前的西纳特拉！他们根本就不知道西纳特拉戴着费多拉帽，英俊又消瘦的时候有多么帅气！”

“可是我们也只看过照片啊。”古贺自言自语道，转向石动举起右手说道，“石动！西纳特拉的最高杰作是什么？”

“是 *I've Got You Under My Skin*（《爱你深入骨髓》）。作词作曲当然是我们伟大的科尔·波特！”

石动一脸自我陶醉，回答道。

“没听过那首歌的人，没资格谈论西纳特拉。”

古贺瞪着天濑，像是要跟他找碴。

“知道了，我不会谈论的。”

天濑慌忙回答道。当着狂热粉丝的面，他本不该不经大脑轻率发言。

“好啦，那咱们也该出发去萝洞庵了。”

石动瞬间收起他的兴奋，看了看表，接着说道。

“走好啊。努力写几句好诗哦。”

町田戏谑地向他们挥挥手。

天濑他们走上林道，只见那只原本在他们头顶绕圈飞行的乌鸦又落回松枝上，像是在说：“烦人的家伙终于走了，我总算恢复清静啦。”

23

我见到米诺斯，宙斯光荣的儿郎，坐着，手握金杖，在死者中发布判决。他们围聚在王者身边听候裁决，有的坐着，有的站着，在哀地斯门庭宽阔的宫房。

——《奥德赛》[1]（古希腊）荷马（著）

“这位就是今日初次参加句会的天濑启介先生。”

石动向别人介绍他，天濑对众与会者低头致礼。大部分是取材之际已经混到脸熟的人，但也有生面孔掺杂其中。

“我想天濑先生心里应当也觉得在场都是熟人，但还是为您介绍一下吧。”说着，石动开始逐个介绍到场的人们，“首先，是紫云英圃句会的主办者——罗堂阵一郎先生，俳号为萝洞。”

“您能来，我真的很高兴。总看同样的面孔也会腻啊。”

阵一郎在电动床上道谢。他很期待这次句会，因此心情很好，嘴角浮现出温和的微笑。

“这位是村长——蓝下柚男先生，俳号为雪茄。”

“请多指教。”

垫子上坐得端端正正的蓝下对天濑低头。

“雪茄老师的俳句很浪漫哦。上次句会好像也是他的最好吧？”

1　译林出版社，第1版（2017年9月），陈中梅译

在夏天枯萎　黑暗中的紫阳花　驻足不曾离　雪 茄

“您瞧，不错吧？还有几分梦幻的味道呢。”

“哪儿的话，有点不好意思啊。”

蓝下虽这么说着，还是笑得很开心。

“下一位是出羽雁太郎先生，俳号为鹊生。”

“哟。”

盘腿而坐的出羽举起右手打招呼，心情看来比预想的好得多，已然恢复为平常那个豪放不羁的出羽了。

“鹊生老师的句子非常独特，总带有一种若有似无的幽默感。比如……”

初春时节到　像是早已决定好　得开樱花苞　鹊 生

“这句甚是有趣，鹊生老师说得可真不假。那么天濑先生，您今天和代田老师是初次见面吗？”

“看来是了。”

在天濑回答之前，那个戴银边眼镜的人便抢先回答道。看来这位就是大便臭——不对，芸阁斋老师。原本想象中的他，是很符合乡土历史学者称号的老人形象，可这位立起单膝坐在墙边的代田先生，外表年纪看起来却和石动相去不远。

“这位是代田朗先生，俳号是芸阁斋。正如名号所示，是一位具有浓厚书卷气质的人，据传他将整本《岁时记》背得滚瓜烂熟，俳风属于非常严格的正统派。”

沙沙作声响　木瓜海棠枝丫摇　微风拂树梢　芸阁斋

“你其实想说‘不怎么有意思’，对吧？”代田讥讽地说道。

“不敢不敢，您多心了。”石动笑着摇头，“那么，还有在下‘春泥’——石动戏作，以及这位‘牛眠’——古贺良周先生。以上六名便是紫云英圃句会的所有成员了。”

“那咱们就开始吧。”

阵一郎话音刚落，阿荣便悄无声息地进入房间，给每人分配便笺和圆珠笔。

有人将便笺放在木地板上，有人铺上自己带来的垫板，默默开始动笔。他们似乎都事先想好了内容，每个人都顺畅无比地书写着俳句。

天濑苦战一番，到最后才好不容易编出两首类似俳句的东西。

待所有人都写完，阿荣收走便笺，到走廊上去了。大家开始啜饮粗茶，一边挑羊羹吃一边闲聊。

“请问，接下来是要怎么进行啊？”

天濑凑近石动，在他耳边小声提问道。

“现在阿荣姨正在誊写大家的俳句。”石动小声回答他，“为了不让人知道作者是谁，她得重新抄一遍。其实等她抄完，本来应该全员传阅，每个人选出几句中意的，然后收回去统计哪句得分更高——也就是选的人比较多，再从高到低逐句发表。原本这才是最正统的句会流程，但实在太费工夫了，所以‘紫云英圃句会’一般由阵一郎先生随便念念阿荣姨誊好的句子就完事了。然后，以读出来的句子当谈资，大家聚在一起推推这、敲敲那，相互讨论讨论。”

“要互相批评吗？”

想象自己写得不像样的俳句被当众“杀”来祭天，天濑不禁打了个寒战。

“不是的啦，单纯闲聊而已。您就放心吧。”石动笑道。

阿荣回来了。她默默走到电动床旁边，将誊好的便笺递给阵一郎。

“那我读啦。”阵一郎浏览了一遍便笺纸上的句子，“首先还得念这句。”

俳谐之深意　平平淡淡显真情　记于獭祭忌

“对了，今天是子规的忌日哎。”蓝下讷讷道。

出羽面露苦笑，说道：“你才发现啊？”

“原来如此，这是给村上鬼城写的返句吧？”代田感叹道。

时值丝瓜忌　思量俳谐之深意　矢志藏于心　鬼城

“鬼城好像是个生性认真的人，肯定会立下点志向吧。”阵一郎朗声发笑，“可咱们都是兴趣使然罢了，平平淡淡就成啦。”

“这么说来，这句是萝洞老师的吗？”

石动问道，阵一郎点了点头回答道：“对。哎，权作问候吧。那么下一句。”

只见阵一郎连连眨眼，一时语塞。

$E = mc^2$　秋晚傍昏黄

“春泥啊，这个怎么念？”

石动对着将便笺递过来给他看的阵一郎歪了歪脑袋，说道：“咦，您怎么知道是我做的？”

“除了你还有谁会这么写！”出羽哈哈大笑。

“这个念‘意等于欸姆　乘上西的二次方　秋晚傍昏黄’哦。”

“什么意思啊？”

代田表露出明显的轻蔑。

“也就是，在秋天的傍晚想起来，‘啊，能量等于质量乘以光速的二次方啊’，就是这么一回事……”

“萝洞老师，下一个下一个。”

出羽催促阵一郎。

不知你名姓　入耳声声却熟悉　夏夜虫鸣音

“最近好像半夜是能听到虫鸣声。天气热归热，但真是秋天了。”石动挠挠太阳穴，“确实，被人问那是什么虫也回答不上来。金钟儿虫我倒认得。”

“这是谁写的？”

阵一郎发问道，代田默默举手。

仰首去高望　双目之中窥永远　秋日天晴朗

“这句妙啊。”

代田情不自禁叫道。

“我也觉得很好。读着句子，深邃的秋季晴空都浮现在眼前了。”阵一郎从便笺里抬起头，“谁写的？”

“是我。”

古贺不知为何扭扭捏捏地回答道。

“牛眠老师，不错嘛。真羡慕你啊。”

阵一郎对他笑道，古贺则一边咕哝“没有，您过奖了”，一边伏下脸。

“那么，再来一首写天空的。”

这山又那山　统统罩在圆幕下　天空湛蓝蓝

天濑感到自己满脸通红。

“这是天濑先生的句子吗？”

阵一郎凝视着天濑，问道。

“是……”天濑的回答小到几乎听不见。

“这句相当有趣哦，着眼点真不错。”

“因为我看到的就是那样……”

听了天濑的回答，石动点了点头说道：“这样就好了。后面一旦开始习惯，会不由自主刻意为了做俳句去观察事物。那就本末倒置了。”

秋风可真凉　军用棉线编织袜　八十圆一双

“这句好啊。”石动嗤嗤笑道，“虽然不太明白什么意思，但很有趣。‘真凉’和‘一双’还押了韵脚，念起来很有节奏感，不错。”

“军袜虽然便宜，可穿了脚冷啊。”出羽喃喃道。

“果然是鹊生老师啊？我就猜肯定是您写的。”

秋叶满山中　路见行人染红发　竟比叶更红

是从前他们到访萝洞庵时听阵一郎念过的句子。

“对了，那红头发小哥今天怎么没来？”出羽问天濑。

“呃，他留在主人家了。他说自己应付不来俳句。”

“那小哥的头发确实不输红叶啊。”蓝下咯咯笑着说道。

“在这里待了一个星期，已经有一半变回黑头发啦。”天濑苦笑道。

秋蝉颤巍巍　振翅飞入我窗里　只求葬身处

“这句好哀伤啊。”阵一郎喃喃道。

“前几天我一开窗，有只蝉飞进来掉在地板上。”蓝下一边咬羊羹一边解释，“它虽然扇了一阵翅膀，可是很快就不动弹了，我觉得它好可怜……”

“正所谓缥缈无常啊。那么这句是雪茄老师的喽？”

阿奎那的书　老婆瞧见不得了　记得要藏好

“春泥，解释一下！”出羽大声说道。

“咦，您怎么知道是我……”

“别废话！”

“如果轻易让妻子看到阿奎那儿的《神学大全》，她就会转信基督教，以后离婚会很头痛的。”

“这不是没季语吗？”代田表达他的不满。石动则装模作样地说道：“季语是秋茄子[1]啊。”

在天花板上　蟋蟀翩翩跳起舞　长夜仍漫漫

“这句很有味道嘛。”阵一郎作出评价。

“又‘蟋蟀’又‘长夜’，季语重复了吧？”代田又不满地嘀嘀咕咕。

“芸阁斋老师总是很讲究这类细节呢。这是谁的句子？”

“我的。”

古贺小声回答道。

世间有万象　唯此二者不曾衰　名月[2]与俳谐

“噢噢噢……”在场的人一同发出感叹道。

“这也是我做的。”古贺怯生生地看看大家说道。

“牛眠老弟今天状态不错呀。”出羽说了一句表示羡慕。

“不不不，牛眠老师是整体水平都提高啦。最近他的俳境进展神速，都是每日勤学苦修的成果哦。”

古贺侧目瞪了一眼煞有介事地夸奖着他的石动。

1　阿奎那（Aquinas）与秋茄子（Aki-nasu）发音相近。——译者注

2　特指阴历八月十五或九月十三的月色。中秋名月。——译者注

秋日晴空下　牛舍里的牛儿啊　长着大白角

“这句这么直白，是天濑先生的吧？”

出羽直截了当地说道。

天濑轻轻点头。

“我觉得这句的着眼点也不错啊。”

听阵一郎这么说，代田陷入沉思，然后说道：“首先‘牛’字重复了，此外我以为‘长着大白角’也有些……不如改作‘秋日晴空下 牛群闲步于牧场 其角白无瑕’，如何？”

“那样更像俳句，不过我觉得保持现在这样也不错。”

阵一郎静静地说。

晨起寒风凛　打开CD机来听　“感冒乌冬面”

“这是鹊生老师的句子吧？”

石动问道，出羽默不作声点了点头。

“请问什么是‘感冒乌冬面’啊？”

天濑试着提问。

“落语里的。可能《乌冬面馆》[1]这个标题更有名吧？结尾是‘卖乌冬的，你也感冒了吗’……”

1　故事梗概：冬夜，卖乌冬的辛苦吆喝半天，好不容易来了位小声说话的若众。本以为他想试吃后多买几碗偷偷带回去给赌客（当时赌博是重罪），谁知他只是因为感冒才压低嗓门。——译者注

粉色蔷薇花　你那怒放的身影　唯有一现吗

“啊啊，芸阁斋老师，我可知道蔷薇不是秋天的季语哦。”

见代田要开口，阵一郎先发制人。

“这算是将看到的东西直接说出来吧。敬老日那天孙女送了我花呢。”

众人看往阵一郎手指的方向，圆桌上花瓶里插着一束粉红色的蔷薇花。它眼看就要枯萎了，卷成一团的花瓣纷纷散落在桌面。

云雀歌声婉　有长有短啭呖呖　振翅高飞去

“云雀可是春天的季语！”代田高声主张。

古贺脸上现出狼狈之色，说道：“确实是，不好意思。”

“牛眠老师做的吗？我觉得这句相当不赖哦。”阵一郎安慰他。

“改成‘蟋蟀’的话就变成秋天了吧？”蓝下提议。

“将云雀换成蟋蟀吗？”阵一郎稍作思量，“说蟋蟀‘歌声’总有些怪，还是保持现状为妙吧？”

咖啡杯中注　不禁试问壁上影　长夜尚漫漫

“句里飘散着一股哀愁啊。”阵一郎小声道。

“这句挺浪漫的，是雪茄老师的吗？”

石动问道。蓝下应了一声，点了点头。

寒鸦虽栖身　几时不觉失踪迹　只留那空巢

“先前我家庭院里有乌鸦筑巢，可是不知什么时候它就不见了。看着真寂寞啊，鸟巢里空落落的。”代田解释道。

“原来是这个意思。我还以为‘空巢’是乌鸦偷了您家什么东西……”

“才不是咧。”

代田瞪了石动一眼。

“好啦，最后念一首我认为最好的吧。”

为了平息两人的争执，阵一郎大声宣告。

橡实圆滚滚　本该落地扎下根　却是沥青衬

“原来如此，确实不错。橡树好不容易结了果，落了地，可掉在沥青铺过的道路上是发不出芽的。那种空虚感表现得很好。”代田言罢揶揄地看向阵一郎，“不过萝洞老师啊，您可不能选自己的句子呀。”

阵一郎听了代田的话诧异地问道：“这不是芸阁斋老师的吗？我满心以为是您的作品呢。”

“不是我啊。”

“那是谁写的？”

“承蒙两位夸赞，在下不胜感激。春泥不才，本句正是鄙人的拙作。”

说着，石动举起手。

在场所有人目瞪口呆，只看他一脸得意扬扬。

24

傍晚靠在围栏上时

从原野彼端

传来陌生的呻吟

好似一头临近屠宰的公牛

——《苍白的纪行》（日）村野四郎（著）

为了奖励他难得做一首正常的俳句，阵一郎给了石动一盒羊羹。

而石动刚毕恭毕敬地接过主办者亲手赠予的纸包，马上就催促天濑和古贺赶快动身，于是他们三个将结束句会愉快闲聊的众人留在身后，离开了萝洞庵。

“石动先生原来也能写出正经俳句的啊。”

一边走下山径，天濑一边感叹，听了这话，石动嗤嗤发笑。

“其实那句是偷来的。不是我做的，是‘Seishi’先生的句子。但不是山口家[1]那位，而是横沟先生。”他转向天濑说道，“写推理小说的作家，横沟正史。您听过吧？”

天濑脑中浮现出电影的画面。结冻的湖水里伸出两条人腿。

“那是他的辞世句，好像是去世前约一年写下的吧。我就是想做个小小的恶作剧，看来连人称‘俳谐数据库’的芸阁斋老师都不知道横沟先生

1 指山口誓子（Yamaguchi Seishi，1901—1994）。第一章第15节中出现过他的俳句。——译者注

的句子呢。”

“横沟正史也喜欢俳句吗？”

“倒不如说，对以前的人而言，围棋、将棋、俳句这三样，是最稀松平常的娱乐项目。我在某本书里读过（江户川）乱步、横沟（正史）和西田政治三人吟咏的《樱三吟》连句，现代人很难想象用连句来打发闲散时间了吧？但在从前的人之中肯定很普遍。按现代标准来看，也许就像开电视打游戏一样平常呢。”

宽屏电视里的竞技场中，一代宗师顶着一张多面体建模脸，两手分持毛笔和短笺，开心得又蹦又跳。画面中央则有几个大字：“胜者　松尾芭蕉！”

……

天濑摇了摇头，赶走脑海中莫名其妙的想象。

“对了，今天是正冈子规的忌日，这一天的叫法有三种之多哦。子规忌（Shi-Ki-Ki）、丝瓜忌（He-Chi-Ma-Ki）、獭祭忌（Da-Tsu-Sa-i-Ki）——分别是三个、四个、五个音节，因此用来做俳句非常方便。例如……”

曰丝瓜忌者　其实便是子规忌　也称獭祭忌　春泥

“……像这样很偷懒的句子也能马上写出来。真不愧是被尊为俳圣的人呀。”石动笑对青空，道，“横沟正史的忌日是12月28日，不知会被取什么名字呢？一般来想，就叫横沟忌或者正史忌。从代表作或遗作来取的话……可以叫狱门岛忌或者恶灵岛忌吧？”

“你这名儿起得，叫人家怎么安息？”古贺嘟囔。

“这可难说，那是一位将自己的毕生热情倾注在杀人小说上的作家，也许忌日起这样的名字正中下怀呢。”石动对古贺一笑，“乱步的忌日就叫乱步忌。在7月28日，所以该算夏季的季语。据我所知，有一位的俳句里曾用到这个季语，他叫藤原月彦。”

今日乱步忌　场内上演剧中剧　全给杀干净　月彦

“这一首的内容透射出一种后设小说式悬疑作品的美感，真有意思啊。”

“话又说回来了，石动啊，你怎么能剽窃呢？”

古贺坏笑着说道。

石动横了古贺一眼：“牛眠老师，您才是专业剽窃家吧？今天的句子不是绝大部分来自标准曲吗？”

“被你发现啦？我平时那么忙，哪有那个闲心每天写俳句啊。”

“这我倒能理解啦。”石动掰着手指开始解释，“首先，‘仰首去高望 双目之中窥永远 秋日天晴朗’来自 *On A Clear Day You Can See Forever*（《晴朗的日子里你能看见永远》），基本完全照搬曲名嘛。”

“那歌非布洛森·迪儿莉唱不可。”古贺得意地耸耸鼻子，道。

“‘在天花板上 蟋蟀翩翩跳起舞 长夜仍漫漫’也同样照搬曲名，来自 *Dancing On The Ceiling*（《在天花板上跳舞》），罗杰斯 & 哈特的名曲嘛。”

“这首让乔·斯塔福德来唱最好。”

“再说了，在天花板上跳舞就算是蟋蟀也会掉下来的。还有，‘云雀歌声婉 有长有短啭呖呖 振翅高飞去’来自咱们伟大的科尔·波特的 *Everytime We Say Goodbye*（《当我们道别时》）。您被歌词拖累选用‘振翅云雀’算是个败笔吧。真不可思议啊，云雀的歌声从长调变成短调……”

“而且唱到那一句的时候曲子真的会变调哦，厉害吧？”古贺感慨地说道。

石动则竖起一根食指啧啧赞道：“科尔·波特是天才。这就是咱们波特研的口号啊，您忘了？”

“这首歌啊，安妮·蓝妮克丝的版本好听得出人意料呢。”

“安妮·蓝妮克丝是谁？”

石动愣愣地问道。

“是英国的一位女歌星。她以前曾经跟人组过一个叫‘韾韵乐团’的组合。”

天濑不由自主插嘴解释，石动却好像对她一无所知。口味再偏颇也得有个限度吧？

“好了，问题在于‘世间有万象 唯此二者不曾衰 名月与非谐’……”石动抱起手臂，摆出一副稍感烦恼的神态，然后说道，“这个我还真找不到出处。该不会是学长您自己写的吧？”

“怎么，连你都没发现？”

古贺愉悦至极地笑了。

“这是 *As Time Goes By*（《时光流逝》）啊，原词是这样：‘月光和情歌永远不会落后于时代’……”

“哦，那首无聊的歌啊。怪不得我不知道。”

石动的语气很看不起人。

天濑不禁笑出声。

“有什么好笑的吗？”

因为石动看起来很意外，天濑憋着笑回答道：“没有，只是觉得两位关系真好。真是一对黄金搭档。”

“谁跟他关系好了？”

古贺很不愉快地说道。

“可是，您各方面都很照顾石动先生吧？我听说让他提出度假胜地开发计划的也是您。”

“我每次看到这家伙都很恼火啊。”古贺稍作犹豫，看了一眼石动，继续说道，“虽然我不太想当他面说……这个家伙脑子好使得可怕，起码比我聪明十倍吧，可是却不把脑子用在正道上。去找份正经差事干多好啊？成天为一堆莫名其妙的破事浪费精力……”他皱眉，“而且名片还设计得那么傻。是我跟他说你这破玩意怎么能给上司看，才逼他重新设计的。可是他非要将标志放进去，就那个不正经玩意儿！要我说，你小子真该好好静下心来找份正经工作了！”

古贺嘟嘟囔囔抱怨一通，石动却事不关己地回答道：“为了生计辛苦劳作是不道德的。您请看科尔·波特，他正是因为生在富贵人家，成天过着纸醉金迷的日子，才能创造出那样美妙的音乐啊。”

“不是人人都能生在富贵人家的。”

“我偶尔会做做梦呢。会不会有一天，一辆巨大的银色加长轿车停在我家门口，一个留着两撇山羊胡的老管家出来对我说，‘少爷啊，老爷找您很久了’……我觉得我还挺适合当大少爷的耶。”

“世上有人不适合当大少爷吗？”

古贺对他彻底无话可说。石动则眯眼一笑，说道：“有啊。比如本来就是大富翁，可是为了变成更大的富翁，将自己折腾破产的那种人。我要是生在大财团里，绝对不会做任何有意义的事情，这个我还是很有自信的。我一定要当个地主家的傻儿子当到进棺材。”他故作姿态将双肩一垂，“可是反观现实，我却沦落到给抢地专业户当帮凶的下场。人生好艰难啊。”

“啊，你既然跟石动接触过，应该明白……”古贺转向天濑，对他说道。

天濑摆摆双手说道：“我知道的。不能对石动先生说的话照单全收。雅典建筑公司怎么可能会有抢地部抢地科呢？”

“废话。再说了……”古贺龇牙一笑，“这年头早就不流行抢地啦。”

他这个笑容竟是十分刻薄，天濑有些吃惊。

三人抵达留宿的人家，只见有个穿运动服的人头上扣了一顶草帽，正在庭院里拔草拔得热火朝天。

看到他的面孔，天濑不由自主大叫起来。

“町田，你干什么呢？”

“哦，你回来啦。”町田不好意思地挠挠头，“太太请我帮忙干活。看来院子太大也伤脑筋啊，我拔了老半天都没拔多少耶。”

古贺似乎事务繁忙，说自己马上就得回东京，直接开着租来的车返回岐阜县。

天濑和石动进了屋，町田留在院子里，直到晚饭前都在拔草。

“您肯帮我拔草，真是帮大忙啦。”晚饭是德国菜，太太一边将用番茄酱炖过的花腰豆煮猪肉逐碟端给大家，一边笑着对町田说道，“町田先生，能不能再小住两三天呀？”

“您饶了我吧。要是腰没那么痛，我早就想回家啦。”

町田脸上虽然苦得好似吃了黄连，心里却好像有点高兴。

“我明天说什么都要回东京！”

他这个愿望显得很无力。

晚上，天濑他们在二楼收拾行李时，听见林道上有汽车引擎的声音。这噪声还离他们越来越近。

“是巡逻车，往罗堂家开去了。”

町田透过窗子看了看，担忧地说道。

“不会又出什么事了吧……”

天濑他们慌慌张张跑下楼梯，家主和太太也来到走廊上，露出胆怯的神情。

他们冲出玄关来到林道，只见几个村民也朝他们这边跑来。

“到底出什么事了？”

听到石动大声发问，村民用更大的嗓门回答他道：“真一先生在牛舍被人杀了！牛铜像的角捅进他肚子里……”

第三章

「今朝相会大桥上」

美浓牛

1

“对了，那首歌谣，您曾听过吗？”

——《草迷宫》（日）泉镜花（著）

“腹部刺伤不是直接死因。”

穿大衣的法医指指尸体的脖子道。

真一的尸体被仰面放在地上。不消法医开口，一眼就能看出他是被勒死的。脖子附近卷着一条细绳，周围的皮肤则变得青紫。

茶色运动夹克敞开的襟怀间，恰好在鸠尾[1]附近有一处刺伤。皮肉被凶器狠狠绞成一团，衬衫上晕开大片鲜红的血迹。

真一双眼瞪得老大，紧紧咬住牙关。车头大灯侧面一照，让他的表情显得既狰狞又丑陋。

“死亡时间是？”

姬木凝视着悲惨的尸体，询问法医。

“晚上七点左右吧。他死了还没多久，应该不会有错。”

“是在死亡之后腹部被刺的吗？”

1　位于上腹部，前正中线上，当胸剑结合部下1寸。——译者注姬木之所以这样问，是因为他想起了哲史。哲史是死后才被砍头的。

“不是，因为伤口附近有生活反应[1]，应该是肚子先被刺了，然后再勒住脖子给他致命一击。”

“凶手是从受害人背后偷袭，将他按在那个牛雕像上的吗？”

姬木的目光投向尸体旁的铜牛塑像。它右侧的大角被染得通红，血顺着牛脸往下淌。

“这就不在我职责范围内了。”

法医冷淡地回答道。

此时，那座牛雕像突然反射出刺眼的光芒，鉴识科设置的照明灯好像终于打开了。

“美雄先生，您可以关掉车灯了。这样很耗电吧？”

姬木回头对美雄说道。

美雄点了点头，右手伸进沃尔沃的车窗，关掉了车头灯。

现场终于明亮起来，姬木从开始忙碌的一众鉴识人员之中走向站在沃尔沃旁边的善次和美雄。两人都没能掩饰住脸上的恐惧。

“就是你们两位发现真一先生尸体的吗？”

“是的。”

善次颤声回答道。

“可以请您告诉我发现尸体时的情况吗？”

“我们吃完晚饭，真一哥就跟往常一样出门去牛舍给牛配饲料……”

善次开始磕磕巴巴地叙述，一旁的美雄不时出言补充。

真一喂给牛的饲料配方说是绝密，因此他总会趁天黑独自前往牛舍，

1　受到暴力侵害时，只有活着的人类或动物的身体组织才会出现的反应。法医学上常用于判断受伤时躯体的状态或之后存活的时间。——译者注

调制牛们次日的食粮。所以留在罗堂邸的所有人——善次、美雄、窗音、住宿雇工猿边都丝毫不担心，一如往常地目送真一远去。

但真一迟迟不归。时间过去快两个小时，感到担忧的善次和美雄决定去牛舍看看。

从家到牛舍不远，徒步也不是不行，但他们之所以决定让美雄开车，是因为夜路很暗。何况从第二桥开始都是罗堂家的私道，连像样的路灯都没有几盏。

他们抵达了牛舍，可这里还是没有真一的影子。

善次和美雄下了车，打开手电筒，在附近分头寻找。善次去看钢板屋，美雄则负责牛舍周边。

就在善次走近钢板屋，确认其中没有灯光且空无一人时，听见了美雄的惨叫声。

他慌忙跑回来一看，一片漆黑之中，美雄正试图将尸体从铜制的牛雕像上放下来。

“善次哥！你上我的车，开大灯照一下吧！”

善次发动沃尔沃，照亮了牛雕像附近的空地。车头大灯映照出的是真一面目全非的身姿。

由于美雄是医生，他立刻就发现被放在地面的真一已经死去的事实。美雄绝望地从尸体旁边站起身，打电话报了警……

“二位大约几点来牛舍找人的？”

姬木问道，善次和美雄对视一眼。

“因为吃完晚饭后大约过去两小时，我想应该是晚上九点左右。”

善次回答道。110 接线员是在 9 点 17 分左右接到的报警电话，所以大约就是那会儿。姬木对善次这个回答比较能够接受。

“真一先生吃完晚饭后立刻就出门了吗？”

“他一直是这样的。”

如果参照法医所说的死亡时间，那么真一才刚刚抵达牛舍，就被某人杀死了。

这是个力气相当大的人，恐怕是男性，姬木心想。凶手要从背后勒住真一，推着他的身体撞上铜像的大角。这应当需要相当强的腕力。

“牛舍的门没锁吧？”

姬木问道。善次的神情虽然表现出他不明白姬木问问题的意图，但还是默默点头。

“喂，都筑老弟。”

姬木环顾四周，寻找都筑的身影。

混在鉴识人员堆里调查现场的都筑听见了，抬头朝他走来。

“不好意思，能请你去牛舍里看看吗？真一先生好像是为了调配牛饲料才来的，我想知道他的饲料配好了没有。”

“好的。”

都筑拿上手电筒，到牛舍去了。

“请问二位已经通知真一先生的千金了吗？”

姬木转回去问善次和美雄。

“没，还没有。”美雄摇了摇头，“我们俩一直在这里等警察过来，中途没有回家。不过既然巡逻车开过去了，我觉得窗音应该多少也猜到发生了什么……”

“你们二位可以回家了。现在还是有人陪在那位小姐身边比较好。”

再这样下去，窗音也许会跑到牛舍来看情况。那名少女刚刚失去兄长，姬木实在不愿再让她看见父亲凄惨的死状。

善次和美雄坐进沃尔沃，开上林道返程。

此时都筑一边挥舞手电，一边快步朝姬木跑来。

“如何？”

“找到了饲料箱，但里面是空的。看来明天牛得饿肚子了啊。”

“这样……那么果然他刚到牛舍就遇袭了。”

“您的意思是凶手在这里埋伏等待被害人吗？”

“也许吧。看来有必要将知道真一先生每天晚饭后都会来牛舍的人筛选出来。”姬木稍作思索，“那个叫飞鸟的回东京了是吧？”

“我听说是这样。”

飞鸟辉雄虽然作为参考证人被带回关市警察局做笔录，但他全盘否认自己杀害哲史，嫌疑小到警方连拘留他的借口都没找着。飞鸟走出警局大门，就踏上归途，回到他据称位于东京的住宅去了。

“得跟东京联系一下，确认飞鸟是不是待在自己家里。”

姬木虽然嘴上喃喃自语，心里却认为飞鸟多半与此事无关。关市警察局讯问飞鸟时姬木在场，那时他便认定飞鸟并非幕后黑手。

但他仍然必须取得旁证。

“哲史先生的事……会和本次案件有关联吗？”

和姬木并肩行走的都筑问他。

“大概吧。被害人跟哲史是父子关系，我不认为这么小的地方会一次冒出好几个杀人犯。视为同一人物作案比较妥当。”

姬木想，凶手可能对罗堂家族怀恨在心，或是杀死真一和哲史后能从中获利的人……

姬木想起了度假胜地开发企划案的事情。

林道上已经挤满了媒体人士和村民。路上已经拉起警戒线，警员正张开双臂压制着满脸兴奋的人们。

看来记者和摄影师们都觉得这起猎奇杀人案很有意思。另一边，村民脸上则洋溢着恐惧。凶手抓到了，案子解决了。正因为他们坚信这两点，才会在新的死者出现时，所有人都表现出相同的动摇。

“……你理解一下啊，我不能放你进去，尸体状况过会儿可以告诉你……”

这声音很耳熟。抬眼一看，渡边正在黄色警戒线旁压低声音跟人说话。

对方是那个石动。

“喂，渡边老弟！”

姬木大声喊他。

渡边被吓得飞身跳起，转过来面对姬木。

“在，警官。”

他额角挂着汗珠，大概是冷汗吧。姬木故意板起脸说道：“让石动先生去看看遗体是不是真一先生。”

“啊？让石动先生去吗？”渡边困惑地回答道。

“还是趁法医老师在的时候让他看看比较好。”

姬木留下这句话，跨过警戒线，离开了林道。

尽管渡边依旧摸不着头脑，但石动已经兴高采烈地冲进现场，他只得慌忙追上。

离开林道刚走出一步，记者们便蜂拥而至，姬木摆着手，坚持对所有提问不予置评。就算他想，现阶段也无话可说。

“听说有牛角刺进真一先生的身体，是真的吗？”

由于这声音不像记者，姬木不由自主扭脸去看。

提问人是个面露怯色的村民。

“啊，对。不过是铜牛的角。”

姬木刚一回答，村民便掩不住满面恐惧，扭过身去说道：‘是‘追逐牛角大鬼影’……”

“‘一刀斩首灭恶鬼’……难道……”另一个村民浑身颤抖地回答道。

“喂，你们在说什么啊？”

都筑问道。村民充血的双眼望向他，怯怯地说道：“我们暮枝有一首这样的儿歌，‘一刀斩首灭恶鬼，长了牛角的大鬼呀，鬼岩屋里烂或灰’……”

2

我现在知道《牛之首》是怎样的故事了。人们只听过它的标题，以及它的内容非常非常可怕。至于实际情节如何，谁也不曾知晓。

——《牛之首》（日）小松左京（著）

“爸爸吃完晚饭后马上就出门了，所以应该是晚上七点刚过吧。”

坐在沙发上的窗音细声道。她身穿蓝白竖条纹的睡衣，外披一件羊毛衫。而她的肩膀之所以微微发颤，并不是由于寒冷。

“之后各位就待在这间客厅里，是吧？”

姬木在窗音对面的沙发上询问她。窗音应了一声，点了点头答道：“猿边先生回自己房间去了，我和叔叔们在这里喝着红茶聊了一会儿。他们问了我学习状况之类的。”

窗音的语气中流露出一点点不快。大概昨天被两个中年叔父左右夹击刨根问底，弄得她很厌烦。

“你们在客厅大概待了多久呢？”

“大概一个小时吧，因为明天要上学，还要做点准备，我就先回房间了。”

“两位在哲史先生葬礼之后就一直留在暮枝吗？”

姬木转向善次和美雄。两人并排坐在窗音旁边。

“不是，我回去了一趟，今天早上又来了。因为担心真一哥。”

美雄一边抽烟一边回答道。

“担心是指？”

“因为看他好像无精打采的，您瞧，就是哲史的事……”

“窗音小姐回房间后，两位也一直留在客厅吗？”

姬木问道，善次点了点头回答道：“我们一直在这里等真一回来。”

都老大不小了，两个弟弟还会一起等哥哥回来，这倒难得。

“二位是有话要和真一先生聊吗？”

面对姬木的提问，善次有些支吾，他斜眼瞟着美雄回答道：“对，有不少……”

姬木直觉感到大约是跟度假胜地开发有关的事情。

真一强烈反对建造“暮枝疗养度假胜地”，据说他丝毫没有将土地交给雅典建筑公司的打算。善次和美雄又是怎么看待此事的呢？

“以防万一，我问一句……”姬木慎重地选择开场白，“哲史先生被杀的 9 月 14 日晚，请问二位身在何处？”

姬木的提问让美雄勃然大怒。

“你为什么问这个？”

“只是以防万一，向各位相关人士进行例行询问而已。’

“你意思我们都是嫌疑人了？我们为什么要杀亲哥和亲侄子？”

“美雄，别这样。这是警察先生的工作需要。”善次安慰美雄后，沉稳地回答道，“我在名古屋自己的家里。而且十五号那天有事，从早到晚一直在公司上班。”

“美雄先生您呢？”

听到姬木发问，美雄梗着嗓子回答道：“我也在名古屋自己家里。但我是单身，没人作证。因为第二天是节假日，我就让诊所休诊，自己在家听音乐了。护士也没来上班，证明不了我说的是真的。”他略作思索状，说道，“中午刚过的时候真一哥打来电话，说哲史可能被人杀了……不过现在真一哥也死了，也没法作证啦。那我根本没有不在场证明嘛。”

美雄自嘲地笑了笑道。

9 月 15 日，真一究竟有没有给美雄打过电话，调查通话记录应该就能搞清楚。

“凶手有可能是专门埋伏在牛舍，等真一先生过来。”

姬木环视聚集在客厅的所有面孔，问道：“请问，知道真一先生会在每晚七时左右前往牛舍的，都有谁呢？”

“我、善次叔叔、美雄叔叔、猿边先生、由香里小姐。”窗音逐根掰着指头，说道，“我想村里应该也有别人知道。至于到底是什么人连爸爸每晚赶往牛舍的时间都知道得这么一清二楚，我就不太清楚了。”说完这句，窗音的表情突然像是想起了什么似的，“猿边先生？”

“啊？”

站在客厅出入口附近的猿边惊讶地应声。他吓得面色发青，八成以为窗音要说他可疑。

“明天早上你能不能早点到牛舍去帮忙准备饲料呀？现在这样牛明天没东西吃的。”窗音转向姬木，“明天早晨应该可以进牛舍了吧？”

“啊，可以。”

姬木一边回答，一边对窗音的言行心生疑念。亲爹被人杀了，她居然还有空担心牛没东西吃？他身旁的都筑似乎也感到诧异，皱起了眉头。

“要问的基本问过了。”姬木小声对都筑说道，此时他突然想起一件事情，“对了，虽然可能跟案情无关……请问各位知道‘一刀斩首灭恶鬼’这么一首儿歌吗？我听说是暮枝这里很久以前流传下来的歌谣。”

结果在场没有一个人知道。

“一刀斩首灭恶鬼？”看过真一的遗体后，回到林道的石动冒冒失失蹦出一句，“那是什么啊？”

“我们暮枝是有这么一首儿歌。托它的福，现在大家越来越害怕了。”出羽睡衣外面披着毛衣，勾了勾嘴角接着说道，“虽说有些傻不拉几的吧。”

“请问内容是什么啊？”

“呃，是啥来着？我也不太清楚。”

就在出羽烦恼的时候，一个村民插嘴道：“后面是‘长了牛角的大鬼呀’……”

“对对对，然后是‘鬼岩屋里烂成灰’……”

另一个村民怕得不住打战。

“我记得，好像还有什么‘乌拉乌拉喏——必死’这样的吆喝吧？”

“不是‘我拉我拉弄——笔直’吗？”

“是乌拉乌拉喏——必死啊。”

“我奶奶就是按‘我拉我拉弄——笔直’唱的呀！”

“不可能！”

眼看两人就要打起来，石动慌忙伸出双手制止道：“不好意思，有没有哪位可以从头唱一遍的？”

村民们交头接耳起来，却无一人毛遂自荐。看来大家都只记得零散的片段。

“真的是很久以前传下来的吗？”

石动心下怀疑，连忙问道。

“这个是真的。详细你去问代田吧。”出羽嫌麻烦地回答道。

“芸阁斋老师知道啊？”

“这些无聊的事情他最清楚了。”

“行吧，那我就承认有这样一首儿歌好了。”石动毫不掩饰脸上的怀疑之色，“请问这跟杀人案又有什么关系？”

“你还不明白吗？”村民轻蔑地说道，“哲史的头被砍下来了，这就叫‘一刀斩首灭恶鬼’；真一先生被铜的牛角捅穿了肚皮，这是‘长了牛角的大鬼’呀。喏，不是有部很恐怖的电影跟它类似吗？依照俳句内容杀人的……”

“哦，浅野裕子身穿白拍子[1]服饰被勒死的那部。”石动嗤嗤发笑，“她在‘丰悦’主演的那部金田一[2]里演凶手呢，出人头地了啊。”

“所以这次凶手也是按照儿歌杀人……”

“这样做到底对他有什么好处？”石动张开双臂，环视一圈周围的村民，大声叫道，“明明大家连完整的歌词都记不清啊！”

---

1 一种从平安时代末期到镰仓时代发源的歌舞名称，跳这种歌舞的舞者也叫“白拍子”。——译者注

2 指1996年于日本上映的电影“金田一耕助系列”之《八墓村》。改编自横沟正史的同名小说，由野村芳太郎执导，丰田悦司、浅野裕子主演。——译者注

3

“吉敷先生，您喜欢日本史吗？”

“不算讨厌，但也不太了解吧。我到现在都没遇到过非得学习日本史的情况，但《古事记》倒还读过的。”

——《灰色迷宫》（日）岛田庄司（著）

“这就是关于高贺童子传说的基本资料——《新撰美浓志》，是记载美浓国历史的书籍。”

代田说着，从书架上抽出一册书。那是一本硬皮封面的书籍，似乎是活字翻印成的。

自真一死后过去一夜，9 月 20 日，石动和天濑为询问有关儿歌的事情造访代田家。

阵一郎曾说代田“埋在肮脏的旧书堆里度日”，但天濑他们被领进书库后，看到其中整理得很干净。空气净化器发出低沉的轰鸣不停运转，因此也没有闻到霉味。

房内三面被书架环抱，无一不塞得满满当当，硬皮本、文库本、和式装订，外加外版平装书排列得整整齐齐，一直堆到屋顶。

代田的书桌几乎整个埋进书架里，上头还摆有一台硕大的电脑。看来代田的兴趣爱好相当广泛。

代田走近坐在高脚圆凳上的石动，翻开手中的书递给他。旁边的天濑也探身查看。

高賀神社在高賀村以虛空藏為神體，民傳云，養老元年開基，昔者妖魔居此山，高光公戮之，因以建寺，名曰蓮花部寺，為大伽藍，今廢。其說妄誕不足取也。妖化魔為牛形又作雉聲，至今此山不畜牛，且無雉云……

“一个字都看不懂。”

石动绝望地从书页里抬起头。

“看不来汉文吗？那我口头跟你解释好了。”

代田窃笑，拿走书本放回书桌，落座在天濑他们面前的圆凳上。

“曾经，高贺山住着一只鬼。是个头上生了一对牛角，叫声也和牛一模一样的牛鬼。因为如果它跑出来抢掠打砸会很麻烦，当时的朝廷就派人来打鬼了。年号是养老元年的话，就是公元717年。被派来打鬼的则是个叫藤原高光的人物。”

“藤原高光？”石动想了想，“藤原高光不就是如觉法师吗？三十六歌仙的其中一位。《新古今和歌集》也收有他的和歌。”

我心千思绪　虽如秋风拂萩枝　动荡起波澜

却不似那萩枝叶　色攀双颊染尽颜

“对。他时任右近卫少将，被派去打鬼并不稀奇。”

代田意味深长地坏笑起来。

“等等，我好像想起来了，我大学时在《大镜》里读到过。”石动皱眉，摆出努力唤醒记忆的表情，“时年高光不过二十五六岁，便谙物哀之道剃发出家，从此便自称‘如觉’。”

“他隐居于多武峰，所以似乎也被唤作多武峰少将。”

“显贵的年轻公子出家，给当时的人带来不小的震撼。当朝天皇为此写信给高光，于是高光咏和歌回应……”

皇居九重深　遥想宫中浮华侈　恋恋不曾舍

青峰云厚足八重　坐拥山野却心忧

“……而且还是一首表达‘很怀念富丽堂皇的宫中生活，山里住着不舒服’之意的歌。”

“光住在皇都附近的山里都叫苦连天了，被迁到这么偏僻的乡下地方打鬼，还不得要他命啊？”

代田放声大笑。

“我觉得他实在不像那种会来打鬼的人……”石动狐疑地说道。

代田听后双眼放光：“要不要告诉你一件更有趣的事情？据说这个派人来打鬼的‘养老元年’，比藤原高光的出生时间整整早了两百年！”

“那岂不是假的啊？”

石动无言以对。

“打鬼的事情肯定是瞎编的。咳，毕竟是传说，你且随性一听，莫被唬住便是。”代田继续说道，“尽管高光公武艺超群，可对手若是鬼便另当别论了。他正不知如何是好，突然一位神秘老人出现在他的梦中，让他到瓢岳去看看。”

“就是高贺山隔壁那座山吧？”

“鬼好像就住在那山上。高光公带着麾下亲兵，在那发现身高足有一丈六尺的牛鬼，于是高光公当场挥舞太刀，漂亮地砍下鬼的脑袋。”

“真棒，不愧是三十六歌仙之一啊。”

“多亏有天神相助啦。高光公心怀感激，于是修建高贺神社，社址就在从暮枝村稍往南去的高贺地区，现在依然留存。在圆空纪念馆隔壁，神社内部还有高光公的铜像呢。”代田轻笑一声，“后来高贺山又有牛鬼的魂魄作祟，有一种说法说那是被杀死的鬼的手下。这回的鬼啊，头变成猴子，身体是老虎，尾巴是蛇状，叫声好似山鸡。”

“那不是鬼，是鵺[1]吧……”

石动脸上更显无语。

“反正是妖怪错不了。高光公于是又从朝廷领命，跑来这里除灵。他一来，先前那位神秘老人又出现在他梦中，启示他去砥石河滩的白羽神社制作一支箭。高光公当然乖乖照做啦。

“高光公用做好的箭矢射穿亡灵，漂亮地除掉了它。高贺神社这么灵验，让高光公非常感动，于是他一口气建了五座神社，将高贺山围在中间。本宫神社、新宫神社、星宫神社、金峰神社、泷神社，这五座神社再加上高贺神社，有时会举办六社巡游活动。”

代田喘了口气，而后凝视着石动的面孔说道：“这就是高光公打牛鬼的来龙去脉了。你怎么看？”

“总感觉……像是将源赖光打酒吞童子，和源赖政打鵺怪的故事混在一起编出来的啊。”

石动迷茫地说道。

“其实还混有渡边纲的鬼女传说。因为鬼长得像牛，所以人们都不能在高贺山山脚下养牛了。”

1 《山海经》和《平家物语》均有记载的一种怪物。《平家物语》中记载的鵺有猴子脸、狸猫身体、虎的四肢和蛇尾巴。——译者注天濑想起出羽的话——高贺童子膝下养牛，这种事情只有傻瓜才干得出来。

“就算从外面将牛带进来，一走到高贺村前那座桥头，牛就打死也不肯动。所以人们管这桥叫‘返牛桥’。”

“原来如此，渡边纲碰到变成女人的鬼是在京都的‘一条返桥’边。‘返牛桥’啊……”石动苦笑，“就算是传说，也未免过分荒唐了吧？”

“上头不是也写了吗？”代田拿起桌上的资料，翻开资料指着其中一处说道，“‘其说荒诞不足取也’，意思就是‘据说这故事是瞎编的，你们别信’。这可是得到了《新撰美浓志》官方认证的一派胡言啊。”

代田嘎嘎大笑道。

“那首传说中的儿歌，就是以这个瞎编的故事为原型吗？”

石动面露苦恼之色。他一定在后悔“早知道就不特地跑来问了”。

“对，算是暮枝版的高贺童子传说吧。鬼藏在山洞里，高光公砍下它的头，这些应该是‘暮枝版本’独有的情节。”

代田站起身来，从书架里取出了什么东西。

“基本资料在这里。”

那是一大张写在卷轴上的古文书的复印照片。

“恕我才疏学浅，看不懂这幅好字。”

石动惭愧地说道。

“我就知道。喏，这是誊好的版本。”

代田递给他一张激光打印机里吐出来的纸。

古有藤原高光公于鬼隐洞降牛妖，为颂公之武勇，戏记歌谣于此，题曰鬼隐洞歌。

昔于高贺山有一牛角鬼

好个威武高光公
自有漏道之中来
一朝相会大桥上

钻过那鬼下巴颏
追逐牛角大鬼影
虚路之下进洞穴

洞中路黑不见黑
一刀斩首灭恶鬼
长了牛角的大鬼呀
鬼岩屋里烂成灰

看那洗刃清泉水
条条赤染洞中汇
鸣声淙淙入河川

“鬼隐洞歌……按汉文音读，直接念‘Ki-on-Dou-ka’吗？”

石动喃喃道。代田听了探过身来看了看，说道：“或者是想让人按日文训读规则，直译成‘鬼隐于山洞之歌’吧。村里那首儿歌最古老的起源应该就是这里。”

“不过这歌好奇怪啊。”石动数了数行数，“十三行，还差一行才算十四行诗呢。”

“江户时代哪有什么十四行诗！”代田轻蔑地哼了一声，说道。

“它作于江户时代吗？还有，这歌里也提到泉水，说是洞里有一眼泉……”

“就是你心心念念的奇迹之泉。”

“这封古文书是谁写的？”

“罗堂家的哪位祖先吧。这玩意原本放在罗堂家的仓库里头。”

“罗堂家的仓库？”

“拆毁他家老宅的时候，真一要我去看看里头有没有什么贵重物品，就是那时候找到的东西。”

“那么，原件是保存在罗堂先生家里了？”

“前提是他没扔。”代田讽刺地一笑，“我跟他说这是贵重资料，但真一不以为然。他口中的‘贵重物品’，简而言之就是能卖钱的玩意。我心里觉得不妙，才请他让我拍个照片。嗐，你运气好的话，那卷轴八成还沉睡在罗堂家的哪个抽屉里吧。”

“原来如此……”

石动陷入沉思，此时代田起身，拿回一叠厚厚的纸。

“春泥啊，我不知道你对这个感不感兴趣……”

他递来一叠用长尾夹夹好的资料。封面记有《关于暮枑高贺童子传说与隐匿基督徒[1]研究》几个大字。

1　广义上指自日本德川幕府1612年发布禁教令、宣布信奉天主教违法后，依然秘密信教的基督徒。他们的信仰在传承中与日本本土神道教、佛教发生融合，即便禁令取消仍有一部分人坚持融合信仰，这部分人也被称为“隐匿基督徒”。——译者注

“这是芸阁斋老师的论文吗？”

“算是吧。”

代田此时的表情，不好意思和扬扬得意各占一半。

“隐匿基督徒啊……”石动伏眼看着那叠打印纸的标题，“暮枝曾经存在隐匿基督徒吗？”

“我是这么认为的。”代田第一次露出认真的神情，“既然你听他们说了儿歌的事情，那歌里的吆喝——衬词的事情也一并听说了吧？”

“啊。大家还为到底是‘乌拉乌拉喏——必死’还是‘我拉我拉弄——笔直’大吵了一架。”

“两个都错了。那句话应该是‘Ora Pro Nobis’才对，拉丁语里‘请为我等祈祷’的意思。隐匿基督徒的祷词中经常出现这句话。”

“那么这首鬼隐洞歌也和基督徒有关了？”

“十有八九吧。我觉得所谓‘龟恩洞里有鬼’也未必是他们编出来唬人的。”

“隐匿基督徒的礼拜堂吗？”

“或者是藏了个外国人在那儿。荷兰人还是葡萄牙人我就不知道了……也许那个老外就是他们口中的‘鬼’。”代田凝视石动的双眼，“你看，他家不是所有人都一头红毛吗？”

“是的。”

“我认为那是因为他家先祖混有外国人的血统。罗堂家世世代代都是村里的地主啊。”

“罗堂家的祖先，可能是混有荷兰人血统的隐匿基督徒首领。原来如此啊。”石动轻声感叹，用指尖敲了敲那叠打印纸，说道，“这篇大作还请容我稍后拜读。您有没有打算将它出版啊？岐阜也有出版社的吧，被埋没就太可惜了。”

“已经出了啊，用那个。”

代田指指背后的大型电脑。

“用电脑？自动排版，自费印刷吗？”

“不是，是数字出版。我有自己的网站，当付费文章传上去的。传之前还翻成了英文，所以无论从世界哪个角落都可以点进来看。”

“您平时也玩互联网啊？”

石动好像非常吃惊，他铁定觉得这一点都不符合代田平日书虫的形象。

“春泥啊，这年头上网冲浪可是常识喽。我的网站还蛮受欢迎呢，每个月差不多都有百来个访问量。”

“那很多了。”

“没啦，我只不过将地址放在搜索结果页而已。最近的年轻人好像对鬼啊妖怪啥的很感兴趣嘛。友情链接越来越多，有时还有高中生给我发邮件呢。”

代田放声大笑。石动怔怔地看着他。

天濑默不作声，从头到尾看了一遍鬼隐洞歌。

“天濑先生，怎么啦？你有什么在意的点吗？”

“没啊，没有。”天濑笑了笑，“只是没想到跟隐匿基督徒有关，那它跟先前石动先生提到的卢尔德之泉还真一模一样。泉水说不定就被用在洗礼上吧？将孩子浸到里面……”

“你也这么想吗？看来世上真会有想法相同的人。”代田感慨地说道，“以前有个孩子看过这个以后，也说泉水可能是用在洗礼上。我虽然觉得这是女人才会有的想法，不过似乎也不尽然嘛。看来只是我没发现而已。”

“跟您发邮件的是小女生啊？”

石动插嘴调侃他道，代田却摇了摇头说道：“不是的，我直接听她说的。”

“莫非……这话是窗音小姐说的？”

天濑突然有些不安，问道。难道窗音知道“鬼隐洞歌”吗？

但是代田的表情，却像是一点都不明白为什么他会提到窗音的名字一般。

“不是啊。她叫什么来着？是住在保龙那里的女人。就是那个靠泉水神力治好了癌症的女人，喏，脸长得很穷酸，只有一双眼睛特别显眼……”

“是仓内小姐！”石动不禁大叫道，“是仓内高子小姐吧？”

“好像是叫这名儿。”

“您给仓内小姐看了鬼隐洞歌的歌词？”

“对。她突然上门，问我附近有没有什么民间传说，我就给她看了。”代田露出觉得很不可思议的神色，“她就是知道有这首歌，才会为了找那眼泉，想进龟恩洞吧？不是吗？”

“仓内小姐根本没提到这件事情。”石动皱眉，“她的说辞是偶然闯进山洞，偶然发现里面有一眼泉。但其实仓内小姐早就知道龟恩洞里有山泉的。她为什么要隐瞒这一点呢？”

4

我总觉得，那黑暗的空洞里住着某种东西，每当夜幕降临，它便会飞来牧场。

——《水孩子》（英）查尔斯·金斯利（著）

“怎么办？”

“怎么办呢……”

“好头疼啊。再这样下去，大家都要吓得晚上睡不着觉了。”

“好头疼啊……”

几个村民聚集在出羽家，每个人脸上都是一样的怯懦神色，交换着这些说辞。

自打发现真一的尸体后，许多村民转变了想法，开始认为这起案子似乎并非是冲动犯案，而是有计划、有目的的连环杀人案。而且凶手现在还在村里头。所有居民对此都感到不寒而栗，整个暮枝顿时陷入紧张之中。

再这么置之不理，总有一天紧张的神经会绷断，然后发生一些事情。

如果只是有人怕得逃离村子，那还算好的。怕就怕万一有冲动者去打砸保龙家，再集体对保龙滥用一番私刑什么的。实际上保龙家有杀人犯的传言，如今在暮枝依然根深蒂固。

因此，暮枝的几个说话有分量的人物才会聚集在出羽家，商量今后的对策。可都快过去一个小时了，哪怕一点得出结论的迹象都没有。还别说结论，甚至都算不上讨论。围成一圈坐在榻榻米上的村民们根本没提出过什么像样的意见或方案，只是一直在说“真头疼”“真头疼”罢了。

盘腿坐在房间最深处的出羽满脸不耐烦，右膝一直在小幅度震动，拼命抖腿抖个没完。

看来出羽马上要爆发了，蓝下在旁边不禁捏了一把冷汗。

论性子急，出羽要数暮枝头一号。看着这帮你一言我一语没完没了推来脱去的村民，他肚子里肯定早就火冒三丈，烧滚不知几壶开水了。现在的他，就憋着那么一句怒吼，叫他们别再扯些没营养的，赶紧拿点正经意见出来才是正道。

出羽现在这样已经算很好了。要是以前的他，没五分钟就得骂人，不出半个小时就要摩拳擦掌了。当初要是像现在这样挨到一个小时，估计救护车接了人都该开回医院了。

出羽上了年纪后，已经圆滑了不少。

也就是说我也老了吧……蓝下心里想道。他虽然不愿承认，但确是无可奈何的事实。

蓝下和出羽同岁，从小一起长大，小学到初中都是同班。话虽如此，出羽那豪放的性子跟安安分分的蓝下可谓两个极端，两人竟能有之后几十年的交情反而神奇。

要只是豪放也就罢了，出羽还很粗暴。从小他便更爱用拳头说话，而且打架很厉害，几乎从未输过。

比如初中时和蓝下很亲密的朋友，就被出羽狠狠揍过一顿。蓝下不知道他们为什么打架。因为那个朋友也有点坏小子的气质，大概两人起了争执吧。

这也就算了，但挨过出羽打之后，那朋友连蓝下都不再接近，这让他很困扰。

“都怪你找他打架，现在他看见我都不肯过来了。”

蓝下半开玩笑地跟出羽抗议，没成想出羽却十分严肃地训斥他道：“别跟那种人来往！”

这一吼吼得蓝下不禁胆寒，出羽就是这样一个会突然发怒的人。

蓝下和出羽在升高中时分别，这段时间两人稍有疏远。期间他听说的诸如出羽辍学，以及跑到名古屋干坏事等一系列传闻，也不知道几分真几分假。对一直居住在暮枝的蓝下而言，想到也许以后再也见不到出羽了，他只觉得心里有点空落落的。

那年他们大约三十岁出头，出羽携妻带女回到了暮枝。

“呦，村长，过得好吗？”

他们重逢时出羽这么说着，那张笑脸蓝下至今没忘。因为传闻他在名古屋干坏事，蓝下还担心出羽的面相会变得凶神恶煞，可他那平易近人的笑脸比之从前一点都没变。那年夏天见到出羽穿工字背心乘凉，发现他手臂和背上并没有文身的时候，蓝下也打从心底里感到高兴……

出羽一点都没变。但就连他的领导气质和总想将事情做个了结的性子都跟从前别无二致，让蓝下稍稍有点怨恨。

“安排人夜巡怎样？”

出羽瞪了一圈在场众人，简洁地说道。

“夜巡是说？”

出羽看着傻愣愣回问他的那名村民。全场大概只有蓝下一个人注意到这目光里带有些许的杀气。

“拿上梆子，半夜在村里巡逻。只要知道有人巡逻，大家也能稍微放心点吧？”

“这样啊，原来如此，真不愧是出羽老哥。”

因为这个村民一边回答一边露出讨好的笑容，出羽的脸明显绷了起来。他最讨厌男人低声下气了。

蓝下在出羽怒吼之前慌忙插嘴。

“要夜巡的话，龟恩洞那边是不是也一并划在巡逻范围里比较好？”

“龟恩洞？”出羽面露疑色，“你上那儿敲梆子给谁听？”

“可是……洞里头可能有什么啊。”

听蓝下吞吞吐吐这么说，出羽被他搞得很无语，只好说道：“你该不会还在想那首儿歌吧？怕鬼半夜出来害人，还安排个人盯着吗？”

由于这话一出，连周围的几个村民都跟着笑，蓝下低头沉默不语。

“算了，没准儿也好。”出羽从中调解，“反正萝洞庵也要巡逻的。那边半夜只有一个老头子，是最需要巡逻的地方。顺便去龟恩洞看一眼也好。”

“什么时候开始？”其中一个村民提问道。另一个村民想了想，模棱两可地说道：“尽快吧。不过大家都有自己的事情要忙……”

“首先要问谁有时间出来夜巡吧？”

“对对对，先找齐志愿者，然后安排顺序……”

“顺序也不好排。各家都有事要忙……”

“是啊。那就先从问空闲时间开始……”

“要问空闲时间，得先搞清楚谁能出来夜巡啊。”

“能出来夜巡的日期大家都不一样吧？那首先得定好日期，先做分配再……”

“要做分配，不还是得先问有谁能出来夜巡吗？”

“毕竟大家都有自己的事情要忙啊。”

一直在原地打转的话题，终于引爆了出羽的怒火。

“夜巡今天晚上就开始！这两天暂时由我跟村长来，你们几个去给我将所有人的日期和顺序问来！”

“等、等一下！”蓝下吓得直不起腰，“我也要去巡逻啊。”

“你不是村长吗？”出羽咧嘴坏笑，“既然是村长，当然要首当其冲了。你放心，万一撞到鬼，就交给我来打啦。”

出羽说会撞鬼，当然只是开开玩笑而已。

可说实话，蓝下对此是真的非常害怕。

5

牛一边走一边抬头，望着天空叹气。

“可是我还得写作业啊。”

——《姐弟》（日）筒井康隆（著）

离开代田家，与要回民宿的石动告别后，天濑走在林道上。他想一个人静静地考虑一些事情。

听说有一位女性知道鬼隐洞歌的事情时，天濑第一反应就是窗音。窗音也许知道鬼隐洞歌的内容——这个想法让他感到些许不安。

这是为什么？

为什么，他会如此在意那位红发的少女？

如果拿这个正在他脑中翻江倒海的疑问去问町田，肯定会被对方用揶揄的眼神看待，脸上还要写满“我知道你心里在想什么”几个大字。

你是对那个叫窗音的女孩一见钟情啦？真傻啊，她还在念高中耶。而且虽然长得可爱，但你铁定应付不了她的。听到没？我可提醒过你了……

就算天濑再怎么迟钝，町田想说的这些话，他还是明白的。

可这些是否就是他心中真实的想法，天濑不知道。

我真的对那女孩一见钟情了吗？

她确实很可爱。而且，天濑也认为自己不是那种道德高尚到有精神洁癖，觉得和比自己小一轮的女生谈恋爱大逆不道的男人。如果进展到肉体关系，也许在伦理或法律上会有些问题，但心里喜欢应该是个人自由吧。

而且最最明显的是，天濑的步子不知何时已经自动往第二桥的方向迈了。

右手边渐渐看得到茅草屋顶，马上就到第二桥了。

保龙身穿修行服站在院子和林道的分界线附近。他像历史剧里的野武士一样袖着手，呆望林道对面群生的黄色野花。他的表情很烦恼，紧紧皱着眉头。

“您好。”天濑跟他打了个招呼。

保龙好像没发现他在附近，惊愕地看过来，招呼道：“哦，是您啊。您好。”

“这花很漂亮呢。”

“花？哦，您说那个……我没看花，只是在想事情而已。”保龙从袖子里抽出右手，挠了挠头说道，“今后也不知道怎么办，我有点不想待在这里了。”

“出什么事了吗？”

“大家都在抗议啊。说什么来之前根本不知道会有杀人犯，想赶快逃离这么危险的地方，却又被警察扣着不让走。跑来质问我要怎么负责……又不是我求他们来的，一个两个自说自话。”保龙脸上的表情显示出他现在正烦透了，“我就是因为讨厌这种人际关系摩擦，才会辞职搬到这里来住。可是这里居然比公司摩擦得还厉害，搞得我很厌烦。”

“只要和他人住在一起，就逃不开这些纠纷冲突的。如果不想，就只能独自隐居了。”

“但是人一个人是活不下去的啊，我可不想窝在深山里修仙。一个人活下去未免太孤单了，你不这么觉得吗？”

“是啊，太孤单了。”

天濑机械地重复道。保龙一开始就没怎么用心听，也根本没看对方的脸。

天濑的眼睛正望着站在第二桥上的少女。

窗音靠在红豆色的铁栏杆上，凝视流动的暮枝川。她身穿白毛衣配牛仔裤，现在天气还挺热，所以是夏季的薄毛衣。

此时刮来一阵风吹乱了她的红发，窗音却毫不打算整理仪表，定定地看着河面。

天濑跟保龙淡淡道别后，便朝第二桥走去。

“你今天也要作诗？”

窗音转头问他。她脸上虽有微笑，却暗藏一丝阴翳。

“没有，今天是单纯出来散步。”

“我也是，今天翘课跑出来乱逛。真是坏孩子呀，明明不学习不行的。”

“这也没办法。”

毕竟你的家人接连遭遇不测嘛……天濑将这句话咽回了肚子。

窗音的目光再次落向河川。

阳光从云的缝隙间投射下来，河面上就像打翻了一只宝箱，放射出仿佛无数颗宝石散落在地面般的光芒。青色、绿色的粼波之中偶尔还混有尖锐的亮白色，那光芒强得刺眼，令人不禁想移开目光。

“天濑先生，你还不回东京吗？”窗音突然开口问他。

“嗯，好像还不能回去。”

“留在暮枝怎么样？这里是个好地方哦。”

“那可不行，我还有工作呢。”

“我也不知道能不能留在暮枝了。”她嘀咕道。

“为什么？”

“你看，我现在……只有一个人了嘛。家、牧舍都得放弃，我可能会去善次叔叔家。善次叔叔没有小孩，我过去正好。”窗音笑了一下，“你回去跟石动先生说吧，善次叔叔他好像很想参与度假胜地项目，大概会同意开发的。”

“那你就会被善次先生收养，以后去名古屋生活吗？”

“应该是。哎，反正我去哪里都一样的。”

窗音拢起她的红发。

此时天濑终于知道自己为何一直这么在意窗音了。

她确实长得好看，但不仅是好看。和窗音差不多的美少女别说在东京，想必在岐阜县都一抓一大把。

窗音的魅力不在于外表，而在于她身上的诸多谜团。

哲史讨厌暮枝，对都市生活抱有憧憬，而保龙讨厌都市，将自己的梦想寄托在暮枝，两人的愿望都以某种形式破灭。

有人寻求别处作为归所，有人希望成为他人，但往往只会失望。因为无论去往何方，“别处”终将成为他们的“此处”，并且，人永远不可能变成自己以外的人。

而窗音会默默地说，去哪里都一样，我只是我自己，所以，我不想将红发染成黑发。

少女们总想成为不是自己的另一个人，所以她们染头发、涂黑脸、打耳洞，涂上厚厚的蓝色眼影，将眼泪贴贴在眼角上。

大人们看了必定要皱眉头。为什么化浓妆啊？还这么年轻，表现出最自然、最原始的魅力不好吗？

但少女们对此不屑一顾。因为她们最讨厌的就是以原始面貌示人，她们厌恶自己只是“自己”。

可是，人终究无法成为他人。化再浓的妆，穿再昂贵的名牌，在全身上下打洞，往皮肤上刺刺青，哪怕减肥减到只剩皮包骨，镜子里的那个人也只会是“自己”。

窗音大概并非对她的红发感到自豪，但她也不想将它染黑，乖乖成为她高中老师期待的“普通”学生。她只是在肯定自己一头红发的事实而已。这种强大的肯定力量，就潜藏在这名少女身上的某个地方。

我就是红头发，就算我去染黑了，也无法成为红发以外的任何一种。而且我啊，很喜欢这头红发的。

天濑也喜欢窗音的红头发。

他们看见一胖一瘦两个人从第二桥对面走来。是岐阜县警局那两个叫渡边和都筑的便衣警察。可能刚结束搜查或者问话，恰好在往回走。

“你是跟石动先生一起的人吧？”渡边路过时笑眯眯地问道。

“是的。”

“石动先生在家吗？”

“应该在。他起先说过他要回家的。”

“这样啊。那我们顺路去一趟好了。”

渡边说道。他身边的都筑看着别处，此时不回头也不作声，只点了点头。

都筑的眼睛一直盯着窗音。

像是对他无礼的凝视表示抗议，窗音瞪了都筑一眼道：“我要回家了。天濑先生，再见。”

然后她走下了第二桥。

“你和那女孩很熟？”

都筑依然一动不动看着窗音远去的背影，问道。

“倒不到很熟的程度……”

听天濑这么说，都筑陷入沉思。

“怎么啦，都筑先生？”

渡边诧异地问道。都筑慌忙扯出一个微笑，说道：“没，没什么。应该不会。我想多了而已。”

“想多什么啊？”

“发现真一先生尸体那晚，我们去她家问过话，可是那女孩一点反应都没有，现在也好像没事人一样，所以我就有点怪念头。”

“怪念头是指？”

问出这个问题的人是天濑。

回答之前，都筑先笑了笑。那意思是“你权当我瞎说”。

“她母亲好像很早就去世了，现在父亲和哥哥一死，土地不就全变成她的……”

“不可能！”

天濑不禁高声反驳。

都筑慌忙伸手示意天濑保持冷静，连忙转口解释道：“所以说是我想太多了嘛。你不要这么生气，眼珠子都快要瞪出来啦，太吓人了。”

“十几岁的小姑娘为了遗产杀亲爹亲哥？怎么可能！”

渡边也大笑不止道。

即便如此，天濑的怒火仍未平息。

“再说，就算哲史和真一先生死了，窗音也继承不到遗产的。房屋、土地都还在阵一郎先生名下呢。而且实际上目前也是善次先生在处理后事……”

“是啊。”都筑面露忧虑回答道，“想得到遗产，起码还得再杀三个人。善次先生、美雄先生、阵一郎先生。这如果是为了争夺遗产定的杀人计划，后头的路还长着呢。”

言罢，都筑和渡边一同放声大笑。

然而，一阵不好的预感突然涌上心头，天濑笑不出来。

6

若是黄金做的，人们连小牛都会崇拜。

——《箴言集》（英）托·富勒（著）

嘴上说来这里问话，来到二楼房间里的都筑和渡边却什么都没问。从头到尾都是石动在问他们问题，而渡边则一点都不嫌烦，甚至自始至终都在开诚布公，很认真地跟石动交谈着。

“已经确定真一先生是被勒死的吗？”

“是的。腹部的刺伤是被勒死之前留下的伤口。”

“发现有生活反应是吧。那么，凶手就是先从背后将真一先生擒住，再顶到美浓太郎号上的。”

“美浓太郎？”

都筑有些疑惑。

“是那头铜牛的名字啦。侧腹部不是写了吗？”石动跟都筑解释一番，“那么，就是先用美浓太郎号的角刺中他的腹部，再以绳索将他绞杀。”

“目前是这么认为的。”

渡边缓缓点头道。

石动露出陷入沉思的表情。

“真一先生本身体格强壮，每天还要照顾牛，因此力气也很大。能将这样的真一先生擒住，又强行将他按在雕像上，那么凶手的腕力应该也很强。”

“是的，我们警官也这么认为。”渡边佩服地说道。

“腹部伤口和美浓太郎号的角形状一致吗？”

“几乎一致。角上也有血迹，应当就是那角刺的不会有错。”言罢渡边低声补充，“还有，真一先生身上那件夹克检测出一个可疑的指纹。”

“可疑的指纹？”

“当时为了确认哲史尸体身份，我们采集了身在罗堂邸所有人的指纹，但没有人和它一致。”

“会是凶手的指纹吗？”

“也许吧。我们正在比对指纹的主人有没有前科，明天就会出结果了。”

“这么快啊？真厉害。”

见石动感叹，都筑坏笑道：“你啊，现在可是高度信息化社会，警察办案当然也信息化啦。自从PA——也就是Police Automation（自动化办案）推行之后，拍面部照片用数码相机，指纹么就用扫描仪，什么东西全都有数据库的。现在早就不是肉眼对账的时代了。”

“但数据库里没有指纹存档的人就查不到。”渡边托起自己的双下巴，“现在既然死了两个人，那凶手肯定是暮枝村的，我们打算明后天开始正式对全体居民发起讯问。特别是……以保龙先生的住客为主。”

“那么我们几个当然也要接受调查吧？”石动仰天稍作思索后，突然像是有所发现一般，朝着渡边笑了笑，说道，“警察先生滔滔不绝说了这么多重要的调查情报没关系吗？会被警官大人骂的。”

听了石动这话，渡边和都筑面面相觑。他们各自使个眼色，然后渡边“啪”的一声拍着额头说道：“对啊！瞧我这脑子，今天这件事情还请您保密，特别注意不要告诉媒体。”

“那可以告诉警官吗？”石动乘机发出提问道。

渡边支吾了一阵，连忙拜托道："当然也请您不要告诉警官，拜托了。"

他夸张地双手合十。

大概这两人是受姬木警官之命，才过来问问石动怎么看。因为先前飞鸟的事情，警方看来对石动还挺欣赏，但是千万不能让媒体知道警方找民间人士当顾问。

"说的也是，那我就对那位警官保密好了。"当然石动应该也考虑到了，他笑了笑佯装糊涂，说道，"对了……二位调查过哲史先生遇害当夜，善次先生和美雄先生的不在场证明了吗？"

"你这个人确实有本事啊。"都筑皱皱眉，表情厌烦地说道，"真一先生和哲史死后，两个弟弟就能自由支配那家的土地了。阵一郎先生年老体衰，行动也不方便，窗音小姐又还在上学。你拿来的那个度假胜地开发企划案，他们现在也能拍板同意啦。"

"以上是警官先生的看法吧。原来如此，那么不在场证明呢？"

"善次先生有不在场证明。"

渡边从西服内袋里掏出笔记本，翻开一页念道："14 日晚，人在自宅。由于是他太太作证，真实性依然有待商榷。但是，次日他一早就出现在名古屋的公司里，这一点是得到数名员工确认的。他应该没时间往返暮枝。"

"善次先生节假日还整天上班啊？肯定赚得多，真羡慕他。"石动嗤嗤笑道，"那美雄先生呢？"

"美雄先生一个人住，14 日晚没有不在场证明。15 日是节假日，因此他经营的名古屋私人诊疗所似乎也休息。他说自己一个人窝在家里听音乐，没有证人。"渡边看看笔记本，疑惑地歪了歪脑袋，问道，"您知道'布克斯特胡德'是什么吗？"

"我连是什么语的单词都不知道。"

石动回答道。天濑也没听过这个词。

“美雄先生好像就是在听那个什么布克斯特胡德。”

“至少有一点能够肯定，不是英国乐队。”

房间里头的町田百无聊赖地说道。

“但据美雄先生说，午后真一先生给他打过电话，内容是哲史可能被人杀了。这个我们已经查过通话记录，15 日午后确实有一通从暮枝村罗堂邸打到名古屋诊疗所里的电话。”

“只有通话记录，那还说不准。不能证明接电话的就是美雄先生本人，况且现在真一先生已经去世了。本来应该早点问问真一先生的。”

“因为哲史遇害时，我们认为身在名古屋的善次先生和美雄先生与本案无关……”

渡边很过意不去地说道。

“窗音小姐的不在场证明呢？”

石动问道。他的语气非常平淡，好像这么提问本就理所当然。

渡边面露意外之色，惊叹道：“啊？”

“哲史先生被杀害的那个晚上，窗音小姐有不在场证明吗？”

“您怀疑窗音小姐？”

渡边瞟了一眼天濑，问道。他好像很担心天濑听了会再次发怒。

然而天濑很平静。他也不清楚为什么，但就是有这样一种感觉萦绕在脑海里：“这个问题由石动来问就很正常。”

“我并不是怀疑她，只想知道她有没有不在场证明而已。”

“哲史被杀害的那一晚，她应该和真一先生、猿边先生一起待在家里。”

“那也就是说，猿边先生也有不在场证明了。”

石动点了点头。都筑讥讽地说道：“你不问阵一郎先生？他一个人住在别栋房子里，也没有不在场证明，要不顺便查一下他腿是不是真瘸？搞不好他半身不遂是假的，半夜会出门到处杀自己儿子孙子哦。”

“这应当不可能吧。哲史先生守夜那天阵一郎先生穿的是短褂，所以我看到他的腿了。肌肉几乎萎缩殆尽，那确实是好几年没有走路的腿。”

“而且，罗堂家的所有人在真一先生遇害当夜都有不在场证明。”渡边补充道，“大家都在客厅，所以不可能悄悄往返牛舍。说到底，如果凶手真在牛舍伏击真一先生，那他就必须比真一先生早到牛舍。’

“这倒没错。”

见石动点头，渡边对着他的双眼凝视了片刻工夫之后，说道：“那么……石动先生，您发现什么了没？”

石动告诉他们有关哲史皮带的事情，并在尸体腰间皮带系反的事实基础上，补充了他认为可能是由凶手重新为哲史系过皮带的推理。

“这个我们还真没发现。”

渡边尽管再次表示佩服，但立刻便说道：“不过，那确实是哲史的尸体。”

“这是 DNA 鉴定的结果吗？”

“没有，没到 DNA 鉴定那个地步。但是哲史房间里的指纹跟尸体的指纹一致，所以……”

“房间里到处都是那个指纹，而且跟罗堂家其他所有人的指纹都对不上，这总不会有错吧？”

都筑厉声说道。他好像对石动燃起了某种对抗心理。

“那可不一定。”石动的表情显示出他觉得很有趣，“如果是这样呢？两位警察先生和鉴识科的人员被领去提取指纹的，其实是住宿员工猿边先生的房间。被杀掉的那个其实是猿边先生，真正的哲史先生嘛，现在已经完全顶替了猿边先生的身份一直躲藏在家里。罗堂家有某种隐情需要对外宣称哲史先生死了，因此这是他们全家人共同炮制的障眼法之类的。”

渡边和都筑听得下巴都掉了。

“那非得做一下 DNA 鉴定不可……”

见渡边开始慌张，石动笑着摆了摆手道：“这只是我刚刚想到，随便一说的啦。我在哲史先生遇害前后都见到过猿边先生，知道他不是别人假扮的，尸体应该就是哲史先生没错。”然后他马上一脸严肃地说道，“但哲史先生遇害的那一刻是否披了雨衣，甚至是否穿那件上衣配牛仔裤，这就不好说了。凶手有可能为了达到某种目的，给他换过衣服。”

“为什么要帮他换衣服？”

“就是不知道理由啊。究竟为什么呢……”

此时，石动的手机响了。

“喂？啊，学长啊，有什么事吗？”

只见石动正应着声，却突然将手机拿开老远。估计古贺在电话里大声吼他。

“您好像挺忙的，那我们就先告辞了。”看石动面露难色，渡边坏笑着说道。

于是，两个警察离开了。

“……您不用吼，我听得见。虽说暮枝是乡下，信号倒还挺好……咦？您说什么？我没听懂。看了就知道了？哇！”

石动再次将手机拿离耳边。

他可怜兮兮地说道：“学长刚才使出全身力气将电话摔了。我还以为鼓膜要炸了呢……”

“是古贺先生打来的吧？出什么事了吗？”

天濑问道。石动困惑地回答道："他从头到尾一直叫我看晚间新闻，还强调一定要看。搞不好是雅典建筑公司倒闭了吧？"

晚饭后石动去请求今天暂停打游戏时，提出猛烈抗议的人不是阿守，而是町田。

"我马上就要赢了！"

为了让宽屏电视发挥其原有的用途，他们哄了町田半天，这才看上晚间报道。

雅典建筑公司并没有破产。政治、经济、意外、案件，每个领域的报道都平平无奇，没什么特别之处。

"'看了就知道'到底是知道什么？"

就在石动嘀咕这句话的同时，头条新闻播报完毕，开始推送短新闻。算起来，这就相当于报纸后面几版印的普通文章。

屏幕下方出现字幕。

"医生因骗保被捕。"

并排显示在上方的两张照片，其中一张是他们见过的面孔，一个长相让人联想到小动物的年轻女性。

是仓内高子。

就在天濑他们几个傻眼的当口，男性播音员平淡的声音回响在客厅里。

"……嫌疑人北泽克彦将其共犯，即嫌疑人仓内高子误诊为癌症晚期，盗用其他患者的X光片，谎称仓内嫌疑人仅剩半年寿命，并向人寿保险公司提交虚假的诊断结果。仓内经保险金生前赔付制度——即所谓'生存需求'合约条款，获得总计三千万日元的赔偿金。但由于仓内嫌疑人的痊愈过程过于不自然，令人寿保险公司起疑，经过调查后向警方举报。据后续调查结果，已基本确认此次事件为诈骗性质……"

最先打破沉默的是町田的笑声。

“都不说误诊了，居然是骗保啊！”

“完蛋了，难怪学长气到发疯。”

石动愁眉苦脸地挠挠头。

“我看他不止气到发疯哦。”町田靠在沙发背上，幸灾乐祸地说道，“这下度假胜地的事情就没戏了。既然泉水有神力是个弥天大谎，石动先生啊，我看你不被那位壮得跟摔跤手一样的大哥勒死是不大可能喽。”

“您可别说啦，我都背后发凉了。”石动真的打了个哆嗦，说道，“这都不是神力的问题了，这样一来，龟恩洞里到底有没有泉眼都难说啊。”

“到底是怎么回事？”天濑问道。

“听刚才的报道，仓内小姐患病的事情倒是真的。但是，她所患的是溃疡病，哪怕真得了癌症也是很早期的，接受治疗后很快就能治好的那种。”石动两只手抱住后脑勺说道，“而那个医生……大概是她男朋友吧，打算利用这件事情，将她故意诊断成癌症晚期，骗‘生存需求’条款赔付保险金。到这里都还好，但是后面必须让晚期癌症患者意想不到地痊愈了才行，明明诊断最多只剩半年寿命，可要是半年一过还活蹦乱跳，保险公司会怀疑的。”

“所以，她就来找保龙先生……”

“是的。大概她尝试过很多超自然疗法吧？她一直在找既不会索要高额治疗费，也没有危险的新兴宗教，同时还能帮她公开宣传靠神或奇迹之力治好癌症的人物。保龙先生既不是那种行业的人，看起来长得又像教主，所以正中她的下怀吧。”

石动嗤嗤发笑。

“但是没想到保龙先生的性格是那个样子，根本不可能给她作证。仓内小姐想必很头痛，再不引发奇迹的话，病状就真的要恶化了。她的肚子一天比一天疼，这应该是事实。”

“然后，她就捏造了一个‘奇迹之泉’是吧？”

“她去找了村里的乡土历史学家芸阁斋老师，从他那里听说龟恩洞里有山泉，然后她就想到可以让泉水拥有神力。我不认为她真的进过龟恩洞，打湿她衣服的大概是暮枝川的水吧。”

“然后呢，她原以为计划很顺利，谁知道反而将‘奇迹之泉’的牛皮吹大啦！”町田抱着肚子大笑不止，“最后把搞度假胜地的人都引来了，要是没闹到这么大，这次骗保本来应该能顺利收尾的。她碰到石动戏作真是倒霉到家！”

“不过，欸，这让我也明白了一件事情。”石动感慨颇深地说道。

“什么事情？”

天濑问道，石动笑了笑道：“人寿保险公司是不会相信奇迹的。”

7

看门人到最后也没解释理由，只委婉地暗示克诺索斯的鬼魂会在半夜出现，因此他今后不想再掺和到这样的危险之中。

——阿瑟·埃文斯爵士的日记

蓝下高声敲打梆子木后，歪着头陷入沉思。

“说‘小心火烛’好像怪怪的，应该说什么啊？小心杀人犯，小心牛鬼……”

“你傻吗？那样到处喊，大家还不更怕啊？闭上嘴只管敲你的梆子就是了。”出羽呵斥道，猛地一拍蓝下的肩膀，“行了，走吧！”

蓝下和出羽走在深夜的林道上。

林道一侧排列着一盏盏路灯，铁柱前端的球形照明虽然将两人投在沥青路上的影子拉得老长，但是还远远不足以将夜路照得透亮，还得靠出羽的大号手电筒。也就是说，两人的分工是出羽负责照明，蓝下负责敲梆。

在他们右手边连绵而去的森林里一片深暗，茂密的树叶在月光下黑得发亮。左手边则只有青白色的护栏，看不到对面的河流。只能听到仿佛低沉呻吟般的水声。

蓝下总觉得毛骨悚然，为了壮胆，他将手里的梆子敲得格外响。

出羽正抬头望着夜空。

“怎么啦？”

“没有，只是想到马上该中秋赏月了。”

今年的阴历八月十五对应的是阳历9月24日。四天后，眼前凸胀的月亮就将变为真正的满月，圆滚滚的，仿佛瞪大的眼珠一般挂在天上。月光照耀之下，鱼鳞云显出斑斑驳驳的深灰色暗纹。

“牛眠那句诗，怎么说的来着？”

出羽歪着头，试图搜寻记忆。

“世间有万象，唯此二者不曾衰，名月与俳谐。”蓝下回答道，“真是好句子，牛眠老师文采真棒啊。”

“他在东京大概也参加句会吧，没准进了哪家诗社也说不定。”

“就算时代变了，月亮还是同一个，俳句也绝不会过时。颇有深意的句子呀。”

“毕竟世上总有些只懂用新老评价东西的无能之辈。”出羽歪嘴一笑，恶狠狠地说道，“他们只觉得俳句是老土玩意儿……”

“连老土这个词都已经过时啦。”

蓝下笑了。出羽虽然鼓着脸有点不服气，但马上便继续说道：“就是这种人才会说什么‘现在俳句最新潮’之类的话。是不是黛圆香[1]给她们带的我不知道，喏，不是有那种年轻小姑娘，说什么‘哎呀最近俳句好火的呢’，然后咏一大堆不知所云的情诗吗？这些人只知道用新不新潮来判断事物。只要有趣不就行了嘛，是老还是新，有什么关系？”

“可是我挺喜欢黛圆香的呀，她有些俳句写得不错哦。”

假装被淹死　浮在粼粼水面上　快乐游泳池　圆香

1　日本女性俳人，1962年出生，现代俳句界的代表女性俳人之一。——译者注

“因为你喜欢浪漫的句子嘛。”出羽嘲笑蓝下。

“小姑娘家最感兴趣的就是谈恋爱了，咏成俳句有啥不好？”蓝下如此反驳，也抬头去看夜空里的月亮，“而且啊，女孩无论长到什么年纪都会想谈恋爱的。”

“顶着这张老脸，亏你能说得这么肉麻。”出羽仔仔细细盯着蓝下的面孔看，然后坏笑道，“你可得小心些，没准你家那位哪天也想谈恋爱，到外面去找野男人喽。”

“我家那个没问题的。”

蓝下想起自己胖得面目全非的老婆，小声嘀咕。

两人走在林道上，每家窗户都没有光亮。周围很安静，只有敲梆子的声音在回响。

“哎，由香里现在怎样？”

“什么怎样？”

“还好吗？”

“托你的福啦。她每天都去照顾牛，说什么真一先生和哲史先生去世了，所以我得负责将它们照顾好才行……”

“真坚强啊，跟你一模一样。”

“坚强过头了，撒些傻不拉几的谎我可头疼得很。”出羽好像想起自己被由香里骗了的事情，露出一脸气恼的表情，愤愤地说道，“我到现在还想不通她为什么要那样撒谎。你懂吗？”

“多少懂一点吧。”

“我完全搞不懂。”出羽哼哼几声，叹了口气，“但是我知道由香里心里其实很难受。再让她照顾一个星期，总会好过点吧。”

“为什么是一个星期？”

“再过一个星期，牛好像就要被运到其他牧舍去了。说是外面的养牛户将它们买走了。”出羽面露苦涩，“善次先生本来好像想直接将牛处理掉的，都是由香里和猿边死命拦住他，再拼命去找买主，最后才找到愿意接手它们的人。牛可是活物啊！跟屋子和土地不一样。哪可能那么轻松处理掉！又不能杀了丢在山里！”

“真一先生的房子和土地也会被处理掉吗？”

“对。大概会拆了在上面建度假胜地。”

“度假胜地啊……”

蓝下喃喃道。按说他自己也是持赞成态度的，可现在却开心不起来。八成是因为哲史那具无头尸体留下的阴影一直在他心中挥之不去。

既然现在由能干的善次当老板，蓝下想成为“度假村”大管家的愿望恐怕也难实现。能够参与规划度假胜地经营方案的人，肯定只有善次从名古屋叫来的那些自己公司的职员。

两人走过第二桥。

罗堂邸的窗户同样一片漆黑，里头拉着窗帘，车库里停靠的汽车就像四头蛰伏的大型野兽。善次和美雄好像还要在暮枝逗留一段时间，恐怕他们要一直待到真一的遗体回来为止……

他们一路敲响梆子，走过罗堂邸门前，看到通往龟恩洞的山径开着大口等在那里。

“走吧。”

出羽挥舞手中的光源，催促蓝下。

“要去龟恩洞吗？”

蓝下颤抖地问道。出羽笑着揶揄他道：“这可是你提出来的啊？再说了，本来就得去看看阵一郎先生家的情况。”

没办法，蓝下只好让握有手电的出羽打头阵，自己跟在他后面。龟恩洞虽可怕，但让他一个人留在伸手不见五指的林道上更加可怕。

他们在山径上确定萝洞庵附近没有任何异常情况后，出羽一言不发，径直登上石阶。

蓝下也战战兢兢地踏上去。

“好怀念啊。小时候跟你一起去偷西瓜的那个晚上，也是这样的月夜。”

出羽悠悠地说道。

“偷西瓜？”

“对啊，你还记得吧？你被那家主人抓住，我去接你……”

蓝下用梆子尖搔搔太阳穴，陷入沉思。他完全不记得自己偷过西瓜，而且蓝下跟出羽不一样，他觉得自己应该不是那种偷东西的坏小孩。

“你是不是搞错了？我一点印象都没有啊。”

听了蓝下的回答，出羽叹息一声，喃喃道：“你这个人啊，对自己不利的事情就不记得，真叫人羡慕。”

爬到石阶顶端，深沉的暗影包裹着那条山间小路。

“小心，别走在悬崖边上，掉下去就麻烦了。”

出羽提醒蓝下，而后在小路上前进。

在他们走到可以看见龟恩洞入口的地方时，出羽突然停下脚步。

“怎么了？”蓝下小声问他。

“有人。”出羽皱着眉头悄声回答道。

“谁？”

蓝下瑟瑟发抖，他很清楚自己的心脏现在跳得厉害。

出羽用手电筒照向龟恩洞入口，大喊道：“是谁！”

手电照出的人影好像是个男的，他双手捂住脸，很快便逃出光照范围，在黑暗中跑远了。

出羽立刻冲过去。

蓝下慌忙追着他跑向龟恩洞入口。

“可恶，被他逃了。”出羽四处晃动手电，说道。

四周早已不见人影，光柱只照出林子里的树梢和叶丛。

“刚、刚才，那是，谁啊……”蓝下气喘吁吁地问道，他觉得心都要从嘴里蹦出来了，“不、不会是鬼吧……”

“你傻吗？鬼哪会用撬棍！”

出羽说着，踢了一脚被丢在地面上的红色撬棍。

“撬棍？他用撬棍干什么……”

听到蓝下嘀咕，出羽默默用手电照亮龟恩洞的入口。

龟恩洞门口的封锁近半遭到破坏，真一立下的其中一根木桩已经被砍倒，大概就是用掉在木桩旁的那把斧头砍的。上头绕了好几圈的带刺铁丝和蓝色塑料布也被剥下，无力地垂向地面。

在随风飘扬的塑料布后面，可以看到龟恩洞的内景。

那是真正的黑暗。有了它的衬托，方才光线昏沉的森林小道仿佛白昼，手中电筒的光也显得分外耀眼……

8

母亲拿着那只手看了一会儿，不经意间想起她的右手手臂被砍下。“这是我的手呀。”说着她将鬼手接在臂上，突然变成两丈高的牛鬼……

——《太平记》

由渡边驾驶的巡逻车驶过第一桥，渐渐进入暮枝聚落。

后座的姬木四下张望道：“增援好像还没到啊。”

“他们说下午才来，咱们到得最早。”渡边从后视镜里瞟了一眼上司，回答道。

“他们要来多少人？”

“县局加关局总共十个，大部分是制服警员。”

“十个警员够吗？这里的居民总共有多少？”

“一百人不到吧。”

“我们是要让他们一个个填表啊，很费工夫的。”

“警察工作很忙嘛，肯定派不出多少人手来这里。”

渡边说得好似事不关己，姬木对此有点恼火。

“警官，没问题的。”后视镜里的渡边笑了笑道，“乡下人嘛，一般都愿意老老实实地配合警察的工作，应该没几个人会给咱们找麻烦。”

“要都是村里人就好了。”

姬木嘟嘟囔囔，看了一眼车窗。车子已经开到保龙他们借住的民居附近。乌云沉沉的天空下，茅草屋顶的黄色显得沉重又昏暗。

“保龙先生那儿的人好像都想赶快回家，应该会好好配合的。只要告诉他们留下名字和联系方式就能回家就行。”说到这里，渡边没忍住笑了一声，“他们一旦知道奇迹之泉其实是个弥天大谎，肯定更想早点回家了吧。”

“那个叫石动的家伙这会儿肯定头疼死了。”姬木也没能憋住笑。

“那可不是个脆弱到会为这些事情头疼的人，他这人鬼得很，现在肯定觉得很有意思吧。”为了开上第二桥，渡边大幅度转动方向盘，说道，“现在最头疼的，不应该是善次先生和美雄先生吗？”

“是啊。”

姬木的神情严肃起来。

如果此案是两兄弟中的一个为了得到开发项目的大笔资金，才杀死真一和哲史，现在知道奇迹之泉不过是为骗保编出的谎话，这会儿一定急得焦头烂额。

当然，真一遇害当夜，他们俩都有不在场证明。善次甚至连哲史身亡当夜的不在场证明都稳固无比。就算凶手是他，应该也不是善次亲自下的手。

而且，再怎么想要掩盖犯罪事实，善次看起来也不像是会砍下亲侄子的脑袋，又推着亲哥哥将他撞到铜牛角上那么残忍的人。

姬木心下暗笑，无论凶手是谁，居然妄图让人以为是儿歌里的牛鬼作祟，真亏他想得出这么蠢的主意。现代日本人谁还相信妖魔鬼怪，当警察的更不可能听进这些鬼话了！

如果哪个下属敢跑来跟他说“这案子也许是鬼怪作祟吧”，姬木打算先温和地拍拍下属的肩膀，然后说：“最近这么忙，你肯定很累吧？我给你批个假，去泡泡温泉啥的好好放松一下，放松完就不用回来了。”

总而言之，这个假设虽然基于善次和美雄中有一方（或者两方）是凶手的前提，但还是认为实际执行犯罪者另有他人比较自然。

说不定执行者就是这个人呢？

姬木从膝盖上的信封里取出文件。

面部照片、指纹、履历。自打这份数据今早从东京警视厅数据中心发回岐阜县警察总部后，姬木已经看了几十遍，内容几乎都背下来了。数据发送时通过专用的线路，又用彩色墨水打印出来，所以照片上连头发颜色都十分清晰。

这个人，恐怕现在还留在暮枝。姬木凝视着照片心想。他肯定躲在什么地方。

照片是他十年前被逮捕时拍的。现在既有可能由于年龄增长相貌有变，也有可能本人主动改变自己的面貌。哪怕是头发颜色，只要去染黑了就看不出来。

但指纹是无法改变的。

姬木今天请求关局、县总局派人支援，打算对整个暮枝的居民做一次大规模询问调查。如果一切进展顺利，今明两天就能找出此人的藏身之处。也许现在这个瞬间，他就潜伏在那栋民房的茅草屋顶之下……

如今开发项目受挫，善次和美雄应当慌了手脚。姬木想亲眼见证他们慌张的程度，还有他们见到这张照片的反应……

巡逻车从林道开进罗堂家的车库，停了下来。

姬木和渡边下车，快步走向玄关。

他们被那位叫窗音的少女迎进门，领到客厅。善次和美雄马上就被喊来了。

姬木坐在沙发上观察两人。

善次憔悴了不少，眼底已经出现黑眼圈。为了得知究竟发生何事，他铁定看各电视台的新闻看到很晚，即便躺在床上也没能入眠。这么一想，可能是先入为主，他看起来比两天前见面时还要老上几分。

美雄的表情则像吃了黄连一般苦涩。且那黄连想必极苦，他整张脸皱成一团，面部四处都是细纹。从他格外用力在烟灰缸里按灭烟头的举动，可以清晰地看出他的烦躁。

“不好意思啊，二位分明这样劳累。”

姬木一边注意掩饰话中的讽刺，一边郑重跟身前的两位低头行礼。

“您客气了……”善次深深吐出一口气，翻着眼珠看姬木，问道，“您今日前来所为何事？调查有进展了吗？”

“有进展了。我们在真一先生的衣服上检测到一枚陌生的指纹。”

“是凶手的指纹吗？”

美雄兴致盎然地问道。

“这我们还不能确定。不过指纹的主人有过前科，因此我们查了他的身份。”

两人的神色还不曾动摇，甚至都摆出一副早就已经等不及要听姬木说出下文的神情来。

姬木从信封里抽出那份资料，开始朗读：“姓名锄屋和人，今年应当四十七岁。曾因抢劫罪入狱，并于七年前出狱。”

听到这个名字的一瞬间，善次面色铁青，双眼瞪得老大。

“锄屋和人？怎么可能有这种荒唐事……”

“善次哥！”

美雄大声制止自己的兄长。他眼角上牵，表情变得很是狰狞。

“看来二位认识他？”

“不、不认识。我听都没听过这个名字。”

善次慌忙摇头否认。

“真的吗？我看两位似乎很慌张嘛。”

姬木故意使坏。

“刚才只不过听说可能是凶手的指纹，吓了一跳而已。”

美雄将头扭到一边恶狠狠地回答道。

“为了抓到杀害哲史先生和真一先生的凶手，希望你们能够配合警方的工作。二位不可能对‘锄屋和人’一概不知，他难道不是你们的亲属吗？”

姬木举起文件，给他们看面部照片。

锄屋和人的头发是红色的，清清楚楚刻印着罗堂家的印迹。

9

“你的生父是真正的公牛，他是那样粗暴，不会为任何母牛的爱所动。”

——《变形记》（古罗马）奥维德（著）

“锄屋和人是我儿子。这种情况该叫庶出子吧？他算是善次、美雄同父异母的哥哥。”

阵一郎闭上眼，静静地说道。

姬木的屁股在蒲团上依然怎么坐都别扭。他身旁是渡边，以及正襟危坐的石动。石动的脸上写满了好奇，正洗耳恭听阵一郎的话。

这次石动并非恰巧路过，而是姬木将他叫来的。

由于善次和美雄吞吞吐吐，让姬木去问阵一郎详情，于是他和渡边决定前往萝洞庵。动身前，姬木让渡边去将石动喊来。

“要叫石动先生来吗？”

渡边尽管语带诧异，但不知为什么显得挺开心的样子。

姬木皱眉道：“那人反正之后会自己去找阵一郎先生打听吧。让老人家同样的话重复说几遍总不太好，干脆一次性听完得了。”

于是石动满面春风地来了。渡边好像已经告诉过他锄屋和人的事情，他甚至觍着脸要求看看锄屋的个人资料。姬木虽然恼火，但还是同意给他看了。

只要这人在，节奏就老被打乱——姬木心下叹道。要是被发现自己擅自给一般民众看了内部资料，铁定要被搜查一科的部长骂个狗血淋头。可是，他自己也不知道为什么，就是觉得还是让石动看看资料比较好。那是一种强烈到可以越过警察职业操守的念头。

石动的事情放着不管就行了，现在更重要的是得到有关锄屋和人的信息。

姬木抬头去看电动床上的阵一郎，喃喃说道："您好像并不承认他，资料上显示他是您的私生子。"

"对，我不可能承认他。"

"恕我冒昧，请问他的母亲锄屋美佐这位女性，曾是您的侧室吗？"

阵一郎明显有些犹豫。他一言不发，注视着在风中摇曳的竹帘。

"尽管这可能触犯到您的个人隐私，但毕竟是为了调查凶杀案件，能请您和我们说说吗？"

见姬木低下头，阵一郎微微一笑道："当年那些坏事，我不大乐意提……欸，罢了。如今时效应该已经过去，就请警官先生高抬贵手吧。"

阵一郎从侧桌拿下水壶润了润嗓子，缓缓开始讲述。

"我十九岁的时候被征兵入伍，作为新兵参加了'二战'。当时是昭和十九年十一月，去时就知道注定要吃败仗。次年八月日本战败，我直接成了俘虏，等到再次踏上日本的土地，已经又是一年后，就是昭和二十一年七月，我虽然回到故乡暮枝来，可时代已经变了。我就觉得，不能再这么下去，不能再当村子里的地主。"

阵一郎闭上眼睛，露出回忆往昔的神情。

"我将暮枝的农作物倒卖到名古屋、大阪，靠黑市生意起家，然后就在大阪上班。"

"房地产行业是吗？"姬木问道。阵一郎勾起嘴角，说道："与其说是房地产行业，还不如说应该属于现在说的专业抢地户吧。和抢劫没什么区别。专门去找手头拮据但有土地的人，用相当于白送的低价将地皮从他们手里抢走。教我工作秘诀的还是个背上有文身的人呢。”

他似乎觉得很有趣，十分凄厉地笑了一阵。姬木觉得很不舒服。

“后来呢，我就跟那人一起看上了大阪近郊一户世家——锄屋家的土地。本来威逼利诱，什么手段都用尽了，锄屋家的当家却是个有骨气的男人。他说，要是将土地卖给我们这种人，那他宁愿带着一家老小饿死。可是呢，就这么放弃他家那块地太可惜，所以那会儿我想了个招数。”

“请问是什么招数？”

“色诱喽。”阵一郎从电动床上探身出来，定定地看着姬木的双眼，说道，“话虽如此，按现在的说法，那家当家的是个油盐不进的货色，美色对他没有用。但是锄屋家里有个叫美佐的女儿，她长得丑极了，老大不小的年纪还没出嫁呢。”

阵一郎摸了摸自己深陷的脸颊。

“我嘛，别看现在老成这样，那会儿才二十五六岁，正是血气方刚的时候。美佐立刻就被我迷住了。二十多岁一个姑娘，还是黄花大闺女哪！”

刺耳的笑声回荡在屋内。渡边眉头紧锁，脸上明显表露出不快。石动则面不改色，定定地抬头注视着阵一郎。

“我对美佐是这么说的。虽然我想娶你，可是有一件事情不好办，我现在正和你爸谈出售土地的事情，你爸就是不肯点头同意，要是这项目谈不拢，我就要被炒了，你能不能帮我想点办法呢？我这么一说，那个傻女人第二天就将产权证拿来给我，说是从父亲的保险箱里偷出来的。”

“您……收下了吗？”

姬木用力从喉咙里挤出这句话，这要不是发生在五十年前的故事，他都想直接将阵一郎带走了。

“是啊，我收下了。警官先生，能不能请你不要用看恶鬼的眼神看我这个老头子？都是过去的事情了，我当初还年轻啊。”

阵一郎露出安分老实的神情，表示理解姬木在想什么。

“那后来怎么样了？”

“后来可喜可贺，锄屋家的土地进了我们腰包。美佐以为这样就能和我结婚，但是怎么可能呢？我已经有妻有子，那会儿真一都出生了啊。”阵一郎玳瑁眼镜背后的双目一亮，说道，“而且警官先生，你想想嘛。擅自将那么重要的产权证拿出来给别人，我能将这种傻女人娶回家吗？”

姬木片刻间无言以对。

“……那位美佐女士后来怎样了？”

“锄屋家就这么倒了。一切都是她的错，所以她也没脸见父兄。听说后来一个人跑到东京，在酒馆里干活。这种事情我虽不知情，不过她好像那会儿就有了身孕。”

阵一郎意味深长地一笑。

“第二年，美佐从东京寄信来，说她生了我的孩子，起名叫和人。她不要求我娶她，但是为了孩子，只希望我能承认这个儿子的存在。可我能随便认吗？只会增添不必要的麻烦！我就跟她说，你说是我儿子，那就拿出证据给我看看。那个时代还没有 DNA 鉴定，真是帮了我大忙。”

“那孩子就是锄屋和人吧？”

“看来是的。”

“但和人确实是阵一郎先生您的儿子。您看，他不仅继承了您的红发，长得和您也很相像……”

姬木心里抱着一丝期待，将锄屋和人的照片递给阵一郎。

阵一郎百无聊赖地瞥了一眼道：“长得就不像好人，我第一次见哪。

是通缉令上的照片吗？”

“和人曾经因为抢劫罪服过刑。这是当年逮捕他的时候拍的。”

“哦，抢劫啊。我后来听风言风语，说美佐死于酒精中毒，孩子就被送孤儿院了。到底还是成了小偷嘛，那就跟他亲娘一样傻呗，长得就一副蠢样，还好我没认这个儿子。”

阵一郎马上将照片还给姬木，一句父亲该说的话都没说。

“你们找到和人的指纹了？”

他问道。

“是的。残留在真一先生的外套上。”

“杀死哲史和真一的人，是和人吗？抢劫犯当完，又去当杀人犯啊？”

“我们暂时还没有调查到那一步。”

“我把话说在前头，锄屋和人这个人跟罗堂家毫无瓜葛。法律上他是锄屋美佐的私生子，当然跟老头子我也没有任何关联。刚才说的这些话，请你们记得保密。”

阵一郎背过脸去看庭院里的柿树，不再看姬木了。

姬木不作任何回答，起身告辞。

“你怎么看？”

刚刚走出萝洞庵的玄关大门，姬木就问渡边道。

“这老头真不是个好东西。”拥有强烈正义感的渡边很不愉快地皱起眉头，“好歹是他儿子，哪有人那样说的？”

“听他讲的故事，锄屋和人对罗堂家怀恨在心好像也不奇怪。”

姬木盯着渡边，给他使了个眼色，他不想自己亲口问石动。

渡边立刻会意，转向石动问道：“石动先生，您怎么看？”

“确实，和人可能对罗堂家抱有怨恨。”石动虽然点了点头，但又稍作思索，“但那也是几十年前的事情了。假如锄屋和人是凶手，为什么直到今天才来找罗堂家报仇呢？”

“你这个人脑子也许很好使，但好像不太懂人心嘛。”姬木终于忍不住插嘴道。

“这个我还是有自知之明的。”

“所谓怨恨，就是扎根很深的东西。无论经过多久也不会消散，只需一点鸡毛蒜皮的小事就能再次点燃。他虽然出狱了，人生却处处不顺，这时候如果再听说本来就很有钱的罗堂家，可能因为度假胜地开发的事情变得更有钱，他积怨已久的情感爆发也很正常吧？这种例子我见得多了。”

“原来如此，既然警察方面这样认为，那可能确实如此吧。他杀的之所以不是他憎恨的对象本人——阵一郎先生，而是哲史先生和真一先生，也是这么个缘由吗？”

石动喃喃道。

“对了！他最恨的人应该是阵一郎先生啊。”姬木立刻注意到其中问题，他看了看渡边说道，“你马上派人保护阵一郎先生。还有，下面罗堂家大宅也派几个人看着为好。”

“确实，以防万一嘛。”渡边抿抿嘴角。

“居民问话那边怎样了？”姬木问道。渡边看看表，说道：“马上开始了吧？保龙先生那边，应该由都筑先生负责指挥。”

10

就像去取防腐油的人自己反变成木乃伊，就像贸然闯入八幡的迷途森林，我虽向四周拼命叫喊，却无一人理会。

于是我应当心怀感激地终结此生吗？

——《戏言集》（日）高桥新吉（著）

“我刚才不是说了吗？又没让你找工作，不用写学历。表上有的项目填起来就行了。姓名、年龄、住处……”

都筑说着，递给对方一张新表。

这个约莫五十来岁的男人点点头，将写坏的表格揉成一团丢掉。这已经是竹编地板上滚落的第三个纸团了。

包含都筑在内，五名警察并排坐在保龙家宴会间的矮桌旁，对所有住客进行调查问话。上面派来增援的另有五人，如今应当正在逐户访问村民家。

无论解释几遍，都筑旁边的白发男性都没能顺利写完一张表，年轻的制服警员只得吃力地应付他。

太麻烦了，都筑心下叹息道。这样下去哪怕再催，也得搭上一整天的时间。

如果只查姓名年龄住处，那让对方口头说明，再由警察记录便是，那样速度更快。可是这次问话非得本人亲笔书写不可，警方有必要让这些被调查的居民直接接触到表格。

都筑他们想要的，并非有可能凭空捏造的姓名和联系方式，而是留在表格上的指纹。

他们准备将所有表格收集起来带回县总局后，先将指纹提取出来，再逐个与锄屋和人的资料进行比对。这样一来就算他隐姓埋名，哪怕染过发整过容，也能确定锄屋和人的身份。

但他们哪怕依靠老鉴识人员的“肉眼识踪”——这项技艺如今仍作为一种传统留存在鉴识科——又或是将资料送进扫描仪，让电脑一个个进行比对，两种方法都得费相当长的工夫。姬木今明两天就要知道结果，然而是否真能实现，都筑对此深表怀疑。

费这工夫干什么，直接采集他们指纹不就好了？都筑心想。现在的指纹扫描仪虽然是大型机台，只需要将机器做小些，可以随身携带……或者嵌入某种移动设备，直接让人将食指按在扫描区，当场用无线数据发回县总局进行比对，就能知道此人有无前科。不……要是无论有没有前科，光凭指纹就能对应出某个人，那该有多轻松啊……

都筑立刻陷入自省。这纯属警察的道理，是管理者的思考方式。他们不能只为了警察和机关单位省事而去采集全国人民的指纹。如果光凭指纹就能掌握姓名、年龄、职业、籍贯、现居地等多项信息，他们的工作或许会很轻松，但是，这很明显侵犯了个人隐私。

而且，明明没犯事，却被采集指纹，都筑自己想想也是不乐意的。

如果这类个人信息被收集起来统一管理，那么必然遭人滥用。警方内部网络尽管架设在专用 ISDN 线路上，又采用最新的数字加密技术，但也并非绝对安全。只要数据存在，就一定会出现盗用之徒，且他们总有一天会得逞。而且最主要的是，无法保证管理者中不会有人财迷心窍，出卖公民隐私，鼓自己的腰包。即便安保措施万无一失，管理者终究还是活生生的人类。

世上的有些事还是麻烦点好，都筑心想。并非只有信息化和高效化才是正道。

话虽这么说，眼前老也看不到进展的工作还是让他烦透了。宴会厅里早就已经挤满排队等待调查的人了。

都筑的郁闷不光来自工作，看着宴会间里这些或坐或站的人，他总感觉很窒息。

宴会间里绝大部分是病人，四处可见青紫的脸色和瘦削的躯体。其中甚至有人光是坐着不动都咳得十分难受，也不知道旁边那个担忧地帮忙抚背的人是不是他的陪护。

喉咙里布有痰液的咳嗽声，都筑听来煞是刺耳。他真想过去直接说道："你这身体不可能杀得了人，还是赶快去医院吧。"

他们是将一切希望寄托在奇迹之泉上的重病患者，可所谓的奇迹不过是为诈骗保险金编造出来的谎言。都筑满心以为他们会被打垮，会笼罩在阴云之中，可是面前这些人没有人绝望，甚至还有人朗声谈笑。

难道他们接受了束手无策的死，转而以平和的心态面对此事，看破红尘了吗？

不，并非如此。那些微笑着闲聊的人们眼中仍有不安神色，仍旧充满了自暴自弃，可是反之，他们依然在寻求希望。尚有一丝生机的期许刚刚冒头，下一秒又立刻沉入黝黑的绝望之中，他们正处在生与死的夹缝里，摇摆不定。

不仅他们，自己也一样。都筑感到在生与死的夹缝中求生存这点上，自己的命运也与他们殊途同归。死亡是无法逃避的，而人类失去生命究竟可以多么轻而易举，此处再无人比在搜查一科供职的都筑了解得更为透彻。

游荡在生与死的夹缝之中，活着不就是这么一回事吗？死是无法逃避的，但也无须为此超越死亡，不需要死后的世界。同样，开悟也好，疗愈也罢，他都敬谢不敏。

都筑畏惧死亡，工作中若见到凄惨的尸体更会加剧他的恐慌。有朝一日待他临终，八成会在大吵大闹“我不要！我不想死”的同时撒手人寰。都筑觉得，这样也蛮好的。

那个五十来岁的人终于填完表格的时候，一张熟悉的面孔进入宴会间。看到他腰上的腰包，都筑想起来了，此人名叫灰田虎彦。

灰田好像不是来治病的，所以看起来很健康。他扫视一圈遍布宴会间的病号后，之所以会露出不快的神色，恐怕是和都筑产生了相同的想法吧。

灰田大步穿过宴会间，穿上丢在地面的运动鞋，若无其事地离开土间。

都筑对眼前的住客道了声歉，离开矮桌追上灰田。

“喂，你，等一下。”

都筑走出玄关喊了一声，灰田在住宅用地和林道的分界处缓缓回头。

“你填过表了吗？”

“没啊。”

灰田立刻回答道。

都筑皱了皱眉说道：“你不能擅自离开，要跟我说一声的。”

“我出来抽根烟而已。”

灰田悠然从牛仔裤口袋里取出香烟盒。

但他用手指在皱巴巴的烟盒里摸索一番后，说道：“没烟了。你有吗？”

“我不吸烟。”

“真倒霉啊，我最近突然点儿背得很。”

灰田自嘲地一笑，将烟壳揉成团丢在地上。

“既然没烟了，能不能请你回宴会间等候？”

“待在那里要憋死的。我看到病人和条子就想吐。”

被人喊“条子”让都筑有点恼火。他快步走近灰田道：“你要是不配合我们调查，可能会被怀疑哦。既然这样，不如直接请你跟我回警局一趟……”

“你要带我回局子？”

尽管灰田语带笑意，但薄薄的蓝色镜片底下，那双眼睛根本没笑。

“你以为自己能行？”

“当然行啊，你是可疑人物嘛。”

“那你试试看啊。”

灰田勾起一边嘴角，拉开腰包拉链，抓出其中藏匿的物品。

都筑不敢相信自己的眼睛，他不由自主倒退了两步，又一步。

“你试试看。”

灰田重复这句话，右手握着的自动手枪指向都筑。

“这位先生，你想不想享受一把光荣殉职，连升两级的特殊待遇啊？”

11

那个山洞，实际是一条延伸向岩石深处的隧道。他们手拉着手，步履蹒跚地走了进去。事态已然无法预测，又变得一发不可收拾，甚至连思考的余地都不再有。他们的直觉钝化了。

——《终极计划》（英）迈克尔·穆考克（著）

听到枪声时，天濑正在民宿二楼的房间里思考有关窗音的事情。

如今得知奇迹之泉是个弥天大谎，善次铁定正焦头烂额。他本想着拆除真一的房子和牧舍后，将土地交给雅典建筑公司，再靠着“暮枝疗养度假胜地”的地皮租用费大赚一笔。没准，度假胜地的经营事务他也打算亲自过问。

但如今如意算盘已然化为泡影，一切不过是那个想要保险金的女人演的一出戏。

得知暮枝的土地换不来钱以后，善次收养窗音，还会好好对待她吗？当然，他们仍有叔侄之间的爱，但这爱究竟能有多深，天濑对此表示怀疑。

天濑察觉到了，罗堂家的人都有冷淡的一面。那是一种冷静又透彻，不将人当人看的特质。

善次恐怕不得不收养窗音了。但被收养后，窗音是否会过得幸福，天濑感到担忧。

窗音说她去哪儿都一样。但跟着冷漠的叔婶生活是否也一样，这并不尽然。本该到手的大笔资产落空了，善次也许会将一腔怒火全部发泄在窗音身上。

简直就像童话里的女主角，天濑想着，不禁为自己的多管闲事失笑。他为什么非得担心那个红头发的女孩呢？明明等警察问完话，他一回东京，以后就不会再见面了……

再说，窗音很厉害的。无论被逼入何种状况，她都一定能平安无事。

她毕竟也是罗堂家的一员。

此时，天濑听见林道另一头传来爆裂声。

是什么呢？天濑凑近窗边查看。

町田努力地拔着草。今天应该差不多能收拾完整个庭院。町田用戴着劳作手套的手背擦了擦额头上的汗，舒展了一番开始抗议的腰椎骨。

忽然“砰”的一声巨响，町田只当是汽车回火的声音。午后来了好多巡逻车，八成是其中的哪台吧。

他敲打着后腰，想蹲下继续工作时，看到天濑惴惴不安地从窗户里探出脑袋。

町田心想：“回火而已，就吓成这样，天濑真是个胆小鬼。”

枪声没有传到罗堂邸。

善次和美雄坐在客厅，正在讨论今后的对策，但他们的谈话一直没有触及核心。就因为那个叫姬木的警官总是喜欢操多余的心，派了几个制服警员来家里驻守，搞得他们没法聊真正想聊的话题，两个人都十分烦躁。

窗音待在自己房间里。她背叛了天濑的想象，并不对自己的未来感到担忧。窗音远比天濑想象中的还要坚强。

坐在床沿的窗音心里想的是那个似乎对自己抱有好感，有些胆怯的青年天濑启介。她的脸上浮现出几分微笑。

枪声也没传到萝洞庵。

阵一郎仰躺在电动床上，双眼盖着一块湿毛巾打瞌睡。意识蒙眬之中，“锄屋和人”这个时隔七年再次听到的名字在他脑海里不停地打转。

阿荣正在庭院里挥舞耙子，打扫地面上的落叶和垃圾。

“都跟你说了！昨天晚上龟恩洞有个奇怪的人啊。”

蓝下在路边抓到一个穿制服的警员，对他极力表达自己的主张。

“知道了，知道了。”警员摊开双手说道，“我现在公务繁忙，得去向全体村民问话，你那件事情待会儿再提吧。”

“你这是玩忽职守！”

由于出羽满面怒色地逼近他，警员脸上显出几分怯意，争辩道：“不是玩忽职守，就是为了尽职尽责，现在才很忙啊。我不是说了，过一会儿我会好好地听你们讲的吗？”

“不止有怪人，龟恩洞入口的封锁也被破坏了，难道还有比这件事情更重要的公务？”

眼见急性子出羽就要大吼大叫，突然一声巨大的爆裂声响彻整条林道。

三人一齐望向声音传来的方向。

“是什么声音啊……”

蓝下愣愣地说道。

警员的表情陡然僵硬，回答道：“是枪声！”

保龙在很近的地方听到了枪声。

待在宴会间的众人惨叫连连、东逃西窜，原本坐在矮桌边的众刑警也慌忙起身。

“大家冷静！请待在原地不要惊慌！”

一个警察大声喊道，但并没能阻止场面的混乱。慌忙跑进走廊想回房间的、呆站在原地一动不动的，还有当场抱头蹲下的。宴会间里充满了怒吼和惊叫，四下奔逃的人们将状况弄得一团糟，害得警察们也没法采取行动。

保龙拨开乱作一团的人群，穿过宴会间，光着脚踩过土间，冲到屋外。

只见玄关前，那位名叫都筑的刑警一个屁墩儿摔坐在地上，怔怔地望着林道的方向。

“出什么事了？！”保龙抓住他的肩膀叫道。被这一喊，都筑好像才终于回过神，他立刻站起来拍了拍裤子说道：“喂，那个叫灰田的是什么人啊？”

他整张脸涨得通红，仿佛想立刻勒断保龙的脖颈。

“什么人……我也不是很清楚……”

“他突然掏枪出来开枪啊！这到底是什么情况！”

都筑叫罢，飞身向林道冲去。

姬木、渡边、石动三个人正好走到第二桥边。

两名警察立刻发觉了爆裂声的性质。

“是枪声。”

姬木瞪大眼睛对渡边说道。渡边也脸色铁青。

“是保龙先生那儿传来的。到底发生了什么……”

此时，他们看见一名男性向第二桥飞奔而来。他身挎腰包，戴着无框眼镜，是保龙家那个叫灰田虎彦的人。

灰田的右手紧紧握着一把黑色自动手枪。

就在三人愣在原地的当口，灰田似乎发现了他的行进路线上有警察。他在几乎已经下桥的地方停步后，神色悲哀地喃喃道："我真是点儿背到家了。"

然后举枪对准他们三个人，扣下扳机。

姬木慌忙抱着头，窜进林道一侧的树丛里。

渡边则以与他肥胖体型不相符的灵活动作，用胳膊夹着愣在原地的石动一头钻进林道另一边的树丛。

紧接着灰田又开了三枪。其中一枪射中写着"私人道路"的标识牌铁柱，发出尖锐的金属声响。姬木在树丛里伏得更低。

他抬起头，恰好看到灰田沿着河畔堤坝跑远的身影。他在离得老远的地方双手抓住树枝登上斜坡，逃进森林去了。

姬木起身时，看见都筑从第二桥另一端跑来。

"几位没事吧？"

都筑大叫。

"勉强吧。"

姬木依然不明白发生了什么，对都筑点了点头。

渡边和石动好像也平安无事，他们慢慢从树丛里站起来。两人脸上满是泥土。

"那人往哪儿跑了？"

"你说那个拿枪的人？从河堤跑进森林去了。"姬木指了指灰田逃走的方向，"到底出什么事了啊？我完全搞不懂现在是什么情况。"

"那个叫灰田的人拒绝调查，想独自外出。我把他叫住，他就突然拔枪了。枪就放在那个腰包里面。”

“那他就是锄屋和人吗？真没想到他连枪都有啊。”姬木狠狠抛下这句，严肃地看着两个下属说道，“无论如何，现在确定有个带枪的家伙逃进山里了。马上联系总局，报告情况。还有，得跟他们再讨点增援人员来才行。”

“要搜山吗？”渡边问道。姬木则重重地点了点头说道：“可能要。总之现在刻不容缓，必须马上抓到那个灰田。”

言罢，姬木不经意间看了一眼石动。

石动正将自己被草汁染成绿色的眼镜举到半空，恨恨地盯着镜片。

12

你兄长的那个迷宫，总不会有什么说法，非得一直无主不可吧。

——《淮德拉》（古罗马）塞内卡（著）

“说是嫌疑人逃进山里了吧，哪边的山，暮枝川北边还是南边？”

出羽从铺在厨房大桌上的地图里抬起头来问道。

姬木瞪着地图想了一会儿，用目光寻找方才逃走不久的灰田离去的地点。

众刑警赶来后，姬木命令部分人留在林道驻守，自己带着剩下的警员跟渡边、都筑一起下到暮枝川的河堤上。他们走到灰田进山的地方，往森林里瞧了瞧，但早已没有人影了。

林子里很昏暗，倾斜的地面看来也不太好走，姬木觉得靠不习惯走山路的寥寥几人追击并不现实，于是他们返回林道。

姬木直接前往出羽家，听说他是暮枝地区说话有分量的人物，此行也是为了让出羽帮忙判断灰田的逃脱路线。姬木已有盘算，等县警局援兵一到就搜山，但真到那时村民的协助也必不可少，他必须事先和出羽谈谈。

“灰田应该是逃到这附近去了。”

姬木指着地图上的一点。就在暮枝川沿途，从第二桥稍稍往林道折返一点的地方。

“那就是逃去北山了。”出羽对姬木一笑，“警官，你运气真不赖。既然逃到北山，那他哪儿也去不了，就跟进笼子的老鼠没啥差别。”

“是吗？”

姬木目不转睛地看着出羽的笑容。

“是啊。他如果跑到南山会很麻烦，可以去国道，也可以跑到高贺。但既然是北山，那他只能从暮枝林道的哪个地方下来，无路可逃的。”

“等一下。”姬木低头看地图，稍作思索后问道，“他不能跑到西边的 256 国道上吗？”

“不行。国道到第一桥那段山路太陡，倒不是说绝对不能走，但是一般来说很难走。沿着林道到第一桥那段路没房子也是这个原因。由于太陡，开不了地。”出羽用指尖在地图上画了个圈，“北边、东边就上高贺山了，他还是没法逃。哪怕万一他跑了，到板取村和美并村还有很长一段距离，到达之前就会在山里遇难的。”

“你说的确定没错吧？我得靠这个敲定紧急部署方案，有错就麻烦了。”

“这个嘛，如果他穿登山靴又有绳子的话，那可就不好说了。”出羽耸了耸肩说道，“那人穿的是什么鞋？”

姬木试着去回想，正皱眉的时候都筑代他回答道：“运动鞋。他在保龙家穿鞋的时候我看到了，是气垫运动鞋。”

“那鞋就是在木地板上打篮球的。”出羽讽刺地笑道，用食指敲了敲地图说道，“根本不可能翻得过山。警官，我敢拿命跟你打保票，除非他下到暮枝的林道，不然绝对没办法逃出去。”

“警官先生，警官先生。”

石动高声和姬木搭话，像是要提醒他什么。

“怎么？”

“说到暮枝川北边的山，那是萝洞庵所在的方向哦。”

听到石动的话，姬木瞪大了眼睛。

阵一郎已经完全陷入沉睡。阿荣站在电动床旁，心疼地看着他痛苦的睡脸。

老爷又做噩梦了……她心想。

阵一郎额上的汗水仿佛念珠般颗颗串连，面部抽搐着，再这么下去，他就该哼哼出声了。

阵一郎在做噩梦。这几年他分明已不再做了的，可一听到锄屋和人的名字，阵一郎便开始再次被梦魇缠身。至于梦的内容，阿荣也从阵一郎口中听到过大概。

想必噩梦正展现出它不祥的身姿袭向阵一郎。也许不只是梦呓那么简单，阵一郎可能会大喊，可能会被自己的尖叫声惊醒……

听到背后有动静，阿荣慌忙转头。

“不好意思，刚才底下发通知……”被派来保护阵一郎的年轻警员万分紧张地问道，“可以请您立刻叫醒阵一郎先生，送他到本家去避难吗？说有一名带枪的男性逃到山里来了……”

由香里端来与人数相符的茶水，分给大桌旁的所有人。正巧姬木觉得渴，他心怀感激地道过谢，端起粗茶喝了一口。

“你们的增援能来多少人？”

出羽尖锐地问道。

姬木慌忙将茶杯放回桌上说道：“还不清楚，我跟他们说过尽量多派点人手来帮忙……”

“用不着一两百个那么多，有三十来个人就足够了。”出羽托着腮，稍作思索后说道，“山里边能走的路就那么几条。让他们五个人一组分成五组，最好再每组配个村里人带路。至于带路的人选，以及应该从哪里进山，我过一会儿再告诉你。”

姬木表面上郑重点头，心里却开始觉得丢脸。现在简直是由出羽全权指挥搜山，这样下去，出羽铁定要拿着无线电，四处给警察发号施令。

然而骨子里充满领导气质的出羽完全没注意到姬木心里的小想法，显得斗志昂扬。他看了一眼站在稍远处的蓝下，说道：“喂，村长，你带路成不成？”

“咦？”

原本似乎在烦恼什么的蓝下吃惊地抬起头。

“我问你能不能给警察带路去搜山啊。”

“啊，当然可以啦，我可是村长哎。”

尽管蓝下挺挺胸膛，但谁都看得出来他这是虚张声势。

“放心吧，有五个带枪的警察先生跟着你呢，不会出啥事的。现在出事的是那个小伙子才对吧？他这会儿肯定还在山里躲躲藏藏呢。”

“就是这件事情！”蓝下十分烦恼地说道，“那个灰田是不是想躲进龟恩洞去啊？喏，昨天夜里龟恩洞那个人……”

“对啊！没准昨晚就是那个叫灰田的家伙。”出羽大喊道。

“喂喂喂，你们到底在说什么，给我解释一下啊！”

姬木插嘴问道，出羽和蓝下于是齐声开始了说明。

“有个带枪的男人逃进山里了？”

阵一郎一边让阿荣换衣服，一边询问制服警员。

“是的。我们警官说，那人可能就是锄屋和人，他可能想取阵一郎先生您的性命。”

“哦？锄屋和人吗？那我真想见见。”

阵一郎意味深长地笑了一声。

“您现在可不该有这个闲心。”阿荣将裤子套到阵一郎腿上，出言提醒，“老爷您哪，就是什么事情都觉得有意思……”

“老人家的日子总是很无趣的，这你也明白吧？”

“带枪的人可一点都不有趣。”

“这倒也是。只有恐怖而已。”

阵一郎一边说着，一边伸了个大大的懒腰。

阿荣给他穿完了裤子，站起来说道：“我现在去拿轮椅。警察先生，待会儿我要把老爷搬上去，您能来搭把手吗？”

渡边和都筑正沿着山径往萝洞庵方向走，恰好看到阵一郎一行人迎面而来。阵一郎坐在轮椅上，膝盖上盖着毛毯，遮住双腿和两个手掌。

擦肩而过时，阿荣微微欠身向他们致礼。

阵一郎和阿荣看起来都很平静，紧张最暴露无遗的是跟在后面的制服警员。他四下张望，看起来像在想“那个带枪的人突然蹦出来可怎么办？”

“阵一郎先生这边暂时可以放心了，待在本家应该就很安全了吧？”

都筑说着加快了脚步。

他两级并做一级，飞快跑上那段通往龟恩洞的陡峭石阶。渡边恨恨地抬头看着他的背影拼命追赶，背上大汗淋漓。

九月一近月末，太阳便落得快。群山西侧早已燃起一片赤焰。不出一小时，这一片就会被包裹在真正伸手不见五指的黑暗中。

跑过满是石子的小路，刚一瞥见龟恩洞入口，都筑和渡边不禁呆立当场。

据出羽和蓝下所说，封锁龟恩洞的木桩被人砍倒了其中一边。但现在他们眼前两根木桩都已横卧在地，蓝色塑料布也被整块摊开，看起来好似污浊的湖面。

龟恩洞完完全全张开了它的大嘴，展示其内部的深暗。

“……渡边，你回山下去，找几个手电筒和绳子来。还有，为了看守入口，最好再带一个警员过来帮忙。”

都筑压低声音说道。

“你要进去吗？”

渡边也不知为何小声回问道。

“只能进去看看了吧？这可是跟岩屋里的鬼过招的大好机会！”

都筑的脸涨得通红。

渡边点了点头，飞快沿着小路离开。

跑在夕阳西下的山径上，渡边脑中不断回响着儿歌里的一节。

穿过恶鬼下巴颏，追逐牛角大鬼影……

13

这个是传说中的“胧清泉”，那个又是什么“悬岩桥”。一面做着介绍，一面拨开小松树丛，抵达大原之里。原本这儿黑得伸手不见五指，好似能从中抓出一头牛来。此时听见黑暗里传出声音，有些幼童四下逃窜。

——《好色一代男》（日）井原西鹤（著）

“龟恩洞的封条被人破坏了？”

姬木情不自禁大叫起来。

“是的。”

渡边一面用手帕擦着额头上的汗一面回答道。他是从龟恩洞那边拼尽全力跑回出羽家的，弄得上气不接下气。

“两根木桩都倒在地上，洞口整个儿开着，都筑先生说要进去看看……”

“对方手里有枪啊！”

姬木说着，看了一眼旁边白发苍苍的村民。出羽和蓝下带队出发去搜山了，要得知村中相关的情报只能依靠这名老者。

“老人家，请问龟恩洞只有一个出入口吗？如果没有其他出口，那我们只用守住入口就行。”

听到姬木的问题，老人表情呆滞地回答道：“咦，龟恩洞其他的出口吗？我好像听说过有，又好像有人坚持说没有……”

“到底有没有啊！”

姬木被老人模棱两可的语气搞得很恼火。

“不清楚哎。”

老人答得直截了当。

“如果在意料之外的地方有出口呢？您打算怎么办？比如可以一直通到暮枝川河畔……”渡边满怀干劲地问道。姬木扶着额头烦恼了一会儿，终于一脸释然道：“行，我知道了。我可以同意你跟都筑老弟进洞去找，但是你给我听着，一定要小心再小心，绝对不能忘记对方手里有枪。”

“都筑先生肯定记着呢。人家可是在他眼皮底下开了枪呢。”

见渡边开起玩笑，姬木依然表情严肃说道：“这不是开玩笑的。记住，在抓犯人之前一定要优先考虑自身的安全。你听着，我这个人很讨厌下属比自己提前晋级的。”

姬木这句话，指的是连晋两级的殉职特殊待遇。

出羽领着一帮村民和警员走在土堤上。周围已是黄昏，群星开始在空中眨眼。所有人手里都握着电筒，几条光线交织在一起。

“第一组走那条路，第二组从这里上去，怎么走村民都知道。”

出羽得体地发号施令，由村民和警察组成的小队很快便从各自的入口消失在林间。

剩下的只有出羽、蓝下以及他们小队里的约十名警察。

“行了，我就从最紧要的——那个什么灰田钻进去的口子那儿给你们带路吧。”

出羽说着，拿电筒照亮蓝下的面孔。

蓝下被光刺得连连眨眼，说道：“好亮啊，别晃我啦。”

“我还以为你吓得脸都绿了呢，看来也没有嘛！”出羽豪迈地笑道，

“村长，你从再下面那个入口进去。路还记得吧？以前我们经常去玩的。”

“当时去抓过虫子啊。”蓝下露出追忆童年的神情，“记得我抓过好大一个锹形虫，放到现在肯定能卖个好价钱吧。”

他得意地抽抽鼻子。

“你这个人，当年勇倒是记得很牢嘛。”出羽坏笑道，“这件事情后来怎么样了你还记得不？你想抓个更大的锹形虫，结果自己一个人在山里迷路了，还是我去救你的呢。”

蓝下很不服气，说着“我怎么不记得还有这一出”。

出羽苦笑道：“欸，算啦。你可别把警察带迷路了啊，这次我可救不了你，要是出了事儿你就自己想办法吧。”

罗堂家的餐桌上笼罩着苦闷的沉默。

善次和美雄都不发一语地动着筷子，丝毫没有从碗盘里抬头的意思。窗音表现得很沉稳，像平常一样慢慢用餐，但也同样一言不发。

而身处沉默中心的阵一郎坐在三人合力抬进来的轮椅上，啜饮他的粗茶。

阵一郎吃得很少，眼前盘子里的食物还剩大半。

“这烤鱼是荣姨做的吗？”

猿边再也无法忍受沉默，开了口。

“对。”

阿荣转向他，微微一笑。

“真不愧是您的手艺，太好吃了。”

“阿荣很会做饭的哪。”阵一郎缓缓点头，“多亏了她，我第一次知道粥都能那么好喝。当年老妈给我煮粥都是随便煮煮冷饭，要是从白米开始熬起，粥也可以很美味哦。”

“这样啊……”

就在猿边考虑接下来该说什么时，善次突然抬起头来。

“美雄，我今晚打算先回一趟名古屋。”

他跟美雄搭话。一副打算无视阵一郎和至今为止所有话题的态度。

“回名古屋？”

美雄反问道。

“对，我在暮枝都待三天了，不知道公司怎么样了，得回去看一看。欸，不过我明天还会过来的。”

“这倒不假，善次哥毕竟是当老板的人嘛。”

“你不也是院长吗？诊所不开门没关系吗？”

“当然有关系啊。”

“你也回去一趟怎么样？要不你干脆回名古屋吧，不用过来了，这里有我盯着。”

“是啊。我也回去一趟好了。”美雄用手指探了探衬衫领口，“也快没衣服换了。”

猿边觉得很奇怪。外面明明有个持枪的嫌疑人在四处流窜，他们居然要丢下老人女眷回名古屋？就不担心自己的父亲和侄女吗……

但即便听了这两人的对话，阵一郎和窗音还是面不改色，依旧一言不发。

猿边心下想道：真是一家子怪人。

“喂，你不要走那么快好吗？”

制服警员握着树枝气喘吁吁地说道。

“这就不行了？”出羽回头咧嘴一笑道，“骨头生锈啦，你太缺乏锻炼了。”

“多管闲事！”这个和出羽几乎同年的警察赌气地回嘴，“四周这么黑，你一个人冲在最前面很危险知道吗？要是嫌疑人开枪怎么办？”

太阳已经落山，头顶交缠的枝条之上展开一片漆黑的夜空。月亮还藏在山后，目前只能看到微微闪烁的星光。

简直就像黑暗凝结成实体，沉淀在四周一般。就连手电筒的光芒，也只不过一瞬间照出枝干的轮廓，很快便被树木间深邃的黑暗吸收了去。

“林子里这么黑，不可能的啦。哪怕他真敢开喷子[1]也不容易打中。”

“开喷子？”

警察皱起眉头，出羽慌忙捂住自己的嘴。

阿荣正在洗碗筷，此时窗音走进厨房。

“阿荣阿姨，还有剩饭吗？”

“有是有，你晚上没吃饱吗？”

阿荣回身对窗音一笑。窗音如今正在长身体，肚子饿得快不稀奇。阿荣还常常想，她就该多吃一点，再长点肉更好。

但窗音摇了摇头，说道：“不是我啦，只是觉得警察叔叔会要吃吧。如果还有饭，可以做几个饭团吗？”

于是阿荣和窗音将电饭锅搬到厨房桌子上，两人一起捏饭团。

窗音拉出长长的保鲜膜，将饭盛到上面。

“你要用保鲜膜捏吗？”

1　枪支的黑话。——译者注

阿荣一边用手蘸碗里的水，一边问道。

“嗯。用保鲜膜更好捏，而且也不会弄脏手嘛。”

“这倒是没错。”

看着窗音用保鲜膜捏饭团，阿荣想道：还是直接用手掌捏出来的更有心意吧？

但窗音的手法很好。看到饭团在她手中变成规整的三角形，阿荣在心里默默给她打了个合格。

“这里真有路吗？”

制服警员直接跳过怀疑阶段，愠怒地质问道。

“呃，我觉得应该是这边呀……”

蓝下被警员一瞪就慌了神，张皇失措地回答道。

“光你觉得可不行。”警员苦着脸说道。

蓝下他们一行人走在齐膝深的茂密草丛里。根本不是“走的人多便成了路”的问题，四下荒芜得莫说有人，没准连野兽都几十年不曾踏足。一直被坑坑洼洼的地面绊到脚。

“我可不想在这鬼地方遇难啊！”

警员一边拿手电筒四下乱照，一边苦苦哀求。

其实蓝下觉得，他们应该已经在同一个地方打转很久了，但他选择保持沉默。

客厅桌上的大碗里排列着十几个饭团，都包着保鲜膜。有两个被事先分盛到小碟里，想必此时驻守门厅的那位年轻警察正美滋滋地吃着。

窗音规规矩矩地并拢双膝，坐在沙发上。

稍远处停有阵一郎的轮椅。

“窗音。”

阵一郎保持着背对孙女的体势向她搭话。

“爷爷，什么事？”

窗音虽然回答了，但目光没有看向阵一郎，她定定地盯着正对面的空沙发。

“谢谢你敬老日送我的花。”

“不用谢啦，这点小事情。”

“那束蔷薇啊，现在全都枯了。”

“枯了……”

“花瓣卷起来，变成棕黄色，全部掉光了，叶子也都蔫了。”

“都过去一个星期了，没办法。”

“不过，你送我的，我舍不得扔，现在还插在花瓶里呢。”

“你可以扔掉啊。”窗音静静地微笑着，看了一眼阵一郎的后脑勺后，说道，“枯了的花还是扔掉更好。”

阵一郎在轮椅上回过身去。

隔着靠背，老人和孙女的视线相交。

14

难得一座鬼窟，这样也未免太砢碜。住在这么不卫生的地方，怕是连鬼都会被风湿病或者神经痛折磨得很虚弱吧。

——《洞窟学初探》（日）吉井良三（著）

木桩是被斧头一类器具砍倒的，满是毛刺的切口暴露在外，好似一根磨秃的铅笔。但它的尖头依然深深插进土中，即便手上发力，似乎一时半会儿也拔不出来。

都筑在木桩根部扎扎实实地捆上绳子，又用力扯了扯，试试绳子的结实程度。

木桩纹丝不动，绳结也没有松开。

都筑满意地让绳套落在地上，转身对穿制服的警员说道：“麻烦你在这里帮忙看守。我们进去的时候嫌疑人可能会跑出来。”

“好的，我知道了。”

这名看上去不过二十来岁的警员紧张得要命，用握着手电筒的右手给他敬礼。刺眼的光线将他的侧脸照得仿佛鬼怪一般狰狞，警帽上的徽章闪闪发亮。

“行了，渡边，咱们走。”

都筑握住绳子的一端，晃着手电筒进入龟恩洞。

渡边的心怦怦直跳，跟在他身后。

外面的太阳已经完全落山，四周虽被黑暗包围，但依然还有星光，龟恩洞里却是一片深暗。手电筒的光圈只照出泛黄的洞穴内壁，此外什么都看不见。

眼睛习惯黑暗后，渐渐地能从洞壁上看出模糊的影子。而这究竟是因为石块凹凸不平，又或者只不过是自己脑中描绘的幻象，就难以判断了。

“没想到这么窄。”

都筑照照左右，自言自语。确实，洞穴里的通道宽度顶多供两人并排行走。如果是渡边这种大块头，光他一个就能塞满。

“你可别跌倒啊。”都筑回头揶揄渡边。

“真跌倒了你拉我呗。”

“我哪来那么大力气！”

都筑笑着继续前进。

他们还未走出十米便抵达岔路口。两个椭圆形的洞穴分别通往不同方向，洞口顶部悬了一串钟乳石，仿佛将融未融的冰挂。

“遇到分岔，就从右边开始找。咱们先从右边进去。”都筑回头对渡边宣布。

“这谁记得住啊！”渡边困扰地说道。

都筑则笑了笑道：“不用记。一会儿顺着绳子摸回来，下次进它左边那个洞，以此类推就是了。好啦，咱们赶紧走吧。”

都筑握住绳头走进右侧通道。绳子摩擦洞壁，发出一些声响。

“喂，绳子不会被磨断吧？”渡边渐渐不安起来，一边跟上都筑一边问道。

“这是登山专用的绳子没错吧？”

都筑指了指橙色的绳子。

“对，借给咱们绳子的村民说自己是个登山爱好者。”

“这里边有铁丝，用它把你从悬崖上吊下去都不会有事，放心吧。”

都筑手电筒的光忙碌地在脚边和墙壁上四处游走。山洞地面描绘出平缓的曲线，时不时又有一些仿佛树桩般突出的石笋。圆形的光照亮洞内的环境，无论哪一块都是起伏的黄色波浪，让人觉得自己仿佛走在即将融化的黄油块里头。

又一个分岔路口，这次共有三个分支。

“先走最右边那个。”

都筑说着正要进去，只见他将手电抬得老高，突然停下脚步。

“怎么了？”

渡边很紧张。是看到灰田了吗？

“一眼就到头了。”

渡边越过都筑肩膀看了看前方，道路的尽头是面带有弧度的墙。它凹凸不平，在手电的光照下仿佛月球粗糙的表面。

“走中间那条。”

都筑走进中央的洞口。

这次通道缓缓弯向前方，顺利接纳了两名闯入者。

都筑一边将手搭在墙上前进，一边不时用电筒照照洞顶，感到有些疑惑。

“你歪着头想什么呢？”渡边问道。

都筑抬头回答道：“没什么，只是想这样的钟乳石窟，里头应该会有蝙蝠啊？”

“不会吧？！”

渡边感到背后窜上一股寒气。他一想到被大群蝙蝠袭击的样子就不禁打哆嗦。

“蝙蝠其实很可爱哦。日本的蝙蝠都不吸血的，长得又小，脸又可爱。要是能养的话我都想养一只呢。”

都筑说这话时表情非常认真，因此似乎既不是在逗趣，也不是故意吓唬渡边。

“你这是什么鬼爱好……”渡边对他很无语。

“不过这里好像没有。”

都筑照亮洞顶，似乎觉得非常遗憾。

灯光下，洞顶只有几根钟乳石，并未看到都筑口中“可爱的脸”，渡边松了口气。

下一个岔路也有三个分支。都筑按照原计划，从最右边的入口开始搜索。

这是一条笔直的通道，大约到二十米处便是死路。他们顺着绳子折返，走进中央那个入口。这条通道则是弯成一个“く”形，并断在转角处。

“每条路都很快就能走到头嘛。那这个钟乳石窟也没啥了不起的。规模又不大，不用绳子应该也不会迷路吧。”

都筑愤愤地说道。看样子，他来之前是满心期待能在钟乳石窟的地下来一场大冒险。渡边心下嘀咕道：这种事情你有空自己一个人干去！

他们回到岔路口，走进最左边的洞穴，刚走出十米左右，都筑突然用手捂住自己电筒的光，背靠在墙上。

“把手电关了！”

他小声指示渡边。

渡边立刻关上手电。他们靠着从都筑指缝里漏出来的红色光线，向前走了两三步。

“怎么了？”

"前面有人。"

"他看到光了吗？"

"不知道。"

两人用气声交谈，而后噤声，专注于聆听。

渡边将全部注意力集中在耳朵上，听见通道前方传来极为激烈的喘息声。都筑说得没错，前面有人。

他们默默等了一会儿，依然只听到喘气的声音，没有脚步声，也没其他任何动静。

都筑也把自己的手电关了，从墙边探出脸看。

渡边也从墙壁的另一侧试着观察洞内。

原本只有两人宽的洞穴，从他们窥探的地方开始膨胀，展开一片宽广的空间。若用榻榻米计算，大约相当于二十叠的和室。渡边想这里可能就是"鬼岩屋"。

他们在黑暗之中眯缝眼睛，看见岩屋中央有一个发白的人影。人影并未站立，似乎躺在地面上。

能听到粗重的鼻息声。分明离得老远，怎么听起来这么近？渡边正想着，立刻就发现了，这鼻息声来自都筑和自己。

都筑凑近渡边的耳朵说道："他好像躺着。"

"在山里到处跑，是不是累了？"

"也许吧……"

都筑思索片刻后，似乎终于下定决心。

他用口型告诉渡边"要上了"，而后再次向着岩屋探出头。

"灰田！那边的人是灰田虎彦吗？"

他大声喊罢，立刻缩回脑袋，背靠着墙紧闭双眼。

然而枪声并未响起，他们甚至连站起来逃走的声音都没听见。

“到底怎么回事？”都筑诧异地嘀咕道。

“可能受伤了，你看，他不是喘得很厉害吗？”

“是吗？也有可能埋伏着等咱俩冒头吧。”

都筑抿了抿嘴，又等了一会儿。

但什么都没有发生，人影的喘息甚至变得越来越剧烈，越来越痛苦。

“这样吧，我去看看，你在这里等我。”

等了大约五分钟后，都筑提议道。

“不行。”渡边急忙反对。姬木警官的话在他脑中响起，他不想让都筑享受直升两级的“特殊待遇”。

“万一他突然开枪怎么办？”

“他要是开枪，我扭头就跑。没事的，你就在这等着。我中弹的概率可比你低多了。”

确实，都筑的身板恨不得只有渡边一半宽。

不等渡边再次反对，都筑已经从枪套里拔出配枪，冲进岩屋去了。

渡边冷汗直流，目送都筑朦胧的背影。

都筑架着枪，缓慢、慎重地接近地上的人。

人影毫无起身的征兆。

大约在几米开外，都筑突然打开手电照向那人。

“渡边！渡边！”

都筑回头大声叫道。

“怎、怎么了？”

渡边吓破了胆，也同样大声回应。

“快过来！”

见都筑对他招手，渡边慌忙赶到他身旁。

“你看，不是灰田。”

都筑照亮人影，怔怔地自言自语。

渡边因过度震惊，一时间竟无法应答。

那个枕着一只巨大的背包、横躺在洞窟地面上的人，是和飞鸟辉雄同住一室的瘦子——火浦龙次郎。

火浦紧闭双眼，表情痛苦地喘息不止。他整张脸都被汗水浸得透湿。

“喂，我记得你姓火浦吧？”都筑蹲下去，抓住火浦的肩膀，“你怎么在这里？”

“我……我是来浸泡泉水的……”

火浦的眼睛睁开一条缝，挤出这几个字。

“泉水？”

都筑站起来，用手电的光环绕四周。

眼前的岩屋看来就是龟恩洞的最深处，除都筑和渡边进来的入口以外没有其他通道，卵形的空间里只有四处垂下的钟乳石，地面又遍布有石笋罢了。其中也有钟乳石和石笋上下抵尖，盖着一个凹洞的地方，但哪儿都没发现能供一人通行的开口。

而且，泛黄起伏的地面上，别说什么奇迹之泉，就连个小水洼都没有。渡边心想，且不提有无神力，就连泉水本身的存在都是个谎言啊。

“哪里有泉水啊？”

都筑傻了眼。

火浦则心醉神往地回答道：“有的……和仓内小姐说的一模一样。是非常……非常美丽的一汪泉水。我终于可以放心了……”

他话音刚落，表情就变得扭曲，痛苦地呻吟起来。

“喂，你没事吧！”

都筑慌忙蹲在火浦身边想扶他起来，刚一上手却露出惊讶的表情。

他抬头盯着渡边说道：“这个人浑身湿透了，而且不是汗，他好像真的在水里泡过。”

“这样的话，哪条岔路里应该真的有泉水吧。”

渡边回身去看岩屋的入口。

“生这么重的病还泡在冷水里，放什么心啊！真是傻，这样一来只会加重自身的病情吧！”都筑将痛苦的火浦抱起来，吩咐道，“渡边，你来背他。”

渡边蹲下，让火浦趴到背上。他在水里泡过是真的，渡边感到水分渐渐渗进自己背后的衬衫。

“我来拿包……”

都筑正想将包抓起来，却突然噤声。

“喂，这背包是你带进来的吗？”

“不是，它就掉在这里……”

火浦在渡边背上嘶哑地回答道。

都筑扯开背包口，用手电照亮其内部。

只见里头塞满了成捆的面值一万日元纸钞。

15

“总的来说，逃亡者是不会躲进迷宫的。”

——《死于自己的迷宫的阿本哈坎·艾尔·波哈里》

（阿根廷）豪尔赫·路易斯·博尔赫斯（著）

耳听着踩草丛的脚步声和拨开低矮枝条的动静离他们越来越近，警察们都一脸紧张地摆出架势，做好准备。

“等等。一个人的脚步声不会这么吵,应该是有四五个人一起往这走。”

就在出羽这样告诉众警察时，有人拨开丛集的小枝，现出身形。

警察们一齐举枪对准来人。

从树丛里现身的制服警员呆张着嘴，举起双手。

“什么，是同伴啊！别吓人嘛。”

出羽苦笑道，警察们也松了口气，纷纷收起枪。其他的警员也陆续从树丛里冒出头来。每个人都疲惫不堪，警服和警帽上都沾满了树叶。

最后一个出来的是满脸沮丧的蓝下。

“还好碰见你们。”最先出来的警员浮现出安心的表情说道，“我们差点就在山里遇难了。”

“怎么回事？”指挥出羽小队的年长警察问道。

“没有，就是好像迷了路……”

蓝下小队的警察用交织着责备和怜悯的目光回头去看蓝下。

只见他站在那儿，表情一看就十分尴尬。

“村长，你又迷路啦？”出羽无言以对。

蓝下垂着头说道：“嗯。毕竟都是三十年前的记忆了……”

“你既然不记得，不会进山之前先说吗？”

“哎呀，你也不必这么生气。”蓝下小队的一个警员似乎是个好脾气，他脱下警帽一边拍掉上面的杂物，一边安抚出羽道，“反正平安和你们几个会合了，没关系啦。”

“就是嘛。反正大家都没事，这不就好了？”蓝下插嘴道。

“你别插嘴。”听他这么说，警员实在被他惹恼了，狠狠地瞪了蓝下一眼。

蓝下再次垂下头去。

警员扫视了一番出羽小队的人，问道：“对了，搜山进展得怎样了？我们光是找路就花了不少力气，没闲心去找嫌疑人……”

“没找到啊。也不知他是不是屏着气躲在哪儿，连一点声音都没有。如果哪队已经抓到了应该会有信儿的……”

出羽小队的警员话音未落，挂在他胸前口袋里的对讲机就亮起红灯，哔哔响了起来。

警员慌忙取出无线电，按下通话键。

“……已经逮捕！重复一遍，我们已在龟恩洞将嫌疑人逮捕。嫌疑人身负有伤，目前正送往林道……”

无线电里混着杂音传出年轻人兴奋的声音。

警员们面面相觑，大家都笑了。

“原来藏在洞里……”

“欸，来山上找浪费时间了……”

“既然嫌疑人受伤，是不是有一场枪战啊……”

“可我没听见枪声啊……”

“毕竟在山里嘛……”

他们你一言我一语发表着感想，渐渐顺着树木间不成径的小道离去。

“嫌疑人似乎已经被捕，那这次辛苦二位了。”

最后剩下的出羽小队的警员对他和蓝下低头致礼后，消失在山径前方。

蓝下依然垂头丧气，没有要挪窝的意思。

出羽也站在他身旁，等他行动。

每次搞砸什么事情，蓝下就会马上陷入消沉。但出羽其实不太担心，反正不出三天他就会忘个精光，还要歪着头反问道：“有过这种事情吗？”

“村长，你听见了吧？嫌疑人被抓到了，咱们也该走啦。”

出羽拍拍蓝下的肩，打算拉他回家。

就在此时，路旁的树丛一阵摇晃，出羽心想大约蓝下队的警员还有人留在附近，就没太在意。

“条子走了是吧？”

听到这个声音，出羽慌忙用手电照向树丛。

光芒之中，自动手枪从高耸的草叶间露出黑色的枪口。枪口分开树丛，紧接着出来一个身穿网球衫和牛仔裤的男人。

“你有手电筒啊，太好了，林子里这么黑走得我好累啊。”

无框眼镜的蓝色镜片之下，那人双眼放光。

出羽和蓝下并肩站在一起，定定地看着这个男人。

“可不要大叫哦。”这男的仿佛用教导小孩般的语气说着，轻轻挥了挥枪口，“你们应该知道这不是玩具吧？”

出羽凝视眼前这张被手电灯光照亮的脸。

年轻时，他还在名古屋四处闹事的年代，曾遇见过好几个长着这样一双眼睛的男人。那是不将人当人看，可以面不改色将对方折磨得半死不活的眼神。

出羽在名古屋大街上多少算得上是一个可以横着走的人物，但他绝不会找这类人打架。无论他多有威势，多么血气方刚，但出羽毕竟是个外行，不能跟真正道上的人对抗。

“你们是村里人吧？”男人静静地继续说道，“那就方便了，我正想找个熟悉这一带的人帮忙带路呢，怎么走能到国道？”

“到不了的。”出羽淡淡地回答道，但他见男人眯起双眼，慌忙继续解释道，“这片森林三面都是很陡的山崖。想去国道或者其他地区都不可能，只能回到暮枝的林道上。”

“但现在林道上全是条子吧？”

“对，来了一大帮。”

听见出羽的回答，男人叹了口气，说道：“我点子真是背到家。一开始逃跑的方向就不对吗？早知道这样，来暮枝之前我就先看看风水了。”他又勾勾嘴角，“那我只能挟持人质喽。不过，人质一个人就够了……”

他上上下下地打量出羽和蓝下两个人。

“你不适合当人质啊。”

男人看着出羽，悠闲自在地用沉稳的语气说道。

出羽感到自己背后冷汗直流，这家伙莫不是想开枪打死自己……

“你敢开喷子，会有大批警察涌过来抓你的。他们应该还没走远。”

“既然要挟持人质，那条子来了才正好呢。八成还能让他们给我备个车啥的。”男人回答着，又邪恶地一笑，“而且，你这人一看就不好弄。要是我一个不留神背对着你，可能立马就会被你扑倒了。放心吧，我不杀人的，顶多让你动不了而已。”

男人将枪口往下一移，瞄准出羽的右脚。

出羽心想要被打了，紧紧闭上眼睛。

就在此时。

哇——他听到一声不合时宜的呐喊，睁开眼一看，恰巧看到满脸涨得通红的蓝下冲向那个男人。

那人铁定从一开始就没把蓝下放在眼里。这会儿被打个措手不及，圆瞪着双眼，甚至忘了将枪口对准他。

蓝下闭着眼扑过去抱住男人的腰。

看见男人和蓝下一起摔进树丛，出羽立刻冲上前去。

“你、你这混蛋，干什么……”

男人拼命挣扎，蓝下却死死抱着他的腰不撒手。

出羽扑上去,骑在男人胸前,胸口受到重压,男人喉中传出痛苦的呻吟。

“我可不会放过敢对我发小动粗的人。”

说着，出羽给他脸上狠狠来了几拳。

两三下后，男人就失去了意识。

蓝下依然紧紧抱着昏厥的男人的腰叫个不停。出羽摇了摇他的肩膀说道：“喂，村长，行了，他已经昏过去了。”

“啊！啊啊啊，这样啊……”

蓝下终于睁开眼睛，傻乎乎地喃喃道。

“哪有傻子明知道有枪还冲过去的啊！”

出羽虽斥责他，蓝下却依然保持那个呆呆的样子，说道：“他不会开枪的吧？我觉得他肯定只是吓吓人……”

“白痴，这家伙开枪眼睛都不会眨一下的。而且他手法很熟练。”

“是吗？”

蓝下似乎被突如其来的恐惧压倒，浑身瑟瑟发抖。

“欸，算啦，结果好就好了。”出羽笑着说道，“干得漂亮，我对你刮目相看了哦。”

“出羽，事到如今瞧你说的什么话，你忘了吗？我可是村长啊！”

蓝下虽然自豪地挺挺胸膛，却就这么昏了过去。

16

世间多忧愁　若无牛车来相救　如何能遁走

炽烈念火燃我房　七宝三车是倚仗

——佚名

打开玄关门一看，罗堂邸门口的林道上挤得满满当当。除去村民，媒体人士也来了不少，取材用的照明灯高高绑在杆头闪烁着耀眼的光。

停放整齐的巡逻车顶上的警灯无声地闪烁不停，将人们的脸染成红色。所有人脸上都同样兴奋不已。

“出什么事了吗？”

善次嘀嘀咕咕，走下门厅。抱着西服外套的美雄跟在他身后。

“喂！不是说了不许用闪光灯吗！这是个病人啊！”

从人群里传出叫喊声，下一个瞬间，这声音就冲向他们两人。

“啊，美雄先生，美雄先生！”

他们快步走到车边时，美雄突然停下脚步，看向声音传来的方向。

善次也扭头看了过去。

一胖一瘦的两个人指着美雄正在交谈什么。他们来罗堂邸问过话，因此善次认识这两张脸，是叫渡边和都筑的岐阜县局便衣警察。

两人一边挤开采访者人群，一边横穿车库向他们走来。几个警员拼命在他们背后拦住企图跟上来的记者和摄影师们。

长柄照明灯对准善次，闪了好几下，善次不由得用手臂挡住眼。

“美雄先生，这里有个病人，您能帮他看看吗？”

渡边跑到美雄身旁，上气不接下气地问道。

他宽阔的背上趴了一个瘦削衰弱的男人，正闭着眼浑身打战。

美雄点了点头，扭头对善次说道：“哥，你先走吧。我不能放着病人不管。”

说完，他就和两位刑警一起走回玄关去了。

善次本想叫住他，却又有些犹豫。既然有病人，那也没办法。美雄毕竟是医生。

善次坐进红褐色的轿车，发动引擎，顺着夜晚的林道开走了。

这是所有人最后一次见到活着的善次。

“他怎么样？”

渡边朝着美雄的背影发问道。

火浦被搬进罗堂邸，横放在被褥上。他紧闭着双眼全身颤抖不已，连渡边都看得出他情况很不妙。

打湿底下被褥的不仅仅是那眼据说存在于龟恩洞某处的泉眼里的水，还有从火浦全身冒出来的大量汗液。

“很不乐观。脉搏很快，呼吸听起来也很痛苦。”

美雄搭着火浦的脉，头也不回地答道。渡边虽看不见，但美雄脸上神色一定十分凝重，他说这话时嗓门很高。

“这人本来就有病吧？”

“对。他住在保龙先生那里，应该是为治病来的，但我不知道他什么病……”

“大概是癌症吧，他瘦得太厉害了。”

美雄隔着湿透的衣服去摸火浦的肋骨。

这一摸，火浦便大叫起来，整个人痛苦地蜷成一团。

“不行。最好立刻将他送去大医院。”美雄站起来，满眼血丝地看向渡边，“你能开巡逻车带他去吗？”

“美雄先生您能一起来吗？”

听了渡边的话，美雄苦笑道：“我去也派不上用场的，我是外科医生。总之你尽快将他送医比较好。”

美雄和渡边两个人将火浦扛起来，打算将他搬出去。

此时，那个跟他们一起从龟恩洞回来的年轻警员插嘴道：“要送去什么医院得跟警官报告一声才是。好不容易抓到的嫌疑人不见了，他肯定要吓一跳的。”

“抓到嫌疑人？”都筑吃惊地喊道，“喂，搞错了。这个不是灰田，是别人啊。”

“是吗？我还以为他肯定就是嫌疑人……”

“喂，你……”都筑愕然地逼近年轻警员，“你该不会通知大家已经抓到嫌疑人了吧？”

接到已经抓住嫌疑人的报告后，姬木正在林道上奔跑着。

从林道另一头传来吵闹的警笛声。

姬木不由自主停下脚步，一辆巡逻车飞速向他开来。

开车的人是渡边。

“喂——渡边！怎么回事？”

就算听不到声音，姬木的身姿肯定也已映入他的眼帘。但渡边却不曾减速，驱车直接通过姬木身边。

擦肩而过时，姬木看到渡边脸朝向他，伸出右手大幅度左右挥舞。这是“不对、不对”的意思，但到底什么东西“不对”，姬木根本没明白。

总而言之，他得先掌握状况。姬木再次在林道上奔跑起来。

差不多到第二桥附近，罗堂邸门口的混乱状况看得更清楚了。漆黑的林道只有那一片亮得好似璀璨星空，闪光灯、回旋灯等灯具射出五彩斑斓的光芒。

姬木冲进交织着怒吼和叫喊的混乱中心，四处张望，寻找自己下属的面孔。

只见都筑的脸涨得通红，正在训斥一名年轻制服警员。

“……白痴，哪有人连嫌疑人身份都不确认就擅自联络的……”

姬木快步上前，都筑立刻发现了他，只见他将红通通的脸扭了过来。

“灰田在哪儿？”

他一问，都筑的面色从涨红变成了铁青。

“非常抱歉，灰田被捕的消息是误报……”

“误报？！”

姬木不禁怒吼道。

原本就窝着身子的警员将自己缩得更小了。

“在龟恩洞找到的不是灰田，是火浦先生，保龙先生家的病人。他泡了冷水，健康状况好像很糟，所以渡边先送他去医院了。”

“等会儿。在龟恩洞找到的是火浦先生对吧，那山里抓到的那个是谁？”

姬木问道，都筑怔怔地看着他。

“山里？”

“逮捕嫌疑人的无线电总共来了两通。一通从龟恩洞，另一通是山里发来的。就因为没搞懂我才这么着急赶过来……”姬木环视四周，“不过就算到了这儿，好像还是搞不懂啊。”

挤在罗堂邸门口的所有人都浮现出困惑的神色。刨根问底的记者和不胜其扰的警员们好像都不太清楚现在究竟是什么状况。

“警官先生……”

一个人影走近姬木向他搭话道。回头一看，同样一脸困惑的美雄站在那里。

“按刚才说的，我先依照许可回名古屋了。病人已经送医，我不用待在这里了吧？”

“啊，您可以回去了，路上请小心。”

姬木挥了挥右手回答道。

美雄走向留在车库里的白色沃尔沃，坐进驾驶席，驶上了林道。

渡边驾驶的巡逻车抵达暮枝桥。

后座上火浦躺成一个“く”字，正痛苦地呻吟不已。那声音惨得想让人捂住耳朵，于是渡边更用力地踩下油门。

他很着急，因此在拐过暮枝桥前的一道弧弯时，渡边没有发现树荫里停着一辆轿车。由于车头灯、车内灯都没开，暗沉的红褐色车体隐藏在黑夜里，想来渡边没能察觉也再正常不过。

但是，之后的渡边将会为此悔恨不已。

为什么那时他没发现那辆红褐色的轿车？又是为什么，他没有往暮枝桥下看一眼呢……

17

“你又搞错迷宫了，宝贝。想看幻影的话，就下到这边来吧。”

——《爱因斯坦交叉点》

（美）萨缪尔·R·德雷尼（著）

“背包？”

姬木站在罗堂邸门厅里，一边吃饭团一边反问道。

“是的，您请看。”

都筑将肩上的背包放下来。它由黑色人造革制成，是用拉绳绞紧袋口的简易设计。

“据火浦先生说，他来之前这包就在龟恩洞里了。而里面……”

都筑双手伸进去，大力拉开包口。

里面塞得满满的，全是成捆的一万日元纸钞，目测面值有千万日元不止。

姬木将最后一口饭团丢进嘴里，蹲在都筑旁边拿起那些纸钞。这些钞票用白纸捆着，上面盖有带银行名称的赤印。

“这印章上的银行，好像在一年前被抢过运钞车吧？”

都筑说道，姬木重重地点了点头。那起案子他也很熟悉。

一年前，两名持手枪的抢劫犯袭击了神户某家银行的运钞车，涉案金额高达一亿日元。

配备紧急警力后几个小时，他们发现了两名嫌疑人使用的赃车，但里面只留下空空如也的硬铝手提箱而已，两人早已逃脱。

嫌疑人开枪恐吓时的子弹还留在运钞车门里，鉴定后发现出自一把俄制自动手枪。警方将抓捕的重点放在暴力团伙上，进行一番细致的搜查之后，却总也确定不了嫌疑人的身份。

而调查取得重大进展是在年关过后。今年八月初，一个最近出手陡然大方，在赛马、自行车赌博方面投入百万单位赌金的小混混浮出水面。大阪府警经过调查，从此人家中搜出将近两千万日元的现金。架不住警方对资金来源的盘问，男人对犯罪事实供认不讳。

然而此人不过是个从犯。既不知道拿走了大半赃款的主犯叫什么，也几乎记不清长相。只知道主犯似乎身在日本中部，以及曾经给过他一张印有名古屋邮戳的明信片。

以这套不清不楚的供词，外加在明信片上采集到的指纹为线索，姬木以岐阜县为中心马不停蹄查了一整个夏天，搞得盂兰盆节都没能回家。

都筑好像在说什么。姬木慌忙将注意力拉了回来。

“……按照火浦先生的说法，灰田来过龟恩洞好几次。由于看到灰田和飞鸟先生多次前往龟恩洞，火浦先生似乎认定他们是偷偷过来浸‘奇迹之泉’的。他还看到过灰田在洞口破坏封条的样子。因为他看到这一幕，哪怕后来知道‘奇迹之泉’完全是编造出来的东西，火浦先生也很难相信。不……也许是因为身体状况已经很糟，不论是真是假，总想进去泡一泡泉水试试吧。”都筑的眼神变得非常认真，继续说道，“那个灰田，就是运钞车抢劫案的主犯吧？也许他就潜伏在暮枝村这里……”

“的确有可能。他也有一把自动手枪是吗？”

“是的。”

“就是用在抢劫上的那把手枪吧……”

话说到这里，姬木脑中灵光一现，暮枝连环杀人案中所有的谜题都瞬间有了答案。

“总之，问问那个灰田就知道了。”

姬木心领神会地点了点头，毫不掩饰脸上的兴奋，迅速地站起来。

都筑好像不太明白上司为何喜形于色，他歪着脑袋叫道：“警官、警官。”

“干什么！”姬木得意扬扬地回答道。

都筑指了指他的脸颊，说道：“您脸上有饭粒。”

此时，先前因为误报而疲惫地蹲在地上的媒体人士齐刷刷全站了起来。

只见从第二桥方向来了一帮警员。

被五位警员团团围住，戴无框太阳镜的男人张扬地走在中间，双手被扭到背后，铐着手铐。

采访者们迅速将闪光灯和镜头对准了他，但不再有先前那样热烈狂躁的势头，可能是害怕这次又搞错吧。

拜此所赐，没有引发多少混乱，此人就被带到了姬木面前。

姬木和都筑从门厅下到车库的石子地面上，走向男人身边。

五十来岁的警员向姬木敬礼道：“我们抓到嫌疑人了。”

“干得不错，大功一件啊。”

姬木也回以敬礼，出言慰劳。

那名警员听后笑着摇了摇头说道：“不，不是我们的功劳，抓人的是那位。”

他回身指了指出羽和蓝下的方向。

“是出羽先生抓到的吗？不愧是他啊。”

“出羽先生真的很可靠呢。”

听了警员的话，聚集在四周的村民七嘴八舌地说道。

听到这些声音，出羽环视众人，说道：

“不是我，我什么都没做，是村长抓到他的。”

“村长抓的？”

其中一个村民表现出明显的怀疑神色。

“对啊。他可厉害了，人家拿着枪他都敢扑过去呢。真不愧是咱们的村长，这事儿我可办不到。”

出羽说着，拍拍蓝下的肩膀。

得到出羽夸奖，蓝下似乎特别高兴，他笑得整张脸皱成一团。

“你就是那个灰田虎彦吧，虽说八成是假名……”

目送着好像依然难以置信，个个歪着脑袋陆续离去的村民，姬木问道。

灰田只盯着姬木的眼睛看，什么都没回答。

姬木指指都筑手里的背包问道：“这只背包是你的吧？”

灰田仍然没有回答。

“喂，你懂不懂啊！你涉嫌非法持枪被抓现行……”

因为都筑开始恐吓对方，姬木伸手制止道：“省省吧，凶神恶煞式警察的把戏对这家伙不顶用。你看，他一点都不怕。”

他看了看灰田的面孔说道：“你要保持沉默，那也行。我来帮你逐条说明好了。”

姬木清清嗓子，开始他的叙述：“你一年前抢劫银行运钞车，得到了一大笔钱。然后你逃脱警方追捕，为了等案件热度下去，决定潜伏在暮枝村。如果住在保龙先生那儿，哪怕不办入住手续，也可以长时间滞留，这很符合你的需求吧？没准儿其中还有一丝在暮枝观光的念头。”

灰田脸上还未显出动摇之色，他面无表情地站在原地，也不知听没听。

“你将装有现金的背包藏在龟恩洞里。你认定那种鬼地方没人会去，所以不必担心被发现。你肯定觉得那里是个很好的藏匿地点。”姬木的目光转向背包，“可这时候却出事了。胡编乱造的‘奇迹之泉’引发关注，一大堆人跑来保龙先生家。这都还算好的，就因为那帮人将事情搞砸了，真一先生直接封住龟恩洞的入口，害得你不能去拿钱了。”

听到这里，灰田轻轻咬了咬下唇，姬木没有看漏这个小动作。

“你呢，打算想办法先将钱拿回来，再换个地方藏，于是想破坏龟恩洞的封锁。所以 14 日台风来的那夜，你去了龟恩洞，就在办事的时候被正好过来的哲史目击。”

灰田怔怔地睁大眼睛。

“你和哲史起了争执，他威胁你要报警，于是你拔出一直收在腰包里的手枪杀了他。打的是他的脑袋，子弹留在哲史颅内。”

姬木一心沉醉于自己精妙绝伦的推理，因此没有注意到灰田听傻了眼。

“你为此一定十分困扰。如果被人发现哲史死于枪击，肯定会展开严格的搜查，而且如果警方检验哲史脑袋里的那颗子弹，必定会知道它出自运钞车抢劫犯用的手枪。你走投无路，只好选择带走证据，于是就用破坏封锁的那把斧子将哲史的头砍掉了！”

“你到底在说什么啊？”

灰田听得晕头转向。

“你还要狡辩吗？”姬木觉得他的垂死挣扎未免太难看，便继续说道，“你将哲史的尸体吊在树上，假装是猎奇杀人案后，发现了一件事情。既然已经杀人了，那杀一个和杀两个已然没有什么区别。儿子被杀的话，父亲、祖父都跟着被杀也不奇怪，而且只要将这起案件包装成儿歌连环杀人，别人就不会发现你在第一起案子里砍下死者头颅真正的意图。你回想起很久以前的仇恨，然后便盘算着陆续杀死罗堂家的所有人。”说到这里，姬木喘了一口气，然后指向灰田的面孔说道，“你真正的名字，就是锄屋和人！”

“我叫濑尾修一啊。”

灰田无可奈何地回答道。

“就算你说谎，查查指纹可就全明白了哦。”

“可以啊，你查嘛，现在马上给我查啊！”灰田，不，濑尾修一挣扎起来，扭动自己被拷着的双手辩白道，“连杀人都要安到我的头上，我可不干！”

“真的不是你吗？”

“我说了不是我！”濑尾大吵大闹道，“我抢完运钞车躲在保龙那里是真的，钱也是我藏在龟恩洞里的，但是我没杀人！我的原则就是不杀人啊！”

“罪犯还讲什么原则？”

“当然讲！我可是很认真的罪犯。”

濑尾咧嘴一笑，再次不安分地活动手腕。他这次肩膀发力，表现得像是要挣脱，周围警员慌忙压住他。

“动作快点，赶紧将我的指纹核实一下，你们马上就会知道我才不是什么锄屋！”

“就算你不是锄屋和人，刚才那套推论也成立。”

姬木还不死心，濑尾听了大笑道：“为了掩盖第一桩案子又去杀不认识的人？谁会这么蠢啊！杀一个和杀两个没有什么区别？也就是说着爽！杀多少人判多少刑啊！而且如果我再杀人，不是更容易被发现吗？你该不会认真地在讲这些傻话吧？”

“是啊……别的就等到署里再问你好了。”

姬木有点失望，给警员们打了个手势。

被两位穿制服的警员押上巡逻车的时候，濑尾回过头大喊道：“喂——你有种把我搞成杀人犯试试看！老子搭上这辈子也要洗脱冤屈！给我记着！”

他的表情极度认真，实在不像在说谎。

姬木的表情变得消沉，和都筑一起走向巡逻车。

此时，都筑的手机响了。轻快的来电铃声让姬木听来，仿佛是在嘲笑他的愚蠢。

“喂，您好……哦，渡边啊。你顺利抵达医院了是吗……那太好了。”

都筑好像在和渡边说他离开后发生的事情。对话声断断续续传过来，姬木却一点都没听进去。

18

牛的医生是人，人的医生却往往又是牛。

——利希滕贝格

“抓住灰田了吗？”

渡边对着手机大叫。

“对，顺利抓到了。”

都筑悠然的声音从电话里传出，他背后的喧闹声大概来自媒体人士。

“他果然是那起运钞车抢劫案的主犯。灰田虎彦是假名，本名好像叫濑尾修一。”

“不是锄屋和人吗？”

“什么，你也这么以为啊？”都筑朗声笑道，“‘六胡’警官好像也这么以为，但是不对。濑尾他本人都听晕了，当场否认呢。”

“你叫他‘六胡’没关系吗？他没在你旁边？”

“在是在，不过听不见吧。他现在无精打采的……好痛！”

都筑惨叫道。看来不是被姬木敲头，就是被踹了一脚。

“糟了，他听得见。”声音可怜兮兮的。

渡边憋着笑问道：“就算灰田不是锄屋和人，但他应该和暮枝连环杀人案有关系吧？”

“这个也不好说。欸，我们打算在署里好好问过再做判断。”

对面传来开闭车门的声音。

“我们接下来会把他送到关局去。渡边，你在哪里的医院？”

“美浓市这边的。”

渡边告诉他医院的名字。

“那离这里不远。等你那边告一段落就将火浦先生交给医生，到关局来。”

电话挂断了。

渡边将手机插进腰间皮套里，从停车场走回院区。因为医院里不允许用手机，他特意跑出来打的电话。

此时已近深夜，医院的窗户纷纷展开灰色的水泥翅膀，每一扇都暗淡无光。只有大门附近平缓的斜坡旁亮着一个急救入口。

入口前停了一辆救护车，车顶的红色灯光依然转个不停。玻璃自动门里边可以看到一名满脸是血的年轻男性躺在担架车上被送进屋。似乎只有脸部有伤，因此应该不是交通事故，而是当街打架之类的吧。美浓市这种规模的都市，大半夜发生流血事件也不稀奇。护士在一旁用纱布按着他额角的伤口。

两个站在走廊里的中年男性应当是美浓市局的刑警。想必有人拨 119[1] 转接到警察局，他们为了询问流血事件的详细情况才来的医院。从他们穿毛衣配夹克就看得出是同行。

渡边有些犹豫要不要和他们打招呼，最终还是决定默默路过。他想，对方应该也从气质上看得出他是警察。

他抵达二楼时正好碰上几个护士推着担架车跑出来。她们很紧张，让人不禁担心点滴瓶会不会被晃掉。

1　日本的救护车电话和消防电话都是119，可以经消防组织转接到警察局。——译者注

而担架床上那个汗水多得吓人、痛苦呻吟着的病患，正是火浦。

“一小时！不对，半小时之后给他照 CT！再拍个 X 光，还有打印一下验血报告，不要忘了！”

担架床背后，直到刚才都在为火浦看诊的年轻医生大声下达指示。

他怎么被推出重症监护室了？渡边很诧异。

“啊，警察先生，您刚才去哪儿了？我找您好久啊。”

年轻的医生看到渡边立刻跑过来，表情十分僵硬。

“我去打了个电话。”

“那位患者我记得叫火浦是吧……”

“是的。”

“您知道火浦先生家人的联系方式吗？”

听医生这么问，渡边心情郁闷起来。医生大概已经对火浦束手无策了，所以才将他推离 ICU，接下来就只剩通知家人，等待死亡降临而已。

“联系方式啊，联系方式！”

医生晃晃渡边的肩膀，大声喊道。

“查一下应该能查到，但火浦先生说过他是东京来的，现在叫他家人赶来恐怕也来不及……”渡边用很沉重的语气回答着。

医生却摇了摇头道：“家人过两天再来也不碍事。我只想知道他的主治医生是谁。我需要立即联系上他，问他到底用了怎样的治疗手段！”

医生的表情兴奋至极，那并非面对患者死亡的悲痛神色，而是充满着喜悦。

渡边被他搞得一头雾水，反问道：“到底怎么回事？您能给我解释解释吗？”

“那位火浦先生得的是胃癌，而且是胃癌晚期，癌细胞已经到处转移没得救了。原本大概活不过半年吧。”

“原本？”

为什么医生要用过去式？渡边无法理解。火浦不是依然痛苦地呻吟着，就快要死了吗？

“真难以置信，世上真会有这种事情吗……警察先生，这也许是个大发现啊！这是癌症治疗领域的革命性进展，是所有癌症患者的福音！”医生大大摊开双手，“他的恶性肿瘤——也就是癌细胞，正在陆陆续续变回正常的细胞！按这个势头下去，不出三天他的晚期癌症就会康复了！这种现象我还是第一次见，全世界都没有先例，只能说是奇迹吧！”医生发表了他作为一名医疗从业者不应有的感想，而后紧紧握住渡边的双手说道，“我接下来必须搞清楚那位先生体内究竟发生了什么，又为何会产生这样的现象……警察先生，他身上到底发生了什么啊？”

火浦泡过奇迹之泉的水，靠它的神力治好了病——渡边没有勇气这么回答。

19

孤桥伶仃

流水湍急

——《公牛、母牛和牛犊》（日）西条八十（著）

以载有嫌疑人濑尾修一的车辆为首，三辆巡逻车排成一列，一同驶下暮枝的林道。

都筑和姬木乘坐的车辆处于最末尾。

就在他们驶过通往暮枝桥的缓弯时，姬木在后座上大声叫道："停车！"

都筑慌忙踩下刹车，转向后座问道："怎么了，警官？"

姬木指指森林。林立的杉木之中，模糊间能看到一辆像是轿车的东西隐藏在树荫里。

"那不是善次先生的轿车吗？"姬木问道。

都筑眯起双眼说道："挺像的。为什么会停在那里啊……"

姬木和都筑下了巡逻车。前面两辆已经开走了，正在远处的256国道上闪烁着它们的红灯。

都筑打起手电筒，姬木跟在他身后，在林中慢慢朝那辆车子走去。

手电光一照，确实是善次开的那辆红色轿车。车头灯、车内灯都没开，里面也空无一人。

都筑绕到轿车一侧，伸手去掰车门扣。一下就拉开了。

“没锁。”都筑喃喃道，照亮轿车的驾驶席，“钥匙也还插着。”

“那么善次先生就在附近吧？”

姬木环顾四周。

时值深夜，月亮几乎已变成一个正圆，在天上闪烁光辉。尽管青白色的月光描摹出花草树木的轮廓，黑暗依旧降临在周围。天空很晴朗，但善次实在不像是个会停车驻足赏玩明月的风雅人士。

“是不是去方便了？”

都筑将自己的想法直接说了出来。他在夜晚的寒气中微微颤抖着，好像自己也想去方便一样。

“别说傻话了！善次先生几个小时前就出门了，谁方便能用那么久？”

“那他去哪儿了啊……”

都筑嘟囔道，随意晃悠着他的手电。黑暗之中，唯有这道耀眼的光四下奔忙。

“啊！”都筑转向河边，惊叫一声，“警官，您看那个是不是人……”

姬木看往都筑照亮的方向，只见板取川河岸上倒着一个人形物体。它正好位于暮枝桥正下方，混在河岸上的白色石头之中，摊成“大”字的手脚依稀可辨。

姬木和都筑前往河边。周围很暗，土坡又陡，又全是草木石块，尽管他们心急如焚，步子却无论如何快不起来。只能用手电照亮脚下，一步一步踏踏实实地前进。

两人终于踩在河岸上，河水的声音听起来非常近。板取川的流速原本较缓，但由于它恰好在此处与暮枝川汇合，水流和水流发生碰撞，听起来就像是野兽的低吼声。月光反射也被激流扰乱，碎成一摊光粒。

他们一边不时被圆滚滚的石块绊到脚，一边接近那个倒地的人影。

手电之下，照出的是善次的面孔。

“不行了，他已经死了。”

都筑用手指去探颈动脉，绝望地摇了摇头。

善次双眼瞪得老大，已经断了气。

不知是被打了，还是从暮枝桥上掉下来了，他的头部受到重击，后脑勺还在出血。虽然善次一头红发，但被血染红的部分还是很容易分辨。

都筑站起来，抬头去看暮枝桥。以夜空为背景，黝黑的铁桥向前延展，传达出一种无言的压迫感。

“他是从桥上掉下来的吗？”

姬木一听都筑的嘀咕就来火，没好气地说道：“谁会半夜三更特意停车走到桥上摔下去？你看看那桥的扶手有多高，难不成他被绝美月色迷了心智，自己跑到扶手上玩倒立？”

“那……”

“他是被人推下来的。”

姬木恶狠狠地抛下这句话。

“是有人在这里等他，拦下善次先生的车，将他带到桥上，再推下去的。只能是这样。是有人将他推下来了……善次先生是被某人杀死的。”

姬木心里想道：这个某人……是否就是名叫锄屋和人的男人？

第四章

鬼岩屋里烂成灰

1

Meikyu-iri【进入迷宫】

指案件长久得不到解决、不明真相的情况。

——《广辞苑》(日)新村出(主编)

暮枝桥周边开展的现场搜查进行了整整一夜。

九月二十二日的黎明到来了。东侧山边先是被深红色，紧接着被橙色染上华彩，朝阳放出一道道耀眼的射线，映得山头光辉四溢。月亮已然沉向西侧山脉的彼端，原本在鱼鳞云间探头探脑的群星，也终究消失在光芒之中。

然而，暮枝桥下的警员和鉴识人员却只是关闭了照明，丝毫没有停下手头工作的意思。甚至，也许是因为现场的细节终于暴露在阳光之下，他们反而更加正式地开始了检验。

姬木在现场不知疲倦地四处奔走，一会儿下达指示，一会儿亲自寻找遗留的证物。

善次在他眼皮底下于暮枝桥被人杀害，让姬木十分恼火。现在的暮枝可是有将近五十名警察啊。所有人的注意力都被山里的在逃人员吸引过去，竟让杀人犯钻了这个空子，他感到万般屈辱。

善次的遗体已经被送往医院。他硬是让穿大衣的法医加急做了尸检。尽管还没出正式报告，但法医的字条已经送到他手边，上面字迹潦草到倾注了半夜被拖出被窝的所有愤怒。

善次的死因是脑挫伤。后头部的伤痕正好与脑袋下方的大石块形状一致，所以善次是从暮枝桥上摔落致死。

暮枝桥上，恰好在善次尸体被发现的地点正上方附近，发现善次西装上的一枚纽扣。看来是被扶手钩住扯断的。

基于这项发现（虽然姬木一开始就没考虑过这个可能），自杀的可能性变得几乎为零。如果是跳桥自杀，爬到扶手上往下跳就是了。没必要将身体紧紧贴上去，摩擦到纽扣都被扯断。恐怕是和某人起了争执，扭打中被按在扶手上，这才将纽扣勾掉的。

然后，善次就被那人推到了桥下。

经推测，死亡时间大约在昨晚九点前后。

由于搜山造成的混乱，没人记得善次离开罗堂邸的准确时刻，但恰好是火浦被抬进罗堂邸那会儿，因此可以认为是昨晚九点前。

姬木的推测是这样的。

——善次前往暮枝桥途中，因为某种理由停车，恐怕是凶手站在路上拦住了他。

——善次在桥上和凶手起争执，被推下河岸。

——凶手将善次的轿车开进树林藏匿。

继善次之后离开罗堂邸的渡边，被火浦的病体拖住了心思，驶过暮枝桥的时候别说没注意周围的情况，连树林里有没有轿车都不记得。渡边开的那辆巡逻车是在善次离开后大约十五分钟出发的，所以凶手那时可能还在暮枝桥附近，没准就在轿车驾驶席上……

从美浓市医院先前往关局，接到电话后急忙赶回暮枝的渡边听说此事后懊悔不已。

但姬木并不打算斥责下属，因为姬木自己也根本没注意善次出发前有没有人离开暮枝。善次离开罗堂邸时谁在暮枝、谁又不在，这个问题没有确定的答案……

渡边很不利落地从土堤上走下来。虽不知他是否还在后悔，至少表面上已经恢复平时的模样，露出温和的笑容。

老惦念着这事儿，凶手也不会自行落网，现在最该全力集中在搜查上。下属的处世态度让姬木十分自豪。

“警官，美雄先生来了。”

渡边一边这么说着，一边用右手指了指暮枝桥。

抬头一看，白色沃尔沃停在靠桥暮枝那一侧的角落里。本已回到名古屋自宅的美雄又赶过来了。

电话联系人在名古屋的美雄时，姬木对他说希望能在暮枝桥附近跟他问话。当然，昨晚美雄从罗堂邸出发比渡边还晚十五分钟，因此凶手应该已经逃跑。但姬木觉得，他可能会察觉到一些渡边没能察觉到的东西。

“好的，我知道了，我马上就去。”

姬木虽然这样回答，但他还是费了好大劲才爬上土堤。

站在白色沃尔沃旁身穿黑毛衣的美雄手上搭着夹克，正烦躁地抽烟。

“我哥在哪儿？”

美雄一看到姬木就突然提问。他接到电话后大概立刻就离开名古屋了，没好好睡过觉，那双注视着姬木的眼睛底下浮现出淡淡的黑眼圈。

“为了进行司法解剖，已经送到医院去了。”

“你说我哥可能死于他杀……是真的吗？”

美雄表情僵硬。似乎因为侄子和两位兄长接连遇害，他感到十分不安。那是一种恐慌心理——也许下一个就是他自己。

“几乎可以认定为他杀。”

姬木说着，跟美雄解释了一通发现尸体的经过和他推测的犯案过程。

“那……如果我当时跟我哥一起回去，现在我也死了吧。”美雄发出刺耳的笑声，“在凶手看来肯定那样比较好。一次性杀两个人比较不费事嘛！”

姬木静静等着美雄笑完。

“昨夜您经过暮枝桥有没有看到什么？”

等了半天美雄终于重归冷静，姬木便问道。

美雄皱眉略作沉思后，回答道：“什么都没看见。我根本没想到我哥就死在桥下，所以直接开过去了。”

“我们在树林里发现了善次先生的轿车，您经过的时候有看到吗？”

“我连风景都没注意。”

美雄淡淡地回答道。

姬木并不失望，他本来就没太期待美雄的证言。而且，这样一来他就知道“美雄什么都没看见”了，犯罪调查不存在无用功。

“问完了吗？我想赶快回家里一趟。”

美雄望向林道说道。姬木可以痛切理解他想陪在老父幼侄身边的心情。

“问完了，非常感谢您的协助。”

美雄看都不看向他点头致意的姬木一眼，径自钻进驾驶席，发动车子。眼看着白色沃尔沃在林道上变得越来越小。

“怎么样？美雄先生有说什么吗？”

姬木从土堤回到现场，渡边向他跑来。

“他说什么都没看见。”姬木随口回答道，见渡边表情一僵，慌忙补充道，“毕竟在夜路上开车嘛，什么都没看到很正常的。你不要太介意。”

他虽为了打气拍拍下属的肩膀，但两人的身高差距让他不得不尽力伸出手去，姬木有点恼火。

“都筑老弟那边怎么样？”

姬木平复心情，询问渡边。

“他刚才打电话过来说尽可能中午之前弄完，好像所有鉴识科的人员都下场在干活儿。”

发现善次的遗体之后，都筑返回暮枝，拿着迄今为止收集到的所有居民调查表马不停蹄地前往县警总局。与锄屋和人情况相符——即五十岁上下的男性指纹已经几乎全部采集完毕了。由于从外表难以判断实际年龄，他们将采集范围扩大了很多，给看起来不过三十多岁的年轻男人和白发苍苍、弯腰驼背的老人也都发了表格。

回到县警总局的都筑整夜都在干活。此时此刻他应当也依然在拼命对比居民与锄屋和人的指纹。

姬木认为，锄屋和人必然就在暮枝。既然真一外套上留有他的指纹，他就一定在这里。而只要调查指纹，一定就能知道究竟谁才是锄屋和人。

虽然渡边说要中午过后，但都筑在中午十一点左右就打来了电话。

“怎么样？找到锄屋和人了吗？”

姬木鼓足劲儿问道。而电话另一头传来的嗓音十分嘶哑，其中不仅有疲劳，还有消沉。

“那个……我们找不到。”

“找不到？”

“是的。没有任何一个指纹跟锄屋和人的指纹一致。”

“那他还藏在哪里吗？”

“能藏的地方昨晚搜山的时候都找过了，也包括山洞里面。”从电话中传来一声都筑的叹息，只听他说道，“欸，大概还藏在没找过的地方吧。没准他真的就潜伏在龟恩洞里呢。但是我们昨天晚上没看到他。留在善次先生衣服、轿车上的指纹也没有锄屋和人的。总而言之，暮枝居民里没有锄屋和人这个人，这是我们查遍指纹之后得出的结论。”

2

“是不是武装起来比较好？既然有人想杀我们……”

——《死亡迷局》

（美）菲利普·K. 迪克（Philip K. Dick）（著）

窗音坐在客厅的沙发上喝红茶。

猿边不知道那是什么牌子，只觉得气味很好闻。他从厨房搬了把木椅坐得有点远，但芳醇的茶香依然轻轻飘进他的鼻腔。

猿边有点后悔刚才谢绝了窗音请他喝茶的提议。他那时候觉得喝咖啡——甚至能来罐啤酒更好，可现在看见瓷质茶杯薄薄的边缘里头飘出团团热气，又实在眼馋起来。

大概是因为窗音在喝，所以看起来才很好喝。即便走廊里也有一位警员在啜饮红茶，他却让人生不出半点羡慕之情。那警员用大拇指和食指拈着杯柄，看起来装模作样。说着跟本人气质不搭的话，只会令人望而生厌罢了。

窗音将茶杯放在桌上，又倒了一杯红茶。她用的是一只暗灰色调的陶制茶壶，而不是常见的那种圆筒形玻璃壶。

猿边会觉得红茶看起来很难喝，大半也是来源于那种茶壶的外观。用金属圆盘压在壶底的红茶茶叶实在丑陋至极，简直像把熬完汤的底料捣烂，想方设法从中榨取最后几滴精华似的。

纯白的茶杯边缘碰到鲜红的唇瓣，窗音看起来无比冷静。

猿边一面偷瞄窗音，心里一面觉得有些诡异。

分明陆续有三位亲人遇害，这位少女为什么还能这样平静，仿佛事不关己呢？

如果是猿边碰上兄长、父亲、叔父接连去世的情况，他此时一定沉浸在悲痛之中。年轻的女性此时本该慌了阵脚，甚至又哭又喊也不稀奇。

更不用说，这三位都是遭人杀害，凶手也许在盘算着杀光罗堂家的所有人。至少警察已经察觉到这项危险，如今派了三名警员前来保护。

猿边会到客厅来，原本也是为了让窗音能宽心些，想让她打起点精神的。

但这名充满谜团的少女，似乎毫不在意猿边这份善心，只默默喝她的红茶。

猿边心里对窗音有一些好感。大约一年前，自从他开始以雇工身份住进真一家照顾牧舍里的牛犊，就对这个可爱的女孩很感兴趣了。

有一次，他在牛舍一边照顾牛，一边半开玩笑地对哲史说道：“哲史啊，你对牛没兴趣是吧？那要不我跟小窗音结婚，来当这家牧舍的继承人好啦。”

听了这话，哲史笑了笑道：“窗音不会理你的。”

“好过分啊。我仪表还算可以吧？至少比你长得帅。”

“你的意思是说，区区一个乡下姑娘，还不是手到擒来咯？那你试试呗，窗音才不会对你这样的人感兴趣呢。她对男人没兴趣的。”

“那难道她，那个……对女人有兴趣？”

窗音上的是女校吗？猿边一边回忆，一边惊慌失措地问道。

“对女人大概更没兴趣了吧。”

“那她对什么感兴趣啊？这个年纪是不是吃东西比谈恋爱更加

重要？”

“不知道。可能她对什么都不感兴趣吧。”哲史的表情变得严肃，继续说道，“我也不是很懂她。”

后来真一叫他们去做事，话题就此中断了……

突然传来大门被粗暴地推开的声音，背靠在走廊墙壁上的警员吓了一跳。

美雄身穿黑色高领毛衣，踏着步子在走廊里搞出巨大的动静走进客厅。

他来之前肯定也和猿边一样，想象的是窗音悲痛不已的身姿。可是站在客厅门口的美雄注视着沙发，表情十分意外。

“美雄叔叔，欢迎回来。”

窗音说着，将茶杯放回桌上。

“啊啊……挺好，你看起来挺精神。”

美雄嘟嘟囔囔，将右手的夹克搭在沙发上，在窗音正对面坐下。

美雄似乎因善次之死受了很大刺激。他手肘撑在双膝上耷拉下肩膀，垂头丧气。

窗音则低头定定地看着美雄，像是在观察他。

“联系过婶婶了吗？”

终于，窗音开口问道。所谓的婶婶，大概指的是善次的妻子。

“嗯。打过去一问，警察已经通知她了。她在电话里哭得要死，我想安慰也不知道怎么说才好……”

美雄的双肩微微颤抖着，看他这样，甚至让人觉得他下一秒也会开始大哭大叫。

“这样啊……”

听了窗音的回应，美雄突然抬起头来。他死盯着平静如水的窗音看。

“你这孩子，为什么这么冷静？”

“我不冷静啊。”

“你冷静得很。你表情都没变，就一句‘这样啊’，你都不怕吗？你哥、你爸、你二叔都被人杀了啊！”

美雄的面孔扭曲，像是立马要尖叫起来。

“我怕啊，我很害怕。”

窗音默念道，回答得非常小声。

“骗人！你根本不害怕！”美雄恶狠狠地吐出这句话，好似它是世间极苦之物，“你跟老爸一模一样，无论听到什么发生什么都好像没事人似的。你血管里流的真是红色的血吗……”

“美雄先生，您别这样。”

猿边听不下去了，忍不住插嘴。就算他受到很大打击，现在精神状态不稳定，这也说得太过了。

“您将气都撒在窗音小姐身上也没任何意义呀。”

“……是啊，对不起。”美雄低头道歉，僵着脸说道，“对不起。可是我怕得要命，已经死了三个人了。有人可能盘算着要杀光我们所有人，下一个可能就轮到我了……”

“这个‘有人’，是锄屋和人吗？”

窗音天真地问道。

美雄瞪大双眼，凝视窗音的面孔。

他的表情，和浮现出温和微笑的窗音形成鲜明对比，充满了恐惧之色。这恐惧究竟是对于什么，猿边无从得知。

美雄依然死死盯着窗音，慢慢站起来，伸手拿他的夹克。动作好似一具手脚牵了线的木偶。

“这里有警备是吧？”他看向走廊呆滞地说道。

“嗯。警官先生给我们派的。”

“萝洞庵呢？”

“应该也有警察吧。”

“这样啊，那就暂时放心了。窗音，你可别跑出去瞎逛，很危险的。”

“我会乖乖待在家里的。”

“对，这样最好，乖乖待在家里……”

美雄向着走廊踏出数步，又回头面向窗音说道：“我去一趟萝洞庵，老头子比你更值得担心。我去看看他怎么样了。”

“路上小心哦。”

听了窗音这话，美雄点了点头，消失在走廊里。

可能在走廊里听到了他们先前的对话，警员探头来偷看客厅，像是觉得很不可思议。他手上的茶杯已然空了，只留下一圈茶色的水渍。

“红茶，您要再来一杯吗？”

窗音开朗地问道。

警员急忙摇头说道：“不，不必了，感谢您的招待。这个茶是‘大吉岭’吧？很好喝哦。”

“大吉岭是我最喜欢的红茶。”

窗音站起来，走到警员身边，取走他手里的空茶杯。这名看起来还相当年轻的警员没来由地笑得很贼。

3

我从不相信“彼岸”。我对沉溺于迷宫游戏的行径感到轻蔑。无论几多“灵魂”在我耳边发出它们濒死的低语，我也只是发笑。

——《地人》（日）北村太郎（著）

天濑走在前往罗堂邸的林道上。

他本打算今天午后离开暮枝。取材已经结束，留过了名字和联系方式，而且町田那个庭院除草的活儿也都收拾完毕。他们没有理由再留下。

今天一大早《VXI》的总编就给他打电话。天濑本以为他要通知不再刊登“奇迹之泉”相关报道的事情，却没想到总编打来是问他要不要给和《VXI》同一家出版社的周刊杂志写报告文学。编辑部连题目都定好了，就叫《暮枝村的惨剧——牛鬼传说杀人奇案》。

天濑当场拒绝。尽管他自己也觉得，竟敢拒绝来自大出版社的工作邀请，真不像一个自由写手该干的事情。而且那本叫《阿卡纳》的杂志发行数量在百万级，只要能被他们编辑部看中，肯定能拓宽自己今后工作的门路。

可是天濑实在提不起劲将自己在暮枝的所见所闻写成文章。

总编似乎对这个项目很感兴趣，从嗓音就听得出，他觉得很有意思。

什么，无头尸体？他们说的按照儿歌歌词杀人是真的吗？现在这事在东京也引发热议，大型新闻节目每天都在报道这个。我在电视上看到说暮枝是个风景优美的地方，住起来很舒服吧……

对于纯粹通过影片和报纸接触此事的人来说，大概确实很有意思。哪怕是在沥青路上渐渐扩大的血泊，只要经过媒体之手，也会变成令人激动不已的画面。化为瓦砾堆的街道、被砸得稀烂的集体住宅，都是恰到好处的光景。罗堂家的连环杀人案自然不会例外。此时此刻，电视里的评论家们想必正摆着知情者的架子，煞有介事地展开他们精彩的推理吧。

但身处现场的人，只会感受到不安和恐惧。就连现在，天濑只是走在林道上，都能清楚地感觉到整个村子笼罩着的紧张气氛。

实际上天濑也正被不安和恐惧逼至悬崖。他理性上虽知道自己不会遇袭，可只要一想到杀人犯就在身边——说不定就住在邻居家里——他就怕得动弹不得。分明没什么紧要安排，却急忙要赶回东京，是因为他想逃离暮枝。天濑对此有自知之明。

去哪里都一样——窗音的话突然浮现在他脑海里。

天濑对窗音抱有没来由的罪恶感。他真的可以自己一个人逃走吗？窗音还一个人留在罗堂邸，她的家人已有三位遭人杀害，下一个……没准就是窗音了。

天濑眼前浮现出将自己关进房间，因恐惧瑟瑟发抖的少女。但他很快就拂去幻影，这是不可能的，窗音应该不会害怕，至少表面上不会……但心底又如何呢？

为了给脑中不断涌出的罪恶感做个了结，天濑原本是打算去罗堂邸和窗音道别的——再见了，而且恐怕再也不会见了吧。

第二桥映入他的眼帘。转头看看茅草民房，只见穿着修行服的保龙依然像两天前那样站在门口。今天他倒没盯着黄花看，但还是一样袖着手呆站在原地。

“您好，是天濑先生吧。”

保龙主动搭话。

天濑停下脚步，跟他打招呼。

“你还留在暮枝啊，我以为你已经回去了。”

“准备今天回去。”

“这样啊。”保龙面露苦笑道，“你还是回去比较好，这里不是外人长待的地方，现在我也知道啦。”

“您又被施压了吗？警察都问完话了，他们不是要离开这里了吗？”

“没人走，也没人跟我施压。大家都越来越想进‘奇迹之泉’了。”保龙耸了耸肩膀，用讥讽的语气说道，“大家都很感谢我呢。都说谢谢我带他们来暮枝，他们非常感激。接下来，就只需要等那位亲身证明了奇迹之泉神力的大英雄——火浦龙次郎先生胜利归来喽。”

火浦泡进龟恩洞的泉水后，晚期癌症好像真的治好了，这消息天濑也有所耳闻。尽管送他去医院的渡边刑警口风很紧，但听说是工作人员泄露出去的。岐阜县的大型医院自不必说，据称连东京、大阪的专科医生都蜂拥而至。

“火浦先生的病还不一定是被奇迹之泉治好的吧？”天濑问道。

保龙笑道：“医生怎么可能这样说呢？医生只说，他们从未见过这样的现象，无法以既有的医学常识解释而已。那就足够了，医生们越惊讶，大家就越深信不疑，连医生都吃惊了，那就绝对是奇迹。接下来只需要补充说明，比如泉水化学成分的效果啦，泉水所处的环境可以温和刺激大脑、增强免疫力啦——就这些而已。”

他恼火地摇了摇头，说道：“我无法理解。信奇迹就信吧，可是为什么非得要医生和科学家来作证明？让奇迹保持奇迹的样子不就好了吗？跟科学没有关系吧？你们要相信精诚所至，金石为开，那只管相信不就完了。

没必要为此特地找个科学家来解释金石为什么会开。”

“大家不是真的‘相信’奇迹，是‘想相信’奇迹啊。想信却又没法信，所以他们会热切期盼有东西能让他们相信这些。科学就是最好的工具。”

“这样属于科学至上主义，是不准确的。虽然神秘学家们总想居高临下地说，世界上还有很多东西用科学无法解释——这不是废话吗！正经的科学家绝对不会认为一切事物都能由科学阐明。而一切用科学无法解释的东西都是错的——这就更荒唐了。科学只不过是看问题的一种角度。看同一个问题还有其他很多种角度啊。如果有人认为只有从科学角度看问题才有价值，那既称不上肯定它，更算不上否定它，只不过是片面的科学至上主义罢了。”

“但是我们不能驳斥那些无路可走的人。保龙先生您自己不是也说过吗，虽然不知道奇迹之泉是否存在，但有人将最后的希望都寄托在它身上，这是确凿无疑的。”

天濑回想起从石动那里听来的“卢尔德之泉”的故事。也许圣母降临不过是青春期少女臆想的产物，而洞里涌出泉水大概也只是单纯的偶然。靠泉水的神力治好了病，其中大半要么是胡编乱造，要么就是凭空臆想。

可即便如此，人们依然相信卢尔德之泉的奇迹，纷纷从世界各地赶来瞻仰。恐怕我们是无法将之嘲为愚行的。奇迹就存在于相信卢尔德之泉神力的人们心中。

“我原本是这么想，但是现在渐渐厌烦了。”保龙扯扯嘴角，“我本以为感觉死亡将近的人，心灵会更加清澈，他们却都是一帮俗人。”

“这肯定的嘛。大家都是有血有肉的人啊。”

“我也是有血有肉的人。只要周围的人际关系恶化了，就会想丢下一切直接逃走。”保龙干笑几声，而后露出十分不可思议的神情说道，“对了，你为什么一直盯着第二桥看？桥上根本没人啊。”

“是啊，没一个人。”

天濑喃喃道。

早晨的鱼鳞云变为厚重的黑云，烦人地埋住天空的每一个角落。晚上可能又要下雨了。

被灰色笼罩的天空下，第二桥上没有人影，只有铁制的宝珠柱立在那里。并没有一名少女靠在栏杆上，凝视桥下的河面。

看来我和奇迹无缘啊，天濑心想。就连单纯的偶然都很少出现。

4

太迟了。无论是牛的啼声，还是流水潺潺，他应当都听不见了。我静静待在黑暗的房间里，从不外出。我并没有跟任何人产生问题，可是它如今又发生着。

——《交响曲》（意大利）鲁契亚诺·贝里奥 (LuciaBerio)（作词）

柿子的果实开始有了颜色。

那是一棵细瘦的柿子树，长在不比猫额头宽多少的小庭院里。枝头寥寥几颗果实，开始从下往上染上橙黄。本想直接称其为“柿黄色”，可它不仅果子个数少，连颜色都很淡。况且今年秋老虎迟迟不走，弄得果实上方几乎还是翠绿一片。

阵一郎取来侧桌上的笔记本，咏了一句诗。

枝头柿子果　也因苦夏而消瘦　余暑添哀愁

不过是用季语堆砌的句子罢了。让芸阁斋瞧见，铁定要瞪着三角眼跟他发火。阵一郎想了想那般光景，暗自窃笑。

庭院矮篱笆另一侧站着一名制服警员，他说自己是来保护阵一郎的。能从杀人犯手里保护自己是很感激，可是好巧不巧偏要站在柿子树旁，这就很碍眼了。

结合“柿子树”和“制服警员”两个意象，没准能咏出好句来。但阵一郎没能提起心情。而且这名警员跟那位小豆丁警官不同，长相和体型都太粗犷，缺了点俳味。

不知这位警员到底想从谁的手里保护阵一郎呢？

念及此，阵一郎突然想笑。大概是要从锄屋和人手里保护自己吧。太蠢了，锄屋和人已经不在这世上了，他的痕迹已经被人从世上抹掉，再也无法踏上任何一片土地，更不可能来到萝洞庵。

当然，阵一郎现在仍会做有关锄屋和人的梦。他本以为不会再做，昨天却时隔几年被噩梦缠身。如果阿荣再迟一点叫醒他，他铁定已然惊叫出声。昨天醒来时，他全身大汗淋漓……

阿荣此时此刻应该正在萝洞庵屋后，为阵一郎洗衣服。罗堂家明明已经死了三个人，阿荣却仍一如往常地照顾阵一郎的起居。连阵一郎托她去买的东西，她也丝毫没有厌烦的神色，一一帮他办好。

阵一郎心里很感激阿荣的刚强。她心中大概既不安又恐惧，可表面上还是装作平静，听从阵一郎的指示。他发自内心感谢这样的阿荣。

阿荣肯定很害怕，现在已经死了三个人，下一个会是谁呢？窗音？美雄？这样说来，也很有可能会是罗堂阵一郎其人。不知道被热血冲昏头脑的杀人犯下一步会做出什么举动。

阿荣总是责备他无论什么事都想找乐子。但要是不找找乐子，日子就过不下去了。对阵一郎来说，连他自己的死亡都是一大笑料。一想到自己死后的事情，他就有抱着肚子哈哈大笑的冲动。

阵一郎已经没有什么可畏惧的，连死亡都不是他恐惧的对象，他什么都不怕了。

真是这样吗？

阵一郎挑起一侧的眉毛，神情变得严肃。

不，还有一样，他唯独还怕一样东西。

那个给他带来粉色蔷薇花束的红发少女。

阵一郎转向圆桌。花瓶里的蔷薇完全凋谢了，花瓣落尽后，叶茎也尽显枯萎，变成了棕色。

枯了的花还是扔掉更好——窗音曾经对他说过这样的话。阿荣似乎也和她意见相同，觉得阵一郎看到枯花只会心情郁闷，一直很想扔了它。但阵一郎要它保持原样。

因为他想慢慢见证蔷薇如何死去。

粉色蔷薇花，你那怒放的身影，唯有一现吗？一现之后，蔷薇又会变成什么样？它会如何枯萎，如何腐烂，又如何消散无踪？阵一郎想逐一观察这些过程，想将它们深深烙印在眼中……

矮篱笆彼端的山径上，一个穿黑色高领毛衣的男人正快步朝这边走来——是美雄。

制服警员紧张地拦在右手搭着夹克，脸色很是严峻的美雄身前。

“不好意思，请问您是？”

警员宽阔的肩膀一时遮挡了美雄的身形，美雄现在的表情肯定很烦躁，从声音就听得出来。

“闪开。我是罗堂美雄，庵里那老头的儿子。”

“您有身份证件吗？”

光凭一句话，似乎无法让这位不知来自岐阜县还是关市的警员信服。

美雄啊，你还是放弃的好，和警察吵架，最后也只会被揍趴在地上啦。不过考虑到你因为亲人接连横死情绪激动，应该不至于以妨害公务罪被捕……

美雄似乎努力压下了怒火。他在搭在手上的夹克里摸索一通，打算取出什么东西，比如驾照之类的吧。

“看到这个满意了吗，赶快让开，我来看我爸的。”

美雄将警员推开，他的脸出现在篱笆上方。

阵一郎和美雄目光相汇。

美雄眼里怀着深不见底的憎恶，狠狠瞪视阵一郎。阵一郎温和地笑了笑，向他挥挥手。

美雄主动移开目光，消失在玄关方向。

他似乎相当亢奋。欸，也怪不得他，早料到他总有一天会这样闯进萝洞庵了。

很快，阿荣出现在房内。

“老爷，美雄先生来了。”

“嗯，我在庭院里看到他了，你让他进来吧。”

阿荣轻轻行礼，去迎接人在玄关的美雄。

阵一郎喝了一口壶里的水，等待美雄进屋。他突然想到，不知美雄会不会对俳句感兴趣。

5

看啊

牛眼里闪烁着睿智的光

它的眼能一同看破自然的形与魂

——《牛》（日）高村光太郎（著）

正午时分，暮枝桥周边的现场勘查暂时中断，制服警员和鉴识人员都去吃午饭了。暮枝并没有食堂，因此也有人开巡逻车返回国道。

姬木买了便当回来，虽然他好心询问渡边要不要吃一半，但渡边婉拒后就在林道上走远了。大概想去出羽家或谁家讨杯茶吧。

渡边没心情吃饭，他坐在土堤上双手托脸，迷迷糊糊盯着板取川的水流看。

天空被灰色的云朵盖得严严实实，河水看起来暗淡无光。河里流淌的原本是绿色的清流，可渡边直到此时才发觉，那并非水本身的颜色，而大半来自天空反射。就连深蓝色的辽阔海洋，也只是反射了天空的颜色而已。水本身是透明的，可以染上任何色彩。

渡边心里尽是忧郁的蓝。

他试着回想昨晚发生的事情。昨晚开着巡逻车通过暮枝桥时的那段记忆，他从今早开始已经反刍过不下数十遍。

路边有人吗？树林里呢？有红褐色的轿车吗？驾驶席上有人吗？

他一点都想不起来，甚至越是要追溯记忆，细节反而变得越来越模糊，就像是录像带经多次重放后有了磨损，画面都被搅乱一样。

渡边叹了一口气。他分明在案件发生后不久路过了现场，可最终他能提供的只有一句“不太清楚”。

板取川河岸上全是石头。由于水流长年的洗礼，它们颜色发白，棱角也被磨平。大约一周前台风降临时，想必这条河也耀武扬威，波浪汹涌了一番。没准儿当时水位都涨到渡边坐的土坝边缘，眼看就要决堤。

但现在，河水恢复了原本的平静，安稳地流动着。它忠实地描摹河底地形的轮廓，河面时不时跃动起来，拍打在岩石上溅出白色的水沫。

河岸上到处丢着画有标记和编号的板子。那是现场勘察时拍照用的标识板。因为河岸上没法用粉笔画线，善次躯体的轮廓是用黄色胶带贴出来的。

而河水就在彼端平静地流动着……

“渡边先生，您在这里啊。”

背后有人喊他。回头一看，面带笑容的石动站在那儿。他还是一身深蓝色西装，右手拎了个包袱，看起来就像正要拿着地方特产去上司家拜访的业务员。

“我问了姬木先生，他只说您在这一带。没想到您会坐在离桥这么远的土堤上，让我一通好找呢。”

石动很开朗，他过来坐在渡边身旁。

渡边露出微笑。尽管他至今还未搞清楚石动究竟是何方神圣，但渡边不知为何挺喜欢这个男人。姬木和都筑大概也跟他有同样想法。虽然石动总爱说一些不知所云的话让人头疼，但总体上是个有趣的人。

石动将包袱放在膝盖上。

“这是什么呀？”

“是伴手礼。您要是肚子饿，一会儿就请吃吧。”石动说着，凑近渡边，说道，“其实我特地来……是想拜托您一件事。”

“因为有事相求，所以给我带礼物啊？你很讲规矩嘛。”渡边虽然笑了，但脸上立刻浮现出戒备之色，说道，“哦，如果你是想求我放过你违反交规之类的，我可不会网开一面哦。经常有人求我，但是这个不行。”

“我不是来求您别停我驾照的啦，我一直都有注意安全驾驶，到现在都是零事故零违纪。我还想着总有一天警方会表彰我呢。”

“早得很啦。你起码还得坚持三十年零事故零违纪才有被表彰的可能。”

“这样啊，那路还长着呢。”石动虽然一时十分失望，但立刻重整旗鼓道，“这些无所谓，先不说这个了。我想求您办的事，是希望您帮我调查一些东西。”

“调查一些东西？”

渡边诧异地问道。

“关于这次的案件，我有几个点想确认一下。”

石动笑眯眯地说道。

渡边不禁瞪大眼睛说道：“石动先生……您有什么发现吗？”

“嗯，有一些吧，现在还不太清晰。”石动装模作样地说道，“就是为了让它们清晰起来，我才需要知道。您能帮我调查一下吗？”

“这得看具体内容吧。”

渡边犹豫了。警察是不能受一般民众之托进行调查的。

“都不是什么大事，甚至您在搜查过程中已经知道了也有可能。”

石动举起右手，一根根掰着手指，开始向渡边解释他想知道的事。

“首先，是关于名叫锄屋美佐的女性。阵一郎氏说美佐死于酒精中毒，我想知道是不是真的。”

“……难道您想说锄屋美佐可能还活着吗？”

渡边的声音僵住了。确实，比起儿子和人，锄屋美佐对罗堂家可能抱有更深的怨恨。

“这个我不知道，所以才想请您确认一下。”

继大拇指之后，石动折下食指。

“另一件是关于飞鸟先生。火浦先生不仅目击到灰田虎彦——也就是濑尾修一前往龟恩洞，也看到飞鸟先生去了。我想知道为什么飞鸟先生要到龟恩洞去。”

“这个问飞鸟先生本人应该马上就知道了，不过……”

“渡边先生不好跟他联络的话，您可以偷偷告诉我飞鸟先生的联系方式，我直接问他。”石动双眼放光，跟渡边合掌恳求道，“渡边先生，求求您啦。这份礼物送您，还请帮帮忙。”

渡边抱着手臂，默默考虑起来。

6

“怎样，此处便是地狱的入口。你敢下去吗？”

——《矿工》（日）夏目漱石（著）

“真好闻啊。”

“这是大吉岭哦。”

“这样啊……我不怎么喝红茶，平时天天喝咖啡。”

“你都喝什么咖啡呀？”

“冻干的速溶咖啡。我还没有喜欢咖啡到自己去买豆子的地步啦。”

“我不怎么喝咖啡的，平时天天喝红茶。”

“这套茶具真好。”

“是吗？这种很便宜的。茶杯和茶壶都不是一套。”

“可是颜色很统一呀。”

“我特意挑的嘛。”

“是你的爱好吗？”

“嗯。是我买来的，我们家只有我喝红茶，爸爸和哥哥都更……他们生前都更喜欢绿茶。”

“我就天天喝咖啡。”

“这套杯子和茶壶是我用自己零花钱买的，所以真的是便宜货。”

“但是这杯子真的很漂亮。”

天濑看了看手边的茶杯，纯白色的茶杯杯壁极薄，只用茶匙轻轻一碰，仿佛就会出现裂纹。

“我今天下午要回东京了。”

天濑如此宣布，然后将目光从茶杯上抬起来，看向窗音。

窗音的表情纹丝未动，也不可能动。眼前的男人只不过在此驻留十天，和她说话的次数不超过三次，她的情感不可能因为这样一个人要回东京而产生动摇。我到底在期待什么？

“所以，你是特地来跟我说再见的吗？”窗音说。

天濑点了点头说道：“姑且打个招呼吧。我受了你不少照顾。”

“我没有照顾过你啊。”

“也受过你爸爸的照顾。他让我们采访了嘛。”

“你的报道内容，总结得还顺利吗？”

“报道取消了。”

“写不出来吗？”

“不是，是整个报道本身不刊登了。也很正常，事情闹成这样，哪还有闲心管‘奇迹之泉’。”

“是吗？我觉得接下来泉水才会真正成为话题啊。”

窗音歪歪脑袋。

她指的大概是火浦的事情吧，天濑想。

也许正如窗音所说，因为泉水的神力经由火浦的亲身体验被“证明”了，龟恩洞的奇迹之泉想必会声名大噪。连那个几乎报废的暮枝疗养度假胜地企划案，说不定都能扩大规模，被再次提上日程。

“可能就像你说的那样吧，不过这些都跟我没关系了，我要回东京了。”

“有人在东京等你吗？”

“没有啊。不过我的公寓在那边，还有工作。这十天几乎是来玩的，得赶快开始准备下一份工作才行。”

“所以你今天才过来跟我说再见的吧。”

“是的。”

天濑回答道。窗音陷入沉默。

此时，他们听到玄关的门打开的声音。走廊里的警员离开墙壁，看了一眼玄关，但立刻又回到他的固定位置。

进入客厅的人是美雄。

“你是谁啊？”

美雄皱眉，低头看向坐在沙发上的天濑。

“这是天濑启介先生，是从东京过来采访龟恩洞里泉水的人。”

窗音看向美雄，这么跟他解释。

美雄的表情有点惊讶，说道：“您就是天濑先生吗？”

“叔叔，你认识啊？”

窗音疑惑地问道。

“嗯。住在石动先生那儿的人吧。这么一说，给哲史守夜那天也和您见过一面。”

“确实。”

天濑回答道，轻轻点头致礼。

“他今天下午就要回东京去了，所以现在特意来打个招呼。”

窗音继续解释。美雄则露出微笑，说道：“有地方回的人真不错啊。”

天濑不禁拘束起来。虽说有警员保护，可只有一个十多岁的少女独自在家，他却跑来这里坐着喝红茶，可能让美雄感到不快了吧。

他已经和窗音说过再见，来罗堂邸的目的已经达到了。

“那么，我就先行告辞了。感谢你招待我红茶。”

天濑从沙发上站起来，跟窗音和美雄行了一礼，打算离开。

“天濑先生，再见。”

背后传来窗音的声音。

“再见。”

天濑回过头，如此回答窗音后，走向玄关。

他穿越车库，走近第二桥时，听见背后有人向他跑来。

“天濑先生，天濑先生！”

一看是美雄急急忙忙过来了。他似乎是追着天濑冲出家门的，夹克披在肩上差点滑落。

“石动先生在家吗？”

他在天濑身旁站定，重新穿好夹克，问道。

“应该不在。他刚才出门了，说是要去暮枝桥。”

“这样啊……那就有点麻烦了。”

美雄托着腮陷入沉思。

“您找石动先生有事吗？”

“其实我刚去上面找了一趟老头子，老头子说了些怪事。”

“阵一郎先生吗？”

“对。他说龟恩洞还有另一个入口，凶手可能就藏在龟恩洞里，平时用那个入口出入……”美雄脸上有一丝笑意，“我也觉得可能是老人家的臆想，不过他这么一说，我小时候来暮枝玩的时候好像确实看见过他说的入口，所以觉得可能就是那里。”

“这个您直接告诉警察比较好吧？”

天濑惊异地说道。

美雄这次露出清晰的笑容回答道：“不用了，毕竟是小时候的事情，我也记得不太清楚。要是说完过去一看什么都没有，就不太好了吧。所以我想先跟石动先生聊一聊……”他又像是突然想起什么似的继续说道，“那个入口离这里很近。天濑先生，您要不要跟我一起去看看？我们确认一下是不是真有吧。”

天濑事后非常后悔，为什么他会答应这么不自然的邀约？来请相当于初次见面的人同行本身就很奇怪。他怎么就跟美雄走了呢……

但此时的天濑没想那么多，直接和美雄一起去了。他也想亲眼见证龟恩洞是否还有另一个入口。

他们沿着林道返回，走到通往萝洞庵的山径入口附近，看见一条通往森林内部的小道。小道上的土被踩得很结实，四周杂草丛生，到处都有被践踏过的痕迹，大概是先前警员搜山时留下的鞋印。

由美雄领路，两人走进森林之中。由于小路九拐八弯，周围怎么看都只有树木，天濑一时失去了方向感。自己身处何方，又在山里的哪个位置，他渐渐地都搞不懂了。

终于，连绵不绝的森林之中，出现一片小小的原野。

原野中央有一座巨岩，仿佛古代的坟墓。

“就是那里。您看，石头下面是不是有个裂缝？”

巨岩隆起部分下方的地面上有一条宽阔的裂缝，中间最宽的部分可供一人轻松通过。裂缝两端稍有弯曲，好似大地咧着嘴角发笑。

美雄蹲在地上，窥探龟裂内部。

“里面很深啊。这样看来，能通到龟恩洞里也不稀奇。”

被他招手示意，于是天濑蹲在美雄旁边。

正如美雄所说，裂缝底下很深，仿佛无底深渊。冰凉的空气从缝里窜出来打在脸上，无论天濑怎么眯眼，底下的黑暗都深不见底，什么也看不见。

天濑没发现旁边的美雄已经站了起来。

“不过，这是纵向洞穴啊，不可能从这种地方出入的……”

这句话刚说到一半，天濑突然被人从背后推了一把。

他大叫起来，正想调转身体，可已经太迟了。天濑整个人嵌入裂缝之中，用双手撑住地面已是极限。

他双腿之下空无一物。莫说坚实的大地，就连可供落脚的突起都没有。

天濑如今整个人悬空挂在直通黑暗的边缘。

“美、美雄先生，您干什么……”

天濑拼了命抓住地面，手指嵌进土里痛得要死。

美雄站在挂在裂缝边上的天濑面前，表情很是奇妙，不带一丝怜悯，更不含任何憎恨，他只是静静地俯视着天濑。

“快救救我……”

天濑竭尽全力叫喊，美雄却依然沉默。

天濑因着恐惧打战——美雄想杀我，他想将我推到裂缝里摔死我。

没准就是美雄杀了哲史和真一，而接下来他要杀天濑了……

但他为什么得死于美雄之手，天濑对此毫无头绪。他想不到任何一个被杀的理由。

“美雄先生，为什么……”

他本想大叫，却险些滑落深渊，于是后半句话堵在喉咙口。他拼命挣扎，死死巴住裂缝边缘不撒手。

美雄叹了口气，从夹克内袋里取出骆驼牌香烟，抽了一根用打火机点火，然后就像刚刚完成一项任务似的美滋滋地抽起来。

然后他拈着点燃的烟，蹲下来，将烟头凑近天濑的右手。

天濑不禁紧紧闭上眼睛，他一想到烟头会被按到手背上就冷汗直流。

可他没有等来灼热的痛楚。

睁眼一看，只见美雄呆望着手里的香烟。他双眼圆瞪，就像拂去一只毒蜘蛛般将那根烟丢得老远。

美雄用右手搔抓起自己的喉咙。

“可、可恶……和人那混蛋……”

美雄呻吟不止，嘴里溢出大量鲜血，血沫喷到天濑脸上，他不禁惨叫一声。

美雄保持着苦闷的表情，整个人倒向天濑。

被他痉挛的躯体一压，天濑的双手终究离开了地面。

他和半只脚踏进鬼门关的美雄缠在一起，在黑暗之中渐渐落向地狱的最深处……

7

目前，无论如何都要在地狱中“探险”，非把它的深处彻底究明不可。

——《洞窟学初探》（日）吉井良三（著）

……天濑最终醒了过来。

浑身上下隐隐作痛。且不说四处都有擦伤、裂伤，右腿肚子疼得更是厉害。衣服上湿漉漉的好像都是血。

但一片昏暗之中，天濑仍然活着。

他好不容易想爬起来时，发现了自己身下垫的是什么东西。

天濑一瞬间忘记遍布全身的痛楚，将身子抽离那玩意儿，一屁股墩在洞窟地上连连后退。

直到刚才那一刻都垫在天濑身下的——是美雄的尸体。

天濑是和美雄纠缠在一起掉下来的。而恰好美雄的位置靠下，率先撞到地面。多亏了他，天濑才捡回一条命。因为美雄的身体成为缓冲垫，虽然天濑全身都疼，却连个骨折都没有。

然而美雄的尸体在裂缝的光下，看起来就惨不忍睹了。

他的后脑勺开了瓢，鲜血和黏稠的灰色污物四下飞溅。大概是因为天濑的体重一口气压上去，美雄的胸腹部被砸扁了，口中涌出大量血液，从下颚到喉部一片鲜红。

美雄穿着黑毛衣，虽然看不太出来，但胸口铁定也染满了血渍。美雄的四肢如同损坏的人偶一般耷拉着，四周泛黄的地面上形成一摊巨大的血泊。血顺着斜坡汩汩流下，此时此刻仍在不断扩大它的面积。

天濑呆坐在地上，低头去看自己的衣服。网球衫被染得红通通的，是美雄的血。

天濑差点尖叫起来。不，也许他已经叫了。

天濑对自己说道：美雄是被香烟毒死的。他狠狠地撞到洞底的时候应该已经死了，肯定是这样。那时候他不可能还活着……

可是，破碎的镜片之下，美雄瞪大的双眼怨恨地盯着死里逃生的天濑。

天濑好不容易将目光从美雄的尸体上移开，抬头去看山洞顶部。

裂缝发出明亮的光，看起来高得可怕。阳光打在洞壁上浮出一层光晕，照不到天濑所处的底部。山洞内壁也没有任何可供攀爬的抓点。唯有一件事情天濑十分清楚，那便是他绝对无法爬到裂缝处逃生。

“喂！”

天濑双手凑在嘴边，向着裂缝拉长尾音大声喊道。

“有人吗？！有人在吗？！救救我！”

他拼命叫喊，即使知道不会有人听见。

天濑绞尽脑汁地思考起来。会不会有人看到他和美雄一起进入森林？就算有人看到，要意识到他们俩一起失踪还要等很久，有人来找他肯定是更久之后的事情了。

那么在那之前，还是在这等着更好，随便乱动反而危险。

但天濑立刻就发觉了。

他真能在美雄的尸体旁边等上好几个小时吗？

此时，滴答——传来水的声音。

天濑看向声音传来的方向。

包围住美雄的血泊溅出飞沫，血液四下飞溅，荡起黏稠的波浪。波纹一圈一圈开始旋转。

天濑立刻察觉到波浪是什么东西造成的。

是蚰蜒[1]。

一只又黑又长的蚰蜒在血泊中蠢蠢蠕动。它就像因血的出现而狂喜地扭动身体，头部和尾部贴在一起，一圈圈跳着疯狂的舞蹈。

仔细看，还不止一只，洞窟的黑暗中出现了数十只蚰蜒，它们向着美雄的尸体聚集而去，简直就像在庆祝好久没有这么大的猎物掉下来了，而欢呼雀跃。

我实在没法待在这里了——天濑站起来。

瞬间，右脚窜过一阵剧痛。低头一看，牛仔裤脚被撕裂，钩破了一道大口子，温热的血淌进运动鞋里。

至少这是我自己的血。

他拖着右腿走近美雄的尸体，闭上眼睛摸索他的夹克。打火机就在右侧口袋里。

天濑紧紧握着打火机，离开这片空间，向着深渊的更深处，龟恩洞的最深部前进……

每踏出一步，黑暗似乎就浓上一分，天濑开始怀念空洞里朦胧的光线，他现在周身只有纯粹的黑暗。

打火机火焰放出的光芒，只能照亮很小一片，立刻就会被吸入黑暗里。天濑只能一只手抵在光溜溜的石壁上，脚下摸索着前进，否则连步子都踩不稳。

1　俗称“钱串子”“千足虫”，最明显的特征是有15对步足，通常栖息于人类的房屋或潮湿的枯木附近，具有较强的环境适应性。——译者注

摇曳的火焰照亮顶部的钟乳石和地上的石笋，影子在洞壁上起舞。左右洞壁弯弯扭扭，渐渐让他觉得自己像是被关在某种大型野兽的腹中。

天濑一个劲儿向前走着。既不知过了多久，也不知自己离开空洞已有多远。右腿越来越疼，从脚腕到小腿都已肿胀起来。即使如此，天濑也没有停下脚步……

终于，他在通道前方见到明亮的光芒。

可能是出口。天濑想着，拖着右腿焦急前行。

通道尽头展开一片巨大的空间。

但并未通到龟恩洞外。抬头一看，在仿佛遥远彼方一般的高处，骨节凸起的岩石成为穹窿，覆盖着这个空洞。

头顶上的岩石四处都有裂缝，阳光从那儿投射下来，照得空气中飞舞的灰尘闪闪发亮，最终成为几条光束落在平缓起伏的地面上，映出纺锤形的成像。

这里有多宽啊？起码直径该有百米，这是不会错的。

天濑踏入这片地下大空洞。顶端到处都有下垂的钟乳石，沿着墙壁直达地板，好似被冻住的巨大瀑布。它们看起来，就像是支撑沉重天花板的石柱。

天濑走向大地洞中央，停下脚步，抬头去看洞壁。

它像是一座快要融化的巨大楼梯。恐怕是溶有石灰石的水不断流下倾斜的墙壁，长时间固化后形成的。宽阔的台阶一路延伸向岩壁，上面挂着许多好似白色糖浆一般的洞窟生成物，现在也像马上就要滴落的样子。

台阶上放着无数只木桶，看起来已经有几十年，甚至几百年的年月。桶箍脱落，木材变得黝黑，又长满了青苔。还有一些桶的木头早已烂个精光，将内容物暴露在外。

从即将毁坏的桶里伸出来的，是人类的手。

肉几乎腐烂殆尽，只剩骨头，但五根手指依然清晰可辨。化为白骨的手指像是要抓住什么东西似的向内蜷曲着。

这洞中大楼梯上并排摆放的东西，是不计其数的棺桶。

“这……到底是什么？”

天濑一边摇头，一边自言自语。他有一种被关在噩梦里的感觉。

绝对不会醒来的噩梦，绝对无法逃离的噩梦……

就在此时，一个声音响彻四周。

又来了。

天濑根本搞不懂声音是从哪里传出来的，大地洞的顶部，还是眼前无数棺桶的其中之一？

又或者……是从自己的大脑里。

欸，又一个勇者登场吗？你们也真辛苦。究竟到几时才会学乖，知道这是无谓的努力？勇者啊，你来自何方？

“你是谁啊？”

天濑瞪着自己正对面。

视线前方，在阶梯最下层正中央处摆有一座小小的木制祠堂。屋檐、墙壁都快烂没了，门上的木格也变得斑斑驳驳。祠堂前有几个烛台放在石笋顶部，蜡烛烧得就剩下了烛芯。

声音似乎是从祠堂里传出来的。

“你是谁啊？”

天濑再次发问。

我是美浓牛。

那声音回答道。

我是龟恩洞之主，鬼岩屋的住民。几千年前我就在这里，哪怕几千年后我也会一直待在此处。藤原高光打倒了我？那是一派胡言，没人可以打倒我，我是不死的存在。

那声音高声大笑。

不计其数的勇者来到这里，他们全是想要打倒我，赢得荣耀和名声的人。我将他们尽数屠杀，看啊，所有的勇者都像这样，成了冰冷的尸骸。

它说得没错，大楼梯上摆满了棺桶……

那时真是愉快极了，我虽食，却很喜欢血，血能让我愉悦。我要更多的血。

声音变得更大，震撼天濑的头骨。

血！我要血！勇者啊，你也想打倒我，获得属于你的荣耀吧？那你为何不挑起战斗?

天濑大幅摇头，想赶走那个声音。他知道自己现在身体发热，大概因为有杂菌从右脚的伤口入侵。发热、疲劳，再加上大地洞里诡异的气氛，给天濑的感觉机能带来不小的损伤——所以才会产生幻听。

这是《绿野仙踪》啊，天濑心想。并非真有牛头怪物潜伏在洞里，一切都只是藏在幕布后的矮个子男人造出的幻影。

然而比牛头怪物更加可怕的，是矮个子男人存在于自己的脑海之中。

头骨内侧十分昏暗，连地洞里的微光都不会有。若想将光明带进头骨内侧，只能等到肉体腐烂，让阳光照进空虚的眼窝。

天濑开始觉得，自己头骨里的黑暗，也许和龟恩洞里的黑暗是相连的。

“我不会和你战斗。”

天濑嘴里憋出这几个字。不能战斗。同意战斗就等于承认牛头怪物的存在。

竟说不战？胆小鬼。所有来到此地的男人无论多么懦弱，都是手中握着剑死去的。来啊，战斗啊，勇者。

“我不会和你战斗，你根本就不存在！”

天濑大叫。

来战啊，勇者。至少拔出你的剑再死！

“你根本不存在！”

天濑一边嘟嘟囔囔，一边走近祠堂。

有什么人在那扇快要腐烂的木格小门里。

“你根本不存在……”

天濑两手搭上祠堂的门，打开它。

祠堂里涌出大量的黑暗。

黑暗彼端有人，是谁在那里微笑？

天濑看向祠堂内部。

那里安置有一尊小小的佛像，是以圣母为原型的粗糙的佛像。

佛像以温和的微笑迎接天濑。天濑先生，再见。那微笑天濑见过，是谁的微笑呢？天濑用发着高烧的脑袋尝试回想，却怎么也想不起来。

黑暗从中涌出。它们从祠堂的开口滴落，蠕动着涌向天濑的脚边。

天濑知道了，那不是黑暗。

从祠堂里涌出来的是多得可怕的蚰蜒。它们不断扭动自己的无数条腿，振动触角，变成漆黑的结块，在洞窟地板上蠢动。

天濑尖叫起来。

眼前，和某人一模一样的佛像温和地微笑着。她充满慈爱的微笑之上，有一只蚰蜒在来回爬动。恐怖的黑色线条缠绕着圣母的脸庞。

天濑后退一步，转身背对祠堂跑走了。

勇者啊，一招未过，你便要逃走吗？这也敢自称勇者？你为何不战，为何不战啊……

8

终于有一束光照进那座地狱。被怪兽们层层围困，胡乱与它们战斗的我于是抓到了阿里阿德涅的线球。从那时起，我所见的幻景便全数变为神圣之物。

——《致大仲马》

（法）热拉尔·德·内瓦尔 (Gérard de Nerval)（著）

天濑冲进大地洞反方向的洞穴，挣扎着前行。即便时不时被绊倒在光滑的地面上，他也一次次重新站起来，在歪歪扭扭的单行道里继续前进。

他必须逃离那个声音。

天濑面前再次出现一片开阔的空间。

这里比先前的大地洞狭窄些，但也足以轻易收纳一栋房屋，高高的穹窿覆盖在头顶上。

四周环境昏暗是因为顶上开口不多。平缓起伏的岩石顶部只有一条龟裂。

龟恩洞外一定已近黄昏，从裂缝处斜斜投射下来的光，在墙上打出红色的条纹。

而在这道裂缝之下，有一眼泉水……

天濑惊呆了，站在洞穴入口一动不动，凝视着那汪泉。

昏暗的空间中，泉水水面映照出洞穴顶端裂缝的影子。此时已近黄昏，阴暗的天空在泉中显出上下颠倒的影像。这影像之所以微微摇荡着，恐怕是因为底部有地下水涌出，在水面激起一圈圈波纹吧。

远处，一个声音在背后对他窃窃私语。

勇者啊，还不速速返回，回到鬼岩屋来，和我一战。

天濑逃离那个声音，下到眼前的洞穴里。他慢慢走在平缓的地面上，接近泉水。

到了近旁，仿佛听见有人犹犹豫豫地咳嗽的声音，天濑看到地下水是从泉眼中央涌出的。水从椭圆形的泉池边缘满溢而出，汇聚成一条小河，消失在别的出口里。

勇者啊，你为何不战？

那个呼唤他的声音小得几乎听不见了。

待在泉水旁边，我就是安全的。

天濑脑中浮现出这样的想法。

他跪在泉池旁，双手掬起泉水饮用。泉水冰凉凉的很舒服，天濑干脆将整个脸都埋进去喝。

待在泉水旁边，我就是安全的。

真是如此吗？你即便借助泉之力，也无法逃离我。

况且很快就要入夜了，你能忍受得了夜晚吗？

“当然忍得了……只要待在泉水旁边,我就是安全的,你根本不存在。”

天濑在泉池畔伸展自己疲惫至极的身体，自言自语道。

那么，勇者啊，你便熬过这夜晚吧。

夜晚降临。黑暗从裂缝处渗入这片有泉眼的空洞，死死盖住整片天空的乌云唤来风暴。风声阵阵，雷声轰鸣，雨水从裂缝里滴落。

你忍受得了夜晚吗?

那声音在某处嗤笑。

天濑将身体泡进泉水里，闭上双眼默默忍耐……

不知何时，天濑睡着了。等他醒来时，空洞再次变得明亮。

抬头一看，裂缝里露出蓝天。

天濑似乎保持两手搭在泉池边，下巴搁在岸上的姿势睡着了。他虽然全身凉透、不住打寒战，身体内部却又滚烫地燃烧着。

从鬼岩屋通往这里的入口处传来某种声音。

天濑瞬间浑身一震，本想捂住耳朵，却很快就发现了。

这不是那个声音。

“天濑先生……”

有人在某处呼唤自己，不是那个声音！是真正的人类的声音！

天濑凝视着那个洞穴。那个人一边呼唤着天濑的名字一边现出身姿，是窗音。她身穿连体工作服，手里握着手电，手肘和膝盖附近都黏着泥土。

看到窗音的瞬间，那个声音在天濑脑海中复苏。

血能让我愉悦，我要更多的血。

“窗音！”

天濑大喊。

“天濑先生！”

窗音立刻发现浸在泉里的天濑，她脸色一变，急忙跑过来。

天濑好不容易爬上岸、站起来。他浑身湿透了，泉水从衣角、袖口纷纷滴落。

“窗音！没事吧？”

天濑一边甩掉头发上的水，一边叫道。

窗音惊愕地停下脚步，凝视着天濑。但是，转瞬之间她的表情便歪作一团，带着几分怒意说道：“这是我要问你的话！天濑先生，你没事吧？你有没有受伤……”

天濑根本没听窗音说什么。他晃晃悠悠走过去，紧紧抱住红发少女纤瘦的身体。

手电筒落向地面。

窗音吃惊地瞪大双眼，尽管被湿漉漉的身体抱住，她也没有反抗。

“我好担心你……”天濑一边像是自言自语般小声默念着，一边将自己滴水的脸凑近窗音的脸颊说道，“没有流血吧？没有受伤吧？”

“嗯，没有。我没事，没受一点伤。”

网球衫紧紧贴在皮肤上，窗音的手环着他湿透了的脊背，也轻声细语地回答他。

“太好了……我特别、特别担心你……”

天濑双膝一软，整个人垮了下去。窗音慌忙用肩膀支住他。

“石动先生！”

窗音回身朝空洞的入口喊了一声。

从入口处冒出石动的脸。他果然也拿着手电，好像借穿了真一还是哲史的工作服，尺寸一点都不合身。

“天濑先生在这里！”

石动慌忙从斜坡上滑下来。

“天濑先生，你没事吧？”

石动呼唤天濑，天濑却没能回应。

窗音严肃地抬起头看着石动说道：“他脚受伤了，而且好像还发烧……”

“这样啊。那他就没办法穿过‘鬼下巴’了。”

石动口中的“鬼”字让天濑睁开双眼，各种各样的记忆在脑中复苏、打转。

“石动先生！美雄先生……美雄先生他想将我推下去摔死……”

“果然如此啊……”石动毫不惊讶，点了点头说道，“美雄怎么样了？跑了吗？”

“他死了。和我一起从裂缝里掉下来……”天濑晃晃自己晕乎乎的脑袋，“不对，他是被毒死的。他的烟里有毒……是锄屋和人杀了他。”

“那，某条岔路里就有美雄的尸体了，过后得去找找。”

“我从那里一路走过来……对了，鬼岩屋！石动先生，这里有鬼岩屋！”

“嗯，我们也是从那儿过来的。”石动大概想起那些并排陈列的棺桶，他皱了皱眉说道，“那是隐匿基督徒的地下墓场。死后不想被葬进村中墓地，希望能前往天主身边的村民就沉睡在那里。有好几十个人……”

“您见到美浓牛了吗？”天濑问道。

石动怔怔地看着他说道：“美浓牛？那是什么？”

“他烧得好厉害。”窗音说着，将天濑的手臂担在自己肩上，“要赶快出去，带他去看医生……石动先生，帮我一下。”

“我知道了。”

石动说着，打算拉过天濑的另一只手臂。

但他立刻停止动作，一动不动地盯着泉水看。

也难怪石动会被夺走眼球。此刻阳光直接照在水面上，反射出耀眼的粼光，光的碎屑溅在涌泉荡起的漩涡、波浪上，于水面各处时隐时现。

那是非常神秘的奇景。

“这就是奇迹之泉啊……终于亲眼见到了。”

“石动先生！”

由于窗音的语气带上几分叱责之意，石动慌忙架过天濑的手臂。

借他们两人之力，天濑总算能够勉强站起。

但他的身体却止不住地颤抖。

天濑仍闭着眼，被石动和窗音扶着、领着，迈开步子。

断断续续能听到两人对话。

“前面要怎么走啊……”

“前面很简单，‘条条赤练洞中汇’……”

“顺着水流走就行了是吧……”

“小心，水一直在流，所以地上很滑……”

“天濑先生，小心脚边……”

“几乎是单行道，这样就不会迷路……”

“然后从哪里出去？”

“‘鸣声淙淙入河川’，从暮枝川啊。看，前面有光了！”

天濑睁开眼，眼前充满了光明。细长的纺锤形裂缝之外，就是太阳之下。

三人来到了龟恩洞外。

“居然通向这里啊！”

石动感叹地叫道。

这里是暮枝川的河滩。

他们方才通过的出口从外面看，被掩盖在草叶底下毫不起眼。纺锤形洞穴的下缘不时有水落向地面，在河滩上造出一个水洼。

他们走到滚落着白色卵石的河岸上，左手边远远可以看到的红豆色桥梁正是第二桥。龟恩洞自山中腹地起，穿过牛舍、罗堂邸、林道地下，一直通到暮枝川。

天濑被仰天横放在土堤上。他知道自己的呼吸正渐渐粗重起来，空中耀眼的太阳变出两个、三个……

石动在和某人打电话。

“……对，我已经在龟恩洞里找到天濑先生了。美雄在和天濑先生一起摔到洞里的时候死了……不，死因似乎不是坠落，他的烟里有毒……下毒的应当是锄屋和人吧。除他之外没有别的可能……警官先生，请您快点派人来吧。天濑先生虽然没有生命危险，但他受了伤，而且还发高烧说胡话……”

窗音的手覆在天濑额上，对他微笑表示不必再担心。天濑虽然也回以微笑，却最终失去了意识……

9

牛即便总是哞哞叫着四处乱走

也从不会迷路

——《牛》（英）罗伯特·路易斯·史蒂文森（著）

天濑很在意自己目前躺在谁的房间里。

大概是真一的房间吧。以年轻的哲史来说，家具品位和氛围都太过沉稳。漆过的木纹架子上摆满威士忌，实在不像一个二十来岁青年人的卧室。

那么现在躺的就是真一先生的床。天濑想到这里，突然觉得有点讨厌。被放在死者的床上睡觉总让人不太舒服。

有这种想法算是他身体康复的证据。今早会觉得窗音端来的粥不够吃也是同样的道理。

让医生看诊过，又踏踏实实睡了一晚，天濑的身体渐渐康复。烧退了，也不再说梦话。绑着绷带的右腿虽然还痛，却也没严重到要吃止痛药的地步。

石动坐在床边的木制圆椅上说着什么。他规规矩矩并拢双膝，膝盖上的那叠纸是代田给他的论文。

“……我读过这篇论文后发现一件怪事，不过并不是找芸阁斋老师大作的错儿。所谓的怪事，是指《鬼隐洞歌》的措辞。”

石动将论文里引用的鬼隐洞歌拿给天濑看。

“歌中‘长牛角的鬼’这个短语重复了足足三次。日语里本身就有‘牛鬼’一词，作者却常常用‘长牛角的鬼’替换可以直接用这个词的地方。为什么不用‘牛鬼’，非得用‘长牛角的鬼’呢？”

石动发问，天濑默默摇头。

“因为他需要的是‘牛角’这个词。当时我想起大学读的《徒然草》，里面有首著名的歌谜，一般认为是延政门院[1]所作。”

两条成一字　牛角弯弯又一字　一笔写一字

歪歪扭扭是一字　四字之情赠予君

“这首歌谜是这么解的。两条成一字，是跟汉字‘二’很像的平假名‘こ’；牛角，是和牛角形状很像的平假名‘い’；一笔写一字，是垂直运笔写好的平假名‘し’；歪歪扭扭是一字，则是从正中央折往另一方向的平假名‘く’。这四个假名连在一起‘こいしく’，是‘思念’的意思。思念之情赠予君，表达‘我很想念你’的意思。”石动手托脸颊，陷入沉思，接着缓缓说道，“于是我就想，《鬼隐洞歌》里的‘牛角’会不会也意味着平假名的‘い’呢？想到这里，我突然间明白了一切。为什么必须切掉暮枝牛鬼的头，为什么非得在桥上相遇，这些我也都明白了。”

“那是为什么呢？”

天濑嘶哑地问道。

石动朝天濑探出身子，双眼放光地说道：“‘一刀斩首灭恶鬼’是将‘鬼’（おに）的首（第一个字）去掉，剩下‘に’；‘今朝相会大桥上’则是取‘桥’（はし）的上半部，也就是‘は’；也就是说，每行都有一

1　镰仓时代后嵯峨天皇的第二皇女（1259—1332）。——译者注

个平假名谜底，这是一首密码歌啊。”

他指着手里的论文。

“你看，其他几行也是这样。‘自有漏道之中来’就是取‘有漏道’（うろじ）中间的‘ろ’；‘虚路之下进洞穴’就是‘虚路’（うろ）之下，同样是‘ろ’；‘洞中路黑不见黑’乍一看有点难懂，其实就是去掉‘黑’字，那么一样又剩下‘路’（ろ）。”

“这些平假名排列起来是一句话吗？”

天濑问道。石动则微笑着回答道：“我原本也这么以为，但不是的。有几行歌词根本拆不出平假名谜底，解得出来的平假名也只有‘い、ろ、は、に’四个字。我实在不认为用这四个字能组成有意义的文章。”他皱起眉头，“但只有四个字反而给我带来了灵感。这就是说，鬼隐洞歌蕴含的信息只需四个字便足以传达了。”

天濑依然不明白石动想说什么。

“就是钟乳石窟的分岔点啊。”石动眯眼一笑，“地形再错综复杂的石窟，也不可能一个地方分出几十条路。每个岔口最多四五条分支吧。只要有い、ろ、は、に[1]四个字，就能告诉读者该朝哪条路前进了。所谓鬼隐洞歌，正是为隐匿基督徒们而作，方便记忆龟恩洞行进路线的密码歌。是通往那座鬼岩屋——即地下墓场的路线指南。”

天濑愣愣地听着。

石动再次将目光投向膝上的论文，说道：“这样一想，‘鬼岩屋’和‘泉’可以看作代表洞内的目的地。另外，最后两行应该能理解为‘只要

1　标注路线用的平假名来自《伊吕波歌》（由47个不重复假名编成的和歌）。“いろはにほへと　ちりぬるを……”若以中文举例，则类似于用《千字文》的头四个字“天、地、玄、黄”标注路线。——译者注

沿着泉里流出的水前进，就能离开洞穴抵达暮枝川’。整理过后就是如下内容……”

昔于高贺山　有一牛角鬼……牛角文字“い”＝进入岔路1

好个威武高光公　自有漏道（うろじ）之中来……“ろ”＝进入岔路2

今朝相会大桥（はし）上……“は”＝进入岔路3

钻过那鬼下巴颏……

追逐牛角大鬼影……牛角文字“い”＝进入岔路1

虚路（うろ）之下进洞穴……“ろ”＝进入岔路2

洞中路黑不见黑……“ろ”＝进入岔路2

高光公，一刀斩首灭恶鬼（おに）……“に”＝进入岔路4

长了牛角的大鬼呀……牛角文字“い”＝进入岔路1

鬼岩屋里烂成灰……鬼岩屋＝地下墓场

看那洗刃清泉水……泉＝奇迹之泉

条条赤练洞中汇……沿着水流前进

鸣声淙淙入河川……离开洞穴，抵达暮枝川河滩

“……问题出在‘钻过那鬼下巴颏’上，一开始我以为谜底是和张开的嘴很像的平假名‘こ’，但这样分岔未免太多了[1]。唯独这一行，我去

1　“こ”为伊吕波歌第33个字。——译者注

之前并不知道含义。”石动歪着脑袋说道，“但你和美雄失踪之后，我们搜索发现巨岩裂缝附近掉有骆驼牌香烟的烟头，裂缝旁的地面上也残留着手指抓挠的痕迹，这至少说明肯定有人掉龟恩洞里了。于是我在依然不知道‘鬼的下巴颏’是什么的情况下进洞去找人。那时候死不听劝的窗音小姐还坚持要一起来，让我很为难呢。”

说着，石动对窗音笑了笑。

天濑脚边，坐在床沿上的窗音答也不是，不答也不是，定定地盯着天濑。

“于是我和窗音小姐一起进洞找人。我们顺着鬼隐洞歌的指示一路前进，抵达第四行所示的地点时，发现那是一片很宽阔的空间。火浦先生就是在那儿被人发现的。”说到这里，石动顿了顿，而后询问天濑道，“你觉得在一个钟乳石窟里，什么地方最容易迷路？”

“洞里有很多通往各个方向的岔道，是复杂的岔路口吗？”

“一般很容易这样以为。但事实并非如此，应该是来到一个开阔的空洞时最容易迷路。无论多么复杂的岔路口，只要分岔清晰，就一定可以找出正确的道路。用所谓‘忒修斯右手法则’——右手贴在墙上前进也可以，在岔路口做好标记后逐条探索也可以。只要明确看到岔路分支，就算很花时间，也一定可以走出所有的迷宫。”

石动凝视着天濑的双眼。

“问题是岔路不明显该怎么办。钟乳石窟里的大空洞就是典型范例。如果走到开阔的大空间，是很难一下子发现哪里有岔路的。为了找路到处乱走，最后很容易连自己进来的是哪个路口都搞不清楚。我听说在美国西部开拓时代，曾有一支马车队迷失在山谷里，最后导致整支车队遇难呢。他们并非由于岔路太多搞不清方向，而是那个山谷太大，根本不知道哪里有路口，最后才会迷路。”

“因为太宽阔，所以容易迷路……”天濑愣愣地嘀咕。

石动对他点了点头说道：“博尔赫斯在文章里写道，‘沙漠就像一座终极的迷宫’。那并不是博尔赫斯最擅长的反论，而是非常正确的比喻。沙漠不仅辽阔得可怕，而且没有任何可供辨识的路标。哪怕只踏错一步，都会无法抵达绿洲。也就是说，沙漠是可以从一个起点发散出无数岔路的迷宫，是真真切切的终极迷宫啊。”

“那在这种辽阔空间里，要怎么做才能找到正确的道路啊？”

“钻过‘鬼下巴’。”石动露出温和的微笑，“在宽阔的空洞里，想各用一个字指代岔路——也就是指示读者‘从右边数起第几个岔路口进去’是很困难的。数的过程中既容易晕头转向，还有看漏其中某些岔口的风险，因此不用这种方法，而是要让读者一看就知道该往哪里走，简而言之，就是讽喻。”

他看向天花板，露出探寻记忆的神情。大概正在脑海里重构那个大空洞的内景。

“我们在查看空洞的墙壁时，发现一个由钟乳石和石笋上下联结，从外面看简直像牙齿一样的凹洞。用手电照进去探了探，里面还挺深，我觉得这就是‘鬼下巴’。先前探索龟恩洞的都筑和渡边两位刑警似乎想都没想过那是一条通道。也怪不得他们，那个孔洞窄到必须匍匐前行，而且乍一看很容易以为只是个不起眼的凹洞而已。但是，一旦钻过‘鬼下巴’，前面就又是宽敞的空间了。”

石动从论文里抽出一张纸，递给天濑。天濑一看，上面是一张手绘图。

“其实钻过‘鬼下巴’后的路更长。大型钟乳石窟错综复杂的全貌自此才开始显出端倪。如果没有《鬼隐洞歌》引导，虽然不至于困死其中，但应当很难走出去。比起癌症痊愈，火浦先生能平安无事抵达泉水处，之后还能顺利回到那片空间才更称得上奇迹。这只画了我们几个走过的主要路线而已。你能抵达泉水运气相当好。如果偏到哪条岔路上，肯定就没那么容易找到你了。”

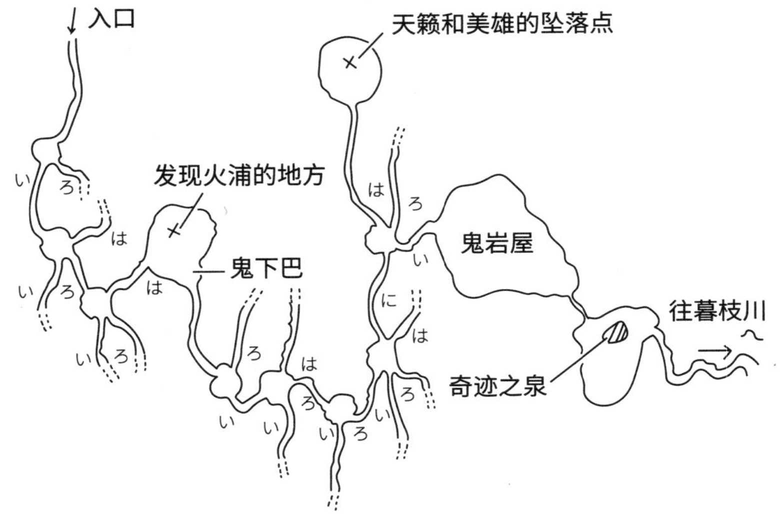

10

“它——和梦境有点相似，但不是噩梦，不是那种充斥着惨叫和人脸的噩梦。不过，其中……是的，其中存在规则，那是一套疯狂的理论。那是龇牙咧嘴的《爱丽丝梦游仙境》。”

——《野蛮月球》（美）奥基斯·巴崔斯（著）

“凶手就是美雄吧？”

天濑静静地问道。

“是的。”

“是美雄杀了哲史先生、真一先生和善次先生……”

“美雄只杀了真一先生和善次先生而已。”

“那……是善次先生杀了哲史先生吗？”

“不是。”

“锄屋和人？”

“不是的。”

“那到底是谁杀了哲史先生啊？”

天濑从床上支起上半身。窗音担心地看着他，但并没有阻止。

“谁都没杀他，哲史先生是自杀的。”

石动回答道。他伏着眼，其中含有一丝阴翳。

“自杀？这怎么可能……”

“哲史先生因为飞鸟先生冷漠的态度而十分烦恼。飞鸟先生拒绝他虽然出自病情，但哲史当然不知此事。原本他就非常讨厌养牛的活计，渴望能够远离无聊的乡村搬去东京，可梦想就此破灭，希望越大绝望就越深。因此台风那天晚上，他才会偷偷溜出家门，在风雨里乱逛。”

石动瞟了一眼天濑。

“火浦先生不仅看到灰田——也就是濑尾修一，似乎也看到过飞鸟先生去龟恩洞。濑尾去是为了拿回他藏的钱，可飞鸟先生去干什么呢？我跟渡边刑警要来联系方式，直接打电话问他了。飞鸟先生是特意在龟恩洞附近跟哲史先生约会，应该也是为了奇迹之泉……”

石动打住话头，叹息一声。

“哲史先生是在风雨中走向充满他们回忆的地方，然后自杀的。他解下腰间的皮带，在那棵大树下上吊自杀。”

“可是……尸体没有头啊……”

“是别人砍下了自杀的哲史先生的头。”

“为什么非得这么做？”天濑问道。

他很清楚自己的声音在颤抖，石动的解释太超出常理了……

“为了让整件事情看起来像猎奇杀人案啊。”

石动淡淡地叙述起来。

“此人必须在暮枝挑起杀人案，而且最好能闹到轰动社会的规模。我不知道此时他是否已经定下所有计划，但让哲史先生看起来像死于他杀，对他还有一个好处。如果哲史死了，那么接下来真一先生遇害，整件事情变成连环杀人案就丝毫不稀奇，猎奇杀人案更是如此。此人要么借助暗示，要么直接教唆美雄，让其对真一先生下手。因为连环杀人案通常为同一人犯案，而哲史死亡当夜美雄在名古屋，那么警察就不会怀疑是美雄干的，这些都在此人计算之中。”镜片底下石动的脸上显出不快，继续说道，“所以他砍下哲史先生的头，将皮带重新给他系好，就是在那时系反了的。”

“可是如果只想伪装成他杀，没必要砍头吧？做这么恐怖的事情……”

“有必要啊。上吊自杀的尸体颈部会留有索状痕迹，而且从下颚到耳后的皮肤都会有红印。”石动用双手食指摸自己的脖子给天濑看，并说道，“如果留下这种痕迹，怎么伪装都会被发现是上吊自杀。所以他才将头砍了。为了不让警察发现索状痕，才从根部直接砍断。”

天濑说不出话。他一想到有人将自杀者的尸体从树上放下来，用柴刀或斧头砍下头颅的光景，就开始浑身打战。

“而司法解剖确实没能确定哲史先生的死因，只认为死因在他消失的头颅上，而且因为尸体被砍了头，警察也真就判定这是一起凶杀案件。一切都按照那个人的计划发展。”

11

这起杀人案，似乎是源于自家人间钩心斗角。

——《阁楼没有灰尘》（英）安东尼·吉尔伯特（著）

“美雄杀害真一先生的动机您知道吧？简言之就是和金钱有关的家庭纠纷。”石动继续说道，“真一先生得到暮枝房产和土地后，开始养飞驒牛。他竟然主动选择罗堂家最没价值的土地，在美雄看来这一定愚蠢至极，大概善次也跟他有一样的想法。可是，暮枝这片毫无价值的土地竟然摇身一变，眼看着要产生巨大的收益了。”

“就因为您随便想出来的那个度假胜地开发企划案对吧。暮枝疗养度假胜地。”

天濑语中略带讽刺。石动的表情变得有些愧疚，回答道：“是的。如果由雅典建筑公司这种大企业开发度假胜地，应该能拿到一大笔钱。美雄和善次先生肯定希望真一答应开发，这笔钱进账对整个罗堂家都有好处，可是真一迟迟不肯点头。养育飞驒牛既是他一生的梦想，其中恐怕也有跟两个一直看不起他的弟弟赌气的成分。就在他们三兄弟对立之中，发生了哲史先生遇害的事情。美雄肯定立刻发现暮枝的土地还在阵一郎名下，然后只要真一死了，美雄和善次就能自由支配土地，自然也可以交给雅典建筑公司。我认为，恐怕是在某人的暗示或教唆之下，美雄才会起意杀害真一先生。”

“但是美雄不可能杀得了真一先生。真一先生去牛舍的时候他应该在这里啊。”

“如果真一先生死在牛舍，那美雄确实有不在场证明。但果真如此吗？”石动略一思索，“之所以说真一先生死在牛舍，是因为他腹部的刺伤。他先被刺伤，再被勒死。据第一目击者称，真一先生的尸体挂在美浓太郎号——铜牛雕像的角上，因此真一先生应该是在牛舍被杀害的。因为那座雕像无法移动。”他温和的目光捕捉到天濑的眼睛，接着说道，“但这个‘第一目击者’就是美雄自己。除美雄外，没人亲眼见到真一先生的尸体挂在雕像的角上。善次先生看见时，美雄已经在将尸体放下来的途中了。可那真是将尸体放下来吗？难道不是扛起尸体，让美浓太郎号的角和脸部黏上血肉吗？”

“美雄……扛起尸体？”

“我的推理如下。美雄先在罗堂邸车库叫住打算前往牛舍的真一先生，用凶器刺伤他腹部后将他勒死，把尸体藏在那辆白色沃尔沃的后备厢里。然后他若无其事地回到客厅跟其他人谈笑风生，之后因为真一先生迟迟不归引发骚乱。美雄提出跟善次先生一起去查看，又借口夜路很暗，开自己的沃尔沃出了门。”石动用食指搔了搔太阳穴，说道，“后来他们抵达牛舍，却不像有人在。当然了，真一先生去牛舍之前就死了嘛。美雄和善次先生开始分头搜索周边。等他看见善次先生去里面钢板房找人后，就急忙将真一先生的尸体从后备厢搬出来，扛到雕像角附近后大声喊叫。善次先生慌忙赶到时，美雄就假装早已发现真一先生尸体的样子，将他从牛角上放下来。我认为这套推理应该不会出错，因为沃尔沃后备厢里确实查出血液了。”

“可是真一先生腹部的伤口和美浓太郎角的形状一致吧？”

“形状几乎一致。恐怕是事先倒模，用树脂仿制了一模一样的牛角型凶器。此事从美雄想杀你这点上也能看出来。”

“从他想杀我这点也能看出来？”

天濑脑中浮现出美雄一边吐血一边倒向他的样子，不自觉地紧闭双目。

睁开眼，石动正担忧地看着他。

“就是这件事情……我到现在还不明白美雄为什么要对我下手。为什么啊？”

“因为你是目击者。你看到了一件可以从侧面证明美雄是凶手的事情。”

“目击者？我没看到那种……”

“你看到了，而且还将它咏成了俳句。”石动露出微笑，“‘秋日晴空下，牛舍里的牛儿啊，长着大白角’，你在紫云英圃句会上吟诵的句子。这是你实际看到的景象吧？”

“是的。”

“牛舍里所有牛都是母牛，角不可能很显眼。你说的牛应该指的是美浓太郎号，可为什么铜制牛雕像的角会是白色呢？”

“因为角上勾到一块白色的布。它一圈圈卷在角上，看起来就像白色的角一样，我觉得很有趣……可是，没办法很好地总结成十七个字。”

“那不是勾到了，是抹上树脂或石膏后用布包起来，在给牛角倒模呢。”石动尖锐地指出，“后来你在罗堂邸门口遇到窗音小姐。美雄从你身后走来，他好像说自己去了龟恩洞吧，但事实并非如此。他那时正好从牛舍回来，手里那只大包里装的就是为了制造凶器而制作的牛角模具。”

天濑瞪大双眼。

石动定定地注视他的眼睛，说道：“美雄被某人告知俳句内容，于是得知你目击到一项重要事实。所以他才会约你到那片原野上，企图将你杀害。”

12

本无踪迹是谁寻

误入烟萝深处深[1]

——《十牛图》（日）上田闲照、柳田圣山（著）

“接着来说善次先生。善次先生是被人从暮枝桥上推下去摔死的。警察认为凶手先他一步在暮枝桥埋伏，等他来了拦下轿车袭击他。如果按原计划，善次先生和美雄一起回去，那么两人可能都会被杀掉。”

石动眯起双眼，歪了歪脑袋。

“可是，这个推测有些不合理的地方。凶手是如何知道善次先生和美雄要回名古屋的？两人决定在9月21日当天回程，而且是善次先生突然提出又当场拍板，并非早就定好的计划。假设凶手用某种方法发觉两人要回家，却也不可能连他们几点离开罗堂邸都知道。实际上美雄也被警察先生拖住，暂时没能出发不是吗？基于这个不确定的情报，很难认为凶手会潜伏在暮枝桥附近等上好几个小时。”

天濑依然支着身体，听石动的解说听得入神。

“但那时候知道两人晚上九点左右离开罗堂邸，又有条件在暮枝桥埋伏的只有一个人。”

“是谁？”

1　出自《寻牛》坏衲琏和尚（石鼓夷和尚）“本无踪迹是谁寻，误入烟萝深处深。手把鼻头同归客，水边林下自沉吟。”——译者注

“善次先生本人。”石动眯眼一笑，“在暮枝桥附近等待的不是凶手，是善次先生自己。他在那里等凶手——也就是美雄过来。”

“您的意思是善次先生在那埋伏美雄，打算杀了他吗？”

“不是的，他大概只想和美雄聊聊吧。而且不希望任何人听到那些话，是在保护他们的警员四处晃悠的罗堂邸没法谈的机密话题。”

“善次先生想问美雄，是不是他杀了真一先生……”

“没错，毕竟善次先生跟美雄一起去的牛舍。他肯定察觉到哪里不对，怀疑可能是美雄杀了真一，所以想跟他确认。他为了制造两人独处的机会，才主动提出跟美雄一起回名古屋。”石动陷入思索，托着下巴说道，“恐怕一开始，他打算两人一起开车回去，中途找个地方停车再聊一聊。谁知道两位刑警求美雄帮火浦先生看诊，他不得不在罗堂邸多留一会儿。善次先生早一步出发，却只想尽快和美雄谈谈。那么只要诊察结束，美雄就会马上过来了。于是他将轿车停在暮枝桥附近的树林里等美雄。渡边刑警开着巡逻车经过的时候，善次先生还活着，还在轿车驾驶席上。”

“然后美雄来了。”

“是的。看到白色沃尔沃驶来，善次先生走下林道拦车。然后两人在暮枝桥上交谈。”石动为驱使头脑运转，皱起眉头说道，“现在他们两位都去世了，所以以下只是我的猜想。我认为美雄经不住善次先生的逼问，大概已经招认了自己杀害真一先生的事实。善次先生则劝他自首，没准听说某人暗示或教唆过他，还当场跟他指出这个某人意图不轨。然而美雄没听进去。他们发生争吵，扭打在一起时，美雄失手将善次先生从桥上推了下去。”

天濑瞄了一眼坐在他脚边的窗音。

窗音一直注视着天濑，石动说的内容她好像都没怎么听。

“我不知道美雄有没有下到河滩确认善次先生死亡。但从那么高的地方落到全是石头的地面，不用看也知道凶多吉少了。美雄立刻逃离现场回到名古屋。之后姬木警官他们经过，发现了善次先生的尸体。”

窗音为什么一直盯着我看呢？而且目光还那么温柔……

“姬木警官联系美雄时，他在名古屋的家里，他应该是很害怕的。但姬木警官根本没想过美雄就是凶手。因为善次在半路等他，美雄意外得到了不在场证明。于是美雄回到暮枝，和那个引导他犯罪的某人见了面。此人告诉美雄关于你和俳句的事情，又在香烟里下了毒。美雄虽然为了杀你将你引向那片原野，却先你一步死于有毒的香烟。以上就是案件的全貌。”

“您刚才一直说的‘某人’……就是锄屋和人吧？”

天濑说着，重新看向石动。

“是的。”

石动回答时，姬木拎着一个包袱走进房间。他站在门口犹豫地咳嗽一声。

石动转过身去。

“石动先生，我们该走了吧。”

姬木郁闷地说道。石动点了点头，从天濑面前站起来。

“两位是要去逮捕锄屋和人吧？”

天濑问道。他自己也觉得自己说话的腔调很刺耳。

本打算离开的石动回过身说道：“逮捕不逮捕还不一定，但我想听听他的说法。”

“也请带我去吧，我也想听他怎么说。”天濑加强了语气。

石动一时有些犹豫。“您好像确实有权利见锄屋和人。警官先生，可以吧？”

姬木默默点头。

“还是不要去的好。”嘀咕这句话的人是窗音，她认认真真看着天濑的眼睛说道，“锄屋和人这种人，还是不要见的好。”

“我想见见他。”

天濑回答道，下了床。

他被石动搀扶着经过走廊，离开玄关。

他们三人从车库穿越林道，一同走上山径——从萝洞庵通往龟恩洞的山径。

姬木在前领路，天濑被石动架着肩膀，一行人越来越接近萝洞庵。在对“为什么要去萝洞庵”感到疑问的同时，天濑心中也生出“除萝洞庵以外没有该去的地方”的想法。

矮篱笆彼端，一棵纤长的柿树立在庭院里，枝头挂的几枚果实从底部开始染上颜色。越过树丛，一扇大开的合金窗里，阵一郎坐在电动床上凝视着他们。他的嘴角轻轻翘起，似乎正在微笑。

门口，迎接三人的阿荣脸上浮现出恐惧的神色，但她什么也没说，将他们领进了屋。

“呀，是春泥啊，你好。今天将警官先生和天濑先生带来我这儿，所为何事啊？”

阵一郎和蔼地笑了笑，跟他们打招呼。

石动轻轻点头致礼后，注视着阵一郎说道：“您好。我们想来听听您的说法，锄屋和人先生。”

13

我们不如这样思考如何？——国王戴着公牛的面具。

——《克里特考古学》（英）约翰·彭德尔伯里（著）

“你这人真有意思啊，春泥！”阵一郎在电动床上捧腹大笑，“竟说我是锄屋和人？你从哪儿生出这等没谱的想法？”

“说实话，自打我看到你第一眼起就觉得奇怪了。”

石动一边在坐垫上坐好，一边说道。

阿荣给他们三人送完坐垫，依然是那副战战兢兢的表情，站在房间入口处。

“就是你戴的眼镜。”

听了石动的话，阵一郎伸手搭在玳瑁眼镜的镜框上。

“你平时会戴眼镜，但读写的时候会摘掉。那副眼镜是老花镜吧？你戴上后，眼睛看起来是膨胀的，因此是凸镜片。如果有老花眼，应该在读写的时候戴眼镜才对吧？”

阵一郎慢慢摘下眼镜，放在侧桌板上，他眼中射出锐利的光芒。

“你并没有老花眼，那副眼镜没有度数。察觉此事后，我便认为你一直在扮演老态龙钟的样子。就算腿脚不灵便，身体却很健康，我当时以为，你也许是为了保持和家人的关系，才尽可能表现得更像老年人。”

“就是啊。就算没老花眼，也说明不了我是锄屋和人吧？七十多岁没老花眼的人不是一抓一大把吗？”

尽管阵一郎嘲笑他，石动也丝毫不曾动摇。

“我真正对你起疑，是当时和姬木警官一起来问你有关锄屋和人的事情的时候。”他紧紧盯着阵一郎说道，“你一提到锄屋美佐与锄屋和人，语气就变得很冲。而且最后还说‘后来听闻传出风言风语，说美佐死于酒精中毒，和人就被送进孤儿院了’。我托渡边刑警去查，发现事实和你说的完全一致。”石动向阵一郎伸出右手食指说道，“但罗堂阵一郎怎么会知道？他应该毫不关心锄屋母子的去向，更不会好奇锄屋母子后来的命运。而且，你说是听到风言风语，这风到底从哪儿来的？美佐离家后跟亲人几乎断绝关系，甚至亲人知不知道她去世都很难说。如果他们知道，幼小的和人应该就会被亲戚收养了。”

阵一郎没有动摇的迹象，他默默地听着石动的推理。

“只有一个人有可能知道美佐死后，和人被送去孤儿院生活。那就是锄屋和人本人。”

“原来如此啊，我话太多了吗？”

阵一郎嘀咕道。

“而且，你就是锄屋和人一事还有物证。”

石动跟姬木打了个手势，接过他手里的包袱。

解开包袱皮，里面是羊羹的包装纸。

“这是你在紫云英圃句会之后奖给我的羊羹，我们从包装纸上检出了锄屋和人的指纹。”

“马上吃掉不就好了，你讨厌羊羹吗？早知道不给你了。”

阵一郎——不，锄屋和人的话里不再带有岐阜口音。

“可是，石动先生……”天濑脑中混乱不已，不由自主插嘴，“锄屋和人怎么可能跟罗堂阵一郎先生互换身份呢？他家里人马上就会发现啊！”

“肯定会发现的吧，关系亲密的熟人也会立刻察觉。所以三兄弟才必须让阵一郎——也就是锄屋和人搬来暮枝隐居。将和人包装成阵一郎替身的人，应该就是真一、善次、美雄他们三兄弟自己。”

石动再次转向和人说道：“你因抢劫罪入狱，服刑七年后出狱。阵一郎腿脚不灵便搬来暮枝隐居也恰好是七年前。你出狱后是不是跟当时在名古屋的真正的阵一郎先生见面了？然后基于某种原因发生口角，你失手杀害了真正的阵一郎先生……”

“因为他说我妈坏话。”

和人僵硬地说道。

“三兄弟当时也在场吧？你杀了阵一郎先生后立刻被控制。但是阵一郎先生一死，他们三兄弟会非常为难。所以为了隐瞒阵一郎先生死亡的消息，决定让你变成替身……”

“为什么？为什么不惜隐瞒父亲的死讯也要让杀人凶手来做替身？”

天濑几乎惨叫着说道。

“因为泡沫经济崩坏了啊。”

石动轻声回答道。

“真正的阵一郎先生也许确实是个挣钱的天才，可他没能跟上时代步伐，他被地皮的魔力深深魇住了。所以他将罗堂家的所有土地一直留在自己名下，靠这种做法维持自己大家长的权威。而它最终带来了反效果。”

“反效果……”

“七年前的1992年，正好迎来泡沫经济崩坏的第一波浪潮。尽管那时地价急速下跌，但用于计算物业税和继承税的土地估价是不会立刻下降的。阵一郎一死，他们三兄弟就得支付一笔巨额的继承税。可是罗堂家的资产大部分是房地产，而且名古屋和大阪的土地上都建有大厦或公寓，没那么快卖出去。这样一来会引发什么呢？罗堂家会因继承税破产。”石动看着天濑说道，“就算周转得好，用物产抵扣继承税，也会失去很多罗堂家拥有的土地。这不仅对善次先生的公司是个致命的打击，靠着跟他借钱维持生计的另外两个人也会受到重创。至少在想办法解决继承税的问题之前，他们必须将阵一郎的死讯瞒天过海。于是他们想到让杀害阵一郎的和人充当替身。”

说到这里，石动顿了顿，阴郁地看向和人。

“但你的腿不是装的，我认为你是真的半身不遂……”

“都是美雄干的！”和人张嘴哈哈大笑，“美雄做手术故意伤了脊髓让我没法走路，他说还切掉了我一部分胃和肝，摘除一个肾，都是为了让我身体衰弱，看起来更像老年人！”

天濑只想捂住耳朵，和人那阴恻恻的笑声震撼着他的头骨。

“我在阵一郎名古屋的家里被抓住，送到美雄的诊所。他给我下药，醒过来的时候我便躺在二楼房间的床上，腿已经动不了了。美雄是这么跟我说的：‘要么拖着这副身板回去蹲号子，要么当阵一郎的替身，自己选。’那将近一个月的时间我都被关在房里，饭也没得吃。因为他需要我瘦得像个病老头儿。美雄告诉我，想叫随便叫，叫破喉咙也不会有人听到，因为他家是完全隔音的。”

和人再次大笑。

“他每天都来精心看护我呢！毕竟将我弄死就鸡飞蛋打了嘛！死又死不了，整个人被迫逐渐衰弱，一个月之后就变成他们想要的完美老人啦。”

“美雄……制造出了一名老人啊。”

石动默念道。

“没错，这副身板上上下下全是美雄的作品。”

和人摸摸自己凹陷的脸颊，目光炯炯地看着石动说道：“你信吗？我今年只有四十七岁啊。”

14

“叫我和阿里阿德涅结婚？可她一句都不曾提过此事！”

“但她现在说了，众神是反复无常的。”

——《米诺斯王的宫廷》（英）菲利普·帕克 等（著）

“最开始，三兄弟肯定没想到你这个替身竟然当了七年。”石动继续他的推理，“一旦他们有办法支付继承税，会立刻杀了你继承遗产。原本你很快就会被送回美雄的诊所病死其中，可是地价不断下跌，支付继承税而破产的风险完全没有降低。就这样不知不觉过了七年，你和他们三兄弟的关系也暂时趋于稳定。然而此时突然生出了一件破坏这种表面和平的事情。”

“就是你带来的那个度假胜地开发企划案。”

和人勾着嘴角道。

“是的。如果在暮枝的地皮上建度假胜地，罗堂家可能会拿到一大笔钱，也许就付得起继承税了。度假胜地对你来说是个巨大危机，同时它也让三兄弟的关系变得险峻……”

“那这样一说，春泥啊，你不就是这出血肉模糊的好戏的元凶啦？要不是你拿来这么可疑的度假胜地开发企划案，真一和善次也许都不用死了吧？”

即便和人揶揄他，石动也不曾动摇。

“也许吧。”他说道，并回望和人的双眼。

“我就知道你是这个反应。你可真厉害啊。”和人佩服地说道，“哪怕知道自己带来了连环杀人案的火种都能面不改色，无论被人说什么、做什么，都不为所动。”

他坏笑道：“春泥，说到谁杀了谁、怎么杀的，我看你似乎很懂，但他们怀着怎样的心情杀人你就不懂了吧？你肯定觉得这些事情无关紧要吧？长得就是一副不打算理解杀人犯的面相。你心里一定觉得很荒唐吧？你是不是觉得，这些人成天就喜欢为了鸡毛蒜皮的小事杀来杀去的？你肯定不明白因无法改变自己的生活就上吊自杀的男人，还有不愿意破产于是杀死兄长的男人，他们心里在想什么，你根本无法理解。老大不小的男人突然想见见素未谋面的亲爹，这又是怎么样一种心情，你铁定也不明白。”

和人这番话，说得石动第一次露出狼狈的神情。他放在膝盖上的手背微微发颤。

“这我还是有自觉的。”

石动似乎好不容易克制住自己，僵硬地回答道。

“欸，算啦。你接着说。”

“……你们的关系出现了波动，就在这个时候出事了。哲史先生在龟恩洞旁上吊自杀了。”石动微微伏下眼，“这件事情的问题在于阿荣姨的行动。”

天濑回头悄悄看了一眼阿荣。

阿荣铁青着脸，开始瑟瑟发抖。

“据阿荣姨说，早晨她去龟恩洞祠堂参拜时发现了无头尸。可如果是这样，她之后的举动就显得很诡异。她一路跑到山脚，冲进了罗堂家。为什么？为了通知哲史先生的家人他死了吗？不是的。如果她发现的真是无头尸，不可能一眼就看出他是哲史。”

石动没有回头看阿荣。他的双眼依然盯着和人。

“那么，她是为了立刻报警才前往最近的罗堂邸吗？这也很奇怪，比罗堂邸更近的某个地方明明就有一部电话——就是这座萝洞庵。阿荣姨不可能不知道这里有电话。”

对啊，天濑突然察觉。阵一郎——不是，锄屋和人不可能亲手砍下哲史的头。他下不了床啊……

“实际上，阿荣姨发现的是哲史先生上吊自杀的尸体。她吓得急忙跑来萝洞庵要报警，但被你阻止了。然后你让阿荣姨砍下哲史的头，指示她将现场伪装成猎奇杀人案的样子。”

“我为什么要这么做？将自杀伪装成他杀，对我有什么好处？”

和人问道，语气像是觉得很有趣。

“为了在罗堂家引发充满谜团的杀人案件。如果警察认为哲史先生被人以异常手段杀死，那么在抓到凶手前你都是安全的。不会被盯上雅典建筑公司那笔钱的三兄弟干掉。无论他们怎么巧妙地杀了你，必然逃不过司法解剖，到那时候无论外表怎样，你的年龄只有五十岁上下这件事情很容易就会暴露。”说到这里，石动一时语塞，“而且也会发现你做过手术。就是他们故意伤了你的脊髓，又擅自切除你部分内脏的事情。”

“原来如此啊，原来是这么回事。”

和人的口气仿佛这一切都与他无关。

石动讶异地问道：“你一开始就计划好了让美雄杀害真一先生吗？你是因为看穿了事情会这样发展，才让阿荣姨砍下哲史脑袋的吗？”

“哎呀，我比较有把握吧。那可是个为了钱敢把一个大活人弄成半身不遂的家伙，他是什么货色我最清楚了。”和人窃笑道，“但要问我让阿荣砍头的最大理由，还是因为感觉会很有趣吧。”

“感觉很有趣？”

石动不禁提高了嗓门。

“是啊。春泥，我被关在这儿七年了，每天都无聊得要发疯啦，总想找点乐子。也是因为这个才开始做俳句的。”和人望一眼侧桌上的笔记本，“如果身边发生一起猎奇杀人案，会怎么样呢？我想啊想啊，觉得肯定有趣极了。”

天濑切身体会到了和人的恶意和疯狂。他静静地疯狂着。他被关了七年，已经失去正常的情感了……

“然后呢？春泥，你这个人说话也很有趣，快接着说吧。”

“受你之命，阿荣姨回到龟恩洞口砍断哲史先生的脖子，做了伪装工作。至于砍下来的头，大概包进什么里面带回萝洞庵了吧。”

“藏在她雨衣里，然后呢？”

“然后她只要成为那具尸体的第一目击者就行了，但是不能在萝洞庵报警，警察来了会很麻烦。毕竟那时哲史先生的头还藏在这栋房子里。”

“现在也在，哲史的头就埋在那棵柿子树下。”

听了和人的话，石动、天濑和姬木齐齐扭头去看庭院。

柿树上结了果。

“……因此，你让阿荣姨下山去罗堂邸报警。”

“从真一尸体上查出我的指纹你怎么解释？”

“是你参加哲史守夜仪式那天沾上的。你被真一先生从轮椅上搬进屋，而他不习惯搬人，所以过程很惊险。你不由自主地抓住他的手臂，指纹就是那时候沾到夹克上的。”

“美雄之死呢？”

“失手杀了善次先生翌日，美雄先生来到萝洞庵，也许他当时逼问你……”

“对，他杀善次之前好像被善次说了什么，当时脸色都变了，还问是不是我杀了哲史，我肯定这么回答他嘛，腿都动不了怎么杀哲史？当时他可凶喽，我还以为要被勒死了呢……不过这我也觉得很有趣就是了。”

“然后你告诉他天濑先生做的俳句的事情，又将他的香烟换成有毒的烟，对吧？这也是因为……感觉很有趣吗？”

“当然了。”和人窃笑着看向天濑问道，“天濑先生，你要和窗音结婚是吧？”

咦？天濑发出不成声的应答。

“据说你在山洞里跟她求婚了？够浪漫啊。刚才窗音来跟我说了，等她高中毕业就和你结婚……她话里那意思啊，就像是叫我不用担心以后的事情，乖乖等着被逮捕吧。”和人咬咬嘴唇，瞪视虚空道，“那孩子和阵一郎一模一样，不……她可能比阵一郎还厉害。哲史尸体被发现那天，她拿着一束粉红色的蔷薇花过来找我，脸上一点波动都没有呢。明明亲哥哥成了一具无头尸，她却连眼泪都没掉一滴。我那天好想将哲史的脑袋拿出来给她，看看她见到亲哥的头是不是还能那么平静……”

他的双眼开始带上异样的神采。

“我很希望美雄先将窗音干掉。真一、善次我都不怕，就连美雄我也不那么怕了。可是那女孩我怕得不得了，她跟阵一郎一模一样……她身上罗堂家的血脉最浓烈。哎，天濑先生……”和人抿着唇，表情十分严肃。他凝视天濑道，“那孩子是不是隐隐约约知道了？哲史是自杀，真一和善次是被美雄杀的。她是不是已经发现了？她是不是觉得，就让愚蠢的大人们拼个你死我活去，她自己来继承罗堂家财产更好呢……”

“阵一郎……不，锄屋和人！”石动表情僵硬地大叫，“不许说蠢话！

这都是你的妄想！”

“我可是好心提醒过她的啊。”

他干瘪的嘴唇又带上暗笑。

“真一死了，善次死了，美雄也死了。阵一郎七年前就死了。现在罗堂家的财产都是窗音的了。不仅暮枝的土地，连名古屋和大阪的土地也都是她的，毕竟全都还在阵一郎名下嘛。窗音得到了一切……”

和人的表情陡然变得呆滞，喃喃道。

但他又立刻浮现出揶揄的笑容。

“但是她要继承罗堂家的财产，暂且还得有个监护人。她倒是找了个好监护人啊！”他窃笑不已，疯狂的双眼凝视着天濑，“你可要小心哦，天濑先生。再过个几年，没准就是你被关在这儿喽。”

和人大笑起来。

天濑感觉这笑声似乎在哪儿听过。

笑了一阵，和人面色一肃，问道：“喂，石动先生，关于阿荣……她大概会被判多重的罪？”

“首先，损坏尸体这条是跑不了的。”石动斜眼瞟着姬木，“还有，如果她在知情的前提下替换上了有毒的香烟，那就是杀人从犯。”

“香烟是我换掉的。我趁美雄吼个没完没了的时候悄悄换掉了香烟，下毒的也是我。阿荣只是帮我买来香烟而已。”

这是不可能的。在电动床上动弹不得的和人不可能换得掉香烟。恐怕是美雄进屋脱下夹克交给阿荣时，她趁机替换的吧。

最好的证据就是，站在入口处的阿荣此时面色铁青。

然而，石动没有反驳和人这套说辞，就连姬木都没有反驳。

“还有，损坏尸体是我逼她干的。我说如果她不干，就让真一把她辞了。阿荣靠这份工作吃饭，所以她没办法才会听从我的命令。这样如何？”

“我想，哪怕拿不到不起诉处分，罪责也应该不会太重。大概可以争取缓刑吧。”石动答道。

此时一直沉默不语的阿荣突然大叫道：“不是的！香烟是我换的，毒也是我下的，哲史的头也是我擅自砍的……”

“阿荣，别这样啦。你怎么可能想到这些坏点子嘛，春泥都知道的。想包庇我倒不错，但是你没法帮我顶罪哦。”

“不要！老爷……不对，和人先生，你不要丢下我啊！我再也不想孤零零一个人了……”

阿荣流着泪说道。

天濑怔怔地看着她。

外表怎么看都只是一个几近枯萎的中年女性，她身上究竟为何藏有如此激烈的情感呢……

“我不会被判死刑的，放心吧。”和人抓起侧桌上的水壶倒水，喝了一口，“不会被判死刑的。”

他坏笑的面孔陡然扭曲。和人弓着身子，口中溢出鲜血。

石动和姬木齐齐大叫一声，慌忙站起来。

两人扑到床边时，锄屋和人的血染透床单，早已断气。恐怕和夺去美雄性命的毒药是同一种……

阿荣跪在地上，双手覆着脸庞。一时间，唯有她的呜咽声回荡在萝洞庵里……

15

我此次出发遭到血腥的诅咒，亦可说得到血祭的祝福。无论如何，我有种自己被鼓励的感觉。

——《迷宫》（日）有岛武郎（著）

“如果爷爷七年前就死了的话，继承税该怎么算呀？”

“我记得最长允许延期两年缴纳，超过这个期限就要加收转让所得税了。不过现在的情况不算逾期，继承税应该不会变多。”

“可是，爸爸他们不是隐瞒了爷爷的死讯吗？”

“真一先生他们是的。但你不知道这件事情，属于不可抗力。不过你如果知道就另当别论了。”

“我怎么可能知道嘛。七年前，我才九岁耶。”

“所以我觉得应该没问题。这方面详细的规定我也不太懂，税金什么的完全搞不懂啊。你还是找个专家咨询一下比较好。”

“善次叔叔的公司会怎么样？”

“就算社长死了，公司应该还能运营一段时间吧。以后你来当社长就好了。”

“可是我还在上学啊。”

“那就任命一个可信的人当社长。”

“比如石动戏作先生？”

“我不行的。我很清楚自己经营能力为零，再说我自己的公司都开得不怎么样呢……让天濑先生来当社长不就好了吗？”

“是哦……如果天濑先生同意的话。”

“大部分事情可以找雅典建筑公司商量。他们应该会给你请个律师吧。对不对，学长？”

沙发上的窗音和石动同时转头。

从东京赶来的古贺只“嗯”了一声，别的什么都没说。他盯着两人，表情像是看到毛骨悚然的东西。

天濑可以切身体会古贺此时的想法。

明明家人全都死了，为什么这孩子还能面不改色跟人谈及将来的事情？她不是还在上高中吗？而给她认真解答的石动问题也很大……

在社会经验丰富的古贺看来，窗音和石动的对话想必异样无比吧。

但古贺似乎最终将想法吞回腹中。他抹了一把脸，生硬地回答道：“有个顾问律师应该能帮上你的忙。”

“雅典建筑公司的顾问律师很优秀的。”石动眯眼一笑道。

窗音仿佛毫不在意古贺脸上的忌惮之色，继续说道：“度假胜地那件事情你们可以继续推进。等这边遗产的事情解决完，我会同意你们开发的。”

“谢谢你了。”

古贺好不容易挤出一句回答，移开目光不再和窗音对视。

“天濑先生你怎么打算？”

窗音转向天濑。她的态度与面对古贺时完全不同，脸上露出温和的微笑。

“我也不是当社长的料……”

天濑话刚说到一半，窗音摇了摇头。

她为什么会那样笑着和自己说话，天濑现在明白了。

她已将天濑当作家人看待。

“不是这个啦，是说你回东京的事情。你身体还没完全恢复，不如再待一段时间吧？要静养比较好哦。”

窗音言下之意像是说，你干脆一辈子留在这里也可以。

“不行，我必须回一趟东京。我的公寓在那边，而且还有工作没做完。东京有很多人关照过我，也不能一下子全部断了联系啊。这些事情不告一段落的话，我也不好搬家……”

天濑拼命解释。红发少女的目光牢牢锁在他身上。窗音并不相信天濑的说辞，但是她似乎打算一切顺着天濑的意思。

当天，天濑坐石动的车返回岐阜县。

他坐在后座上，身边是町田。町田明明还有别的工作，却愿意等着失踪后受了伤的天濑一起回家。

他在旁边时不时偷瞟天濑几眼。我的表情有那么郁闷吗？竟然能让町田这样的话唠扭扭捏捏寻找搭话的机会……

“喂，那些是不是罗堂先生家的牛啊？”

町田透过车窗指着前方，终于开口。

天濑他们前面有两辆卡车，卡车沿256国道南下，货仓上各载了几头黑毛牛。牛们有的抬头望天，有的看着路边飞驰而过的风景，被卡车运往接手它们的畜牧业者家中。

没能成为飞騨牛的美浓牛们。

天濑闭上双眼，他知道自己额角开始往下滴汗。

待他再次睁开眼睛，只见町田担忧地看着他。后视镜中石动的眼神也满是关心。

他们很快告别牛群，抵达岐阜县。

三人在停车场下车，向名铁新岐阜站走去。天濑心想，距离我上次来这个车站已经过去多久了？

一个身穿修行服，背上背着大包的男人正站在自动售票机前买票。

“这不是保龙先生吗！”

石动瞪大眼睛，向他搭话道。

保龙回头，对着他们咧嘴一笑，说道：

“哟，石动先生，你也要回去吗？”

“不是，我是来送天濑先生和町田先生的。我们公司的人马上也会来，我打算让他陪同这两位回程。”石动频频看向保龙的大背包，“保龙先生，您不住那栋房子啦？”

“嗯，对。我没有留恋了。”保龙的表情十分轻松，“而且现在火浦先生会照顾那边的人。”

“火浦先生好像回到公社去了是吧？”

“他比我这种人更适合当教主。”保龙似乎觉得十分滑稽，笑道，“他现在整天跟人家大谈特谈奇迹之泉的好处。恭喜你啊！石动先生，让火浦先生负责宣传奇迹之泉可真是一等一合适。”

“我还是小心点吧。”石动不知为何皱起眉头，“他那种死心眼的人反而危险。搞不好哪天就会宣称自己在龟恩洞里听到神谕……”

鬼岩屋里那个声音在天濑耳边复苏。

你永远摆脱不了我。

“天濑先生，你身体还不舒服吗？看你脸色很差。”

保龙探身观察天濑的脸色。

“对了，保龙先生您接下来打算怎么办？”石动问道。

保龙抬头望望车站的天花板，略作思索后回答道：“哎，大概会再找片好地方过日子吧。这次要找真的能静下心的地方。”

“民风淳朴，景色优美的村庄吗？保龙先生，这种桃花源只存在于每个人心里啦。日本——不，您哪怕走遍全世界，村民都和您一样是活生生的人。是有欲望，会憎恨，偶尔还会犯下罪孽的人啊。”

“我第一次跟你见面就觉得，你这个人啊，脸上笑眯眯的，其实是个虚无主义者吧？”保龙显出觉得有趣的神色，“也许你说得对。但我是不会放弃的，我跟你不一样，不信奉虚无主义。”

“保龙先生是理想主义者吧。”

“也许吧。我想求你一件事……”

“什么？”

“求求你，别再出现在我生活的土地上了。”

保龙微笑道，而后大步向入站闸机走去。

天濑默默立在原地。

石动走近，看了看他僵硬的面孔，说道：“天濑先生，我告诉你一件好事吧。”

他难得换上认真的语调，继续说道：“对一个人而言，只有两件事情是最重要的。”

“哪两件？”

“‘思考’和‘爱’。只有这两样最重要，其他都无所谓。不过我是一心集中在思考上啦。”石动虽然发出轻笑声，但表情立刻变得严肃起来，接着说道，“你最好别在意和人的话。窗音小姐现在只剩她自己了，她需要能帮助她、能向她伸出援手的人。而且……人还是诚实面对自己的内心比较好。”

天濑沉默不语。

此时，从闸机口传来一个声音。

“头儿，久等啦！”

“你好晚啊，安东尼奥。”

石动回头皱眉。

抬头一看，一名身穿毛衣、披着丹宁布夹克的青年恰好从闸机里走出来。他大概也就二十来岁，长发之下那张娃娃脸笑容满面。

“我都听说啦。头儿，您将案子完美解决了？”青年走向石动，兴奋地对他说道。

“上报纸了吗？”

“怎么可能。《著名侦探大显身手，精彩推理侦破疑案》这种标题连八卦小报都不兴写。我是在网上看到的。”

“网上没意义啊。”

“头儿，您思路太老套啦。现在互联网口口相传的效果可比新闻媒体好得多呢。”

“真的吗？嗯，那这回能多吸引点委托来吧。”石动像是突然想起什么似的，双眼放光说道，“我这次不止破案，连学长那个项目都解决了！”

“好耶！”青年高举双手大呼万岁，“那咱们事务所拖欠的房租就能还上啦！”

“那个无所谓，重点是我再也不用穿这么难看的西装了！”

石动高声大喊，青年从口袋里掏出一把怎么看都违反刀具管制条例的大刀。他揪住石动的领带，从根部一刀割断。

然后青年抓着他切下来的领带，像是展示猎物般高高举起。

在场的所有人都看傻了眼，呆望着石动和青年。

“也不必再用这张名片了。”

石动从上衣口袋里摸出名片盒。

那塑料制的小盒被石动一记过肩投，完美丢进垃圾箱里。好球！

“噢哟，忘记跟二位介绍了。”

脖子上还挂着领带碎片的石动转向天濑和町田。

“这家伙是在我事务所里端茶倒水的打工仔安东尼奥。接下来由他陪同你们回东京，请不要客气，随意使唤他吧。”

“我是安东尼奥。”

青年对他们行礼。他长了一双细长的下垂眼，极具特征的相貌既不像西班牙人，也不像葡萄牙人，怎么看都是东方血统。搞不好是从巴西或什么地方来的日裔第三代移民。

“对了，给两位递张真的名片吧。安东尼奥，我名片你带了吗？”

“有的有的，头儿。”

脸蛋和“安东尼奥”这个名字毫不相称的青年从口袋里掏出两张名片。

“这就是真正的名片了。今后请多关照。”

石动递给天濑和町田一人一张，然后深深致礼。

天濑看了看名片。

尾声

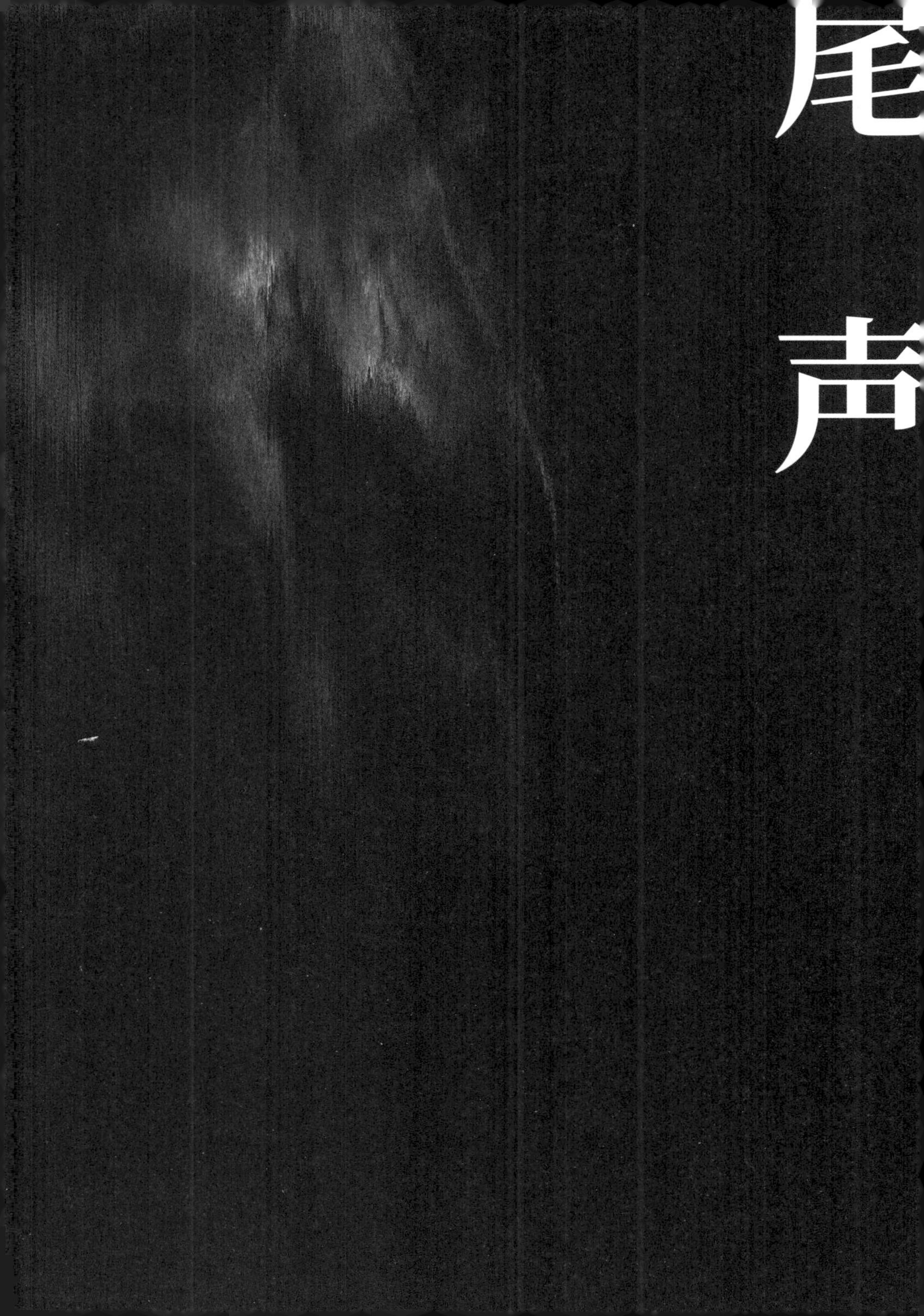

时隐时现地前行

不时又肩并着肩

在迷宫迷途到最后

于不知黎明日暮的微光之中

我们站在悬崖边上

——《跳跃前的一课》（日）鲇川信夫（著）

“你还好吗？”

少女——罗堂窗音担忧地问道。

“嗯，没事。就是有点头晕。”

男人——天濑启介回答道。

两人并肩坐在动物园的石质长椅上。

天濑俯着脸，额角渗出汗珠。窗音轻轻抚摸他的头发。

“你又想起那些讨厌的事情了吧？好可怜。”

“忘不掉也没办法。”

天濑生硬地回答道。

那件事情分明已经过去一年了，天濑却依然囿于不祥的记忆。记忆不但变作噩梦袭向他，有时甚至像这样清醒的时候，它也会再次出现。

“暮枝那边怎么样了？”

依然盯着地面的天濑问道。

“还是老样子。”

“度假胜地呢？”

“还没开工。不过，好像年内就要开工了。配套设施倒没有关系，问题在龟恩洞。”窗音顿了顿，像是难以启齿，“那片……地下墓场。雅典建筑公司他们想清理掉，说是这么诡异的地方，怎么能充当娱乐场所呢？可是，县里的教育委员会说是重要历史遗迹，叫他们保存下来。代田先生也组织了保留遗迹的签名活动。协调起来很难的样子。”

“也不知道会怎么样。”

鬼岩屋这种东西干脆砸了算了，天濑想道。

“从暮枝川那边进去的话，大概会将地下墓场跟泉水分隔开吧。封住通往那边的入口，让游客只能走到泉水那里就好啦。”窗音轻笑一声，“石动先生说，游客们也会很喜欢那片地下墓场的。那种诡异的景点，大家反而会很想看呢。”

那么鬼岩屋也要变成观光名胜了？天濑心下暗笑。比起封着堵着，没准里边天天挤满游客更让牛头怪物头大。

“火浦先生还在暮枝吗？”

“嗯。他好像想一直待下去，待在泉水旁边……”

“希望石动先生的担心不要成真。”

“这个可以放心。火浦先生现在被大家夸得有点得意忘形了。天天被那么吹捧的话，哪怕真的听到神谕也全忘光了吧。”

天濑也在电视、杂志上见过好几次火浦的脸，他如今严重发福，又渐渐习惯了面对媒体，不再说“多亏奇迹之泉”之类的话了。现在说辞是“泉水只不过激活了体内细胞的自然回复力”，而且连他自己都对这个说法深信不疑。现在的火浦似乎觉得，比起什么奇迹之泉，最伟大的还是他自己。

确实，如今集万众瞩目于一身，他会妄自尊大也不稀奇。火浦成了癌症治疗界的宠儿，全世界的医院和大学都想要他的血液样本。就连学会里都开展了数个以“火浦因子”为研究方向的分科会议。

“蓝下先生和出羽先生呢？”

“蓝下先生为了参选村议员很努力哦。出羽先生好像要当他的选举参谋，真是一对好搭档呀。再过十年他说不定真的会当上洞户村村长呢。”

“有出羽先生跟着，确实很有可能。阿荣姨还好吗？”

“她挺好的，每天都辛苦她做事。最近她说要教我做饭呢。下次做给你吃。”

窗音微微一笑，伏下上半身，窥伺俯着脸的天濑的表情。

“哎，度假胜地开工的话，我在暮枝的家就必须被拆掉。”

“那你怎么办？”

“学校在美浓市，所以我想在那边租个公寓。如果拖到明年四月的话，可能就得去大学所在的名古屋那边租个房子了。”

“不是挺好的嘛。租一栋有大厨房的屋子，跟阿荣姨学做菜就好了。”

“可是，我偶尔要去暮枝盯工程进度的，让他们擅自决定可不行。那就得有辆车啦。”

“买呗。”

“那开车呢？”

天濑一开始就注意到了。窗音是在叫他搬来和自己同住，然后跟她一起去暮枝，视察工地情况。

“考个驾照就好了。”

天濑别过脸不看窗音，答道。

近一年来，窗音利用假日跑来东京好几次。而每次她都会这样问天濑：“你的工作还没解决吗？你看起来好累。要到什么时候你才能回暮枝来呢？”

每次被她这么问，天濑总是心情微妙。

我为什么非得回暮枝去？

但他同时也有种除了那里无处可去的感觉。

他确实很累，但并非由于工作繁忙。实际上他几乎没怎么工作，疲劳来自更深的层次。

从暮枝回到东京后，天濑瘦得厉害。头上突然多出很多白发，现在几乎半个脑袋都白了。天濑觉得应该是因为精神上受了刺激，他不愿去想可能是泡过泉水的缘故。

窗音每次来东京，都像天经地义似的住进天濑家。当然他们不睡一张床。她会在大沙发上铺好毛毯，然后进入梦乡。

就在这样一个晚上，天濑又做了那个熟悉的噩梦。

梦中，天濑迷失在黑暗的龟恩洞里，无论他走多远都找不到出口。别说出口了，天濑甚至几次在鬼岩屋迷失方向，听见那个可怖的声音。

他逃离那个声音，满身大汗地前进。泉水就在他眼前。

泉畔站着窗音。

不是我选择了你。窗音轻声对他说道。是你选择了我。你逃出这座迷宫，没有走向美浓牛，而是来到了我身边。这是你自己做出的选择呀。

窗音，你才是一座迷宫啊。天濑回答道。我在你之中迷失了。我的手上已经没有线团，而没被美浓牛杀死，究竟意味着什么？我害怕你啊。

这是你自己做出的选择。窗音只回答这句话，对他微微一笑。

醒来时，天濑全身都是冷汗。他爬起来想去厨房，睡在沙发上的窗音映入他的眼帘。

天濑走近沙发，低头看着窗音。

如果我现在压到她身上，窗音会怎么做？她会反抗，还是微笑着对我张开双臂呢？

我这都是什么蠢念头啊。天濑摇了摇头，抬起脸。

窗外并排而立的高层建筑之上，一轮新月挂在广阔的夜空中。那简直就像黑牛的眼睛，它将整座城镇尽数覆盖。

天濑听到那个声音说道：

你永远摆脱不了我，我需要更多的血。

“不行，我不会给你的，窗音是我的东西。”

天濑默念道。

但他立刻感觉自己说错了。

也许该说，我是窗音的东西才对？

窗音被他的自言自语吵醒，揉着双眼抬头看天濑。

“怎么啦？”

“我口渴，正想去喝点水。对不起啊，吵醒你了。”

天濑微笑道，走向厨房……

“咱们走吧。”

天濑直起身子，对窗音说道。窗音“嗯”了一声，先他一步站起来。

我大概不久后就会回暮枝去吧。

天濑一边从长椅上起身，一边想。

他的归所，除了那座充满反论的村庄之外，别无他处。

富翁的继承人厌嫌其去世，制造出一名实际年龄不到五十岁的老人。

青年如同少女一般失恋又自杀，警察四处寻找杀人凶手。

被害人特意埋伏在半路等待杀害自己的罪犯。

村里有一位不过是一介平头村民的村长，为骗取保险金捏造出来的泉水奇迹竟成了真话。

天濑突然很想笑。等到她如愿和自己结了婚，再过几年，窗音看起来就会像个为了钱财傍上老富豪的小姑娘了吧。

可是实际上，窗音才是那个富豪。

这就是最后的反论。

两人亲热地牵着手，把将近黄昏的动物园抛在了身后。

参考・引用文献

［1］呉茂一.『ギリシア神話』[M].東京:新潮社,1994.

［2］北村透谷.透谷全集・第二巻:『我牢獄』[M].東京: 岩波書店,1892.

［3］ハーバート・A・サイモン.『学者人生のモデル』[M].安西祐一郎,安西徳子,等,译.東京: 岩波書店,1998.

［4］マーク・トウェイン.『トム・ソーヤーの冒険』[M].柿沼孝子,译.東京:彩流社,1996.

［5］小島信夫.『美濃』[M].東京:平凡社,1981.

［6］清少納言.新編日本古典文学全集18:『枕草子』[M].松尾聡,永井和子校注,译.東京:小学館,1997.

［7］山口剛著作集・第五:『迷樓記』[M].山口剛,译.東京:中央公論社.

［8］横溝正史.『八つ墓村』[M].東京:角川文庫,1971.

［9］饭岛友治.古典落语第二期第四卷:三遊亭小圓朝演『牛ほめ』[M].東京:筑摩書房,1973.

［10］ロバート・ハンス・ファン・フーリック.『中国迷路殺人事件』[M].松平伊绪子,译.東京:筑摩書房,1995.

［11］トマス・ド・クインシー.トマス・ド・クインシー著作集Ⅰ:『深き淵よりの嘆息』[M]. 野島秀勝,译.東京:国書刊行会,1995.

［12］吉幾三.〈俺ら東京さ行ぐだ〉[Z].1984.

［13］新编日本古典文学全集31-33:『栄花物語』［M］. 山中裕, 秋山虔, 池田尚隆, 福長進, 等, 校注, 译. 東京:小学館, 1995.

［14］タティオス. 古代文学集　世界文学大系64:『レウキッペーとクレイトポーンの物語』［M］. 引地正俊, 译. 東京:筑摩書房, 1961.

［15］J　K・ユイスマンス. 『ルルドの群集』［M］. 田辺保, 译. 東京:国書刊行会, 1994.

［16］ダンテ. 古典文学集:『神曲』［M］. 寿岳文章, 译. 東京:集英社, 1990.

［17］ヘロドトス.　世界古典文学全集10:『歴史』［M］. 松平千秋, 译. 東京:筑摩書房, 1967.

［18］島尾敏雄. 島尾敏雄全集・第二巻:『勾配のあるラビリンス』［M］. 東京:晶文社, 1980.

［19］中島敦. 中島敦全集・第一巻:『牛人』［M］. 東京:筑摩書房, 1993.

［20］アルテミドロス. 叢書アレクサンドリア図書館Ⅱ:『夢判断の書』［M］. 城江良和, 译. 東京:国文社, 1994.

［21］ジョン・チャドウィック. 『線文字Ｂの解読』［M］. 大城功, 译. 東京: みすず書房, 1997.

［22］井原西鶴. 新日本古典文学大系77:『武道伝来記』［M］. 谷脇理史校, 注. 東京: 岩波書店, 1989.

［23］江戸川乱歩. 『孤島の鬼』［M］. 東京:創元推理文庫, 1987.

［24］明治文学全集51:『与謝野鉄幹・与謝野晶子集』［M］. 東京:筑摩書房, 1968.

［25］アイスキュロス. 『アガメムノーン』［M］. 久保正彰, 译. 東京:岩波文庫, 1998

[26] 日本古典文学大系98『歌舞伎十八番集』:「毛抜」[M]. 郡司正胜, 校注. 東京:岩波書店, 1952.

[27] ロナルド・ブラウンリック.『新約聖書人名辞典』[M]. 別宮貞徳, 监译. 東京:東洋書林, 1995.

[28] 国木田独歩. 日本現代文学全集18『国木田独歩集』:「牛肉と馬鈴薯」[M]. 東京:講談社, 1962.

[29] ペトロニウス.『サテュリコン』[M]. 国原吉之助, 译. 東京:岩波文庫, 1991.

[30] アンドレ・ジッド. 若林真個人訳アンドレ・ジッド代表作選４・レシ第２部:『テセウス』[M]. 若林真, 译. 東京:慶應義塾大学出版会, 1999.

[31] 十返舎一九. 新編日本古典文学全集81:『東海道中膝栗毛』[M]. 中村幸彦校, 注. 東京:小学館, 1802-1814.

[32] 阿部正之, 森文俊.『カラー図鑑・熱帯魚』[M]. 東京:成美堂, 1992.

[33] 増本浩子.『迷宮のドラマトゥルギー』[M]. 東京:三修社, 1998.

[34] ハインリヒ・ハイネ. ハイネ散文作品集・第二巻:『ミュンヘンからジェノバへの旅』[M]. 鈴木謙三, 鈴木和子, 译. 日本京都:松籟社, 1989.

[35] ルイス・フロイス.『フロイス日本史』[M]. 松田毅一, 川崎桃太, 译. 東京:中央公論社, 2000.

[36] 小林秀雄. 小林秀雄全集・第八巻:『無常といふ事』[M]. 東京:新潮社, 1978.

[37]『声楽曲鑑賞辞典』[M]. 中河原理, 编. 東京:東京堂出版, 1998.

［38］『古事記』[M]. 倉野憲司校, 注. 東京:岩波文庫, 1963.

［39］作曲家別名曲解説ライブラリー９：『Ｒ・シュトラウス』[M]. 台湾:音楽之友社, 1993.

［40］フリードリヒ・ニーチェ. ニーチェ全集・第四巻, 第Ⅱ期:『この人を見よ』[M]. 西尾幹二, 生野幸吉, 译. 東京:白水社, 1987.

［41］ヤニス・リッツォス.『アリアドネからの糸』:「新しい踊り」[M]. 東京:美篶书房, 1997.

［42］ホメロス.『オデュッセイア』[M]. 松平千秋, 译. 東京:岩波文庫, 1994

［43］村野四郎. 村野四郎詩集:「蒼白な紀行」[M]. 東京:思潮社, 现代诗文庫, 1987.

［44］泉鏡花.『草迷宮』[M]. 東京:岩波文庫, 1985.

［45］小松左京. 小松左京ショートショート全集:「牛の首」[M]. 東京:勁文社, 1995.

［46］島田荘司.『灰の迷宮』[M]. 東京:光文社文庫, 1991.

［47］チャールズ・キングスレイ.『水の子』[M]. 阿部知二, 译. 東京:岩波少年文庫, 1978.

［48］筒井康隆.『座敷ぼっこ』:「姉弟」[M]. 東京:出版芸術社ふしぎ文学館, 1994.

［49］ピーター・ミルワード.『英文学のための動物植物事典』[M]. 中山理, 译. 東京:大修館書店, 1990.

［50］ハンス・ゲオルク・ヴンダーリヒ.『迷宮に死者は住む』[M]. 関楠生, 译. 東京:新潮社, 1975.

［51］新編日本古典文学全集54-56:『太平記』[M]. 長谷川端校注, 译. 東

京：小学館，1994.

［52］オウィディウス.『変身物語』［M］. 中村善也，译. 東京：岩波文庫，1981.

［53］高橋新吉. 高橋新吉全集Ⅰ：『戯言集』［M］. 東京：青土社，1982.

［54］Michael Moorcock. The Final Programme ［M］. Avonbooks，1977.

［55］セネカ. 悲劇集Ⅰ：『パエドラ』［M］. 大西英文，译. 京都：京都大学学術出版会，1997.

［56］井原西鶴. 新编日本古典文学全集66　井原西鶴集１：『好色一代男』［M］. 暉峻康隆校注，译. 東京：小学館，1996.

［57］吉井良三.『洞穴学ことはじめ』［M］. 東京：岩波新書，1988.

［58］ホルヘ・ルイス・ボルヘス. 集英社ギャラリー「世界の文学」19『ラテンアメリカ』：「アベンハカーン・エル・ボハリー、おのれの迷宮に死す」［M］. 篠田一士，译. 東京：集英社，1990.

［59］新日本古典文学大系7：『拾遺和歌集』［M］. 小町谷照彦校，注. 東京：岩波書店，1990.

［60］サミュエル・R・ディレイニー.『アインシュタイン交点』［M］. 伊藤典夫，译. 東京：ハヤカワ文庫ＳＦ，1996.

［61］ゲオルク・クリストフ・リヒテンベルク.『リヒテンベルク先生の控え帖』［M］. 池内紀编，译. 東京：平凡社ライブラリー，1996.

［62］西條八十. 西條八十全集・第六巻：『親牛子牛』［M］. 東京：国書刊行会，2003.

［63］『広辞苑・第五版』［M］. 新村出，编. 東京：岩波書店，1992.

［64］フィリップ・K・ディック.『死の迷路』［M］. 山形浩生，译. 東京：創元ＳＦ文庫，1970.

[65] 北村太郎.『北村太郎の仕事１・全詩』:「地の人」[M].東京:思潮社,1990.

[66] ルチアーノ・ベリオ.〈シンフォニア〉[M].石田一志,译,CD解说.Decca Polydor,POCL-1030,1990.

[67] 高村光太郎.現代文学大系14『北原白秋,高村光太郎,宮沢賢治集』:「牛」[M].東京:筑摩書房,1979.

[68] 夏目漱石.漱石全集・第五巻:『坑夫』[M].東京:岩波書店,1994.

[69] ジェラール・ド・ネルヴァル.『火の娘たち』:「アレクサンドル・デュマに」[M].篠田知和基,译.東京:思潮社,1987.

[70] ロバート・ルイス・スティーヴンソン.『子どもの詩の園』:「牛」[M].吉田绿,译.京都: 光琳社,1998.

[71] Algis Budrys. *Rogue Moon*[M].Gollancz Classic SF,1978.

[72] 『オックスフォード英語大辞典』[M].英国:オックスフォード大学出版局.1928

[73] 上田閑照、柳田聖山.『十牛図』[M].東京:ちくま学芸文庫,1982.

[74] レオナード・コットレル.『エーゲ文明への道』[M].前田耕作,监译,暮田爱,译.東京:原書房,1992.

[75] Ｐ・パーカー他.ギリシャ神話アドベンチャーゲームⅡ:『ミノス王の宮廷』[M].喜多元子,译.東京:社会思想社現代教養文庫,1986.

[76] 有島武郎.有島武郎全集・第三巻:『迷路』[M].東京:筑摩書房,1980.

[77] 鮎川信夫.鮎川信夫全集Ⅰ・全詩集:「跳躍へのレッスン」[M].東京:思潮社,1989.

※

[78] 日本のことばシリーズ21:『岐阜県のことば』[M]. 東京:明治書院, 1997.

[79] 日本歴史地名大系21:『岐阜県の地名』[M]. 東京:平凡社, 1989.

[80] 長倉三朗、早船ちよ. 日本の伝説34:『美濃・飛驒の伝説』[M]. 東京:角川書店, 1979.

[81] 『府縣郷社明治神社誌料』[M]. 東京:讲谈社, 1975.

※

[82] 正岡子規. 『墨汁一滴』[M]. 東京:岩波文庫, 1984.

[83] 横溝正史. 『獄門島』[M]. 東京:角川文庫, 1971.

[84] 『ザ・松阪牛』[M]. 中日新聞三重総局編, 编. 東京:中日新聞本社, 1997.

[85] 木戸牛齋. 『和牛おもしろ雑話』[M]. 東京:星雲社, 1997.

[86] 竹下節子. 気球の本:『奇跡の泉ルルドへ』[M]. 東京:NTT出版, 1996.

[87] 牧野富太郎. 『植物一日一題[M]. 東京:博品社, 1998.

[88] 坪内稔典. 『弾む言葉・俳句からの発想』[M]. 大阪:くもん出版, 1987.

[89] 佐藤紘彰. 『訳せないもの』[M]. 東京:サイマル出版会, 1996.

[90] 佐藤紘彰. 『英語俳句』[M]. 東京:サイマル出版会, 1987.

[91] 鈴木雅明. 《ブクステフーデ・オルガン名曲集》[M]. Romanesca/King, KICC-183, 1995.

[92] ヘイデン・カルース. 『雪と岩から、混沌から』[M]. D・W・ラ

イト, 编. 沢崎顺之助, 译. 東京:書肆山田, 1996.

[93] ライマン・フランク・ボーム.『オズの魔法使い』[M]. 佐藤高子, 译. 東京: ハヤカワ文庫NV, 1974.

[94] リン・S・ベイカー.『エイズのことがよくわかる本』[M]. 西岡久壽彌监, 译. 南谷幹夫, 宮本康嗣, 等, 译. 纽约:HBJ出版局, 1992.

[95] 『ギリシア・ローマ抒情詩選』[M]. 呉茂一, 译. 東京:岩波文庫, 1987.

[96] 土屋隆夫.『推理小説作法』[M]. 東京:創元ライブラリ, 1996.

[97] 新潮日本文学アルバム41:『江戸川乱歩』[M]. 東京:新潮社, 1993.

[98] 新日本古典文学大系11:『新古今和歌集』[M]. 田中裕, 赤瀬信吾, 校注. 東京:岩波書店, 1992.

[99] 新編日本古典文学全集34:大镜[M]. 橘健二, 加藤静子, 校注, 译. 東京:小学館, 1996.

[100] アンジェラ・ヴォルペ.『隠れキリシタン』[M]. 東京:南窓社, 1994.

[101] 吉田兼好.『徒然草』[M]. 西尾実, 奈良岡康作, 校注. 東京:岩波文庫.

[102] 鈴木棠三.『新版ことば遊び辞典』[M]. 東京:東京堂出版, 1981.

[103] 徳山豪. 岩波科学ライブラリー18:『はみだし幾何学』[M]. 東京:岩波文庫, 1994.

[104] 森田義男.『新・怒りの「路線価」物語』[M]. 東京:ダイヤモンド社, 1997.

※ 引用可能有省略或变形的情况，不一定完全与文献上的记载相符。

※ 对穆考克、巴崔斯和吉尔伯特三位的引用，译文（日语原文）为作者自译。

※ 作中人物吟诵的俳句均为作者所作，但其中一部分改编自标准曲的歌词以及意译的希腊、罗马诗歌。

※ 正文插曲*It's Deconstruction*为作者自行填词。虽然部分句子有多字现象，但基本可以用科尔·波特*It's De-lovely*（《小可爱》）的旋律唱出来。

北京市版权局著作合同登记号：图字 01-2021-3727

图书在版编目（CIP）数据

美浓牛 /（日）殊能将之著；（当代）戴枫译．--
北京：台海出版社，2021.9
ISBN 978-7-5168-3063-5

Ⅰ．①美… Ⅱ．①殊… ②戴… Ⅲ．①推理小说－日
本－现代 Ⅳ．① I313.45

中国版本图书馆 CIP 数据核字 (2021) 第 135730 号

美浓牛

著　　者：[日] 殊能将之　　译　　者：戴　枫

出 版 人：蔡　旭　　封面绘制：张初蕾
责任编辑：员晓博　　封面设计：顾瀚允（T-Workshop.com）

出版发行：台海出版社
地　　址：北京市东城区景山东街 20 号　　邮政编码：100009
电　　话：010-64041652（发行、邮购）
传　　真：010-84045799（总编室）
网　　址：www.taimeng.org.cn/thcbs/default.htm
E－mail：thcbs@126.com

经　　销：全国各地新华书店
印　　刷：北京盛通印刷股份有限公司
本书如有破损、缺页、装订错误，请与本社联系调换

开　　本：880 毫米 ×1230 毫米　　1/32
字　　数：436 千字　　印　　张：16.25
版　　次：2021 年 9 月第 1 版　　印　　次：2021 年 12 月第 1 次印刷
书　　号：ISBN 978-7-5168-3063-5

定　　价：68.00 元